1984
Nineteen Eighty-Four

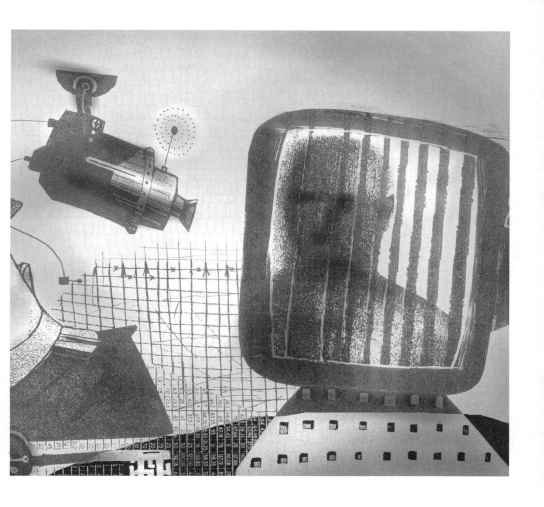

1984

Nineteen Eighty-Four

조지 오웰 지음 **|** **이은경** 옮김

차례

제1부 ● 007

제2부 ● 129

제3부 ● 277

부록 ● 371

옮긴이의 말 ● 388

제1부

1

4월의 어느 청명하고 쌀쌀한 날이었다. 시계가 13시를 알렸다. 윈스턴 스미스는 세찬 바람을 피하려고 턱을 가슴에 바싹 붙인 자세로 승리 맨션의 유리 현관문을 밀고 잽싸게 안으로 들어갔다. 그에 질세라 먼지 섞인 바람이 안으로 함께 휩쓸려 들어갔다.

양배추를 삶는 냄새와 낡은 매트리스가 풍겨내는 코를 찌를 듯한 냄새가 한데 섞여 복도를 가득 메우고 있었다. 복도의 한쪽 끝 벽에는 실내용으로는 지나치게 큰 포스터가 붙어 있었다. 포스터에는 폭이 1미터도 넘는 거대한 얼굴이 그려져 있었다. 족히 마흔대여섯 살쯤은 되어 보이고 텁수룩한 검은 수염을 지닌 잘생긴 남자의 초상이었다. 윈스턴은 계단으로 향했다. 엘리베이터는 있으나마나 한 것으로 경기가 좋은 시절에조차 가동되지 않았으며, 더욱이 지금은 낮 시간이라 전기 자체가 들어오지 않고 있었다. 요즈음은 증오 주간을 앞두고 절약운동이 실시되는 기간이기 때문이다. 올해 서른아홉 살인 윈스턴은 오른쪽 발목의 정맥류성 궤양 때문에 7층의 자기 집으로 가려면 몇 번이고 쉬면서 천천히 계단을 올라야만 했다. 층계참을 지날 때마다 엘리베이터 맞은편 벽에 붙어 있는 포스터 속의 거대한 얼굴이 그를 노려보고 있었다. 포스터는 어찌나 교묘하게 그려졌는지 사람이 움직이는 방향대로 눈동자가 따라 움직이는 것같이 보였다. 포스터 하단에는 '빅 브라더(Big Brother)가 당신을 지켜보고 있다.'라는 글이 적혀 있었다.

방 안에서는 무쇠 생산 목록을 읽는 목소리가 낭랑하게 울리고 있었다. 그 소리는 오른쪽 벽면에 부착된 흐릿한 거울 같은 직사각형의 금속판에서 흘러나왔다. 윈스턴이 스위치를 돌리자 소리가 다소 작아졌으나 또렷하게 들리는 것은 여전하였다. 일명 '텔레스크린'이라고 불리는 이 장치는 소리를 약하게 할 수는 있지만 완전히 그치게 할 수는 없었다. 윈스턴은 창가로 다가갔다. 그의 작고 창백한 얼굴과 왜소한 체구는 당(黨)의 푸른색 제복에 짓눌려 더욱 허약하고 초라해 보였다. 머리칼은 제법 윤기가 흘렀으나 얼굴은 타고난 붉은 빛이었다. 피부는 저질 비누와 무딘 면도날을 쓰는 데다 이제 막 물러간 겨울 추위로 인해 거칠기 짝이 없었다.

꼭 닫은 유리창을 통해 내다보는 바깥세상 역시 냉랭해 보였다. 거리에는 한 줄기 바람이 먼지와 종잇조각들을 휘몰아 흩날리고 있었다. 태양은 빛나고 하늘은 마냥 푸르렀지만 여기저기에 붙어 있는 포스터를 제외하면 색채라고는 도통 느낄 수 없었다. 검은 수염의 얼굴이 건물 구석구석마다 높다랗게 붙어 아래를 내려다보고 있다. 포스터는 바로 맞은편 집에도 붙어 있었다. '빅 브라더가 당신을 지켜보고 있다.'라고 경고하는 검은 눈이 윈스턴을 매섭게 쏘아보았다. 길 아래쪽 모퉁이에는 한 귀퉁이가 찢어진 또 하나의 포스터가 바람에 펄럭임에 따라 '영사INGSOC[1]'라는 단어가 보이다 말았다 했다. 멀리서 헬리콥터가 건물 지붕 위를 스치듯 날며 쇠파리처럼 잠시 맴돌다가 다른 곳으로 날아가버렸다. 창문을 통해 주민들을

---

1) 영국 사회주의, England Socialism이란 뜻을 새롭게 만든 줄임말이다 – 옮긴이

엿보는 순찰 헬리콥터였다. 하지만 순찰 따위는 별 게 아니었다. 문제는 사상경찰이었다.

윈스턴의 등 뒤에서는 아직도 무쇠와 제9차 3개년 계획의 초과 달성에 관해 지칠 줄 모르고 지껄이는 텔레스크린 소리가 들렸다. 텔레스크린은 저쪽의 소리를 보내오기도 하지만 이쪽의 소리를 전송하기도 한다. 그것은 윈스턴이 내는 소리를 어떤 소리든지 아무리 작은 소리라도 낱낱이 포착한다. 더욱이 그가 금속판의 감지 영역 안에 들어 있는 한 그의 일거수일투족은 하나도 빠짐없이 저쪽에 들릴 뿐만 아니라 보이기도 한다. 물론 언제 어느 때 감시를 당하고 있는지는 알 수가 없다. 사상경찰이 얼마나 빈번하게 또 어떤 방법으로 감시하는지 단지 추측만으로 알 뿐이었다. 어쩌면 언제나 모든 사람을 감시한다고 볼 수도 있다. 그들이 원할 때는 언제든지 감시할 수 있었다. 그래서 사람들은 자기가 내는 소리는 모두 도청을 당하고 아주 캄캄한 때 외에는 모든 동작이 감시된다는 것을 기정사실로 알고 살았다. 그런 삶이 오래 지속되다 보니 이제 본능처럼 습관화되었다.

윈스턴은 계속 텔레스크린을 뒤로 한 채 서 있었다. 그렇게 한다고 감시를 피할 수는 없지만 그래도 이편이 좀 더 안전하다는 생각이 들었다. 1킬로미터쯤 떨어진 곳에 그의 일터인 진리부 건물이 음침한 풍경 너머로 희부옇게 솟아 있었다. 이곳이 제1공대(第一空帶)의 중심 도시며 오세아니아에서 세 번째로 인구가 많은 런던이라는 생각에 윈스턴은 씁쓸해졌다. 그는 런던의 모습이 예전부터 이와 같았는지 어린 시절의 기억을 떠올리려고 애썼다. 그때에도 낡은 19세기 가옥들이 즐비하게 늘어선 가운데 기울어진 벽을 통나무로 받치고, 창문에 마분지를 덕지덕지 바르고, 지붕의 함석판은 쭈그러지고, 정원에 둘러친 담장은 들쭉날쭉 제멋대로였던가? 폭탄이 떨어진 자리에서 횟가루가 바람에 날리고 버드나무 잎들이 자갈 더미에서 뒹굴었던가? 폭탄 세례를 받아 평지가 되어버린 공터에 닭장같이 지저분한 판잣집들이 옹기종기 있었던가? 그러나 아무리 애를 써도 소용없는 일이었다. 도저히 기억나지 않았다. 어린 시절에 대해서는 아무것도 기억나지 않는 데다 뭐가 뭔지 분간도 되지 않는 가운데 그저 환한 정경만이 아스라히 떠오를 뿐이었다.

신어[2]로 '진부'라고 하는 진리부는 다른 건물과 외관이 판이하게 달랐다. 거대한 피라미드 모양의 번쩍거리는 흰색 콘크리트 건물은 층층이 계단식으로 쌓아올려 지상에서 300미터나 되는 높이로 우뚝 솟아 있었다. 건물 전면에는 멋진 필체로 쓴 당의 슬로건 세 가지가 붙어 있어 윈스턴이 있는 곳에서도 똑똑히 읽을 수 있었다.

전쟁은 평화
자유는 예속
무지는 힘

진리부에는 지상에 3000개의 방이 있고 또한 지하에도 그만한 수의 방이 있다고 한다. 런던에는 모양과 크기가 비슷한 건물이 세 개나 더 있다. 이 건물들의 위용 때문에 주위의 다른 건물들은 완전히 찌그러진 것처럼 초라해 보였다. 승리 맨션의 지붕에서는 네 건물들을 한꺼번에 볼 수 있다. 그 건물들은 정부의 모든 기관들을 수용하는 청사였다. 진리부는 뉴스, 연예, 교육 및 예술을, 평화부는 전쟁을, 애정부는 법과 질서를 그리고 풍요부는 경제 정책을 관장했다. 이들은 신어로 각각 진부, 평부, 애부, 풍부라고 불렸다.

애정부는 정말 무시무시한 곳이었다. 그 건물에는 창문이 전혀 없

---

2) 新語, 오세아니아의 공용어를 말한다 - 옮긴이

었다. 윈스턴은 애정부 내부에 들어가 보기는커녕 근처에도 얼씬거린 적이 없었다. 그곳은 공무가 있을 때만 들어갈 수가 있는데, 그런 경우라도 가시철망과 철문을 비롯해 기관총이 숨겨진 삼엄한 경계 미로를 거쳐야 했다. 건물 외곽의 방책으로 이어진 길에도 검은 제복에 곤봉을 찬 고릴라 같은 경비병들이 순찰을 돌았다.

윈스턴은 갑자기 돌아섰다. 어느새 그는 유쾌한 표정을 짓고 있었다. 텔레스크린을 마주 대할 때는 이런 표정이 유리하기 때문이었다. 그는 방을 가로질러 조그만 부엌으로 들어갔다. 그 시간에 나오느라고 청사 식당에서 점심식사를 못했기 때문이었다. 그러나 그는 내일 아침에 먹으려고 남겨둔 흑빵 한 덩어리 외에는 아무것도 먹을 게 없다는 걸 알고 있었다. 그는 선반에서 '승리주'라는 흰색 라벨이 붙은 맑은 술병을 끄집어냈다. 이 술은 중국의 화주처럼 독한 데다 구역질 나는 냄새마저 풍겼다. 윈스턴은 찻잔 가득 술을 따라 약을 먹듯 오만상을 찡그리며 단숨에 마셔버렸다.

이내 그의 얼굴이 붉어지며 눈에서 눈물이 핑 돌았다. 그 술은 마치 초산 같아서 마시는 순간 뒤통수를 고무망치로 한 대 얻어맞는 기분이 든다. 그러나 곧 타들어가는 듯하던 속이 가라앉으며 기분 좋은 취기가 돌기 시작한다. 윈스턴은 '승리연'이라고 적힌 구깃구깃한 담뱃갑에서 담배 한 개비를 꺼내 무심히 만지작거리다가 그만 담배가루를 마룻바닥에 모두 흘려버리고 말았다. 그는 다시 담배 한 개비를 꺼내 입에 물고 거실로 돌아가 텔레스크린 왼쪽에 있는 작은 책상 앞에 앉았다. 그러고는 책상 서랍에서 펜대와 잉크병 그리고 뒤표지는 붉고 앞표지는 대리석 색깔인 두툼한 4절 공책을 꺼냈다.

거실의 텔레스크린이 보통과 다른 위치에 설치된 데에는 몇 가지 이유가 있었다. 일반적으로 텔레스크린은 방 전체를 다 볼 수 있는 벽 끝에 설치된다. 하지만 이 거실에는 창문 맞은편 긴 벽에 설치되어 있었다. 윈스턴이 지금 앉아 있는 벽 한쪽 끝의 움푹 들어간 곳은 맨션을 처음 지을 때 책장을 놓기 위해 설계된 공간 같았다. 거기에 앉아 몸을 잘 숨기기만 하면 텔레스크린의 감시 범위에서 벗어날 수 있었다. 물론 그가 내는 소리는 들리겠지만 지금처럼 몸을 움츠리고 있는 한 보이지는 않을 것이다. 거실의 독특한 구조가 지금 그가 하려는 일의 부분적인 동기가 된 것은 사실이었다.

그러나 방금 서랍에서 꺼낸 공책에도 동기가 있었다. 공책은 아주 근사했다. 부드러운 질감의 크림색 종이는 오래되어 약간 누렇게 바랬지만 적어도 지난 40년 동안 생산되지 않은 것이었다. 따라서 윈스턴은 그 공책이 40년도 더 된 물건이라는 것을 어렵지 않게 추측할 수 있었다. 그는 도시 빈민가(지금 그곳의 이름을 기억하지는 못한다)의 곰팡내 나는 작은 고물상 진열대에 있던 그 공책을 발견하자마자 가지고 싶어 견딜 수가 없었다. 당원들은 일반 상점 출입(이를 '자유 시장' 이라고 부른다)을 할 수 없게 되어 있으나 엄격하게 지켜질 수가 없었다. 구두끈이나 면도날은 그런 상점에서만 구할 수 있기 때문이었다. 그는 재빨리 거리를 살펴보고 고물상 안으로 뛰어들어가 2달러 50센트에 공책을 샀다. 그때만 하더라도 어떤 특별한 목적이 있어서 그 공책을 가지고 싶었던 것은 아니었다. 그는 무슨 죄라도 지은 것처럼 조심스레 가방에 넣어 가지고 집으로 돌아왔다. 설령 공책에 아무 내용이 없더라도 그 자체가 이미 혐의를 받기에 충분한 물건이었다.

그가 시작하려고 마음먹은 일은 일기를 쓰는 것이었다. 일기 쓰기가 불법은 아니었지만(법이 없으니 불법이라 할 것도 없다) 발각되면 사형이나 강제 노동 25년 형을 받게 될 것이 틀림없었다. 윈스턴은 펜촉을 펜대에 꽂고 펜 끝의 기름기를 닦아냈다. 펜이란 물건은 이제 서명을 하는 데조차 사용되지 않는 구식 필기도구다. 하지만 이

멋진 크림색 공책에는 볼펜으로 끄적거리기보다는 진짜 펜촉으로 글씨를 써야 어울릴 것 같다는 생각이 들어 남의 눈을 피해 어렵사리 구했다. 사실 그는 손으로 글을 쓰지 않았다. 아주 짧은 글 외에는 모두 구술기록기에 불러주어 받아 적게 하는 것이 상례였다. 물론 지금의 목적에 그것을 사용할 수는 없었다. 그는 펜촉에 잉크를 찍고 잠시 머뭇거렸다. 그의 배 속으로 짜릿한 전율이 훑고 지나갔다. 종이에 글을 쓴다는 것은 결단력이 필요한 중대 행위였다. 그는 작고 서툰 글씨로 이렇게 썼다.

1984년 4월 4일

그는 등을 뒤로 젖히며 기댔다. 무력감이 그를 사정없이 짓눌렀다. 우선 올해가 1984년인지 아닌지 확실히 알 수가 없었다. 올해 서른아홉 살이고 태어난 때가 1944년이나 1945년 즈음일 테니 아마 그 정도 되었을 듯싶었다. 그러나 요즈음에는 1~2년 내에 불과할지라도 어떤 날짜를 정확히 집어내기란 불가능했다. 갑자기 누구를 위해 일기를 쓰는 것인지 의아해졌다. 미래를 위해서? 태어나지 않은 후대를 위해서? 그는 일기장에 적어놓은 날짜를 의심스러운 눈길로 바라보며 잠시 생각에 잠겼다. 불현듯 '이중사고'라는 신어가 떠올랐다. 자신이 하고 있는 일이 얼마나 엄청난 행동인지 처음으로 느껴졌다. 어떻게 미래와 소통해야 하는가? 본질적으로 불가능하다. 미래가 현재와 같다면 아무도 내 얘기에 귀를 기울이지 않을 것이며, 현재와 다르다면 그의 수난은 무의미해질 것이다.

그는 잠깐 동안 멍하니 공책을 응시하며 앉아 있었다. 텔레스크린에서 송출되는 군악 소리가 귀에 거슬렸다. 그는 자신을 표현하는 능력을 잃어버렸을 뿐만 아니라 애초에 쓰려고 한 것이 무엇이었는지조차 까맣게 잊어버린 것 같은 이상한 기분이었다. 지난 몇 주일 간 이 순간을 위해 모든 준비를 해왔다. 용기만 있다면 무슨 일이든 할 수 있다고 굳게 믿었다. 사실 글쓰기 자체가 어려울 리는 없었다. 그가 할 일이라고는 수년 동안 자신의 머릿속을 맴돌며 지나쳐간 수많은 독백들을 종이에 옮겨 적는 것뿐이었다. 그러나 어찌된 일인지 이 순간 독백들이 자취를 감춰버렸다. 더욱이 정맥류성 궤양 환부가 참을 수 없이 가렵기 시작했다. 하지만 긁을 엄두를 낼 수도 없었다. 긁기만 하면 어김없이 환부가 벌겋게 부어올라 염증을 일으키기 때문이었다. 재깍거리는 시계 소리와 함께 시간이 지나가고 있었다. 눈앞에 놓인 공책의 공백, 발목 근처 피부의 가려움증, 군악대의 나팔 소리, 술에 의한 약간의 취기……. 그가 지금 의식할 수 있는 것이라고는 고작 이런 것들뿐이었다.

갑자기 그는 자신이 무엇을 하는지 의식하지도 못한 채 글을 쓰기 시작했다. 어린애가 쓰는 것처럼 작고 비뚤비뚤한 글씨로, 첫 번째 글자를 대문자로 쓰는 것과 문장 끝에 마침표를 찍는 것도 잊은 채 글을 써나갔다.

1984년 4월 4일

어젯밤에는 영화관에 갔다. 모두 전쟁영화 일색이었다. 피난민을 가득 실은 배가 지중해 어디선가 폭격을 받아 부서지는 장면이 가장 볼만했다. 엄청나게 뚱뚱한 남자가 헬리콥터를 피해 도망치다가 사살되는 장면에서는 관객들이 열광했다. 처음에는 그 사람이 돌고래처럼 물속에서 들락날락하는 장면이 나오고 다음에는 헬리콥터의 사격 조준 망원렌즈로 클로즈업된 모습이 보였다. 곧이어 순식간에 총알구멍으로 벌집같이 되어 바닷물을 피로 물들이고는, 총알구멍으로 물이 새어 들어가는 것처럼 갑자기 가라앉아 버렸다. 관객들은 그 장면에서 소리치며 폭소를 터뜨렸다.

그다음에는 아이들을 가득 태운 구명보트 위로 헬리콥터가 맴도는 장면이 나왔다. 뱃머리에는 유태인으로 보이는 중년 부인이 세 살가량 된 사내아이를 품에 안고 있었다. 사내아이는 놀라 비명을 지르며 엄마의 몸속으로 뚫고 들어가기라도 하듯이 가슴에 머리를 처박고 있었다. 부인은 부인대로 두려움에 새파랗게 질린 채 아이를 달래고 있었다. 자신의 두 팔로 총알에서 아들을 구하겠다는 양 힘껏 아이를 감싸 안고 있었다. 그러나 헬리콥터가 20킬로그램짜리 폭탄을 구명보트 한가운데로 투하하자 무시무시한 섬광과 함께 구명보트는 산산조각 나버렸다. 그때였다. 어린아이의 팔 하나가 하늘 높이 치솟았다. 헬리콥터 앞에 카메라를 달고 공중으로 따라 올라가며 촬영한 것이 분명했다. 그 장면이 나오자 당원석에서 요란한 박수갈채가 쏟아졌다. 그때 노동자석에 앉아 있던 한 여인이 어린아이들에게 이와 같은 장면을 보여줘서는 안 된다며 소란을 피우다가 경찰에게 밖으로 끌려 나갔다. 부디 그 여자에게 아무 일도 생기지 않았으면 좋으련만. 그러나 어느 누구도 노동자의 항변에는 귀를 기울이지 않는다. 전형적인 노동자의 반발쯤이야 무시해 버리면 그만이기에……

윈스턴은 팔에 쥐가 나는 바람에 글쓰기를 잠시 멈추었다. 그는 무엇 때문에 이 따위 허섭스레기 같은 짓을 하는지 스스로도 알 수 없었다. 그때 신기하게도 아예 다른 기억이 생생하게 떠올랐다. 아무래도 그 일을 써보고 싶다는 생각이 들었다. 오늘 집에 와서 갑자기 일기를 쓰기로 작정한 것도 바로 이 사건 때문이라는 것을 그제야 깨달았다.

그처럼 사소한 일도 사건이라고 할 수 있다면 사건은 바로 그날 아침 사무실에서 일어났다.

11시쯤 되었을 때였다. 윈스턴이 일하는 기록국 직원들은 커다란 텔레스크린이 설치된 사무실 한가운데로 의자를 모아놓고 '2분 중오'를 준비하고 있었다. 이윽고 윈스턴이 가운데 줄에 자리 잡고 앉을 때였다. 본 적만 있을 뿐 대화 한 번 해본 적이 없는 두 사람이 갑자기 사무실로 들이닥쳤다. 그중 한 사람은 가끔 복도를 오가며 얼굴을 마주쳤던 여자였다. 이름은 몰랐지만 그녀가 창작국에서 근무한다는 것은 알고 있었다. 때때로 그녀가 기름 묻은 손으로 스패너를 들고 다니는 것으로 보아 소설제작기를 담당하는 기술직이라고 여길 뿐이었다. 스물일곱 살쯤 되어 보였으며, 까맣고 숱 많은 머리카락에 주근깨투성이의 얼굴은 운동선수처럼 행동이 민첩하고 대담해 보이는 여자였다. 청년반성동맹(靑年反性同盟)의 휘장인 좁은 진홍색 띠를 작업복 허리에 여러 번 감아 엉덩이가 제법 맵시 있게 돋보였다. 윈스턴은 처음 본 순간부터 그녀가 마음에 들지 않았다. 그럴 만한 이유도 있었다. 그 여자에게 느껴지는 하키 구장이나 냉수욕 혹은 단체 행군 따위의 분위기도, 애써 청결해 보이려고 노력하는 듯한 분위기도 마음에 들지 않았다. 그는 대부분의 여자를 특히 젊고 아름다운 여자들을 싫어했다. 외골수로 충성을 다하는 열성당원들, 슬로건 맹신자들 또는 풋내기 스파이나 이단자의 냄새를 재빨리 맡아 색출해 내는 사람은 거의 여자들, 젊은 여자들이기 때문이었다. 그런데다 그 여자는 다른 여자들보다도 더 위험한 느낌이었다. 언젠가 복도에서 그녀와 마주쳤을 때였다. 그녀가 곁눈질로 힐끗 그를 쳐다보는 순간 윈스턴은 그녀가 자기의 마음속을 훤히 꿰뚫어보는 듯해 잠시나마 섬뜩한 두려움에 사로잡혔다. 그 여자가 사상경찰의 끄나풀일지도 모른다는 생각도 들었다. 아닐 수도 있지만 그 여자가 가까이 있을 때에는 적개심과 두려움이 뒤섞인 야릇한 불안감을 털어낼 수가 없었다.

또 한 사람은 오브라이언이라는 내부당원으로, 막연하게 추측할 수밖에 없는 아주 중요하고 은밀한 지위에 있는 남자였다. 검은 제복을 입은 내부당원이 다가오자 의자 주위에 있던 사람들은 일제히 숨소리를 죽였다. 오브라이언은 체구가 크고 건장했다. 목덜미가 굵은 데다 얼굴 모습이 우락부락해 우스꽝스러우면서도 어딘지 모를 야비한 인상이었다. 그러나 험상궂은 외모에도 불구하고 그의 태도에는 매력적인 구석이 있었다. 콧잔등에서 흘러내린 안경을 추켜올리는 버릇은 묘하게 세련되어서 신기하리만치 상대방의 긴장을 풀어주었다. 그의 몸짓은 누가 보더라도 18세기 귀족들이 손님에게 담뱃갑을 내놓으며 권하는 모습을 연상시켰다. 윈스턴은 최근 몇 년 동안 오브라이언을 열두어 차례쯤 본 것 같았다. 그가 오브라이언에게 마음 깊이 끌리는 이유는 도시인다운 태도와 프로 권투 선수 같은 몸집의 대조가 흥미롭기 때문만은 아니었다. 그보다는 오브라이언의 정치적 신조가 투철하지 않으리라는 믿음, 아니 믿음이라기보다는 그렇기를 바라는 희망 때문이었다. 그의 얼굴에는 아무런 저항감 없이 그렇게 느끼게 하는 요소가 있었다. 그의 얼굴에서 읽을 수 있는 것은 반교조적인 것이 아니라 단순한 지성일지도 모른다. 만약 텔레스크린이 없는 곳에서 단둘이 만날 수 있다면 한번쯤 말을 붙여보고 싶은 사람이었다. 그러나 실행에 옮길 생각은 전혀 없었다. 실상 그렇게 해볼 방도도 없었다. 그때 오브라이언이 손목시계를 힐끗 보았다. 11시가 거의 더 되었기 때문에 2분 증오가 끝날 때까지 기록국에 머물기로 마음먹은 듯했다. 그는 윈스턴과 같은 줄의 두 자리 건너 의자에 앉았다. 그들 사이에는 윈스턴의 옆 책상에서 일하는 자그마한 갈색 머리 여자가 앉아 있었다. 예의 검은 머리 그 여자는 바로 그 뒤에 앉아 있었다.

다음 순간 커다란 텔레스크린에서 윤활유를 치지 않고 돌리는 거대한 기계 광음처럼 소름 끼치는 소리가 터져 나왔다. 머리칼이 쭈뼛 곤두서고 이가 악물릴 정도로 무시무시한 소리였다. 마침내 증오가 시작된 것이다. 여느 때와 마찬가지로 민중의 적인 이매뉴얼 골드스타인의 얼굴이 스크린을 채우며 나타났다. 여기저기서 성난 함성이 들렸다. 자그마한 갈색 머리 여자는 공포와 혐오감이 뒤섞인 꽥꽥 비명을 질러댔다. 골드스타인은 오래전(얼마나 오래전인지는 아무도 기억하지 못한다)에 당의 지도급 인물 중 하나였던 사람으로, 빅브라더와 거의 맞먹는 지위에 있었으나 반혁명 활동에 가담하여 사형 선고를 받았다가 불가사의하게 탈출한 뒤 감쪽같이 종적을 감춰버린 변절자이자 이단자였다. 프로그램 내용은 날마다 바뀌었지만 중심인물은 언제나 골드스타인이었다. 그는 최초의 반역자로서 당의 순수성을 처음으로 모독한 사람이었다. 그 후 당에 반하는 모든 죄 즉 모든 반역과 파업행위, 이단, 탈선은 그의 사주에 의해 일어난 것이었다. 그는 여전히 어딘가에 살아 있으면서 갖가지 음모를 꾸미고 있었다. 바다를 건너 외국의 비호 아래 있다는 소문이 있는가 하면, 오세아니아의 한 은신처에 숨어 있다는 설도 있었다.

윈스턴은 아랫배가 답답하게 조이는 것 같았다. 그는 골드스타인의 얼굴을 볼 때마다 고통스러울 정도로 마음이 심란해지고는 했다. 그 유태인의 얼굴은 매우 야위었고 후광처럼 넘실거리는 흰 머리카락에 가느다란 염소수염을 지닌 모습은 꽤나 지혜로워 보였다. 하지만 안경을 걸친 길쭉한 코에는 노인들에게서나 볼 수 있는 어리석음이 서려 있어서 다소 비천한 인상을 풍기기도 했다. 얼굴은 염소를 닮았고 목소리까지도 염소 같았다. 골드스타인은 여느 때처럼 당의 강령에 대해 독설을 퍼붓고 있었는데 내용이 너무 과장되고 과격해서 어린애조차도 그 허위성을 곧 알아차릴 수 있을 정도였다. 그러나 한편으로 그의 주장은 놀라울 만큼 그럴 듯하기도 해서 보통 수

준 이하의 머리를 가진 사람들이라면 현혹될 수도 있을 것이었다. 그는 빅 브라더를 비난함과 동시에 당의 독재를 질타했으며 유라시아와 즉각 평화 협상을 하라고 요구했다. 그리고 언론 집회 사상의 자유를 주장하며 혁명은 배반당했다고 신경질적으로 외쳐댔다. 그는 다음절(多音節)의 언어들을 조금도 막힘없이 유창하게 구사하며 당원들이 일상생활에서 사용하는 것보다 더 많은 신어를 섞어가며 당의 웅변가들이 즐겨 사용하는 웅변 유형으로 연설했다. 골드스타인이 실제로 살아 있음을 강조하듯이 그의 뒤에서는 유라시아 군대가 끊임없이 행진하고 있었다. 무표정하고 경직된 얼굴의 유라시아 군이 스크린에 나타났다 사라지기를 반복했다. 둔탁하고 규칙적인 군인들의 군홧발 소리는 골드스타인의 염소 울음소리에 배경음악이 되었다.

중오가 시작된 지 30초도 되기 전에 절반이 넘는 사람들이 분노에 찬 고함을 질러댔다. 스크린 속의 자만심 가득한 염소 얼굴과 소름 끼치는 유라시아 군대의 행군을 보자 도저히 참을 수가 없었던 것이다. 그렇지 않아도 골드스타인의 모습을 보거나 생각만 해도 공포와 분노가 저절로 솟구쳤다. 그는 유라시아나 동아시아보다 더 큰 중오의 대상이었다. 오세아니아가 두 나라 중 어느 한 나라와 전쟁을 하면 다른 한 나라와는 평화를 유지하지만 그는 언제나 변함없는 오세아니아의 적이기 때문이었다. 이상한 점은 모든 사람들에게 중오와 경멸을 받고, 하루에도 수천 번씩 연단과 텔레스크린, 신문 그리고 책에서 그의 이론이 공격당하고 반박당하고 부인당하고 비웃음을 사며 쓸데없는 헛소리라고 매도됨에도 불구하고 그의 영향력이 결코 줄어들지 않는 것이었다. 그런 데다 그의 유혹에 넘어가는 얼빠진 인간들은 계속 늘어났다. 그의 지령에 따라 행동하는 스파이와 파업자들이 사상경찰에게 발각되지 않는 날은 하루도 없었다. 그는 거대한 비밀 군대의 사령관일 뿐 아니라 국가를 전복시키기 위해 몸 바친 음모자들로 이루어진 지하조직의 두목이었다. 조직의 이름은 '형제단'이었다. 또한 골드스타인의 갖가지 이단적 이론을 모두 담고 있는 무시무시한 책이 있는데, 그 책이 이곳저곳에서 비밀리에 돌려지며 읽힌다는 풍문도 있었다. 그 책에는 제목도 없었다. 사람들은 그 책을 그저 그 책이라고 불렀다. 그러나 그것도 단지 희미한 소문으로만 들어봤을 뿐이었다. 일반 당원들은 형제단이니 그 책이니 하는 말을 금기시해 입에 올리지 않았다.

2분째에 접어들자 증오는 광란으로 바뀌었다. 사람들은 자리에서 펄쩍펄쩍 뛰며 힘껏 고함을 질러 스크린에서 흘러나오는 사람을 미치게 만드는 염소 소리를 제압하려고 했다. 자그마한 갈색 머리 여자는 빨갛게 상기된 얼굴로 뭍에 오른 물고기처럼 뻐끔거렸다. 무표정했던 오브라이언의 얼굴마저 벌겋게 상기되었다. 그는 꼿꼿한 자세로 앉아 밀려오는 파도에 대항하듯 커다란 가슴을 벌름거렸다. 윈스턴의 뒤편에 있는 검은 머리 여자가

"돼지! 돼지! 돼지!"

라고 소리를 지르더니 갑자기 두툼한 신어사전을 집어 들고 스크린을 향해 던졌다. 사전은 골드스타인의 코를 맞히고 바닥에 떨어졌다. 사람들의 아우성은 끊임없이 계속됐다. 윈스턴은 퍼뜩 다른 사람들과 함께 고함을 지르며 의자 가로장을 맹렬히 차고 있는 자신을 발견하였다. 2분 증오의 무서움은 의무인 참가 때문이 아니라 저도 모르게 휘말려든다는 것이다. 30초 내에 어떤 가식도 필요 없게 된다. 공포와 복수심에 강렬히 도취되어 큼직한 쇠망치로 얼굴을 짓이기고 때려죽이고 싶은, 고문하고 싶은 충동이 전류처럼 널리 퍼져 자기 의사와는 상관없이 비명을 지르며 광적인 상태에 빠져버린다. 그러나 그들이 느끼는 분노는 등잔의 불꽃같이 이 사람에게서 저 사

람에게로 대상을 바꿀 수 있는 추상적이고도 방향 감각이 없는 감정일 뿐이었다. 그렇기 때문에 윈스턴이 지금 느끼는 순간적인 증오는 골드스타인에 대한 것이 전혀 아니었다. 오히려 정반대로 빅 브라더와 당, 사상경찰을 향한 것이었다. 그 순간 그의 마음은 스크린에 비치는 외롭고 조롱받는 이단자, 허위로 가득 찬 세상에서 진실과 올바른 정신을 지키기 위해 싸우는 유일한 수호자에게 애정을 느끼게된다. 그러나 다음 순간 또다시 주변 사람들과 하나가 되어 골드스타인에게 쏟아지는 모든 말들을 사실로 받아들이게 된다. 빅 브라더를 향한 비밀스런 역겨움이 찬양으로 바뀌고 빅 브라더가 아시아의유목민과 대적하여 바위처럼 우뚝 서 있는 용감한 수호자로 보이는반면에 골드스타인은 무력하게 고립되어 생존 여부조차 의심스러운상태에서 목소리의 힘을 빌어 문명사회를 무너뜨리려는 사악한 마술사로 보였다.

　때때로 인간은 의식적으로 증오 대상을 바꿀 수도 있다. 윈스턴은악몽에서 벗어나려고 안간힘을 쓰는 사람처럼 갑자기 격렬하게 몸부림치며 증오 대상을 스크린의 얼굴에서 검은 머리 여자로 바꾸었다. 그 순간 생생하고 아름다운 환상이 떠올랐다. 그는 그녀를 고무방망이로 죽도록 패고 싶었다. 그녀를 발가벗기고 말뚝에 묶어 성세바스티아누스[3]처럼 온몸에 화살을 쏘고 싶었다. 그녀를 강간하고절정에 다다를 때 목을 졸라 죽여버리고 싶었다. 그는 이제야 왜 그렇게 그녀를 증오하는지 알 것 같았다. 그녀는 젊고 아름다우며 섹스에 냉담해 그가 잠자리를 함께하자고 해도 절대 응해 주지 않을것이다. 그리고 양팔로 꼭 껴안아 달라는 듯 나긋나긋하고 매혹적인

---

3) 고대 로마의 기독교 성인. 갈리아 출신으로 로마 황제의 장교가 되었으나, 많은 이들에게
　기독교 신앙을 전파한 죄로 발가벗겨 화살에 맞아 죽는 형을 받았다. 그러나 그는 기적적
　으로 살아났는데, 이 사실이 알려지자 다시 태형에 처해진 후 하수구에 버려졌다 ― 옮긴이

허리에는 역겹게도 뚜렷한 순결의 상징인 진홍색 띠가 감겨 있기 때문이었다.

　증오는 절정에 다다랐다. 골드스타인의 목소리는 진짜 염소 소리로 변했고 잠깐 동안은 얼굴도 염소 얼굴로 변했다. 곧 염소 얼굴이 흐물흐물 유라시아 군인의 모습으로 바뀌고는, 거대하고 무시무시한 거인이 되어 기관총을 휘두르며 스크린 밖으로 튀어나올 것처럼 다가왔다. 그 바람에 맨 앞줄에 앉아 있던 사람들이 흠칫 놀라 몸을 뒤로 젖혔다. 그러나 사람들은 이내 안도의 한숨을 깊게 내쉬었다. 적개심을 드러낸 유라시아 군인의 얼굴이 사라지고 검은 머리칼에 검은 수염을 기른, 권위와 신비로운 정적에 싸인 빅 브라더의 얼굴이 나타났기 때문이었다. 빅 브라더가 무슨 말을 하는지 귀담아 듣는 사람은 아무도 없었다. 그것은 단지 몇 마디의 격려사로 일일이 구별할 수는 없었다. 그러나 그의 말을 듣고 있다는 사실만으로도 신뢰감을 회복할 수 있는, 전쟁터의 아수라장에서 지시를 받는 것과 같은 그런 말이었다. 이윽고 빅 브라더의 얼굴이 사라지고 당의 세 가지 슬로건이 커다란 자막으로 나왔다.

　전쟁은 평화
　자유는 예속
　무지는 힘

　빅 브라더가 사람들의 눈에 미친 충격은 너무나도 컸기에 그의 얼굴이 몇 초 동안 스크린에 그대로 남아 있는 것만 같았다. 자그마한 갈색 머리 여자가 앞줄 의자 등받이에 몸을 기대며 떨리는 목소리로 중얼거렸다.

　"나의 구세주여!"

그녀는 스크린을 향해 양팔을 벌리더니 두 손으로 얼굴을 감쌌다. 기도를 드리는 모습이었다.

그때 모든 사람들이 낮고 느린 가락으로 찬가를 반복하기 시작했다.

"빅 — 브라더! 빅 — 브라더! 빅 — 브라더!"

'빅'과 '브라더' 사이를 길게 늘이며 느릿느릿 이어지는 장중한 합창은 많은 야만인들이 맨발로 춤을 추며 두드려대는 북소리와도 같았다. 아마도 그러기를 30초가량 계속했으리라. 이것은 광기에 사로잡혀 감정을 주체할 수 없는 순간에 흔히 부르는 후렴이었고 빅 브라더의 지혜와 존엄성에 대한 찬가였지만, 본질적으로는 반복적인 소리로 교묘하게 의식을 마취시키는 최면 행위였다. 윈스턴은 배 속이 얼어붙는 것 같았다. 2분 증오 시간에는 그 자신도 모든 사람들이 빠져드는 무아지경에 빠져들지 않을 수는 없었다. 그러나

"빅 — 브라더! 빅 — 브라더! ……!"

라는 이 비인간적인 노래를 할 때면 늘 온몸에 소름이 끼쳤다. 물론 그도 다른 사람들과 함께 노래를 불렀다. 다른 방도가 없기 때문이었다. 자신의 감정을 속이고 태연을 가장하며 다른 사람들의 행동을 따라 한다는 것은 본능적인 반사작용이다. 그러나 일순 자신의 눈빛이 의지를 배반해 본심을 드러내는 순간이 있다. 바로 그때 사건이라면 사건일 수도 있는 의미심장한 일이 벌어졌던 것이다.

그는 순간적으로 오브라이언과 눈이 마주쳤다. 자리에서 서 있던 오브라이언이 안경을 벗었다가 특유의 제스처로 안경을 다시 코 위에 걸치려 할 때 두 사람의 눈이 마주친 것이었다. 윈스턴은 오브라이언이 자신과 같은 생각이라는 것을 알아챘다. 그랬다. 두 사람은 그때 확실히 마음이 통했다. 그들은 서로 마음의 문을 열고 자신의 생각을 눈으로 전하는 듯했다. 오브라이언은

'나는 자네 편일세. 자네가 무슨 생각을 하고 있는지 나는 다 알고 있네. 또 자네가 무엇을 경멸하고 증오하고 혐오하는지도 잘 알고 있네. 하지만 걱정하지 말게. 나는 자네 편이니까.'

라고 말하는 것 같았다. 그러나 오브라이언의 지성적인 눈빛은 이내 사라지고 다른 사람들과 똑같이 헤아릴 수 없는 표정으로 변해 버렸다.

그것이 사건의 전부였고 그는 정말로 일어났던 일인지 긴가민가할 정도였다. 그런 사건은 어떠한 결과도 초래하지 않는다. 그 일은 단지 그 자신 외에도 당의 적이 더 있다는 믿음과 희망을 줄 뿐이다. 어쩌면 방대한 지하조직이 있다는 소문은 사실일지도 모른다. 형제단은 실제로 존재할지도 모른다! 끊임없이 체포되고 자백하고 처형되는 상황이 이어지고 있다고 해서 형제단이 단순한 신화가 아니라고 확신할 수는 없었다. 윈스턴은 때때로 그 존재를 믿기도 믿지 않기도 했다. 명백한 증거가 없기 때문이었다. 그는 다만 슬쩍 귓전으로 스쳐 들은 얘기라거나 화장실 벽에 끼적거린 희미한 낙서 또는 낯선 두 사람이 지나치며 뭔가 암시하듯이 손짓을 주고받는 데서 의미를 찾아보기도 하고 그냥 생각 속에서 지워버리기도 했다. 그 모든 것이 추측이나 상상에 지나지 않을 따름이었다. 윈스턴은 더 이상 오브라이언을 쳐다보지 않은 채 자리로 돌아왔다. 그는 오브라이언과 순간적으로 접촉했다는 사실에 대해 더 이상 깊이 파고 들어가고 싶지 않았다. 설령 방법이 있다 하더라도 그것은 지극히 위험한 일이었다. 그들은 다만 1~2초 동안 눈길이 마주쳤을 뿐이고 그것이 전부였다. 비록 그것이 기억해 둘 만한 일이라 할지라도 결국 마음속에 깊숙이 숨겨야 할 것이다.

윈스턴은 상체를 일으켜 자세를 바로 했다. 트림이 났다. 배 속에 들어간 술이 도로 넘어올 듯 메슥거렸다.

26

윈스턴은 다시 공책으로 눈길을 돌렸다. 그는 자신이 무기력하게 앉아 생각에 잠겨 있는 동안에도 무의식적으로 글을 쓰고 있었다는 것을 깨달았다. 여느 때처럼 서투른 필체가 아니었다. 그가 손에 쥐고 있는 펜은 매끄러운 종이 위에 큼직한 대문자로 맵시 있게 써 내려갔다.

빅 브라더를 타도하라!
빅 브라더를 타도하라!
빅 브라더를 타도하라!
빅 브라더를 타도하라!
빅 브라더를 타도하라!

똑같은 글을 되풀이하며 반 쪽이나 채우고 있었다.

그는 아찔한 공포를 느꼈다. 그러나 이런 끔찍한 말을 되풀이해 쓰는 것보다 애당초 일기를 쓴 것 자체가 더욱 위험한 일이었기 때문에 이런 공포는 부질없었다. 한순간 망쳐버린 공책 한 장을 찢어내고 일기 쓰는 일마저 포기할까 생각했다.

그러나 그것마저도 부질없는 짓이라는 것을 잘 알고 있었다. 그가 '빅 브라더를 타도하라!' 라고 썼든 쓰지 않았든 아무런 차이가 없었다. 마찬가지로 계속해서 일기를 써 나가든 그렇게 하지 않든 아무런 차이가 없을 것이다. 사상경찰은 똑같이 취급할 것이다. 설령 그가 펜을 들지 않았다 하더라도 그는 이미 다른 모든 지엽적인 죄까지도 포함하는 본질적인 범죄를 저질렀다. 소위 '사상죄' 를 범한 것이다. 사상죄는 결코 영원히 은폐될 수 없다. 얼마 동안 혹은 몇 년 동안 요행히 숨길 수 있을지도 모르지만 끝내는 발각되고야 만다.

체포는 예외 없이 밤에만 이루어진다. 갑자기 마구 흔들어 잠을 깨우고 와살스러운 손으로 어깨를 거칠게 움켜잡고 강렬한 플래시로 눈을 쏘아대며 험상궂은 얼굴들이 침대 주위를 빙 둘러싼다. 대개 재판도 체포 보고서 따위도 없다. 사람들은 항상 한밤중에 그냥 사라져버린다. 출생 기록부에서 이름이 빠지고 그에 관한 모든 기록은 말소된다. 한때 존재했다는 사실도 부인되고 마침내는 완전히 망각된다. 이 경우를 보통 '증발'되었다고 한다.

윈스턴은 잠시 신경질이 났다. 그리고 급히 휘갈겨 쓰기 시작했다.

   그들은 나를 총살하겠지만 관계없다. 그들은 등 뒤에서 나를 쏘겠
 지만 그래도 관계없다. 빅 브라더를 타도하라. 그들은 언제나 등 뒤에
 서 총을 쏜다. 하지만 나는 관계치 않겠다. 빅 브라더를 타도하라.

그는 약간 창피하다는 생각이 들어 펜을 내려놓고 의자에 등을 기댔다. 그때 문에서 노크 소리가 들렸다. 순간 오싹해졌다.

벌써! 그는 생쥐처럼 숨을 죽이고 앉아 있었다. 한두 번 문을 두드리다 그냥 가길 바랐다. 그러나 그의 바람과 달리 노크 소리는 계속 들려왔다. 지체할수록 상황이 나빠질 것 같았다. 그의 심장은 마구 내달렸지만 오랜 경험을 통해 무표정한 얼굴로 가장할 수 있었다. 그는 의자에서 일어나 문을 향해 무거운 발걸음을 옮겼다.

2

문고리를 잡던 윈스턴은 책상 위에 펼쳐진 일기장을 보았다. '빅 브라더를 타도하라!' 라고 큼직하게 써놓은 글자는 문 쪽에서도 훤히 알아볼 수 있을 정도였다. 터무니없는 바보짓을 저질러버렸다. 그 와중에도 잉크가 마르기도 전에 일기장을 덮어 크림색 공책을 더럽히고 싶지는 않다고 생각했다.

그는 한차례 숨을 몰아쉬고 문을 열었다. 동시에 마음속으로 안도의 한숨을 쉬었다. 초라한 몰골에 핏기 없는 여자가 문밖에 서 있었다. 머리카락은 듬성듬성하고 얼굴은 주름투성이였다.

"오, 동무."

그녀는 뭔가 속상하다는 듯 코맹맹이 소리로 말하기 시작했다.

"동무가 돌아오는 소리를 들었어요. 우리 집에 건너와 부엌 개수대 좀 봐주시겠어요? 아무래도 배수구가 막혀버린 것 같은데⋯⋯."

같은 층 옆집에 사는 파슨스 부인이었다(당은 '부인'이라는 말을 좋아하지 않았다. 누구를 지칭하든 '동무'라는 말을 써야 했으나 어떤 여성에게는 본능적으로 부인이라는 말을 하게 됐다). 그녀는 서른 살쯤 되었지만 훨씬 더 나이 들어 보였다. 얼굴 주름에는 때까지 낀 것 같았

29

다. 윈스턴은 그녀를 따라 복도로 나갔다. 그런 소소한 수선은 거의 매일 겪는 귀찮은 일이었다. 승리 맨션은 1930년 무렵 지어져 당장이라도 무너질 것처럼 낡은 건물이었다. 천정과 벽에서는 계속 석회가루가 떨어졌으며 수도관은 얼 때마다 터졌고 지붕은 눈이 올 때마다 샜다. 게다가 난방시설은 절약을 구실로 아예 잠가두거나 가동한다 하더라도 스팀이 반밖에 들어오지 않았다. 이런 수리들을 자기 스스로 해결하지 못할 경우에는 멀리 떨어진 당국에 신청해야 한다. 하지만 그러려면 창문 하나를 고치는 데에도 족히 2년은 걸린다.

"하필 이런 때 톰이 집에 없지 뭐예요."

파슨스 부인이 힘없는 목소리로 말했다.

파슨스의 집은 윈스턴의 집보다는 컸지만 어딘지 모르게 어수선해 보였다. 포악한 짐승이 다녀간 뒤처럼 모든 것이 흐트러져 마구 짓밟힌 자리처럼 보였다. 하키 스틱, 권투 장갑, 터진 축구공, 땀에 젖어 뒤집어진 채 뒹구는 운동복과 운동 용품들이 거실 바닥에 널브러져 있었고 탁자에는 더러운 접시들과 너덜너덜해진 운동 서적들이 흩어져 있었다. 벽에는 청년동맹 스파이단 깃발과 빅 브라더의 커다란 포스터가 붙어 있었다. 숨을 들이쉴 때마다 건물 전체에서 늘 풍기는 양배추 삶는 냄새 사이로 지독한 땀 냄새가 코를 찔렀다. 땀 냄새는 지금 집에 없는 사람이 남겨놓은 것이었다. 옆방에서는 누군가가 텔레스크린에서 나오는 군악에 따라 빗살에 휴지 조각을 비벼가며 장단 맞추고 있었다.

"아이들이 그러는 거예요."

파슨스 부인은 신경이 쓰이는 듯 그쪽을 힐끗 쳐다보며 말했다.

"오늘은 바깥에도 나가지 않는군요. 물론……."

그녀는 말을 하다가 중도에서 그치는 버릇이 있었다. 부엌 개수대에는 불결하기 짝이 없는 시커먼 구정물이 넘치듯이 가득 차 있었다. 양배추 삶는 냄새보다도 더 고약한 악취가 풍겨왔다. 윈스턴은 쭈그리고 앉아 배수관의 이음매를 살펴보았다. 그는 몸을 구부려야 하는 일을 싫어했다. 몸을 구부리면 어김없이 기침이 나오기 때문이었다. 파슨스 부인은 무연한 시선으로 그를 바라보며 말했다.

"아마 톰이 집에 있었다면 금세 고쳤을 거예요. 그이는 이런 일이라면 아주 좋아하죠. 손재주도 있고 말이에요."

파슨스는 윈스턴과 함께 진리부에서 근무하는 동료였다. 그는 뚱뚱했지만 활동적인 사람이었다. 그러나 바보처럼 어리석고 미련한데다 맹목적인 열성분자였다. 당의 안정성은 사상경찰보다는 아무런 회의도 없이 헌신적으로 충성하는 그런 사람들에 의해 유지되는 셈이다. 그는 서른다섯 살 때 본의 아니게 청년동맹에서 퇴출된 적이 있었다. 그곳에 가입하기 전에는 규정 연한을 넘기고 1년간 스파이단의 단원으로 일했다. 그는 진리부에서 두뇌를 쓰지 않아도 되는 하급직에 채용되었지만 각종 위원회에서는 체육위원회나 단체 행군, 데모, 저축운동 등 자발적인 운동을 조직하는 지도적 인물이었다. 그는 파이프 담배를 뻐끔뻐끔 피우며 자기는 지난 4년 동안 매일 저녁 공회당에 나가고 있다고 은근히 뻐기는 위인이었다. 그는 자신의 왕성한 활동력을 무의식적으로 과시하기라도 하듯 가는 곳마다 지독한 땀 냄새를 풍겼고, 그 냄새는 그가 떠나가 버린 후에도 오랫동안 남아 코를 찌르고는 했다.

"스패너 있어요?"

윈스턴은 배수관 이음매의 조임 나사를 만지작거리며 말했다.

"스패너요? 글쎄요, 잘 모르는데요. 아마 애들이……."

파슨스 부인은 맥 빠진 음성으로 대답했다. 그때 쿵쿵거리는 발소리와 함께 아이들이 빗으로 장난하며 거실로 우르르 몰려 들어갔다. 파슨스 부인이 스패너를 가지고 왔다. 윈스턴은 막힌 물을 빼내고 얼굴을 찡그리며 배수관을 틀어막았던 머리카락 뭉치를 꺼냈다. 그러고는 수도꼭지를 틀어 되도록 깨끗이 손을 씻고 옆방으로 들어갔다.

"손들어!"

사나운 목소리가 귀에 따갑게 들렸다. 귀엽고 야무지게 생긴 아홉 살짜리 사내아이가 탁자 뒤에서 불쑥 튀어나오며 장난감 자동권총으로 위협했다. 그보다 두 살 정도 어려 보이는 여자아이도 나무토막을 들고 제 오빠 흉내를 내고 있었다. 두 꼬마 모두 스파이단의 제복인 푸른색 바지와 회색 셔츠를 입고 빨간 머플러를 두르고 있었다. 윈스턴은 머리 위로 손을 치켜들었으나 사내아이의 태도가 너무나 진지한 나머지 전혀 장난으로 느껴지지 않아 께름칙한 기분이었다.

"이 반역자야!"

사내아이가 거침없이 소리를 질렀다.

"너는 사상범이야! 유라시아의 스파이라고! 너를 총살하겠다! 없애버릴 테다! 너를 소금 광산으로 보내버리겠어!"

별안간 두 꼬마가 그의 주위를 에워싸고 깡충깡충 뛰며 "반역자!", "사상범!"이라고 악을 썼다. 여자아이는 제 오빠가 하는 그대로 흉내 내었다. 다 자라서는 사람을 잡아먹을 호랑이 새끼들이 날뛰고 있는 것 같아 섬뜩한 느낌이 들었다. 소년의 눈빛에는 한 치의 빈틈도 없는 잔혹성과 윈스턴을 차고 마구 때리고 싶어 하는 뚜렷한 욕망 그리고 커서는 충분히 하고도 남을 심성이 엿보였다. 꼬마가 들고 있는 것이 진짜 권총이 아니라서 천만다행이라는 생각마저 들었다.

파슨스 부인은 당황스런 표정으로 윈스턴과 아이들을 번갈아 쳐다보기에 바빴다. 거실의 밝은 빛 아래에서 보니 그녀의 주름에는 정말로 때가 끼어 있었다.

"아이들이 너무 시끄럽게 굴어서……. 교수형 구경을 가지 못해 심통이 나서 그래요. 나는 너무 바빠서 애들을 데리고 갈 수가 없거든요. 톰은 그 시간 안에 돌아오지 못하고 말이에요."

파슨스 부인이 말했다.

"왜 우리는 교수형 구경을 안 가는 거지?"

사내아이가 으르렁거리듯이 소리쳤다.

"교수형이 보고 싶어! 교수형 구경을 하고 싶단 말이야!"

여자아이도 깡충거리며 졸라댔다.

윈스턴은 그제야 전범 혐의로 붙잡힌 유라시아 포로 몇 명이 그날 저녁 공원에서 교수형 당한다는 사실이 기억났다. 그런 일은 한 달에 한 번쯤은 있었으므로 새삼스럽게 구경거리라고 할 수도 없었다. 그런데도 아이들은 보게 해달라며 조르고 보챘다. 윈스턴은 파슨스 부인의 곁을 떠나 문을 향해 걸어갔다. 여섯 걸음도 못 갔을 때 무언가 그의 목덜미를 매섭게 아프도록 맞혔다. 벌겋게 달군 쇠꼬챙이로 찔린 것처럼 통증이 극심했다. 뒤를 돌아보니 파슨스 부인이 아들을 집 안으로 잡아끌고 사내아이는 고무줄 총을 주머니에 쑤셔 넣고 있었다. 꼬마는 문이 닫힐 때

"골드스타인!"

하고 소리 질렀다. 정작 윈스턴이 놀란 것은 그 어머니의 잿빛 얼굴에 드리운 공포였다.

자기 집으로 돌아온 윈스턴은 재빠른 걸음으로 텔레스크린을 지나 책상에 앉고 목덜미를 쓰다듬었다. 텔레스크린에서 흘러나오던 음악이 그쳤다. 그 대신 딱딱 끊어지는 군대식 말투가 아이슬란드와 페로 제도 사이에 정박 중인 새로운 유동요새(流動要塞)의 장비에 대해 광적으로 설명하고 있었다.

윈스턴은 그녀가 아이들 때문에 평생 공포에 떨며 살아갈 것이라고 생각했다. 한두 해가 지난 후 저 아이들은 제 어머니에게서 이단의 기미를 찾아내려고 밤낮으로 눈에 불을 켜고 감시할 것이다. 오

늘날의 아이들은 정말 무서운 존재다. 가장 몹쓸 것은 스파이단과 같은 조직이다. 그들은 아이들을 작은 야만인으로 개조시켜 당의 강령에 반발하는 경향을 조금도 찾아볼 수 없도록 만든다. 반발커녕 당과 당에 관계된 것은 무엇이든지 찬양하도록 만들어버린다. 군가, 행진, 깃발, 행군을 비롯하여 모의 사격훈련, 슬로건 복창, 빅 브라더 숭배…… 이런 것들은 모두 아이들에게 영광스러운 놀이였다. 아이들의 잔인함은 국가의 적과 외국인, 반역자, 파업자, 사상범 들에게 향하였다. 서른 넘은 부모들이 자기 자식을 두려워하는 것은 일반적인 현상이 되어버렸다. 이유는 충분했다. 흔히 '어린 영웅'이라고 불리는 아이들이 부모의 대화를 엿듣고 사상경찰에 고발했다는 기사가 일주일에 한 번 이상 〈타임스〉에 빠짐없이 실리기 때문이었다.

고무줄 총에 맞아 얼얼했던 통증이 차츰 가라앉았다. 윈스턴은 별생각 없이 다시 펜을 들고 일기에 더 쓸 것은 없는지 생각했다. 그러다가 문득 오브라이언을 생각하기 시작했다.

몇 년 전, 정확하게 얼마나 됐을까? 아마 7년쯤 전이었을 듯싶다. 그는 칠흑같이 캄캄한 방을 걸어가는 꿈을 꾸었다. 그때 옆에 앉아 있던 누군가가 그에게 말했다.

"우리는 어둠이 없는 곳에서 만나게 될 걸세."

조용히 들려온 그 목소리는 명령이 아니라 하나의 선언이었다. 그는 멈추지 않고 계속 걸었다. 이상하게도 그때 꿈속에서는 그 말에 특별히 깊은 인상을 받지 않았다. 그러나 시간이 흐르면 흐를수록 점차 의미심장하게 느껴지기 시작했다. 그가 처음으로 오브라이언을 보았던 때가 그 꿈을 꾸기 전인지 후인지는 명확히 기억할 수 없었다. 언제부터 꿈속의 목소리가 오브라이언의 목소리라고 생각했는지도 기억할 수 없었다. 그러나 이제 목소리의 주인공이 확실해졌다. 어두운 꿈속에서 그에게 말했던 사람은 바로 오브라이언이었다.

윈스턴에게 오브라이언이 자기편인지 적인지 확실히 가려낼 재간은 없었다. 오늘 오전 눈이 마주쳤을 때도 마찬가지였다. 자기편인지 여부를 가리는 것이 그다지 중요하지 않았다. 그들은 우정이나 당원으로서의 동지애보다 더욱 중요한 '이해'로써 맺어진 사이였다. 그는 분명히 말했다.

"우리는 어둠이 없는 곳에서 만나게 될 걸세."

윈스턴은 그 말이 무엇을 의미하는지 명확히 알 수 없었다. 다만 그대로 이루어지리라는 것만 감지할 뿐이었다. 텔레스크린에서 흘러나오던 목소리가 멈추었다. 이어서 맑고 아름다운 트럼펫 소리가 침울한 분위기를 일신하는가 싶더니 귀에 거슬리는 숨 가쁜 목소리가 연이어 흘러나왔다.

"알립니다! 알립니다! 방금 말라바 전선에서 들어온 긴급 뉴스입니다. 우리 군대가 남인도에서 영광의 승리를 거두었습니다. 지금 전해 드리는 이 승리로 머지않아 전쟁이 끝날 것입니다. 이상으로 긴급 뉴스를 전해 드렸습니다."

윈스턴은 좋지 않은 소식이 이어질 것이라고 생각했다. 아니나 다를까, 곧이어 유라시아 군대를 전멸시켰다는 피비린내 나는 보도와 함께 엄청난 적군 사상자와 포로 숫자를 상세히 나열한 뒤, 다음 주부터는 초콜릿 배급을 30그램에서 20그램으로 줄인다는 발표를 했다.

윈스턴은 또 한 번 트림을 했다. 술기운이 떨어지면서 침울한 기분만 남았다. 텔레스크린에서는 승리를 축하하기 위해서인지 줄어든 초콜릿 배급량에 대한 생각을 잊게 하기 위해서인지 〈오세아니아, 그대를 위해〉라는 곡이 요란하게 흘러나왔다. 이런 때에는 규정에 따라 부동자세로 서야 했지만 지금은 텔레스크린의 시계 밖이므로 그대로 있었다.

〈오세아니아, 그대를 위해〉가 끝나자 경음악이 흘러나왔다. 윈스턴은 창가로 걸어가 텔레스크린을 등지고 섰다. 바깥 날씨는 여전히 쌀쌀하면서 맑았다. 어딘가 멀리서 땅을 울리는 둔중한 소리와 함께 로켓 폭탄이 터졌다. 요즘에는 일주일 평균 20~30발가량 폭탄이 투하되었다. 거리 저편의 찢어진 포스터가 바람에 펄럭임에 따라 '영사'라는 글자가 보였다 안 보였다 했다. 영사, 영사의 신성불가침적 강령들, 신어, 이중사고 과거의 무상함. 윈스턴은 자신이 기괴하기 짝이 없는 세계에서 길을 잃고 심해에서 헤매는 괴물이 된 것 같았다. 그는 혼자였다. 과거는 죽었고 미래는 상상할 수 없었다. 지금 살아 있는 사람들 중 단 한 명이라도 내 편이 있을까? 당의 지배가 영원하지 못할 거라고 어떻게 알 수 있을까? 그의 마음속에 일어난 의문에 대답이라도 하듯 진리부의 하얀 건물 외벽에 붙은 세 가지 슬로건이 그의 눈에 들어와 박혔다.

전쟁은 평화
자유는 예속
무지는 힘

그는 주머니 속에서 25센트짜리 동전 한 닢을 꺼냈다. 동전에도 똑같은 슬로건이 조그맣고 선명하게 새겨져 있었고, 뒷면에는 빅 브라더의 초상이 새겨져 있었다. 동전에 새겨진 빅 브라더의 눈마저도 그를 살피고 있었다. 빅 브라더의 눈은 동전, 우표, 책의 표지와 깃발, 포스터 그리고 담뱃갑 등 어디에나 존재했다. 때와 장소를 가리지 않고 그 눈이 감시를 했고 그 목소리가 주위를 둘러쌌다. 자나 깨나, 일할 때나 먹을 때나, 집 안에서나 밖에서나, 목욕을 할 때나 침대에 누워 있을 때나 빅 브라더의 감시를 피할 수 없었다. 몇 제곱센

티미터에 불과한 해골 속이 아니고는 자기 자신을 찾을 수가 없었다.

해가 기웃해져 그늘이 지자 진리부의 수많은 창문들은 마치 요새의 총구멍처럼 무시무시하게 보였다. 그 거대한 피라미드 형상을 보노라니 저절로 가슴이 오그라드는 듯했다. 무척이나 견고하게 지었기 때문에 폭풍우는 물론 수천 개의 로켓 폭탄으로도 파괴할 수가 없을 것이다. 윈스턴은 다시 한 번 자신이 무엇을 위해서 일기를 쓰려는지 생각해 보았다. 미래를 위해서? 과거를 위해서? 아니면 어떤 상상할 수도 없는 시대를 위해서? 그의 앞에는 죽음이 아니라 허무가 있을 뿐이다. 일기는 한 줌 재로 변해 없어질 것이고 그 자신은 어디로 갔는지도 모르게 증발해 버릴 것이다. 단지 사상경찰만이 그의 일기장을 없애기 전에 한 번 읽어볼 것이다. 그렇게 자신의 흔적도 사라지고 종이 위에 끼적거린 필자 불명의 글조차 그대로 남을 수 없는데 무엇을 어떻게 미래에 호소하겠는가?

텔레스크린이 14시를 알렸다. 10분 내에 출발해야만 한다. 14시 30분까지는 사무실로 돌아가야 하는 것이다.

이상하게도 시간을 알려주는 종소리는 그에게 새로운 기분을 가져다주었다. 그는 아무도 귀담아 듣지 않는 진실을 말하는 고독한 유령이었다. 완곡한 표현으로 진실을 말하는 한 그의 발언은 중단되지 않고 계속될 것이다. 다음 세대에게 남길 유산은 그의 말을 들려주는 것이 아니라 올바른 정신을 찾게 돕는 것이다. 그는 책상으로 돌아가 펜을 들고 또다시 써 내려갔다.

미래를 향해, 과거를 향해, 사고가 자유롭고 인간 저마다의 개성이 서로 다르면서도 고독하지 않을 시대를 향해, 진실이 존재하고 한 번 이루어진 것은 없어질 수 없는 시대를 향해.

획일적인 시대로부터, 고독의 시대로부터, 빅 브라더의 시대로부터, 이중사고의 시대로부터— 축복이 있기를!

윈스턴은 자신이 이미 죽은 것과 다름없다는 생각을 했다. 그는
자신의 사고를 체계화할 수 있는 때는 바로 지금이고, 지금 그 마지
막 단계에 왔다고 확신했다. 모든 행위의 결과는 행위 자체에 포함
되기 마련이다. 그는 다음과 같이 썼다.

사상죄는 죽음을 수반하지 않는다.
사상죄는 죽음 바로 그 자체다.

자신이 죽은 사람이나 다름없다고 인정한 이상 될 수 있는 대로
오래 살아남는 것이 중요했다. 오른손 손가락 두 개에 잉크가 묻었
다. 이런 작은 실수들이 사람을 함정에 빠지게 한다. 냄새를 잘 맡는
사무실의 열성당원들(갈색 머리 여자나 창작국의 검은 머리 여자와 같은
자들)은 왜 그가 점심시간에 글을 썼는지, 왜 구식 펜을 사용했는지,
대체 '무엇'을 썼는지 의심하기 시작할 것이며, 종국에는 당국에 밀
고할 것이다. 그는 욕실에 들어가 거친 암갈색 비누로 세심하게 잉
크를 지웠다. 사포처럼 피부를 깎아낼 것 같은 비누가 이런 일에는
아주 안성맞춤이었다.

그는 일기장을 서랍 속에 집어넣었다. 사실 감춘다는 행위는 전혀
의미 없었지만 적어도 일기장이 발각되었는지 어땠는지는 알 수 있
어야 했다. 일기장 한쪽 끝에 머리카락 한 올이라도 붙여두면 바로
알 수 있을 것이다. 그는 손가락 끝으로 희부연 먼지 덩어리를 집어
자기만 알아볼 수 있도록 일기장의 표지 구석에 살짝 올려놓았다.
만일 누가 일기장에 손을 대면 가벼운 먼지는 제자리에 붙어 있지
않을 것이다.

3

윈스턴은 어머니가 나오는 꿈을 꾸고 있었다.

어머니가 사라진 것은 그가 열 살인가 열한 살 때였다고 생각되었다. 어머니는 키가 크고 머릿결이 보드라웠으며 조각상 같은 몸매에 말수가 적은 여성으로 행동거지가 침착했다. 희미한 기억 속의 아버지는 검은 피부에 야윈 편으로 항상 깔끔한 검은색 양복을 입고(특히 아버지의 얇은 구두창을 잊을 수가 없었다) 안경을 썼다. 두 분은 50년대의 1차 대숙청 때 사라진 게 틀림없었다.

꿈속의 어머니는 어린 누이동생을 껴안고 그의 자리 아래쪽 깊숙한 곳에 앉아 있었다. 누이동생에 대한 기억은 단지 자그맣고 허약한 아기였다는 것과 언제나 말이 없는 가운데 유난히 큰 눈만 말똥말똥 뜨고 있었다는 것뿐이었다. 어머니와 누이동생은 그를 올려다보고 있었다. 어머니와 누이동생은 우물 바닥이나 무덤 속 같은 장소에서 그와 멀리 떨어져 있었는데도 점점 더 아래로 내려가고 있었다. 자세히 보니 그들은 침몰하는 배의 객실에 앉아 거무칙칙한 물을 통해 그를 올려다보고 있었다. 객실 안에는 아직 숨 쉴 공기가 남아 있었고 그들은 서로를 여전히 바라볼 수 있었지만, 그러는 새에

배가 푸른 물속으로 가라앉고 오래지 않아 시야에서 영원히 사라질 것 같았다. 그는 빛과 공기가 있는 바깥세상에 있었지만 어머니와 누이동생은 죽음 속으로 빠져 들어가고 있었다. 실은 그가 높은 곳에 있기 때문에 그들이 더욱 깊이 가라앉는 것이었다. 그는 그 사실을 잘 알고 있었고 어머니와 누이동생 또한 알고 있다는 것을 표정으로 알 수 있었다. 그러나 그들의 표정이나 마음속에서 그에 대한 원망의 빛은 조금도 찾아볼 수 없었다. 어머니와 누이동생은 단지 윈스턴을 살리기 위해 자신들이 죽어야 한다는 것과 그것이 피할 수 없는 숙명이라는 것을 알고 있는 듯했다.

그는 꿈속에서 어떤 일이 벌어졌는지 명확하게 기억할 수 없었지만 자기 때문에 어머니와 누이동생이 희생되었다는 것만은 알 수 있었다. 이런 꿈은 깨어나도 인상적이었던 장면이 생각 속으로 스며들어 그 장면을 기억하는 한 변함없이 새롭고 가치 있는 사실과 생각을 일깨워준다. 지금 이 순간 윈스턴의 마음을 아프게 하는 것은 약 30년 전에 있었던 어머니의 죽음이 말로 다 표현할 수 없을 만큼 비극적이었고 참혹했다는 사실이었다. 비극이란 그 옛날 그러니까 사생활과 사랑과 우정이 아직 존재하고 한 가족이 아무런 이해타산 없이 서로 의지하던 시대의 유물이라 생각되었다. 어머니를 떠올리면 가슴이 찢어지듯이 아팠다. 어머니는 그를 사랑하며 죽어갔다. 그는 그때 너무 어리고 이기적이어서 그 사랑에 보답하지 못했다. 어머니는 달리 생각해 볼 여지도 없는 오직 한 가닥 사랑으로 아들인 그를 위해 자신을 희생했다. 오늘날 볼 수 없는 희생정신이라고 생각됐다. 오늘날에는 공포와 증오와 고통만이 있을 뿐 감정의 존엄성이나 깊고 오묘한 슬픔 따위는 어디에서도 흔적조차 찾을 수가 없다. 수백 길 아래로 가라앉으며 검푸른 물을 통해 자기를 올려다보던 어머니와 누이동생의 커다란 눈망울을 통해 윈스턴은 모든 사실을 알게

40

되었다.

갑자기 장면이 바뀌었다. 해가 비스듬히 기우는 여름날 저녁, 그는 푹신한 잔디밭에 서 있었다. 그가 바라보고 있는 경치는 그동안 꿈속에서 자주 보았던 것이었다. 얼마나 자주 보았던지 실제로 본 적이 있는 것으로 착각할 정도였다. 그는 자신이 그 꿈에서 깨어나면 꿈속의 광경을 기억에 떠올리며 그곳을 '황금의 나라'라고 부를지도 모른다고 생각했다. 그곳에는 토끼들이 풀을 뜯어먹던 오래된 풀밭이 있었고, 그 위쪽으로는 오솔길이 지나고 있었으며 여기저기 두더지 굴도 보였다. 들판 건너편 엉성한 울타리 안에서는 느릅나무의 잔가지들이 부드러운 바람결에 살며시 떨었고, 그 잎사귀들은 숱많은 여인의 머리카락처럼 나풀나풀 춤추고 있었다. 보이지는 않지만 가까운 곳 어딘가에는 조용히 흐르는 맑은 시냇물이 있고, 냇가 버드나무 그늘 아래에는 황어 떼가 즐겁게 헤엄치며 놀 것 같았다.

검은 머리 여자가 들판을 가로질러 그에게로 오고 있었다. 그녀는 한 번에 휙 옷을 벗고는 아주 오만한 표정을 지으며 옆으로 던져버렸다. 그녀의 몸은 희고 매끄러웠지만 아무런 욕정도 일어나지 않았다. 그는 그녀를 거들떠보지도 않았다. 단지 그에게 경탄을 불러일으킨 것은 그녀가 옷을 훌렁 벗어버리는 모습이었을 뿐이었다. 우아하면서도 아무런 거리낌이 없어 보이는 그 동작은 모든 문화와 사상체계를 무색하게 만들기에 충분해 보였다. 빅 브라더와 당 혹은 사상경찰마저 그 화려한 팔 동작으로 묵살해 버릴 수 있을 것 같았다. 하지만 그것 역시 옛 시대에나 있었던 행동이었다. 윈스턴은 잠결에

"셰익스피어!"

라고 중얼거리며 눈을 떴다.

텔레스크린에서 일정한 음고로 30초 동안 계속되는 호루라기 소리가 귀청을 찢듯이 울려 나왔다. 7시 15분, 관리들의 기상 시간이었

다. 윈스턴은 몸을 비비꼬며 침대에서 일어났다. 벌거벗은 채였다. 외부당원에게는 피복비로 1년에 겨우 3000쿠폰이 할당되는데 잠옷 한 벌 값만 해도 300쿠폰이었다. 그는 의자에 걸어놓았던 때에 전 내의와 바지를 주섬주섬 입었다. 3분 내에 체조가 시작될 예정이었다. 다음 순간 그는 몸을 구부리며 발작적으로 심한 기침을 했다. 잠자리에서 일어나는 아침마다 거의 매일 기침이 터져 나왔다. 지독한 기침 때문에 허파가 텅 비어버린 것 같았다. 그는 몸을 쭉 펴고 몇 번이나 숨을 깊이 들이마신 후에야 겨우 정상적으로 숨을 쉴 수가 있었다. 기침을 하느라 온몸에 힘을 주었기 때문에 혈관이 자극을 받은 탓인지 정맥류성 궤양이 또다시 근질거리기 시작했다.

"30대 동무들!"

귀가 째질 것 같은 여자 목소리가 텔레스크린에서 딱딱거렸다.

"30대 동무들! 어서 제자리를 잡아요! 30대 동무들!"

윈스턴은 잽싸게 텔레스크린 앞으로 다가가 차렷 자세를 취했다. 텔레스크린에는 근육이 발달하고 마른 젊은 여자가 튜닉을 입고 운동화를 신고서 벌써 나와 있었다.

"팔 굽혀 펴기!"

그 여자가 짖어댔다.

"구령에 맞춰서 하나, 둘, 셋, 넷! 하나, 둘, 셋, 넷! 자, 동무들 더욱 힘차게! 하나, 둘, 셋, 넷 ! 하나, 둘, 셋, 넷……!"

발작적인 기침의 고통 속에서도 잊을 수가 없었던 꿈속의 인상이 구령에 맞춘 체조를 하는 동안에도 머릿속에 떠올랐다. 그는 짐짓 체조 시간에 걸맞은 유쾌한 표정을 짓고 기계적으로 팔을 뻗었다 굽혔다 하며 어린 시절의 희미한 기억을 되살리려고 애썼다. 하지만 어려웠다. 50년대 이전의 일들은 모두 뇌리에서 지워져버린 상태였다. 뭔가 사실을 증명할 수 있는 물적 증거가 없으면 지금까지 살아온 자신의 생애마저 뚜렷한 윤곽을 잃고 말 것이다. 엄청난 사건이 있었다는 기억은 있지만 또한 그런 일이 전혀 없었던 것도 같기도 했다. 사소한 일은 생각나지만 당시 상황을 기억하지 못해 아무것도 확인할 수 없는 오랜 공백기가 생기기도 했다. 모든 것이 그때와는 판이하게 다르다. 심지어는 나라 이름과 영토를 표시해 놓은 지도의 모양까지도 달라졌다. 예를 들어 지금의 '제1공대'도 예전에는 '잉글랜드'나 '브리튼'이라고 불렀다. 단지 '런던'은 예전에도 똑같이 '런던'이었다고 기억되지만…….

윈스턴이 기억하는 한 이 나라는 언제나 전쟁을 하고 있었다. 그러나 어렸을 때 한차례 공습을 겪었던 적이 있는데, 그때 사람들이 어쩔 줄 모르고 우왕좌왕했던 것으로 보아 그전까지는 꽤 오랜 평화가 지속되었던 게 틀림없었다. 아마 콜체스터에 원자 폭탄이 떨어졌던 때로 기억된다. 공습 자체는 기억이 없지만, 아버지가 그의 손을 꼭 잡고 황급히 땅속 깊은 곳을 향해 나선형 층계를 맴돌면서 뛰어내려가던 일은 분명히 기억할 수 있었다. 그는 다리가 너무 아파서 울기 시작했으며 아버지는 잠시 쉬었다 가자고 했다. 어머니는 꿈속을 헤매듯이 느릿느릿 멀찌감치 떨어져 그들 부자의 뒤를 따라왔다. 어머니는 갓난아기를 안고 있었다. 어쩌면 담요 뭉치를 안고 있었던 것인지도 모른다. 그때 누이동생이 갓 태어났는지 어땠는지는 확실하게 기억할 수 없었다. 어쨌든 그의 가족은 사람들이 빼곡히 모여 소란스럽기 그지없는 지하철역에 도착했다.

사람들은 대합실 돌바닥에 퍼질러 앉아 있기거나 쇠 의자에 잔뜩 끼어 앉아 있었다. 윈스턴과 그의 부모는 바닥에 자리를 잡았다. 그들 곁에는 한 노부부가 나란히 의자에 앉아 있었다. 고급스런 검은 양복에 검은 모자를 비스듬히 눌러쓴 백발의 노인은 얼굴이 붉고 눈은 푸른빛을 띠고 있었다. 그리고 두 눈에는 눈물이 가득 고여 있었다. 노인의 몸에서는 땀 냄새 대신에 술 냄새가 났다. 그래서였는지 그의 눈에서 솟아나는 게 술이 아닐까 하는 생각도 하였다. 약간 취했던 그 노인은 견딜 수 없는 슬픔 때문에 괴로워하고 있었다. 윈스턴은 어린 마음에도 어떤 무서운 일이, 결코 용서할 수도 돌이킬 수도 없는 일이 직전에 일어났다는 걸 알아챌 수 있었다. 어떤 일인지도 알 것 같았다. 누군가가, 어쩌면 노인의 손녀가 죽었는지도 모를 일이었다. 노인은 몇 분 간격으로 같은 말을 되풀이했다.

"그놈들을 믿지 말았어야 했소. 그놈들을 믿으면 이 꼴이 될 거라고 늘 말했잖소. 그놈들을 믿어서는 안 되는 거였는데……."

그러나 윈스턴은 말하는 그놈들이 누구인지 알 수가 없었다.

노인을 만났던 그때 이후 전쟁은-엄밀히 말하자면 항상 똑같은 전쟁은 아니었지만- 잠시라도 멈춘 적이 없었다. 몇 달 동안 런던 시내에서 시끄럽고 어수선한 시가전이 벌어졌고, 그중 몇 장면은 아직도 생생하게 떠올랐다. 하지만 그동안의 역사, 다시 말해 누가 언제 누구와 전쟁을 하였는가를 밝혀내는 것은 완전히 불가능했다. 현존하는 것 이외에 달리 정리된 기록이나 언급이 전혀 없기 때문이었다. 지금 이 순간을 예로 들자면 다음과 같이 말할 수 있다. 1984년(만약 올해가 1984년이라면) 오세아니아는 유라시아와 전쟁 중이며 동아시아와는 동맹 관계다. 따라서 공사를 막론하고 이 세 국가가 현재와 다른 관계였다는 말은 절대 할 수 없다. 그러나 사실 그가 잘 알고 있듯이 4년 전만 해도 오세아니아는 동아시아와 전쟁을 하는 한편 유라시아와 동맹 관계였다. 이런 사실은 윈스턴이 당의 통제에 쉽게 굴복하지 않았기 때문에 암암리에 얻을 수 있었던 정보의 일부일 뿐 공식적으로 동맹국이 바뀌는 일은 결코 없다. 오세아니아는 현재 유라시아와 전쟁 중이다. 따라서 오세아니아는 언제나 유라시아와 전쟁을 해온 상태가 되는 것이다. 어느 순간의 적은 언제나 절대악이며 미래나 과거를 통틀어서 그와 타협한다는 것은 있을 수 없는 일이었다.

윈스턴은 등 근육 강화에 좋다는, 양손을 엉덩이에 대고 허리를 중심으로 몸통을 돌리는 체조 동작을 억지로 하면서 수없이 생각했다. 놀랄 만한 점은 그것이 모두 사실일지도 모른다는 것이다. 만약 당의 과거라는 그릇 속에 손을 넣고 이것저것 가리키며 '이런 일은 절대로 없었단 말이다.' 라고 말한다면 그건 단순한 고문이나 죽음보다 훨씬 더 무서운 일이 될 것이다.

당은 오세아니아가 유라시아와 동맹을 맺은 적이 단 한 번도 없다고 했다. 그러나 윈스턴 스미스는 오세아니아와 유라시아의 동맹이 불과 4년 전에 맺어졌다는 사실을 알고 있었다. 도대체 그 사실은 어디에 존재하는가? 바로 그의 의식 속에, 그것도 자칫하면 흔적 없이 지워져버릴 그의 의식 속에만 있을 뿐이다. 그리하여 다른 모두가 당의 거짓말을 믿고 모든 기록들이 그것과 똑같이 남는다면 그 거짓말은 역사가 되고 진실이 된다.

'과거를 지배하는 자는 미래를 지배한다. 현재를 지배하는 자는 과거를 지배한다.'

당의 슬로건은 이렇게 말한다. 하지만 과거는 본질적으로 변경될 수 있음에도 불구하고 한 번도 변경되지 않았다. 지금 진실한 것은 영원한 과거로부터 영원한 미래까지 진실하다. 그것은 지극히 간단한 논리다. 필요한 것은 자신의 기억을 끊임없이 말소해 나가는 것뿐이다. 사람들은 그것을 '현실제어' 라고 했고 신어로는 '이중사고' 라고 한다.

"편히 쉬어!"

여자 체조 교사가 조금 부드럽게 말했다.

윈스턴은 양팔을 내리고 천천히 심호흡을 했다. 그의 사고는 이중사고의 미궁 속으로 빠져들었다. 알고 있음에도 모른다고 하는 것, 완전한 진실을 알고 있음에도 조심스레 꾸며낸 거짓말을 하는 것, 말소되어 없는 것으로 알고 있음에도 두 개의 견해를 동시에 갖는 것, 모순되는 줄 알고 있음에도 그 두 가지를 동시에 믿는 것, 민주주의가 불가능한 것을 알고 있음에도 당은 민주주의의 수호자라고 믿는 것, 잊어야 할 것은 무엇이든 잊어버리고 필요한 때에는 다시 기억 속에서 꺼내었다가 다시 잊어버리는 것, 무엇보다 과정 그 자체에 똑같은 과정을 적용하는 것. 그것들은 대단히 미묘했다. 의식적으로 무의식 상태에 빠진 후에 다시 자신이 만든 최면 행위마저 의식하지 못해야 하는 것이다. 그래서 이중사고란 말을 이해하는 것 자체에도 이중사고를 적용시켜야 한다.

체조 교사가 다시 차렷 자세를 명령했다. 그러고는 열을 올리며 말했다.

"자, 모두 허리 굽혀 발끝에 손대기를 해봅시다! 엉덩이부터 허벅지까지 힘을 바짝 주면서 하나, 둘! 하나, 둘……!"

윈스턴은 이 체조가 유달리 싫었다. 발뒤꿈치부터 엉덩이까지 저릿저릿하게 당기는 데다 발작적인 기침이 나오기 때문이었다. 이 때문에 혼자 생각하던 즐거움이 반쯤 날아가버렸다. 과거는 단순히 변경된 게 아니라 사실상 파괴되어 버렸다. 자신의 기억 이외에는 아무런 기록이 없는데 명백한 사실이라 할지라도 어떻게 증명한단 말인가? 그는 빅 브라더에 관해서 처음으로 들었던 것이 언제였던가 곰곰이 회상해 보았다. 아마 60년대의 언제쯤일 것이라는 생각이 들었지만 확인할 방법이 없었다. 당사(黨史)에 의하면 빅 브라더는 혁명 초기부터 혁명의 지도자이자 수호자였다고 되어 있다. 한술 더 떠서 그가 활동했던 시대는 괴상한 원통형 모자를 쓴 자본가들이 번쩍거리는 자동차나 유리창이 달린 마차를 타고 런던을 활보하던 40

46

년대와 30년대까지 거슬러 올라갔다. 그 신화의 어디서부터 어디까지가 사실이고 어느 부분이 꾸며진 것인지 정말 알 수 없었다. 윈스턴은 당 자체가 언제 성립되었는지도 알지 못했다. 옛날식 말로 '영국 사회주의'란 것은 훨씬 전에도 통용되었겠지만 '영사'란 말은 1960년 이전에는 한 번도 들어본 적이 없었다. 모든 것이 뿌연 안개 속으로 녹아버린 것 같았다. 어떤 것은 분명히 거짓말이라고 꼬집어 낼 수 있었다. 당사에는 당이 비행기를 발명했다고 적혀 있는데 그것은 결코 사실이 아니었다. 그는 어렸을 때 비행기를 본 경험이 있었다. 하지만 증명할 수는 없다. 아무런 증거도 없기 때문이다. 그는 꼭 한 번 당이 역사적 사실을 날조한 증거 문서를 손에 쥔 적이 있었다. 그때였다.

"스미스!"

텔레스크린에서 앙칼진 쇳소리가 울려 나왔다.

"6079 스미스 W! 그래요, 동무! 허리를 더 굽혀요. 자, 동무는 얼마든지 더 잘할 수 있을 텐데 하지를 않는군요. 더, 더 낮게! 좋아요. 자, 동무들! 이제 편한 자세로 나를 봐요."

윈스턴의 온몸에서 비 오듯이 땀이 흘렀다. 그의 얼굴에는 아무런 표정도 없었다. 싫증이 난 표정을 보여서는 안 된다! 화난 표정을 해서도 안 된다! 눈 하나 잘못 움직여서도 안 된단 말이다! 윈스턴은 그렇게 자신을 다잡았다. 체조 교사가 양팔을 머리 위로 쭉 뻗어 올린 상태에서 그대로 몸을 구부려 손가락 첫 마디를 발끝에 붙이는 모습을 바라보았다. 우아하다고 할 수는 없지만 절도 있고 유연한 동작이었다.

"자, 동무들! 동무들도 내가 한 것처럼 해봐요. 나를 다시 봐요. 나는 서른아홉 살에 아이도 넷이나 있어요. 자, 봐요."

여교사는 다시 몸을 구부리며 덧붙여 말했다.

"나는 무릎을 전혀 굽히지 않았어요. 여러분도 충분히 할 수 있어요."

그녀는 몸을 펴면서 다시 말했다.

"마흔다섯 살 이하라면 누구든지 발끝에 손을 댈 수 있어요. 우리 모두가 전선에 나가 싸울 특권을 가질 수는 없지만 적어도 자신의 건강만은 지켜야 합니다. 말라바 전선에서 싸우고 있는 우리 젊은이들을 생각해 봅시다! 유동요새에 있는 해병들도 말입니다! 그들이 누구와 대결하고 있는지도 생각해 봅시다! 자, 다시 합시다. 좋아요, 동무. 훨씬 좋아졌어요."

여교사는 윈스턴이 몇 년 만에 처음으로 무릎을 굽히지 않고 힘껏 상체를 구부려 손가락을 발끝에 갖다 대는 것을 보고는 격려하듯 말했다.

4

  윈스턴은 일과를 시작하면서 앞에 있는 텔레스크린을 미처 의식하지 못하고 자신도 모르게 깊은 한숨을 내쉬었다. 그는 구술기록기를 앞으로 바짝 당겨 입력 부위의 먼지를 닦고 안경을 썼다. 그다음 책상 오른편의 압축전송관에서 전달되어 동그랗게 말려 있는 서류 네 개를 풀어 한데 모아두었다.

  그의 책상을 둘러싼 벽에는 구멍 세 개가 있었다. 구술기록기 오른쪽에는 기록 문서를 보내는 작은 압축전송관이, 왼쪽에는 신문을 보내는 큰 전송관이 있다. 손이 쉽게 닿을 만한 옆 벽에는 쇠창살로 막은 직사각형의 커다란 구멍이 있다. 이것은 휴지를 버리는 구멍이었다. 이런 구멍들은 사무실마다 있을 뿐 아니라 복도에도 좁은 간격으로 있는데, 건물 전체를 놓고 보자면 수만 개는 족히 될 것이었다. 이유가 무엇인지는 모르지만 사람들은 그 구멍들을 '기억통'이라고 불렀다. 폐기해야 할 서류라든가 바닥에 떨어진 휴지는 누구의 눈에 띄던 자동적으로 가까이에 있는 기억통에 넣어졌다. 그러면 그것들은 뜨거운 공기압에 휩쓸려 건물 어딘가에 깊숙이 숨어 있는 거대한 소각로 속으로 빨려 들어가는 것이었다.

윈스턴은 자신이 풀어놓은 기다란 서류 네 개를 살펴보았다. 서류에는 모두 한두 줄씩 메시지가 담겨 있는데, 내부 서류였기 때문에 일반인들은 알기 어려운 약어 – 전부는 아니지만 대부분이 신어인 – 로 작성되어 있었다. 그 내용은 다음과 같았다.

〈타임스〉 84. 3. 17일 자 빅 브라더 아프리카 연설 오보 정정

〈타임스〉 83. 12. 19일 자 3개년 계획 83년 4분기 예상 보도 인쇄 오류 오늘 자 신문 확인

〈타임스〉 84. 2. 14일 자 풍부 초콜릿 인용 오보 정정

〈타임스〉 83. 12. 3일 자 빅 브라더 1일 명령 극불량 무인(無人) 언급 충분 재기(再記) 사전 제출.

윈스턴은 은근한 만족감에 네 번째 메시지를 별도로 떼어놓았다. 그 일은 복잡할 뿐만 아니라 책임이 중한 일이어서 맨 나중에 처리하는 것이 좋을 듯했기 때문이었다. 그중 두 번째 메시지는 인내심을 가지고 통계표들을 뒤져야겠지만 다른 메시지 세 개는 일상적으로 처리해 왔던 것들과 비슷했다.

윈스턴은 텔레스크린의 뒤에 붙어 있는 번호판을 돌려 〈타임스〉해당 호를 요청했다. 몇 분 후 압축전송관에서 신문들이 미끄러져 나왔다. 그가 지금까지 받아온 메시지들은 모두 다양한 이유로 변경-공식 용어로 말하자면 정정-할 필요가 있는 논문이나 기사들이었다. 예를 들어 〈타임스〉 3월 17일 자에는 빅 브라더의 전날 했던 연설대로 남인도 전선은 평온하겠지만 곧 유라시아 군대가 북아프리카를 공격할 것이라는 예측 기사가 실렸다. 그러나 실제 상황은 반대로 전개되었다. 유라시아 고위 사령부는 북아프리카가 아닌 남인도를 공격했던 것이었다. 그러므로 실제 일어난 일을 빅 브라더가

미리 예측했던 것처럼 고칠 필요가 있었다. 또 다른 예를 들면 〈타임스〉 12월 19일 자에는 1983년의 4분기인 제9차 3개년 계획의 9분기에 생산할 각종 소비품의 생산량을 공식적으로 예측했다. 그러나 오늘 자 신문에 보도된 실제 생산량과는 엄청난 차이가 있었다. 윈스턴이 할 일은 처음에 예측한 숫자를 최종 결과의 숫자와 일치하도록 고치는 작업이었다. 세 번째 메시지는 아주 간단한 오류여서 2~3분 내에 처리할 수 있었다. 두 달 전인 2월, 풍요부는 1984년에는 초콜릿 배급량을 줄이지 않을 것이라고 약속(공식 용어로는 '절대 서약'이라고 한다)했다. 그러나 실제로는 윈스턴도 알고 있듯이 이번 주말부터 초콜릿 배급량이 30그램에서 20그램으로 감소하게 되었다. 따라서 처음에 약속했던 내용을 4월 중에는 배급량을 줄이게 될 것이란 예고로 바꿔놓기만 하면 되었다.

윈스턴은 각각의 메시지를 처리하자 〈타임스〉 해당 호에 구술기록기로 정정한 내용을 첨부해 전송관 속으로 밀어 넣었다. 그러고는 거의 무의식적으로 원래의 메시지와 자신이 쓴 정정 기사 초고를 구겨서 소각로의 불꽃으로 연결된 기억통에 던져버렸다.

그는 자신이 밀어 넣은 것들이 전송관을 통해 보이지 않는 미로속으로 들어가고 나면 어떻게 되는지 대충 알고 있었다. 수정해야할 해당 호의 〈타임스〉에 필요한 정정 기사들을 모두 모아 대조해보고 그 결과에 따라 정정된 내용의 신문을 다시 인쇄한다. 그다음에는 기존 신문을 모두 파기하고 새롭게 고친 신문을 철해 둔다. 이와 같은 정정 과정은 모든 분야로 파급되어 신문뿐 아니라 일반 서적, 정기 간행물, 팸플릿, 포스터, 전단, 영화, 녹음테이프, 만화, 사진 등 정치적으로나 사상적으로 털끝만큼의 의미가 있는 것이라면 무엇이든 구별 없이 적용되었다. 매일 매 순간마다 과거는 현재의 것이 되었다. 이런 식으로 당이 내놓은 모든 약속이나 예언은 틀림없이 이루어졌다고 기록으로 증명되었고, 그때그때 필요에 맞지 않는 기사나 표현은 기록에서 영구히 삭제되었다. 모든 역사는 필요에 따라 언제든지 깨끗이 지워버리고 고쳐 쓸 수 있는 양피지같이 되었다. 일단 모든 과정이 마무리되면 허위가 섞였다고 주장하거나 증명할 방법이 없어지는 것이다. 윈스턴의 사무실보다 규모가 큰 기록국 직원의 대다수는 내용을 바꾸고 없애버려야 할 모든 서적과 신문 및 기록을 찾아내서 정정하는 임무를 맡고 있었다. 그곳에는 정치 구도의 변화나 빅 브라더의 예언 수정을 비롯한 열두 번도 더 고친 수많은 〈타임스〉가 원래의 날짜별로 철해져 있었다. 그리고 그것과 모순되는 다른 기록은 일절 남기지 않았다. 각종 서적도 여러 번 회수되어 뜯어고쳐졌지만 내용이 변경되었다는 말 한마디 없이 다시 발간되고는 했다. 윈스턴이 받아서 처리한 뒤 즉시 없애야 하는 지시 사항의 문구 어디에도 위조 행위를 하라는 언급이나 암시는 들어 있지 않았다. 언제나 올바르고 정확한 기록을 위해 오식(誤植)이나 오자, 인쇄상의 실수나 잘못 인용된 것들을 바로잡는다는 명분이었다.

윈스턴은 다시 풍요부의 숫자를 조정하며 이런 일을 위조로 볼 수는 없다고 생각했다. 하나의 잘못을 또 하나의 잘못으로 바꾸는 것뿐이었다. 그가 다루는 자료는 대부분 현실 세계와 아무런 상관도 없었고 노골적인 거짓말만큼도 상관이 없었다. 처음에 발표한 통계 숫자나 정정된 숫자가 모두 황당무계하기는 마찬가지였다. 이것들을 이해하려면 상당한 시간이 필요할 것이다. 예를 들어 풍요부는 금년 4분기 구두 생산량을 총 1억 4500만 켤레로 예상했지만 실제 생산량은 6200만 켤레뿐이었다. 윈스턴은 풍요부의 예상 생산량을 5700만 켤레로 정정하여 기록했다. 으레 그래 왔듯이 할당량을 초과 달성했다고 떠들어댈 것을 고려했기 때문이었다. 그러나 실제 생산량이 6200만 켤레라고 했지만 그 숫자가 5700만이나 1억 4500만이란 숫자에 비해 더 진실한 것이라고 말할 수는 없었다. 한 켤레도 생산되지 않았다고 말하는 편이 진실에 더욱 가까울 것이었다. 보다 정확히 말하자면 누구도 구두 생산량을 알 수 없으며 관심조차 없다는 뜻이다. 문서상으로는 매 분기마다 천문학적 수량의 구두가 생산되지만 오세아니아 사람의 절반은 맨발로 다닌다. 기록된 사실이란 크든 작든 간에 모두 그런 식이다. 모든 것이 암흑의 세계로 사라지고 급기야 그날그날의 날짜마저 제대로 모르게 되어버렸다.

윈스턴은 사무실을 둘러보았다. 맞은편 책상에서는 검은 턱수염에 체구가 작고 다부져 보이는 틸로슨이 신문을 접어 무릎 위에 올려놓고 구술기록기에 입을 바짝 가져다 댄 채 열심히 일하고 있었다. 표정으로 보아 텔레스크린과 비밀스러운 얘기를 주고받는 것 같았다. 그는 고개를 들더니 안경 너머 적의에 넘치는 눈으로 윈스턴을 보았다.

윈스턴은 틸로슨에 대해 아는 것도 거의 없고 그가 무엇을 담당하는지도 전혀 몰랐다. 기록국 직원들은 자신의 일을 이야기하기 꺼려했다. 창이 없는 기다란 사무실에는 책상이 두 줄로 놓였고 서류 뒤적이는 소리와 구술기록기에 중얼거리는 소리가 쉴 새 없이 이어졌다. 날마다 복도를 오가며 마주치고 2분 증오 시간에 발광하는 것을 보면서도 윈스턴은 사무실 직원 가운데 열두 명이나 되는 사람들의 이름을 몰랐다. 그의 뒷자리에서 일하는 자그마한 갈색 머리 여자는 이미 증발해 버려 존재가 말살된 사람들의 이름을 출판물에서 찾아 삭제하는 업무를 맡고 있었다. 그 여자는 남편이 2~3년 전에 증발했기 때문에 이 일에 아주 적격이었다. 윈스턴의 책상에서 몇 개 건넌 자리에는 앰플포스라는 온순하고 나약한 성격에 꿈꾸는 듯한 인상의 남자가 있었다. 귓바퀴에 털이 많이 난 그는 시의 운율을 맞추는데에 뛰어난 재능이 있었다. 그는 사상적으로는 불온하지만 한두 가지 이유로 시집에 남겨둘 만한 시들을 찾아내어 손질하는 일(그렇게 뜯어고친 시집을 '정본' 이라고 한다)을 담당했다. 약 50명쯤 되는 직원들이 일하는 그 사무실은 말할 수 없이 복잡한 기록국의 일개 분과에 불과했다. 사무실의 상하좌우에는 상상할 수도 없을 정도로 많은 사람들이 여러 부문의 일을 수행하고 있었다. 커다란 규모의 인쇄소에는 필요에 따라 위조 사진을 만들 수 있는 시설 좋은 스튜디오가 갖춰져 있었고 편집자와 제판 기술자 등이 일하고 있었다. 텔레스크린 편성과에는 엔지니어와 프로듀서를 비롯하여 다른 사람의 목소리 흉내를 아주 잘 내는 성우들이 있었다. 전문가들뿐 아니라 거둬들여야 할 서적이나 정기 간행물의 목록을 작성하는 보조 서기들도 있었다. 수정된 문서들을 보관하기 위한 드넓은 창고도 있었고 원본을 태워버리기 위한 소각로도 눈에 띄지 않는 곳에 숨겨져 있었다. 그리고 어디에 있는 누군지 알 수는 없지만 과거의 일이나 사건 중에서 그대로 둘 것과 위조해야 할 것, 없애버려야 할 것을 구별하여 정책 방향을 결정하는 지도급 인물도 있었다.

기록국은 진리부 안의 한 기구로 주된 임무는 과거를 다시 만드는 것만이 아니라 오세아니아 국민에게 신문, 영화, 교재, 텔레스크린, 프로그램, 연극, 소설 등은 물론, 동상에서 슬로건까지, 서정시에서 생물학의 논문까지 그리고 어린이용 글씨본에서 신어사전에 이르기까지 모든 분야에 걸친 정보, 교육, 오락을 제공하는 것이었다. 그곳에서는 당의 수많은 요구에 응하는 것뿐만 아니라 모든 과정을 무산계급 노동자들에게 적합한 수준으로 낮춰 작업하기도 했다. 따라서 무산계급의 문학, 음악, 연극, 오락을 맡아보는 각각의 부서들이 별도로 있었다. 그런 부서들은 스포츠와 범죄 또는 점성술 등에 대한 기사로 메워진 질 낮은 신문과 선정적인 싸구려 3류 소설, 섹스 냄새가 물씬 풍기는 영화 그리고 만화경과 비슷한 기계로 감상적인 노래 따위를 만들어냈다. 그야말로 저질 가운데 저질이라 할 수 있는 포르노 소설을 만드는 부서-신어로는 포르노과-까지 있었는데, 그곳에서 제작된 책들은 모두 밀봉된 상태로 발송하기 때문에 직접 만든 사람이 아니고서는 당원이라 하더라도 볼 수 없었다.

윈스턴은 압축전송관을 통해 메시지 처리 결과물 세 개를 발송했다. 비교적 간단한 일이어서 2분 증오가 시작되기 전에 처리할 수 있었다. 그리하여 2분 증오 시간이 끝나자 그는 곧바로 자기 자리로 돌아와 책꽂이에서 신어사전을 꺼냈다. 그러고는 구술기록기를 한쪽으로 밀어놓은 뒤 안경을 닦고 그날 오전의 주요 업무를 시작했다.

윈스턴은 일할 때 삶에서 가장 큰 즐거움을 느꼈다. 그가 하는 일은 대부분 일상적으로 되풀이되어 지루하기 짝이 없었지만, 때로는 어려운 수학 문제를 풀 때처럼 복잡하거나 힘겨울 때도 있었다. 그런 일일수록 자신을 잊은 채 깊이 몰두할 수 있어서 좋았다. 그것은 영사의 강령에 대한 지식과 당이 자기에게 요구하리라고 생각되는 것을 예측해서 위조해야 하는 미묘한 작업이었다. 윈스턴은 이런 일에 능숙했다. 그래서 가끔 완전히 신어로만 쓰인 〈타임스〉 사설을 정정하는 일까지 맡을 때도 있었다. 그는 아까 옆으로 밀쳐두었던 메시지를 펼쳤다. 내용은 다음과 같았다.

〈타임스〉 83. 12. 3일 자 빅 브라더 1일 명령 극불량 무인 언급 충분 재기 사전 제출.

구어(舊語) 즉 표준 영어로 고치면 다음과 같은 내용이다.

〈타임스〉 1983년 12월 3일 자의 빅 브라더의 1일 명령에 관한 기사는 지극히 불만스러우며, 있지도 않은 사람에 대해 언급하고 있다. 그것을 완전히 재수정하고 원고를 철하기 전에 당국에 먼저 제출하라.

윈스턴은 문제의 기사를 읽어보았다. 빅 브라더의 1일 명령은 주로 유동요새의 해병들에게 담배와 여러 가지 오락물을 공급하는 FFCC란 단체를 치하하는 것이었다. 기사에는 관계자인 내부당의 고위 인물 위더스 동무가 2등 특별 공로훈장을 받았다는 내용이 있었다.

그로부터 석 달 뒤, FFCC는 아무런 해명도 없이 급작스럽게 해체되었다. 위더스는 측근들과 함께 숙청되었다고 추측될 뿐이었다. 그러나 신문이나 텔레스크린에서는 관련 보도가 일절 없었다. 정치범이 재판이나 공개적인 비판을 받는 경우는 극히 드물기 때문이었다. 수천 명에 달하는 대숙청을 할 때에는 반역자에 대한 공개 재판이 열려 비굴한 모습으로 자신의 죄목을 낱낱이 자백하게 한 후에 처형하기도 한다. 하지만 그런 일은 2년에 한 번 있을까말까 한 구경거리였다. 대부분의 숙청 대상자들은 소리 소문 없이 사라져버려 다시는 소식을 들을 수가 없었다. 그들에게 무슨 일이 일어났는지 알 수 있는 단서는 어디에도 없었다. 그중에는 죽지 않고 살아 있는 사람도 있을지 모르지만 윈스턴이 개인적으로 알고 있는 사람 중에 어느 날 갑자기 흔적도 없이 사라진 사람은 그의 부모를 제외하더라도 30명은 될 터였다.

윈스턴은 종이 집게로 코를 톡톡 쳤다. 맞은편 책상에서는 틸로슨이 구술기록기에다 비밀 이야기를 하듯 여전히 몸을 웅크리고 앉아 있었다. 그러다가 잠시 머리를 들고는 다시 한 번 안경알 너머 적의에 번뜩이는 눈으로 윈스턴을 쏘아보았다. 윈스턴은 틸로슨 동무가 자기와 똑같은 일을 하는 것이 아닐까 생각했다. 충분히 가능한 일이었다. 이처럼 미묘한 일을 단 한 사람에게만 맡길 리는 없었고, 그렇다고 해서 위원회에 맡기는 것은 날조행위가 자행되는 것을 공공연하게 인정함과도 같았다. 아마 지금 이 순간에도 열두어 명쯤 되는 사람들이 각자 빅 브라더의 연설문 수정 작업을 하고 있을지도 모른다. 그러고 나면 내부당의 지도급 인물이 그중에서 가장 낮다고 생각되는 원고를 골라 재편집하고 복잡한 참조 과정을 거쳐 영구 문서로 기록할 것이다. 그 순간 날조된 거짓말은 영원한 진실이 되어 버린다.

윈스턴은 위더스가 왜 숙청되었는지 알 수 없었다. 부정을 저질렀거나 무능력했기 때문일지도 모른다. 아니면 그가 너무 뛰어난 나머지 불안감을 느낀 빅 브라더가 제거했을 수도 있다. 또는 위더스 자신이나 그와 가까운 사람이 이단적인 성향이 보인다는 혐의를 받았기 때문인지도 모른다. 숙청이나 증발은 빅 브라더를 위시한 권력기구 유지에 필수불가결한 수단이므로 이런 이유들이 가장 확실할 것이다. 그러나 모든 것은 단지 추측에 불과하다. 위더스가 죽었다는 사실을 알려주는 유일한 단서는 '무인 언급'이라는 말뿐이었다. 단순히 체포된 것만으로는 '무인'이란 말을 쓰지 않기 때문이다. 때로는 체포한 자를 일단 석방하여 자유를 주었다가 1~2년 뒤에 처형하는 경우도 있다. 언젠가 한번은 오래전에 죽은 것으로 알고 있던 사람이 느닷없이 공개 재판에 나타나 증언을 해 수백 명을 연루자로 몰아넣은 다음 유령처럼 영원히 사라져버린 일도 있었다. 그러나 위더스는 이미 무인 즉 존재하지 않는 사람이다. 지금 존재하지 않을 뿐만 아니라 과거에도 존재한 적이 없다. 윈스턴은 단순히 빅 브라더의 연설문 내용을 바꾸는 것으로는 어딘가 부족하다는 판단을 했다. 본래의 주제와는 전혀 관계없는 일로 처리하는 것이 합당하리라.

연설 내용을 반역자나 사상범에 대한 상투적인 비난으로 바꿀 수도 있지만 그것은 너무 흔해 빠진 내용이 될 터이다. 그렇다고 어느 전선에서의 승리나 제9차 3개년 계획을 초과 달성했다는 식으로 꾸며내면 기록 자체가 너무 복잡해질 우려가 있었다. 완전무결한 조작이 필요했다. 때마침 미리 준비라도 해뒀다는 듯이 떠오르는 사람이 있었다. 바로 얼마 전에 전선에서 영웅적으로 싸우다가 전사한 오길비 동무였다. 언젠가 빅 브라더는 1일 명령을 통해서 하찮은 신분의 하급 당원이라 하더라도 본받을 만한 일생을 살다 죽었다면 명복을 빌어주어야 한다고 역설했던 적이 있었다. 그 말이 생각난 윈스턴은 불현듯 오길비 동무의 명복을 빌어주기로 마음먹었다. 오길비 동무라는 사람은 사실상 존재하지 않았지만 몇 줄의 글과 두어 장의 합성 사진만 있으면 얼마든지 실존 인물로 만들 수 있었다. 윈스턴은 잠시 생각을 정리한 다음 구술기록기를 앞으로 당겨 빅 브라더와 비슷한 말투로 말하기 시작했다. 빅 브라더의 말투는 군대식이고 현학적인 데다 질문을 던지고는 곧바로 자신이 대답하는 방법을 버릇처럼 사용하기 때문에 어렵지 않게 흉내 낼 수 있었다.

오길비 동무는 세 살 때부터 북과 기관총, 모조 헬리콥터를 가지고 놀았다. 다른 장난감은 거들떠보지도 않았다. 그는 당의 특별한 배려로 원래 나이보다 1년 빨리 여섯 살에 스파이단에 가입해 아홉 살에 단장이 되었다. 열한 살에는 숙부의 대화를 엿듣고 사상이 불온하다고 생각하여 사상경찰에 고발했으며, 열일곱 살에는 청년반 성동맹의 지역 조직책이 되었다. 그는 열아홉 살이 되던 해에 수류탄을 고안했고 평화부는 첫 실험에서 단 한 발로 유라시아 포로를 서른한 명이나 죽이는 성능을 확인하였다. 그러나 애석하게도 스물세 살이라는 젊은 나이에 전사했다. 헬리콥터를 타고 중요 문서를 전달하던 중, 인도양 상공에서 적군 전투기에 피격되자 몸의 중량을 늘리기 위해 기관총을 둘러메고 모든 문서를 안고 바다로 뛰어들었다. 빅 브라더는 오길비 동무의 죽음을 일컬어 만인의 부러움을 살 만한 최후라고 칭송하였다. 그러면서 오길비 동무의 생애가 더 없이 순결하고 성실했다고 덧붙였다. 그는 금주와 금연을 실천했고 오락이라고는 하루에 한 시간씩 체육관에서 하는 운동뿐이었다. 결혼하면 가족을 돌보느라 하루 24시간을 모조리 당에 헌신할 수가 없다는 생각에서 평생 독신으로 살 것을 맹세하기도 했다. 또 언제나 영사의 강령만을 이야기하였다. 그가 살아가는 유일한 목표는 유라시아 군대의 격퇴와 스파이, 파업자, 사상범 그리고 반역자들을 모조리 잡아 없애는 것이었다.

윈스턴은 오길비 동무에게 특별 훈장을 주려고 했다. 그러나 이것저것 쓸데없는 대조가 필요했기 때문에 그만두기로 했다.

윈스턴은 다시 한 번 맞은편 책상에 앉아 있는 자신의 경쟁자를 힐끗 쳐다봤다. 왠지 틸로슨도 자기와 똑같은 일로 열중하고 있다는 생각이 자꾸 들었다. 결과적으로 누가 쓴 원고가 채택될지는 알 수 없지만 그는 자기 원고가 채택될 것이라고 확신했다.

한 시간 전만 하더라도 생각지도 않았던 오길비 동무의 존재는 이제 명백한 사실이 되었다. 죽은 사람은 다시 만들어낼 수 있지만, 산 사람은 그럴 수 없다는 것이 묘한 충격으로 다가왔다. 지금까지 존재해 본 적이 없는 오길비 동무가 이제부터 과거 속에서 존재하게 되었다. 그 날조 행위가 망각되기만 하면 그는 샤를마뉴 대제나 율리우스 카이사르처럼 확실한 증거를 바탕으로 완전하게 존재할 것이다.

5

지하 깊은 곳에 위치한 천장이 낮은 식당에는 점심식사를 하려는 행렬이 천천히 앞으로 움직이고 있었다. 식당은 이미 만원이었고 귀가 먹먹할 정도로 시끄러웠다. 주방 쪽 배식 창구에서는 스튜 김이 시큼한 냄새를 풍기며 흘러나왔다. 승리주 냄새는 못 견딜 만큼 자극적이었다. 식당 한쪽 구석 벽에 구멍을 내어 만든 조그만 판매대에서는 10센트짜리 잔술을 팔고 있었다.

"찾고 있었는데 바로 여기 있었군."

등 뒤에서 누군가가 말했다. 윈스턴은 뒤를 돌아보았다. 조사국에서 일하는 친구 사임이었다. 어쩌면 '친구'라는 말은 적당하지 않을 수도 있다. 이제는 친구라는 것은 없고 동무만이 있다. 그러나 동무들 중에서도 각별히 친한 동무가 있게 마련이다. 사임은 언어학자로서 신어의 권위자였다. 그는 신어사전 제11판을 편찬하는 막강한 편집위원회의 일원이었다. 검은 머리를 지닌 그는 윈스턴보다 체구가 작았다. 툭 불거지고 커다란 눈은 왠지 모르게 슬픔에 찬 듯 보이기도 했고 어떻게 보면 비웃음을 머금은 듯 보이기도 했다. 그는 대화를 나눌 때 그런 눈으로 상대방의 얼굴을 유심히 쳐다보고는 했다.

"자네 혹시 면도날 여분 좀 있나?"

사임이 물었다.

"하나도 없어. 나도 사방으로 구해 보았지만 도무지 구할 수가 없었네. 다른 사람에게 한번 알아보게."

그는 죄를 지은 사람처럼 더듬거리며 말했다. 사실 그는 아직 사용하지 않은 면도날 두 개를 감춰두고 있었다. 지난 몇 달 동안 면도날이 품귀 현상을 보였다. 종종 당원 전용 상점에서도 생필품이 바닥나버릴 때가 있었다. 그것은 단추일 때도 있고 털실이나 구두끈일 때도 있었다. 그런데 지금은 면도날이 없다. 어떻게 해서든 자유 시장에서 비밀리에 구하는 수밖에 없었다.

"나도 6주 동안이나 같은 면도날을 쓰고 있다네."

윈스턴은 거짓말을 했다.

줄이 조금 앞으로 움직였다가 멈추자 그는 다시 사임 쪽으로 돌아섰다. 두 사람 모두 배식 카운터 끝 쪽 찬장에서 꺼내온 기름이 엉겨붙은 금속 쟁반을 들고 있었다.

"어제 포로들의 처형을 보러 갔었나?"

사임이 물었다.

"나는 일을 했어. 나중에 영화로 보겠지."

윈스턴은 흥미 없다는 듯이 시큰둥하게 대꾸했다.

"그렇지만 영화로 보는 것과 실제로 현장을 보는 것은 달라도 한참 다를 걸세."

사임이 말했다.

그의 눈길은 비웃듯이 윈스턴의 얼굴을 재빨리 훑고 지나갔다. 나는 너를 잘 알고 있다. 너의 뱃속까지 훤히 알고 있단 말이다. 네가 왜 교수형을 보러 가지 않았는지 알고 있다는 눈빛이었다. 사상적으로 말하자면 사임은 열렬한 정통주의자였다. 그는 헬리콥터가 적의 마을을 쑥대밭으로 만든 것이라든가 사상범에 대한 재판과 자백, 애정부 산하 감옥에서 행해지는 처형 등에 대해 아주 신나게 말하고는 했다. 그와 대화를 계속하려면 그런 주제에서 벗어나 그가 흥미와 권위를 느끼는 신어에 관심을 가진 듯 이야기해야 한다. 윈스턴은 그의 쏘아보는 듯한 눈초리를 피하려고 고개를 슬며시 돌렸다.

"정말 볼만한 교수형이었네."

사임은 전날 있었던 교수형을 회상이라도 하듯이 말했다.

"놈들의 다리를 묶어놓지 않았다면 더욱 좋았을 텐데 말이야. 발버둥 치는 꼴을 꼭 보고 싶었는데. 그나마 맨 마지막에 혓바닥을 쑥 빼무는 걸 볼 수 있어서 다행이었지. 혓바닥이 아주 새파랗더군. 압권이었다네."

"다음 분이요!"

하얀 앞치마를 두른 종업원이 국자를 들고 소리쳤다.

윈스턴과 사임은 각자의 쟁반을 배식구 안으로 밀어 넣었다. 두 사람은 규정 식단-거무죽죽한 스튜와 빵 한 덩어리, 치즈 한 조각, 우유를 넣지 않은 승리 커피 한 잔 그리고 사카린 한 알-에 따라 쟁반에 올려주는 음식들을 재빨리 받아들었다.

"저쪽 텔레스크린 아래 빈자리가 있군. 가는 길에 술이나 한 잔 사 가지고 가세."

사임이 말했다.

종업원은 손잡이가 없는 원통형 찻잔에 진을 따라주었다. 그들은 사람들로 붐비는 홀을 가로질러 자리를 잡은 후, 금속판을 씌워놓은 식탁 위에 쟁반을 내려놓았다. 한구석에는 누가 흘렸는지 구역질이 날 만큼 더러운 스튜 국물이 지저분하게 얼룩져 있었다. 윈스턴은 술잔을 들고 잠시 숨을 멈추었다가 단숨에 입안으로 털어 넣었다. 느글느글한 기름 맛이 울컥 치받혀 올라왔다. 그는 눈물을 찔끔거리며 급격한 시장기를 느끼고 스튜를 퍼먹기 시작했다. 묽어빠진 스튜에는 고기라고 하기도 힘든 호물호물한 분홍빛의 해면 같은 건더기가 들어 있었다. 두 사람은 스튜를 다 먹을 때까지 서로 말이 없었다. 윈스턴이 있는 식탁의 약간 왼쪽 편에서 한 남자가 꽥꽥거리는 오리처럼 목쉰 소리로 끊임없이 지껄여대고 있었다. 홀 전체의 웅성거리는 소음보다 더 시끄러웠다.

"사전은 어떻게 잘되어 가나?"

윈스턴이 목청을 돋우어 물었다.

"그럭저럭 되어가고 있네. 나는 형용사 파트를 맡았는데 무척 재미있네."

사임이 말했다.

신어 이야기가 나오자 그의 얼굴이 금세 밝아졌다. 그는 스튜 접시를 옆으로 밀어놓고 섬세하게 생긴 손의 한쪽에는 빵을, 다른 쪽에는 치즈를 들고 상대에게 말소리가 잘 들리도록 상체를 식탁으로 바짝 기울이면서 말을 했다.

"제11판이 결정판이야. 우리는 지금 신어를 마지막으로 다듬고 있는데 이번 작업이 끝나면 다른 말은 쓰지 않아도 될 걸세. 대신 자네 같은 사람들은 말을 처음부터 다시 배워야 될 거야. 이제야 하는 말인데, 자네는 우리의 주된 임무가 새로운 단어를 창조하는 것으로 생각하고 있겠지만 실상 전혀 그렇지 않다네. 우리는 하루에도 수십 내지 수백 마디의 어휘들을 파기하고 있어. 말하자면 우리는 언어의 뼈대만 남기고 살은 전부 긁어내는 셈이지. 이번의 제11판 신어사전에는 2050년 이전에 사라질 단어는 하나도 수록하지 않는다네."

사임은 허기진 듯이 빵을 한 입 덥석 베어 물더니 몇 번 씹지도 않고 꿀꺽 삼켜버렸다. 그러고는 현학적인 정열에 사로잡혀 이야기를 계속했다. 깡마르고 거무죽죽한 얼굴에 생기가 돌며 두 눈은 비웃는 기색 대신 꿈을 꾸는 듯한 표정으로 빛나고 있었다.

"어휘를 없애버린다는 것은 대단히 매력적인 일이야. 없어져야 할 단어에는 동사와 형용사가 많지만, 명사 역시 수백 단어가 있다 네. 거기엔 동의어뿐 아니라 반대어도 있지. 하나의 단어가 단순히 다른 말의 반대 의미일 뿐이라면 굳이 있어야 할 필요가 뭐 있겠나? 한 단어에는 이미 반대의 뜻이 내포되어 있네. '좋다(good)'란 말이 있으면 반드시 '나쁘다(bad)'란 말이 있어야 한다고 생각하나? '안 좋다(ungood)'란 말로도 충분히 나타낼 수 있네. 글자 모양은 큰 차 이가 없지만 오히려 다른 말보다 더 확실한 반대라고 할 수 있지. '좋다'는 뜻을 더욱 강조하고 싶을 때도 마찬가지라네. '탁월하다(excellent)'나 '멋있다(splendid)'같은 말들이 수두룩하게 있다 한들 무슨 소용이 있겠는가? 그저 '더 좋다(plusgood)'고 하면 충분하고, 더욱더 강조하고 싶을 때는 '더욱더 좋다(doubleplusgood)'라고 하면 될 것 아닌가? 물론 우리는 이미 그런 단어들을 사용하고 있지만 신 어사전의 최종판에는 '좋다'라는 한 마디만 남을 거라네. 좋고 나쁘 다는 개념은 지금까지 여섯 개의 단어로 표현되었지만 실제로는 단 하나의 단어로도 얼마든지 표현할 수 있다는 얘기일세. 어떤가? 멋 지지 않나, 윈스턴? 물론 이건 B. B.(빅 브라더)의 착상이었다네."

그는 말끝에 잊지 않고 빅 브라더라는 군더더기를 덧붙였다. 빅 브라더에 대한 이야기가 나오자 윈스턴의 얼굴에는 맥이 빠지는 표 정이 스쳤다. 그러나 사임은 그것을 보고 윈스턴이 신어에 대해 흥 미가 없는 것으로 판단했다.

"윈스턴, 자네는 신어를 진정으로 이해하지 못하고 있군."

사임은 서글프다는 기색을 감추려고도 하지 않으며 말했다.

"자네는 신어로 글을 쓸 때도 구어를 생각하고 있거든. 자네가 〈타 임스〉에 쓴 기사를 종종 읽어보았네. 잘 쓰기는 했네만 대개 번역에 불과할 뿐이더군. 자네 마음속에는 의미가 모호하고 쓸데없는 뜻까지 섞인 구어가 잔뜩 들어차 있네. 자네는 단어를 파괴하는 일이 얼마나 매력적인지 잘 모르는 것 같아. 전 세계에서 해마다 어휘가 줄어드는 언어는 우리 신어밖에 없다는 사실을 알고 있나?"

윈스턴은 물론 알고 있었다. 말은 안 했지만 자신도 동의한다는 표시로 빙긋이 웃어 보였다. 사임은 빵을 한 입 더 베어 물고는 말을 계속했다.

"자네는 신어를 만든 최종 목적이 사고의 폭을 줄이는 것임을 알고 있나? 최종적으로 우리는 사상죄의 발생을 근본부터 불가능하게 만들 걸세. 표현할 말이 없어져버리면 사고의 폭 또한 좁아지므로 가능하게 되는 것이지. 앞으로 필요한 모든 개념은 단 한 마디의 단어로 표현될 것이며, 그 말은 엄격히 정의되어서 부차적인 의미는 제거되고 잊히게 될 걸세. 우리는 제11판에서 이미 그 수준에 도달했네. 그러나 그 과정은 자네나 내가 죽고 난 후에도 언제까지나 계속될 걸세. 한 해 한 해가 갈수록 어휘는 줄어들고 그에 따라 의식의 폭 역시 좁아질 테지. 물론 현재에도 사상죄를 범했다면 이러쿵저러쿵 이유나 구실을 댈 수가 없어. 그것은 단순히 자기 훈련이나 현실 통제를 못한 탓이니까. 그러나 결국에는 그런 일마저도 걱정할 필요가 없게 될 걸세. 혁명은 언어가 완성될 때 비로소 완수되는 거라네. 신어는 곧 영사고 영사는 곧 신어일세."

사임은 만족스러운 표정으로 덧붙였다.

"윈스턴, 아무리 늦어도 2050년 무렵이 되면 현재 우리가 사용하는 말을 이해할 사람이 명이라도 남아 있을 것 같은가?"

윈스턴은 그런 상태까지 갈까 싶어 한마디 하려다가 그만두었다.

"글쎄……."

'노동자 같은 무산계급 외에는' 이라는 말이 혀끝까지 나왔으나 이단 혐의를 띠는 비정통주의적 말이 될 듯싶어 입을 다물어버린 것이었다. 그러나 사임은 윈스턴이 하려던 말을 재빨리 알아채고는 거침없이 말했다.

"노동자들은 인간이 아닐세. 2050년까지는-어쩌면 그 이전이 될지도 모르겠지만- 구어에 대한 지식은 모두 사라지게 될 걸세. 과거의 모든 문학도 없어질 테고. 초서, 셰익스피어, 밀턴, 바이런 같은 작가들의 작품은 신어로 번역된 상태만 남게 될 테지. 그것도 단순히 신어로 바뀌는 정도를 지나 상당 부분이 본래의 뜻과 반대로 바뀔 걸세. 심지어 당의 문학이나 슬로건 역시 바뀔 거라네. 자유의 개념이 없어진 때에 어떻게 '자유는 예속'이라는 슬로건이 있을 수 있겠나? 모든 사상적 분위기도 달라질 걸세. 우리가 현재 알고 있는 사상은 존재하지 않을 거라네. 정통주의란 생각하지 않는 것, 생각이 필요 없다고 하는 것이 될 걸세. 한마디로 무의식 그 자체가 정통주의를 이룰 거란 말이라네."

머지않아 사임은 증발될 것이다. 윈스턴은 문득 그런 예감에 휩싸였다. 단순한 예감이라기보다는 확신에 가까운 느낌이었다. 사임은 지나치게 지적인 인물이다. 그의 관찰은 지극히 명확하며, 그가 피력하는 논리는 더할 나위 없이 정확하다. 당은 그런 사람들을 그다지 달가워하지 않는다. 머지않아 사라질 것이다. 이미 그의 얼굴에 쓰여 있었다.

윈스턴은 빵과 치즈를 남김없이 먹어치웠다. 그런 다음 약간 틀어앉은 자세로 커피를 마시기 시작했다. 왼편 식탁에 앉아 있는 남자는 여전히 귀에 거슬리는 목소리로 제 세상을 만난 것처럼 떠들고 있었다. 그의 비서인 듯 보이는 젊은 여자는 윈스턴에게 등을 돌리고 앉아 그가 떠들어대는 소리에 귀를 기울이며 그가 하는 말은 무엇이든 옳다는 듯 고개를 끄덕이고 있었다. 이따금 젊은 여자의 어수룩한 아첨이 들렸다.

"동무의 말에 동의합니다. 동무가 옳다고 생각합니다."

그러나 사내는 여자가 아첨하는 동안에도 쉬지 않고 지껄여댔다. 윈스턴은 그 남자가 창작국의 높은 자리에 있다는 것 말고는 별로 아는 바가 없었다. 단지 아주 낯설지 않은 정도였다. 사내는 목이 굵고 입술이 두툼했으며 서른 살쯤 되어 보였다. 머리를 약간 뒤로 젖히고 비스듬히 앉아 있기 때문에 안경이 빛에 반사되어 윈스턴 쪽에서 보면 허연 유리알 두 개만 보일 뿐이었다. 윈스턴은 기분이 조금 오싹해졌다. 그의 입에서 끝을 알 수 없는 말들이 흘러나오고 있었으나, 윈스턴은 한 마디도 분간해 내기가 어려웠다. 활자로 인쇄되어 한꺼번에 쏟아져 나오는 것 같은 그의 말 속에서 우연히 '골드스타인주의의 결정적 제거' 라는 한마디를 들었다. 나머지 말들은 영락없이 오리가 꽥꽥거리는 소리 같았다. 윈스턴은 제대로 알아들을 수는 없었지만 무슨 이야기를 하는지 대충 알 것 같았다. 그는 아마 골드스타인을 비난하고 있거나 사상범, 파업자 들에 대한 보다 강경한 대책이 필요하다는 주장을 하고 있을 것이다. 혹은 유라시아 군대가 저지른 만행에 대해 격분하거나, 빅 브라더와 말라바 전선에서 혁혁한 공을 세운 영웅들을 찬양하고 있을 것이다. 내용이야 어쨌건 차이는 없을 것이다. 그게 무엇이든 간에 그의 말 한마디 한마디가 순수한 정통주의와 순수한 영사에 바탕을 두고 있다는 것만은 확실했다. 윈스턴은 눈 없이 빛을 반사하는 안경알만 보이는 그의 얼굴과 위아래로 빠르게 움직이는 턱을 바라보았다. 순간 윈스턴은 그가 살아 있는 사람이 아니라 일종의 꼭두각시라는 생각이 들었다. 지금 말을 하는 것은 남자의 머리가 아니라 목구멍이다. 거기에서 나오는 것은 여러 단어들로 구성되어 있지만 진정한 의미의 말은 아니다. 그저 오리가 꽥꽥거리는 것처럼 무의식적으로 나오는 소음일 따름이었다.

사임은 잠시 침묵을 유지하고는 식탁에 흘린 스튜 국물을 숟가락 손잡이로 찍어 식탁 위에 그림을 그리고 있었다. 옆 식탁의 남자는 주위의 시끄러운 소음에도 아랑곳하지 않고 빠른 어조로 계속 꽥꽥거렸다.

"신어에 이런 단어가 있네."

이윽고 사임이 입을 열었다.

"자네도 알고 있는지 모르겠네만, '오리말(duckspeak)'이란 오리처럼 꽥꽥거린다는 뜻이라네. 두 개의 상반되는 뜻을 가진 재미난 말인데, 반대편에 대해서 적대적으로 사용할 때는 비난의 뜻이 되고 우호적으로 사용할 때는 칭찬의 뜻이 된다네."

의심할 여지없이 사임은 증발될 것이라고 윈스턴은 다시금 확신했다. 그는 사임이 자기를 경멸하고 다소 싫어하는 데다 그럴싸한 꼬투리만 있어도 자신을 사상범으로 몰아세울 인물임을 잘 알고 있었다. 하지만 막상 그가 증발될 것이라고 생각하니 안됐다는 마음이 들었다. 사임에게는 뭔가 부족한 부분이 있었다. 그는 절제와 적당한 무관심과 우매성을 갖추지 못했다. 그를 정통파가 아니라고 할 수는 없었다. 그는 일반 당원들이 접하지 못하는 최신 정보를 수집하는 가운데 영사의 강령을 신봉하고 빅 브라더를 숭배하며 전쟁에 승리했다는 소식에 누구보다 기뻐할 뿐만 아니라 이단자들을 철두철미하게 증오했다. 그럼에도 불구하고 그에게는 늘 위험한 평판이 따라다녔다. 그는 말하지 않으면 좋았을 것들을 지껄였고 책을 너무 많이 읽었으며 미술가나 음악가들이 단골로 들르는 카페 밤나무에 지나치게 자주 들락거렸다. 카페 밤나무에 출입하지 말라는 법은 없었지만 그곳은 어쩐지 불길한 느낌이 드는 장소였다. 당의 지도자들 가운데 늙고 불신 받는 이들이 숙청당하기 전 그곳에 자주 모이

고는 했다. 십여 년 전에는 골드스타인도 가끔씩 모습을 드러냈다고
한다. 사임의 운명은 명약관화했다. 그러나 그런 운명이 기다리는
줄 모르는 그는 윈스턴이 품고 있는 생각을 알아채기만 한다면 그
즉시 사상경찰에게 고발할 것이다. 물론 다른 사람들도 그럴 테지만
사임만큼 확실한 사람도 흔치는 않을 것이다.

열성만으로는 부족하다. 정통성이란 곧 무의식이기 때문이다.

"파슨스가 오는군."

사임이 앞쪽을 보며 말했다.

그의 말투에는 '저 멍청한 바보 녀석' 이라는 경멸이 담겨 있었다.
아닌 게 아니라 승리 맨션의 이웃인 파슨스가 사람들을 헤치며 그들
쪽으로 오고 있었다. 통통한 몸집의 중키에 금발을 깔끔하게 깎은
파슨스의 얼굴은 개구리를 연상케 했다. 서른다섯 살에 벌써 목과
허리에 두툼한 군살이 올라 있었지만 몸놀림은 민첩하고 소년처럼
가벼웠다. 한마디로 말해 덩치만 커다란 아이 같았다. 때문에 제복
을 입었어도 푸른색 바지에 회색 셔츠를 입고 빨간색 머플러를 두른
스파이단의 모습이 어렵지 않게 연상되었다. 그를 떠올릴 때는 언제
나 바지 무릎이 튀어나오고 팔뚝까지 소매를 통통한 걷어 올린 모습
이 생각났다. 사실 파슨스는 단체 행군이나 운동을 할 때마다 그것
을 핑계 삼아 짧은 반바지를 입곤 했다. 파슨스는 그들에게 다가와

"여보게들!"

하고 쾌활하게 인사하더니 땀 냄새를 물씬 풍기며 같은 식탁에 앉
았다. 그의 불그레한 얼굴에서 땀이 줄줄 흘렀다. 그는 유난히 땀을
많이 흘렸다. 공회당에서 탁구를 칠 때면 배트 손잡이가 땀으로 축
축이 젖을 정도였다. 사임은 글자가 빽빽하게 적혀 있는 기다란 종
이쪽지를 꺼내 손가락에 볼펜을 낀 채 읽고 있었다.

"점심시간에도 일을 놓지 못하는 저 친구 꼴 좀 보게."

파슨스가 윈스턴을 팔꿈치로 툭 치면서 말했다.

"하여간 보통 열심이 아니야! 대체 뭘 그렇게 열심히 하고 있는 거야, 이 사람아! 보나 마나 나 같은 사람한테는 골치 아픈 일이겠지. 어이, 스미스! 그렇지 않아도 자네를 찾고 있었네. 자네는 기부금을 잊은 건가?"

"무슨 기부금?"

윈스턴은 자동적으로 '또 그놈의 돈타령이로군!' 이라고 생각하며 물었다. 언제나 봉급의 약 4분의 1가량을 의연금으로 내놓아야 했는데, 그 명목이 하도 많아서 하나하나 기억하기가 어려웠다.

"증오 주간에 쓸 기부금 말일세. 집집마다 내는 것 있잖은가. 내가 우리 구역의 수금을 맡았네. 지금 최선을 다하고 있는데, 계획대로라면 아마 이번에 대히트를 치게 될 걸세. 만일 역사와 전통을 자랑하는 우리 승리 맨션이 다른 주택보다 큰 깃발을 내걸지 못한다 해도 그건 내 잘못이 아니란 걸 알아두게나. 자넨 2달러를 내겠다고 약속했지?"

윈스턴이 주머니를 뒤져 너덜거리는 헌 지폐 두 장을 찾아 주자 파슨스는 조그만 수첩을 꺼내 무지렁이 다운 꼼꼼함으로 수금 사실을 기록했다.

"그런데 여보게, 어제 우리 집 아이가 자네에게 고무줄 총을 쐈다면서? 내가 그 녀석을 따끔하게 야단쳤다네. 만약 또다시 그런 짓을 하면 아예 고무줄 총을 빼앗겠다고 다짐해 두었네."

파슨스가 그렇게 말하자 윈스턴이 대꾸를 했다.

"어제 처형장에 못 가서 안달이 났던 모양이야."

"맞아, 그랬을 걸세. 내가 말하고 싶은 것도 그 녀석이 정신 하나는 똑바르게 박혔다는 거지, 안 그런가? 두 아이 모두 장난이 좀 심하기는 하지만 말하는 걸 들어보면 아주 똑똑하다네. 녀석들이 생각

70

하는 것은 온통 스파이와 전쟁뿐이야. 자네는 지난 주 토요일에 내 딸애가 스파이단 단원들하고 버크햄프스테드로 행군을 나갔다가 무얼 했는지 알고 있나? 글쎄 다른 계집애 둘을 데리고 대열에서 몰래 빠져나와서는 오후 내내 수상해 보이는 어떤 녀석을 뒤쫓았다네. 그리고 두 시간가량 숲 속으로 그 녀석을 미행하다가 애머샴에 이르렀을 때 경찰에 넘겼다는 거야."

"무엇 때문에 그런 일을 했다던가?"

윈스턴은 약간 머뭇거리다가 물었다. 파슨스는 더욱 의기양양해져서 신나게 얘기했다.

"우리 애는 그 사람을 적의 스파이라고 믿었다네. 낙하산이라도 타고 왔을 것으로 보였다는 거야. 그런데 여보게, 보다 중요한 점은 바로 이걸세. 무엇 때문에 내 딸애가 그자를 처음 본 순간 수상쩍다는 느낌을 받은 줄 아나? 그 애는 그자가 이상한 신발을 신고 있다는 사실을 알아봤던 걸세. 딸애가 한 번도 본 적이 없는 신발을 그자가 신고 있었던 거야. 그래서 그를 외국인이라고 생각한 거지. 어때, 일곱 살 치고는 꽤 똑똑하지 않나?"

"그래서 그 사람은 어떻게 됐다던가?"

윈스턴이 다시 물었다.

"물론 그것까지야 내가 알 수 없지. 그렇지만 그자가 어떻게 되었다 하더라도 나하고는 상관없는 일이네."

파슨스는 그렇게 말하면서 총을 겨누는 시늉과 함께 입으로 총소리를 냈다.

"좋아."

사임은 손에 들고 있는 종이쪽지에서 눈을 떼지 않은 채 혼잣말처럼 말했다.

"물론 자네와 상관없는 일이겠지."

윈스턴은 어쩔 수 없다는 듯이 동의했다.

"내가 하고 싶은 말은 아직도 전쟁이 계속되고 있다는 걸세."

파슨스가 말했다.

그 말을 뒷받침하듯이 그들의 머리 바로 위에 있는 텔레스크린에서 힘찬 트럼펫 소리가 울렸다. 그러나 그것은 승전보를 알리기 위한 것이 아니라 풍요부에서 내보내는 일상적인 공지사항에 불과했다.

"동무들!"

열기에 가득 찬 젊은 목소리가 울려 퍼졌다.

"동무들, 주목하십시오! 지금부터 동무들에게 영광스러운 소식을 전하겠습니다. 우리는 생산 전투에서 승리했습니다. 방금 들어온 각종 소비재 생산 통계의 결산 결과에 의하면, 생활수준이 작년보다 적어도 20퍼센트 이상 향상되었습니다. 오늘 아침 오세아니아 전역에서는 들불과도 같은 자발적 집회가 열렸습니다. 공장과 직장에서 쏟아져 나온 노동자들이 깃발을 흔들고 거리를 행진하며 탁월한 지도력으로 우리에게 새롭고 행복한 삶을 주신 빅 브라더께 감사드린다고 목청껏 외쳤습니다. 목표 달성이 완료되었음을 알려주는 통계 자료에 따르면 식량 생산은……"

'새롭고 행복한 삶'이라는 구절이 몇 차례나 반복되었다. 그 구절은 최근에 풍요부가 입버릇처럼 애용하는 말이었다. 파슨스는 트럼펫 소리에 정신을 빼앗긴 채 입을 멍하니 벌리고 애써 지루함을 참으며 진지한 표정으로 귀를 기울이고 있었다. 그는 통계수치를 이해할 수 없었다. 하지만 뭔가 자신에게 좋은 일을 발표한다고 생각했다. 그는 까맣게 탄 담배가 반쯤 채워진 큼직하고 지저분한 파이프를 꺼냈다. 일주일에 100그램씩 배급되는 담배로 파이프를 가득 채워 피운다는 건 아무래도 불가능했다. 윈스턴은 승리연을 조심스레 수평으로 들고 피웠다. 담배를 배급받는 날은 내일인데 그에게 남아 있는 건 고작 네 개비뿐이었다. 그는 잠시 주위에서 들려오는 다른 소리들보다도 텔레스크린에서 나오는 말에 귀를 기울였다. 초콜릿의 배급량을 일주일에 20그램으로 늘려준 점에 대해 빅 브라더에게 감사하는 집회도 열렸던 것 같았다. 그런데 바로 어제 초콜릿 배급량을 일주일에 20그램으로 줄인다고 발표하지 않았던가? 겨우 24시간도 안 된 시점에서 그것을 잊어버리는 일이 가능한가? 그렇다. 그들은 아주 자연스럽게 잊어버린다. 파슨스는 곰처럼 미련해서 쉽게 잊어버렸다. 옆 식탁의 눈 없는 사내 또한 지난주까지만 해도 초콜릿 배급량이 30그램이었다고 말하는 사람이 있으면 누구든지 당장에 색출해서 증발시켜 버리겠다는 듯한 열정에 휩싸여 지극히 당연하게 그 사실을 잊고 있는 것이었다. 사임은 역시도 이중사고를 포함하여 다소 복잡한 방식으로 그 사실을 잊었다. 그렇다면 윈스턴 혼자만이 그것을 잊지 않고 있단 말인가?

터무니없는 통계 수치들이 텔레스크린에서 계속 쏟아져 나왔다. 작년과 비교해 보면 식량, 의복, 주택, 가구, 취사도구, 연료, 선박, 헬리콥터, 서적, 신생아 등 모든 것이 늘었다. 줄어든 것은 오직 질병과 범죄와 정신병뿐이었다. 매년 매 시간마다 사람도 물건도 빠른 속도로 증가하였다. 윈스턴은 조금 전에 사임이 했던 것처럼 숟가락을 들고 식탁 위에 흘린 희멀건 국물을 찍어서 그림을 그리기 시작했다. 그러면서 현재의 물질적 생활 상태를 생각하니 은근히 울화가 치밀었다. 예전에도 항상 이런 식이었던가? 음식 맛도 늘 이랬던가? 그는 식당 안을 찬찬히 둘러보았다. 사람들이 우글거리고 천장은 낮았으며 벽들은 수많은 사람들의 손때가 묻어 지저분했다. 찌그러진 철제 식탁과 의자들은 너무 낮았고 빽빽이 놓여 있어서 사람들이 앉다 보면 서로의 팔꿈치가 부딪혔다. 숟가락은 휘어졌고 쟁반은 보기 흉하게 우그러져 있었다. 조잡하게 만들어진 컵에는 미끌미끌한 기름이 엉겨 붙어 있었고 갈라진 틈마다 더러운 때가 끼어 있었다. 질 낮은 술과 커피에서는 이상한 냄새가 났다. 스튜에서는 비릿한 쇳내가 났고 더러운 옷에서는 여러 가지 냄새들이 뒤섞여 시큼한 악취가 코를 찔렀다. 배는 항상 허전하였으며 피부는 거칠게 메말라 있었다. 사실 옛날에는 지금과 달랐다고 생각할 만한 근거는 하나도 없었다. 단지 그가 기억할 수 있는 것이라고는 언제나 먹을 것이 부족하여 배가 고팠고, 양말과 속옷은 해지지 않은 것이 없었으며, 가구는 낡아서 금방이라도 부서질 것 같았고, 집은 벽이 기울어 곧 허물어질 듯했으며, 난방이 되지 않는 방은 추웠다. 지하철은 언제나 만원이었고, 빵은 색깔에서 거무칙칙했으며, 홍차는 맹물이나 다름없었고, 커피는 맛이 없어서 마시기 싫었고, 담배는 항상 모자랐다. 도대체 합성주(合成酒)를 제외하고는 싸고 풍부한 것이 전혀 없었다. 인간은 나이를 먹음에 따라 늙어가고 그에 따라 점점 쇠약해진다. 그러나 자연적 나이를 앞질러 훨씬 빠르게 늙어가고 쇠약해진다면 그것을 단순한 인체의 생리현상 탓으로만 여길 수는 없을 것이다. 불안과 불결과 궁핍, 기나긴 겨울의 추위, 찢어진 양말, 좀처럼 가동되지 않는 엘리베이터, 차가운 물, 꺼칠꺼칠한 비누, 쉽게 부스러지는 담배, 지독히 맛없는 음식…… 이런 것들은 언제나 사람의 마음을 상하게 하고 몸을 병들게 한다. 예전에도 지금과 별 차이가 없었는데 왜 갑자기 이 모든 것들이 견딜 수 없을 만큼 혐오스럽게 느껴지는 것일까?

윈스턴은 다시 한 번 식당 안을 둘러보았다. 눈에 띄는 거의 모든 사람들이 추해 보였다. 푸른 제복 대신 색다른 옷을 입었다 하더라도 마찬가지일 것이다. 딱정벌레처럼 생긴 조그만 사내가 한쪽 구석에 혼자 앉아 커피를 마시며 불안스러운 눈초리로 이쪽저쪽을 흘낏거리고 있었다. 윈스턴은 만약 자기가 이런 몰골의 사람들을 보지 않았다면 당이 제시한 이상적 체형-키가 크고 근육질인 청년과 햇빛에 적당히 그을린 건강한 피부와 빛나는 금발에 볼록하게 튀어나온 젖가슴을 지닌 처녀-을 갖춘 사람들이 많을 줄로만 알았을 것이라고 생각했다. 그러나 실제로는 그렇지 않았다. 그가 판단하기에는 제1공대 국민의 대부분은 체격이 작고 피부가 검으며 영양실조로 볼품이 없는 모습이었다. 어떻게 정부기관 내에 저 딱정벌레 같은 체형의 사람들이 늘어가는지 도무지 알 수 없는 일이었다. 대체로 완전히 성장하기도 전에 몸이 굳어버린 땅딸막한 체구에 다리는 짧지만 행동은 민첩하며, 아주 작은 눈은 통통한 얼굴에 불가사의한 표정을 더해 주고…… 그렇다. 당의 지배 체제에서는 바로 이런 유형의 인간들이 가장 신임 받고 출세하는 것 같았다.

또 한차례의 트럼펫 소리로 풍요부의 방송이 끝난 후 함석판을 두드리는 듯한 음악이 흘러나왔다. 파슨스는 엄청난 통계수치에 감격했다는 표정을 지으며 입에서 파이프를 떼고 말했다.

"확실히 올해 풍요부는 굉장한 일을 해냈어."

그는 뭘 알기라도 하는 듯 고개까지 끄덕거렸다.

"그런데 스미스, 자네 혹시 면도날 좀 있으면 빌려주겠나?"

"빌려줄 게 어디 있겠나? 나도 한 개를 가지고 벌써 6주나 쓰고 있다네."

윈스턴이 대답했다.

"아, 그렇군. 그저 혹시나 해서 한번 물어본 것뿐일세."

"미안하게 됐네."

윈스턴이 다시 말했다.

옆 식탁의 오리 소리는 풍요부의 방송이 나왔던 동안에는 조용했지만 다시 아까처럼 떠들어대기 시작했다. 그때 문득 윈스턴은 머리카락이 성글고 얼굴에 때가 낀 주름이 가득한 파슨스 부인이 생각났다. 2년 안에 그녀의 자식들은 제 어머니를 사상경찰에 고발할 것이다. 그리고 파슨스 부인은 증발될 것이다. 사임도 증발될 것이다. 오브라이언도, 윈스턴 자신도 증발될 것이다. 그러나 파슨스만은 그렇지 않을 것이다. 꽥꽥거리며 떠들어대는 저 눈 없는 사내도 결코 증발되지 않을 것이다. 정부 기관의 미로 같은 복도를 잽싸게 뛰어다니는 조그만 딱정벌레 같은 남자들 역시 증발되지 않을 것이다. 창작국의 검은 머리 여자도 증발되지 않을 것이다. 그는 누가 살아남고 누가 죽을 것인지 본능적으로 알 수 있었다. 그것은 그의 생존을 위해 매우 유익한 것이었으나 그 기준이 무엇인지 꼬집어 설명할 수는 없었다.

어느 순간 그는 움찔하며 공상에서 깨어났다. 옆 식탁에 앉아 있던 여자가 몸을 반쯤 돌려서 그를 바라보고 있었다. 이제 보니 어수룩한 음성의 그 여자는 바로 창작국의 검은 머리 여자였다. 그녀는 곁눈질로 매섭게 윈스턴을 주시하고 있었다. 그러다 그와 시선이 마주치는 순간 황급히 시선을 거두었다.

윈스턴의 등줄기에서 식은땀이 흘렀다. 공포의 전율이 온몸을 스치고 지나갔다. 짧은 순간의 전율이었지만 그 뒤끝에는 불안감이 여운처럼 남아 있었다. 저 여자는 왜 나를 본 것일까? 왜 나의 뒤를 쫓는 것일까? 불행히도 그가 식당에 오기 전부터 그녀가 먼저 있었는지 어땠는지 기억나지 않았다. 어쨌든 어제 2분 증오 시간에는 꼭 그래야 할 만한 이유가 없었는데도 그녀는 그의 바로 뒤에 앉아 있었다. 그녀의 목적은 아마 그가 크게 소리 지르는지 사실 여부를 확인하려 함이 틀림없었다.

예전에 했던 생각이 불현듯 다시 떠올랐다. 어쩌면 그녀는 사상경찰이 아닐지도 모른다. 그렇다면 그녀는 가장 위험한 존재인 아마추어 정보원이 틀림없다. 그녀가 얼마나 오랫동안 자신 살펴보고 있었는지 알 수 없었다. 족히 5분은 되었을 것이다. 그 사이에 그의 표정이 흐트러졌을지도 모른다. 공공장소나 텔레스크린이 감시할 수 있는 범위 내에서 나만의 생각에 잠기는 것은 매우 위험했다. 아주 사소한 일로도 끝장나는 수가 있다. 얼굴에 경련을 일으킨다든가, 무의식적으로 근심 어린 표정을 짓는다거나, 혼자 중얼거리는 습관이 있다든가 등 조금이라도 비정상으로 보이는 것은 없어야 한다. 이런 것들은 무엇인가 켕기는 행위로 간주되어 위험을 불러들이기 때문이다. 때로는 좀 못마땅한 표정을 짓기만 해도(이를테면 승전 소식을 듣고도 믿을 수 없다는 표정을 짓는 따위) 처벌 대상이 된다. 신어에 그런 경우를 지칭하는 말이 있는데, 바로 '표정죄' 라는 것이다.

그녀는 다시 그에게 등을 보인 채로 앉아 있었다. 어쩌면 그녀는 그를 쫓아다니는 것이 아닐지도 모른다. 그녀가 이틀 동안 계속 그의 곁에 바짝 붙어 앉는 것은 단순히 우연의 결과일 수도 있다. 그는 담뱃불을 끄고 남은 꽁초를 조심스럽게 식탁 가장자리에 놓았다. 잘만 보관하면 일이 끝난 후에 또 피울 수 있을 것이다. 설사 옆 식탁에 앉아 있는 사람이 사상경찰의 정보원이라 하더라도, 그를 애정부 감방에 3일간 처넣을지 모르더라도 담배꽁초를 아무렇게나 버릴 수는 없었다. 사임은 읽고 있던 종이쪽지를 접어서 주머니에 넣었다. 파슨스가 입을 열어 다시 떠들어대기 시작했다.

"여보게, 내가 얘기하지 않았던가?"

파슨스는 파이프를 만지작거리면서 낄낄 웃었다.

"우리 집 개구쟁이 녀석들이 어떤 장사꾼 노파의 치맛자락에 불을 붙였다는 얘기 말일세. 그 노파가 소시지를 빅 브라더의 포스터 싸서 들고 갔다지 뭔가. 그걸 보고는 그 노파의 뒤로 살며시 다가가 치맛자락에 대고 성냥을 그었다는군. 아마 무척 뜨거웠을 거야. 조그만 녀석들이 여간내기가 아니야. 그렇지 않나? 우리 애들은 요즘

철저한 스파이단 훈련을 받고 있거든. 보나마나 훈련 내용도 우리 때보다 여러 모로 강화되었을 거야. 그 애들이 요즘 무엇을 지급받는지 알고 있나? 바로 방 안에서 하는 대화를 열쇠 구멍으로 엿들을 수 있게 만든 나팔귀라는 걸세. 딸애가 요 전날 밤에 그걸 집으로 가져와서 우리 방을 엿들어보고는 그냥 귀로 듣는 것보다 두 배는 더 크게 들린다고 하더군. 물론 그건 장난감에 지나지 않을 테지만 아이디어만큼은 멋지지 않나?"

그때 텔레스크린에서 귀청을 찢을 듯한 호루라기 소리가 터져 나왔다. 오후의 일과를 다시 시작하라는 신호였다. 세 사람은 자리에서 벌떡 일어나 엘리베이터 쪽으로 몰려가는 사람들 틈에 끼어들었다. 그 바람에 윈스턴의 담배꽁초가 부스러져 버렸다.

6

윈스턴은 일기를 쓰고 있었다.

3년 전이었다. 커다란 기차역 근처의 골목길, 어두운 저녁이었다. 그녀는 흐릿한 가로등 아래 문가에 서 있었다. 진한 화장을 한 젊은 여자였다. 가면을 쓴 것처럼 하얀 분을 잔뜩 바르고 입술에는 새빨간 립스틱을 칠한 모습으로 나를 매혹시켰다. 여자 당원들은 결코 화장을 하지 않는다. 그녀 외에는 거리에 아무도 없었고 텔레스크린도 없었다. 그녀는 2달러를 요구했다. 나는……

거기까지 쓰자 더 이상 써 내려갈 수가 없었다. 그는 눈을 감고 연이어 떠오르는 그때의 장면들을 떨쳐버리려는 듯이 손가락으로 눈두덩을 지그시 눌렀다. 그는 한바탕 큰 소리로 욕설을 내뱉고 싶은 충동에 사로잡혔다. 머리로 벽을 들이받거나 책상을 걷어차 뒤집어엎거나 잉크병을 집어 창문에 냅다 던져버리고 싶기도 했다. 자신을 괴롭히는 기억의 굴레에서 벗어날 수만 있다면, 어떤 난폭한 짓이건 소리를 지르는 발광이건 또는 자기 학대의 고통이건 가리지 않고 저

79

질러버리고 싶었다.

　그는 자기 자신의 신경조직이야말로 가장 무서운 적이라고 생각
했다. 어떤 순간에 처하든 마음속의 긴장을 밖으로 내보내서는 안
된다. 몇 주 전 길에서 마주쳤던 한 남자가 떠올랐다. 지극히 평범하
게 보이는 그 남자는 당원인 것 같았다. 나이는 대략 서른다섯에서
마흔 살쯤으로 보였고 키가 큰 데다 마른 몸집이었다. 작은 서류 가
방을 든 그가 윈스턴으로부터 몇 미터쯤 안쪽으로 다가왔을 때 남자
의 왼쪽 뺨이 경련을 일으키며 갑자기 일그러졌다. 그들이 서로 스
쳐 지나가는 순간에도 마찬가지였다. 마치 카메라 셔터가 작동하는
것처럼 순식간에 나타났다 사라진 경련이었지만 이미 습관화된 것
같았다. 윈스턴은 그가 머지않아 끝장날 불쌍한 사람이라고 생각했
다. 이런 현상이 무의식적으로 일어난다는 것은 정말 놀라운 일이었
다. 진짜로 위험한 건 잠꼬대였다. 그것만은 정말 어찌해 볼 도리가
없기 때문이었다.

　그는 숨을 한 번 몰아쉰 다음 다시 써 내려가기 시작했다.

　　나는 그녀와 함께 문간을 지나 뒤뜰을 가로질러 지하실 부엌으로
　갔다. 벽 쪽에는 침대가, 탁자 위에는 심지를 잔뜩 낮춰놓아 불빛이 희
　미한 램프가 있었다. 그리고 그녀는⋯⋯

　그는 이를 악물었다. 침이라도 뱉고 싶은 기분이었다. 지하실 부
엌에서 그 여자와 함께 있자니 불현듯 아내 캐서린이 생각났다. 윈
스턴은 기혼자였다. 적어도 결혼을 했던 적이 있었다. 아내가 죽지
않은 한 그는 줄곧 기혼자다. 그곳의 공기는 빈대와 더러운 옷 냄새
가 뒤섞여 숨이 막힐 듯 답답했다. 그곳에서는 싸구려 화장품 냄새
도 맡을 수 있었다. 그 점이 상당히 마음을 들뜨게 했다. 여자 당원

들은 화장품을 쓰지 않았고 또 그럴 엄두조차 낼 수 없었다. 오직 무산계급 노동자들만이 화장품을 사용하였다. 그 냄새가 숨겨진 욕정과 뒤엉켰다.

여자를 품어본 것은 2년여 만에 처음이었다. 물론 창녀와 관계하는 행위는 금지였지만 마음먹기에 따라 가끔 그 규칙을 어길 수도 있었다. 위험한 범법 행위였으나 생사가 갈릴 만큼 대단한 문제는 아니었다. 창녀와 관계가 발각되면 여죄가 없는 한 강제 노동 형 5년을 선고받게 된다. 그러므로 들키지 않게 할 수만 있다면 해 볼만한 모험이었다. 빈민가에는 몸을 팔려는 여자들이 득실거렸다. 어떤 여자들은 진 한 병에도 몸을 허락했다. 일반적으로 노동자들은 그런 술을 맛볼 수 없기 때문이었다. 당은 억제할 수 없는 본능의 분출구 구실을 하도록 암암리에 사창을 키워주고 있었다. 단순한 성적 탈선 행위는 비밀리에 이루어지는 한, 향락적이지 않은 한, 밑바닥 계급의 여자들을 상대로 하는 한 그다지 문제 삼지 않았다. 용서받을 수 없는 죄는 당원들 간의 성적 문란 행위였다. 당원들 간의 부적절한 성관계는 대숙청이 있을 때마다 나오는 자백 중의 하나였다. 하지만 그런 일이 평소에 일어나리라고는 상상조차 할 수 없었다.

당의 목적은 단순히 통제할 수 없는 애정 관계를 맺지 못하게 하는 것뿐만이 아니었다. 진짜 목적은 성행위에서 얻는 모든 쾌락을 사전에 제거하려는 것이었다. 당원들 사이에는 서로 사랑하는 행위는 물론이거니와 성욕을 느끼는 자체가 용납되지 않았다. 비록 결혼을 한 사이라 하더라도 예외는 아니었다. 당원들끼리 결혼은 누구를 막론하고 담당 위원회의 승인을 받아야 가능한데-비록 원칙이 명확하게 언급되어 있지는 않지만- 결혼을 하려는 당사자들이 서로의 육체에 끌리고 있다는 인상을 보이기만 해도 그 결혼은 절대 불가능했다. 당이 인정한 결혼의 유일한 목적이란 당을 위해 봉사할 아이를 낳는 것이었다. 성행위는 마치 관장처럼 역겨운 작업으로 간주되었다. 당은 이러한 관념을 어렸을 때부터 알게 모르게 주입해 신념화시켰다. 그리하여 남녀를 불문하고 독신생활을 통해 완벽한 금욕을 이루자는 취지에서 청년반성동맹이라는 단체까지 생겨났다. 또한 아이들은 모두 인공수정(신어로는 '인수'라고 한다)으로 낳고 공공시설에서 양육하였다. 윈스턴은 이것이야말로 당의 일반적인 이데올로기에 부합하는 것이라고 생각했다. 당은 성본능을 말살시키려고 애쓰고 있으며, 종국적으로 말살되지 않으면 그것을 왜곡시켜 추한 것으로 만들려고 발버둥 치는 것이다. 윈스턴은 당이 왜 그렇게 하는지 이유는 몰랐지만 한편으로는 당연하게 여겼다. 여자에 관한 한 당의 노력은 상당한 성공을 거둔 셈이었다.

그는 다시 캐서린을 생각했다. 그들이 헤어진 지 9년이나 10년 아니 11년쯤 되었을 것이다. 그동안 그녀에 대한 생각하지 않았다는 것이 좀 이상했다. 가끔은 결혼했다는 사실을 며칠씩 잊고 지내기도 했다. 그들은 겨우 15개월밖에 동거하지 않았다. 당은 이혼을 허가하지 않는 대신 아이가 없을 경우에는 별거를 권장했다.

캐서린은 키가 크고 아름다운 금발에 몸매가 날씬했으며 몸가짐이 우아한 여성이었다. 얼굴 윤곽이 또렷했고 독수리를 연상할 만큼 빈틈이 없어서 마음속을 들여다보기 전까지는 누구나 고상하게 생겼다고 말할 정도였다. 윈스턴은 이미 결혼 초에 그녀의 진면모를 잘 알게 되었다. 누구보다도 어리석고 천박했으며 머리가 텅 빈 여자였다. 그녀의 머릿속에는 당의 슬로건밖에 들어 있는 게 없었고 얼마나 어리석은지 당이 주는 것이라면 무엇이든 따지지 않고 받아들였다. 그는 속으로 '인간 녹음기'라는 별명을 붙여주었다. 하지만 아무리 그렇더라도 단 한 가지, 성(性) 문제만이라도 원만했더라면 어떻게든 참고 함께 살았을 것이다.

그녀는 그가 손을 대려고만 하면 몸을 움츠리며 딱딱하게 굳어버렸다. 그녀를 안으면 마치 나무 인형을 끌어안는 느낌이 들었다. 그리고 이상하게도 그녀가 자기를 껴안을 때조차 그녀가 자기를 있는 힘껏 밀어낸다는 느낌을 받았다. 그녀의 전신이 경직되어 있어서 그런 느낌을 받는 것일지도 몰랐다. 그녀는 그저 눈을 감은 채 마음대로 하라는 듯이 반항도 협조도 하지 않고 꼿꼿이 누워 있었다. 윈스턴은 그럴 때마다 당황했고 나중에는 끔찍한 두려움까지 생겨났다. 그런 상태였지만 두 사람이 육체관계 없이 생활하기로 합의했다면 계속 함께 살아왔을지도 모른다. 그러나 놀랍게도 캐서린이 이에 반대하고 나섰다. 캐서린은 툭하면 아이를 가져야 한다고 우겼다. 그래서 그들은 일주일에 한 번씩 정기적인 성관계를 가지기로 했다. 그러나 그것은 성관계라기보다는 그저 의무적으로 수행하는 일일 뿐이었다. 심지어 그녀는 해당일 아침이 되면 그날 밤에 해야 할 일을 잊지 말라고 일깨워주기까지 했다. 캐서린은 그 일을 두 가지 명칭으로 불렀다. 하나는 '아기 만들기'였고 또 다른 하나는 '당에 대한 우리의 의무'(물론 그녀는 이 명칭을 주로 사용했다)였다. 그 일을 하기로 약속된 날이 다가오면 그는 심한 두려움에 빠졌다. 다행히 아이는 생기지 않았고 결국 그 일을 그만두자는 데에 그녀도 동의하지 않을 수 없게 되었다. 그들은 곧 헤어져버렸다.
　윈스턴은 가만히 한숨을 내쉬고 펜을 들어 다시 쓰기 시작했다.

　그녀는 침대에 자신의 몸을 내던지더니 주저하지 않고 곧바로, 아주 상스럽고 천박스러운 모습으로 스커트를 걷어 올렸다. 나는……

　윈스턴은 희미한 램프 아래에서 빈대와 싸구려 화장품 냄새를 맡으며 그리고 최면술 같은 당의 힘에 뻣뻣하게 얼어붙은 캐서린의 하얀 몸뚱이를 떠올리며 좌절감과 분노로 우두커니 서 있는 자신을 상상해 보았다. 왜 항상 이 꼴이란 말인가? 몇 년에 한 번씩 이런 지저분한 씨름을 하는 게 아니라 내 여자를 가질 수는 없는 것인가? 하지만 마음을 주고받는 정사란 거의 불가능했다. 여성 당원들은 누구나 마찬가지였다. 순결은 당에 대한 충성의 상징으로 마음속 깊이 각인되어 있었다. 어릴 때부터 받는 철저한 훈련이, 운동과 냉수욕이, 학교와 스파이단과 청년동맹에서 주입시키는 온갖 쓸모없는 가르침, 강의, 행진, 노래, 슬로건, 군가가 그들의 마음에서 자연스러운 인간의 감정을 모조리 고갈시켜 버렸다. 그는 이성에 따라 판단해 볼 때 거기에도 예외가 있으리라고 생각했지만 마음으로 믿을 수는 없었다. 그녀들은 당이 요구하는 대로 완고하였다. 윈스턴은 사랑보다 더욱 절실하게 원하는 것이 있었다. 바로 자기 일생에 단 한 번만이라도 그 덕성(德性)의 장벽을 무너뜨려보는 것이었다. 만족스러운 성행위는 반역이다. 성욕 또한 사상죄에 속한다. 윈스턴이 용케 캐서린을 설득하여 만족스러운 성행위를 할 수 있었다 하더라도 그것은 바로 자기의 아내라는 여자를 유혹한 죄를 짓는 것이었다.

그는 나머지 이야기를 마저 써야 했다. 그는 다시 펜을 들었다.

나는 램프 심지를 돋우었다. 조금 밝아진 불빛 속에서 그녀를 보니……

희미한 파라핀 램프를 좀 더 밝게 했더니 컴컴했던 주변이 상당히 환해졌다. 윈스턴은 비로소 그 여자를 제대로 볼 수 있었다. 피어오르는 욕망과 함께 그녀에게 한 걸음 다가서던 그는 엉켜드는 공포심으로 멈칫했다. 문득 이런 곳에서 위험한 일을 저지르고 있다는 생각을 하니 고통스러울 만치 두려워진 것이었다. 일을 마치고 그곳을 나서자마자 경찰에 체포될지도 모를 일이라는 생각도 들었다. 어쩌면 그 순간에도 경찰들이 문밖에서 기다리고 있을지도 몰랐다. 그렇다고 해서 아무런 행위도 하지 않고 돌아서서 나간다면 그곳을 찾아간 의미는 도대체 무엇이란 말인가!

계속해서 써야 한다. 고백해야 하는 것이다. 그가 조금 밝아진 램프 불빛 아래에서 단박에 알아차린 것은 그녀가 늙었다는 사실이었다. 그녀의 얼굴은 덕지덕지 처발라가며 화장을 한 탓에 마치 마분지로 만든 가면처럼 금세라도 죽죽 금이 갈 것처럼 보였다. 그녀의 머리카락도 희끗희끗했다. 그러나 가장 소름 끼치는 것은 헤벌어진 그녀의 입안이었다. 흡사 시커먼 동굴 속 같았다. 그 여자는 이가 하나도 없었다.

그는 급히 휘갈겨 썼다.

불빛 아래에서 보니 그녀는 족히 쉰 살은 돼 보이는 늙다리였다. 하지만 나는 그런 것에 개의치 않고 일을 해치웠다.

그는 다시 손가락으로 눈두덩을 꾹꾹 눌렀다. 마침내 다 쓰기는 했지만 달라진 것은 없었다. 이런 처방은 아무 효력도 없었다. 큰 소리로 목청껏 욕설을 내뱉고 싶은 충동도 아까만큼 강했다.

7

윈스턴은 '희망이 있다면 그것은 무산계급 노동자들에게 있다!' 라고 썼다.

희망이 있다면 그것은 무산계급 노동자들에게 있다. 그 이유는 오로지 오세아니아 인구의 85퍼센트를 차지하는 우글거리는 피압박 대중만이 당을 무너뜨릴 힘이 있기 때문이다. 당은 내부적으로 무너질 수 없게끔 되어 있다. 설령 당 내부에 반당적(反黨的)인 사람들이 있다고 가정할 경우에도 그들은 뭉칠 수도 없고 서로를 알아볼 수도 없다. 떠도는 소문대로 형제단이 존재하더라도 두세 명 정도라면 모를까 구성원들 전체가 한자리에 모인다는 것은 상상할 수도 없는 일이었다. 그동안 들통 난 반역이라고 해봤자 고작 눈짓이나 말투가 수상했다거나 비밀스레 귀엣말을 나눈 정도가 대부분이었다. 하지만 노동자들이 주류를 이루고 있는 무산계급은 의식의 눈을 뜨기만 한다면 따로 모의할 필요조차 없다. 그냥 들고 일어나 파리 떼를 쫓는 말처럼 몸을 흔들기만 하면 된다. 그들에게 의지만 있다면 당장 내일 아침에라도 당을 산산조각 내어 날려버릴 수 있다. 하루 빨리 그들이 의식의 눈을 떠야 한다. 하지만 아직은……

 윈스턴은 언젠가 수많은 사람들이 잔뜩 붐비는 거리를 지나던 때
가 떠올랐다. 길 저편에서 수백 명의 함성-여자들의 목소리-이 갑자
기 터져 나왔다. 엄청난 분노와 절망이 담긴 목소리들이 한데 합쳐
져 거대한 종이 울리듯 우우우 하는 함성으로 퍼져 나갔다. 그의 심
장이 세차게 뛰었다. 시작이다! 그는 생각했다. 드디어 폭동이 일어
났다! 마침내 노동자들이 쇠사슬을 거부하고 나섰다! 그는 소리 나
는 쪽을 향하여 달려갔다. 거리의 한 상점 앞에서 200~300명의 여자
들이 침몰하는 배에 탄 승객처럼 절망적인 얼굴로 아우성을 치고 있
었다. 하지만 그들 전체가 표출하던 절망의 분위기는 순식간에 깨어
지고 어느새 개인적인 아귀다툼이 벌어지는 아수라장으로 바뀌었
다. 그 상점은 양철로 만든 냄비를 판 모양이었다. 재질도 얇고 볼품
없는 것이었지만 그나마도 구하기가 쉽지 않았을 터라 아우성 칠 만
도 했다. 용케 물건을 구한 여자들은 사람들에게 부딪치고 밀리며
북새통에서 빠져나가려고 애를 쓰고 있었다. 냄비를 사지 못한 나머
지 수십 명의 여자들은 상점에 몰려들어 아는 사람에게만 팔았다느
니 아직 어딘가에 감추어둔 게 더 있을 거라느니 하며 상점 주인에
게 욕을 퍼부었다. 또다시 아우성치는 소리가 들렸다. 옷매무새가
아무렇게나 흐트러진 두 여자가 냄비 하나를 가지고 서로 차지하기
위해 뒤엉켜 싸우고 있었다. 한동안 밀고 당기며 싸움을 벌이던 사
이에 냄비 손잡이가 떨어지고 말았다. 그 광경을 바라보는 윈스턴은
자기도 모르게 얼굴을 찡그렸다. 그러나 다음 순간 그는 단지 몇 백
명의 사람들이 외치는 소리일 뿐인데도 굉장한 위력이 발휘된다는
것을 느꼈다. 그들은 왜 좀 더 중요하고 근본적인 일에 대해서는 그
와 같은 함성을 지르지 않는 것일까?

그들은 의식의 눈을 뜨기 전까지는 반란을 일으킬 수 없을 것이다. 그러나 반란을 일으키게 될 때까지 그들은 의식의 눈을 뜨지 못할 것이다.

써놓고 보니 아무래도 당의 교재를 그대로 베낀 것 같다는 생각이 들었다. 물론 당은 현재까지도 노동자들을 모든 속박에서 해방시켰다고 주장해 왔다. 혁명 전에는 노동자들이 자본가들로부터 무참하게 억압을 받는 가운데 기아상태에서 혹사당했고 당시에는 여자들도 탄광에 끌려가서 강제 노동을 했으며(사실 여자들은 지금도 탄광에서 노동을 하고 있다), 아이들은 여섯 살 때부터 공장으로 팔려갔다고 했다. 하지만 당은 무산계급 노동자들은 타고난 열등 인간이기 때문에 엄격한 규율로 짐승처럼 복종시키지 않으면 안 된다고 가르쳤다. 표면적으로는 노동자들에 대해 알려진 게 별반 없었다. 많이 알아야할 필요도 없었다. 당에서 시키는 대로 일하며 먹고 자는 한 그들의 다른 행동은 전혀 중요하지 않았다. 아르헨티나 평원에 방목하는 소떼처럼 내버려두면 그들은 자신들의 조상이 살았던 삶을 본받아 자신들에게 적합한 생활양식을 스스로 찾을 것이었다. 그들은 빈민굴에서 태어나고 자라서 열두 살이 되면 노동 현장에 나가기 시작한다. 그러다가 이성(異性)을 찾고 배우는 짧은 사춘기를 거쳐 스무 살이 되면 결혼을 하고, 서른 살에 중년이 되며, 예순 살 즈음에는 생을 마감한다. 힘겨운 육체노동을 하며 집과 아이들에 대한 염려, 이웃과의 자잘한 말다툼, 영화나 축구, 맥주, 도박 따위에 마음을 빼앗기며 살아가는 것이 그들의 삶이었다. 그들을 지배하기란 어려운 일이 아니다. 항시 사상경찰의 정보원 몇 명을 그들 속에 풀어놓아 유언비어를 퍼뜨리고 위험하다고 여겨지는 자들은 찍어내면 된다. 그들에게는 당의 이데올로기를 가르칠 필요도 없다. 당은 어떤 형태로든 노동자들이 정치의식을 가지는 것이 바람직하지 못하다고 여기기 때문이었다. 그들에게 주입시켜야 하는 것은 단지 노동시간을 늘린다든가 배급을 줄인다든가 할 때 그들이 불평 없이 호응하도록, 필요할 때마다 당이 이용해 먹을 수 있는 원시적인 애국심뿐이다. 그들은 언제나 그래 왔듯 불만이 많아도 그것을 통합할 이념이 없기 때문에 불만을 달리 표출시킬 방도가 없었다. 따라서 그들의 해소할 길 없는 욕구불만은 엉뚱한 투정으로 나타났다. 결국 이 사회를 이상한 방향으로 이끌어가는 커다란 죄악은 그들이 알지 못하는 사이에 자행되었다. 대다수의 노동자들은 집에 텔레스크린도 없었다. 사상경찰마저 거의 간섭하지 않았다. 런던에는 별의별 범죄가 성행하고 있었다. 어느 곳을 가든 도둑이나 깡패, 창녀가 우글거렸고 뜨내기 약장수와 공갈범이 판치고 있었다. 하지만 이런 범죄들은 모두 노동자 세계에서 일어나는 일이었으므로 당은 그다지 중요하게 여기지 않았다. 모든 도덕적 문제에 있어서 그들은 조상 대대로 내려오는 관습을 좇았다. 섹스에 대해 당이 제시하는 청교도적인 규정도 그들에게는 적용되지 않았다. 그들에게는 간통도 처벌하지 않았고 이혼도 허용하였다. 노동자들이 필요로 하거나 원하기만 한다면 종교의 자유까지 허용했을 것이다. 당은 그들을 의심의 눈초리로 감시하고 살필 필요가 없었다. 당의 슬로건이 말하는 바와 같이 '노동자와 짐승은 자유'였다.

윈스턴은 팔을 아래로 뻗어 발목 근처의 정맥류성 궤양 부위를 조심스럽게 긁었다. 다시 가려웠던 것이다. 혁명 전의 생활상을 알 수 없어서 여간 답답한 게 아니었다. 그는 서랍에서 파슨스 부인에게 빌려 온 어린이용 역사 교과서를 꺼내 한 부분을 옮겨 적기 시작했다.

옛날, 저 영광스러운 혁명이 일어나기 전만 해도 런던은 오늘날 우리가 알고 있는 것처럼 아름다운 도시가 아니었다. 거의 모든 사람들이 배고픔에 시달리는 가운데 신발을 구할 수가 없어서 맨발로 다녔고, 어떤 사람들은 기거할 집이 없어서 한뎃잠을 자야 했던 어둡고 더럽고 비참한 곳이었다. 여러분 또래의 어린이들은 가혹한 주인을 위하여 하루에 열두 시간이나 일을 했고 일이 더디다는 이유로 채찍으로 맞았다. 그러면서도 받아먹는 음식이라고는 썩은 빵 조각과 물뿐이었다. 그토록 비참하고 가난한 환경 속에서도 굉장히 크고 아름다운 집들이 몇 채 있었는데 그곳에는 하인을 30명이나 거느린 부자들이 살고 있었다. 그 부자들은 '자본가'라고 불렸다. 그들은 옆의 그림에서 볼 수 있듯 뚱뚱하게 살이 찐 데다 추악하고 심술궂은 얼굴을 하고 있었다. 그리고 그림에서처럼 프록코트라는 검은색 긴 코트를 입고 실크해트라는 난로 연통처럼 생긴 괴상한 모자를 쓰고 다녔다. 그런 복장은 자본가들만의 제복이었으며 다른 사람들에게는 허용되지 않았다. 그들은 없는 것이 없었고, 그 밖의 다른 사람들은 모두 그들의 노예였다. 그들은 모든 땅과 모든 집을 소유했고 또한 모든 공장과 모든 돈을 독점했다. 누구든지 그들의 말에 반항하거나 거역했다가는 감옥에 갇히거나 일자리를 빼앗겨 굶어 죽을 수밖에 없었다. 보통 사람들이 자본가들에게 말을 하려면, 모자를 벗어들고 굽신거리며 '나리'라는 존칭을 써야 했다. 자본가들의 우두머리는 '왕'이라고 불렸으며……

윈스턴은 그 부분에서 옮겨 적기를 멈추었다. 나머지 내용은 보지 않아도 알 수 있었다. 보드라운 비단실로 짠 소매 달린 옷을 입은 주교들, 담비 털로 만든 제복의 법관들, 죄인들에게 씌우는 칼, 태장, 디딜방아, 아홉 가닥의 채찍, 시장 나리의 화려한 연회 그리고 교황의 발등에 입을 맞추는 관습 따위가 서술되었을 것이 뻔했다. 또한 어린이용 교과서로는 적절하지 않은 '초야권' 까지 있었다. 모든 자본가들은 법적으로 그 권리를 가지며, 자본가의 공장에서 일하는 여자가 결혼을 하려면 우선 자본가에게 육체적 순결을 바쳐야 한다는 것이었다.

교과서의 내용 중 무엇이 거짓이고 무엇이 참인지 알 수 없었다. 어쩌면 현재의 노동자들이 혁명 전의 노동자들보다 훨씬 나은 생활을 하고 있다는 게 사실일지도 모른다. 그렇지 않다는 증거는 뼛속 깊이 스미어 있는 무언의 항변 즉 지금의 생활상이 참을 수 없다든가, 분명히 예전에는 지금과 달랐을 것이라는 막연한 느낌뿐이었다. 현재의 가장 두드러진 특징은 잔인함이나 불안정성에 있는 것이 아니라 단순한 헐벗음과 추악함 그리고 무관심에 있다는 사실이 그를 놀라게 했다. 주위 사람들의 생활을 보면 텔레스크린에서 쏟아져 나오는 거짓말은 물론이고 당이 달성하겠다고 내세우는 이상과도 닮은 점이 조금도 없었다. 당원들조차 생활의 대부분을 중성적이고 비정치적으로 영위하고 있다. 지루한 일에 대해 이야기하고, 지하철에서 자리다툼을 하고, 구멍 난 양말을 깁고, 사카린을 구하러 다니고, 담배꽁초를 모아두고…… 모두가 그런 식이었다. 당이 내세우는 이상은 보다 거대하고 엄청나고 찬란한 것이었다. 강철과 콘크리트의 세계, 굉장한 기계와 무시무시한 무기의 세계였다. 완전한 통일을 목표로 혼연일체 되어 매진하고, 모두가 똑같은 생각으로 똑같은 슬로건을 외치며, 끊임없이 일하고 싸우고 승리하고 이단자를 억압함으로써 3억의 인구가 똑같은 얼굴을 지닌 전사와 광신자의 나라였다. 하지만 현실적으로는 영양실조에 걸린 사람들이 구멍 난 구두를 신고 거리를 어슬렁거리며 임시로 땜질해서 겨우 서 있는 집 안에는 양배추와 오물 냄새가 진동하는 더럽고 황폐한 도시일 뿐이었다. 그에게는 런던이란 도시가 마치 백만 개의 쓰레기통으로 이루어진 거대한 폐허처럼 보였다. 파슨스 부인이 주름진 얼굴에 머리털이 듬성듬성한 모습으로 막힌 배수 구멍을 뚫느라 궁상을 떨며 애쓰는 모습도 폐허 속의 한 단면이었다.

그는 다시 손을 내리뻗어 발목 근처를 긁었다. 텔레스크린은 하루 종일 왕왕거리며 오늘날의 국민은 반세기 전의 사람들보다 더 잘 먹고 입으며, 더 안락한 집에서 살고, 더 다양한 오락을 즐기고, 더 오래 살며, 더 적게 일하고, 체격이 더 커졌으며, 더욱 건강하고, 더욱 행복하며, 더욱 많은 교양을 갖추고, 더욱 훌륭한 교육을 받고 있다는 선전을 위한 갖가지 통계를 늘어놓고 있었다. 하지만 통계의 어떠한 수치도 증명되거나 부정된 적은 단 한 번도 없었다. 당은 현재 성인 노동자의 45퍼센트가 글을 읽고 쓸 수 있는 데 비해 혁명 전에는 불과 15퍼센트의 노동자만이 그럴 수 있었다고 주장했다. 유아 사망률도 지금은 1000명당 150명꼴이지만 혁명 이전에는 300명꼴이었다고 했다. 마치 미지수가 두 개인 방정식과 같았다. 역사책 속의 모든 기록도 마찬가지였지만 이것들을 의심 없이 모두 받아들이는 것은 글자 그대로 순전한 환상에 불과할 수 있었다. 초야권 같은 법률이라든가 자본가로 묘사된 인간형, 실크해트 같은 모자 따위는 없었을 거라고 생각되었다.

모든 것이 오리무중이었다. 과거는 말소되었고, 말소되었다는 사실마저 잊혀져 거짓이 진실의 자리를 차지해 버렸다. 그는 지금까지 살아오는 동안 딱 한 번-그 사건이 일어난 후였다는 게 중요하다- 당의 날조 행위에 대한 구체적이며 확고부동한 증거를 손에 쥔 적이 있었다. 그는 30초 동안 증거물을 손에 꼭 쥐고 있었다. 1973년이었던가, 그와 캐서린이 헤어질 때쯤이었다. 하지만 그 일이 실제로 일어났던 시점은 그로부터 7~8년 전쯤이었다.

사건의 시작을 얘기하려면 60년대 중반, 혁명을 처음 주도했던 지도자들을 한꺼번에 대숙청한 기간까지 거슬러 올라가야 한다. 대숙청이 끝난 1970년에 들어섰을 때는 이미 빅 브라더를 제외한 초기 혁명 지도자들은 아무도 남아 있지 않았다. 모든 지도자들은 매국노나 이단자로 몰렸다. 골드스타인은 어디론가 달아나 아무도 모르는 곳에 숨어버렸고, 몇몇 사람들도 감쪽같이 사라져버렸다. 하지만 대부분의 사람들은 의례적인 공개 재판에서 스스로의 죄를 자백하고 처형되었다. 마지막까지 살아남은 사람들 가운데 존스, 아론슨, 러더퍼드가 있었다. 그 세 사람이 체포된 것은 1965년 무렵이었다. 그들 역시 일 년여 동안 자취를 감춰 생사를 모르다가 어느 날 홀연히 나타나 자신들의 죄를 자백했다. 그들은 적(당시에도 오세아니아의 적은 유라시아였다)과 내통을 했고, 공금을 횡령했으며, 충성스러운 당원을 여러 명 살해했고, 혁명이 일어나기 오래전부터 빅 브라더의 지도권을 전복시키고자 모의했으며, 수천 명을 죽음으로 몰아넣은 파업 행위를 일으켰다고 자백한 것이었다. 그들은 모든 죄상을 낱낱이 자백한 뒤 사면을 받고 다시 당에 기용되었다. 하지만 그들이 차지한 자리는 이름만 그럴듯한 한직에 불과했다. 세 사람은 〈타임스〉에 장문의 구차한 논문을 기고하여 자신들의 과오에 대한 원인을 분석하고 다시는 그런 잘못을 범하지 않겠다고 약속했다.

　그들이 사면된 지 얼마 안 되었을 때 윈스턴은 카페 밤나무에 갔다가 그들을 직접 본 적이 있었다. 그때 그는 넘쳐흐르는 호기심에 그들을 곁눈질로 살펴보았다. 윈스턴보다 나이가 한참 위인 그들은 그 시대가 남겨놓은 유물이었고 초창기부터 당내에서 영웅적으로 활동해 왔던 마지막 거물들이었다. 그들에게는 아직도 지하투쟁과 반란에 참여했던 사람들에게서만 느낄 수 있는 독특한 매력이 희미하게나마 풍겨 나오고 있었다. 그때에도 이미 그들이 연루된 여러 사건과 날짜는 잊혀져 갔지만, 윈스턴은 빅 브라더보다 그들의 명성을 몇 년 먼저 들은 것 같다고 생각했다. 하지만 그들은 역시 범죄자인 동시에 적이었으며 결코 접근할 수 없는 상대였고 1~2년 내에 완전히 사라질 운명을 지닌 사람들이었다. 누구를 막론하고 일단 사상 경찰의 손아귀에 걸려든 사람은 그 종말을 피할 수가 없었다. 그들은 무덤으로 실려 갈 때를 기다리는 살아 있는 시체들이었다.

그들이 있는 탁자 근처에는 아무도 앉지 않았다. 그런 사람들 가까이 앉는 것은 현명한 행동이 아니었다. 그들은 카페 특제품인 정향나무 향 진을 앞에 놓고 묵묵히 앉아 있었다. 윈스턴의 눈에는 세 사람 중 러더퍼드가 가장 인상 깊게 느껴졌다. 러더퍼드는 한때 유명한 만화가였다. 그의 선동적인 만화는 혁명 이전부터 혁명 전 기간에 걸쳐 여론을 하나로 모으는 데 크나큰 공헌을 했다. 한동안의 공백기가 있었음에도 불구하고 그의 만화는 다시 〈타임스〉에 게재되고 있었다. 하지만 그것들은 초기 작품의 단순한 모방에 지나지 않았으며 생명력도 설득력도 없었다. 빈민굴과 굶어 죽어가는 아이들, 시가전, 비단으로 만든 실크해트를 쓴 자본가들(그들은 전장의 바리케이드 안에서도 실크해트를 쓰고 있었다) 등 과거에 흔히 써먹었던 소재들을 재탕하며 회복할 수 없는 과거로 돌아가려는 부질없는 노력을 계속하고 있었다. 기름을 바른 회색 머리칼은 뻣뻣하게 곤두서 있었고, 불거진 이마 밑으로 꿰매놓은 주머니 입구같이 자리 잡은 입은 흡사 괴물 같았다. 한때는 매우 건장한 몸이었을 듯싶었다. 그러나 이제 그의 거구는 사방으로 꺼지고 늘어지고 부풀어 올라 하릴없이 허물어져가고 있었다. 거대한 산이 무너져 내리듯 조만간 무너지고 말 그의 모습이 눈에 보이는 듯했다.

15시, 한가한 때였다. 윈스턴은 자신이 어떻게 그런 시간에 카페에 있었는지 기억할 수가 없었다. 그때 그곳은 거의 텅 비어 있었다. 텔레스크린에서는 징을 울려대는 듯한 음악이 흘러나왔다. 세 사람은 미동조차 하지 않고 입을 굳게 다문 채 구석 자리에 앉아 있었다. 추가 주문을 하는 것 같지도 않았는데 종업원이 그들에게 진 석 잔을 새로 가져다주었다. 그들의 옆 탁자 위에 놓인 체스 판에는 말까지 세워져 있었지만 손도 대지 않은 상태였다. 그때였다. 별안간 텔레스크린이 이전까지 흘러나오던 것과는 전혀 다른 음악을 내보내기 시작했다. 아마 한 30초나 될까, 갑자기 튀어나온 그 음악은 한마디로 설명하기가 어려울 만큼 기묘했다. 무엇이 깨지는 소리 같기도, 당나귀의 울음소리 같기도, 비웃는 소리 같기도 했다. 윈스턴은 속으로 매우 선동적인 곡이라고 생각했다. 그때 텔레스크린에서 노랫소리가 흘러나왔다.

우거진 밤나무 아래
나는 그대를 팔고 그대는 나를 팔았네.
그들은 누웠다네, 우리도 여기에 누웠다네.
우거진 밤나무 아래.

세 사람은 여전히 꼼짝도 하지 않았다. 하지만 윈스턴이 러더퍼드의 늙은 얼굴을 흘끗 보았을 때, 그의 눈에는 눈물이 가득 고여 있음을 알 수 있었다. 다음 순간 아론슨과 러더퍼드가 눈물을 감추기 위해 코를 푸는 것을 보았고 무슨 이유인지는 모르겠지만 마음속에서 어떤 전율이 스치는 것을 느꼈다.

얼마 후 그 세 사람은 다시 체포되었다. 그들이 지난번 사면 직후부터 새로운 음모에 가담했다는 사실이 드러났기 때문이었다. 두 번째 재판에서 그들은 이전에 지었던 죄를 전부 다시 자백했고 새로운 범죄 사실까지 덧붙여졌다. 그리하여 결국 처형되었고, 그들의 비극적 종말은 후세에 대한 경고로 당사에 기록되었다. 그로부터 5년이 지난 1973년의 어느 날이었다. 윈스턴은 압축전송관을 통해 받은 서류 뭉치를 펼쳐보다가 그 속에 끼어 있는 종잇조각 하나를 발견했다. 아마 다른 서류들 사이에 들어 있다가 그에게 보내진 서류에 우연히 섞여든 것이 분명했다. 펼쳐 보는 순간 그는 직감적으로 그것이 매우 중요한 것이라는 사실을 알 수 있었다. 절반가량이 떨어져 나간 10년 전(남아 있는 부분이 위쪽이었기 때문에 발행 날짜를 알 수 있었다)의 〈타임스〉였는데, 거기에는 뉴욕에서 열렸던 당의 행사에 참석한 대표단 사진이 실려 있었다. 사진 속 인물들 가운데 존스, 아론슨, 러더퍼드의 모습이 뚜렷이 보였다. 윈스턴이 잘못 봤을 리가 없었다. 사진 아래 설명에도 세 사람의 이름이 분명히 있었다.

문제는 그 세 사람 모두가 두 번째 재판에서 자신들은 그날(6월 24일) 유라시아 땅에 있었다고 자백한 점이었다. 그들은 캐나다 비밀 비행장에서 시베리아 어딘가로 비행하여 유라시아군 참모들과 회담을 하고, 오세아니아의 중요한 군사기밀을 누설했다고 자백했다. 우연하게도 그날이 성(聖) 요한 축일이었기 때문에 윈스턴은 그 날짜를 또렷이 기억할 수 있었다. 그러나 모든 서류에는 그들이 그날 유라시아에 있었던 것으로 기록된 게 틀림없었다. 그렇다면 이제 남은 결론은 오직 하나, 그들이 공개 재판에서 했던 자백은 모두 허위라는 사실이었다.

물론 그 발견이 획기적일 것은 없었다. 그때 역시 윈스턴은 숙청이란 이름으로 사라져가는 사람들이 공개 재판에서 인정한 범죄를 실제로 저질렀다고 생각지 않았다. 하지만 그가 손에 쥐고 있는 것은 허위의 사실을 완전하게 증명할 수 있는 확실한 증거물이었다. 이를테면 그것은 엉뚱한 지층에서 발견되어 기존의 지질학설을 완전히 뒤집어놓는 화석처럼 말살된 과거의 부인할 수 없는 한 단편이었다. 만약 그것을 세상에 발표해서 진실을 알릴 수만 있다면, 여지없이 당을 박살낼 수 있는 것이었다.

윈스턴은 하던 일을 계속했다. 그 사진이 어떤 것이고 무엇을 뜻하는지 알아차리자마자 그는 얼른 다른 종이로 덮었다. 그가 그것을 펴보았을 때 텔레스크린에는 그 뒷면이 비칠 수밖에 없었다. 천만다행이었다.

그는 공책 한 권을 무릎에 올려놓고 가능한 텔레스크린으로부터 멀리 떨어지기 위해 의자를 뒤로 밀었다. 얼굴을 무표정하게 꾸미거나 숨소리를 정상적으로 안정시키는 것은 마음먹기에 따라 어렵지 않게 할 수 있는 일이었다. 하지만 방망이질하듯 뛰는 심장 고동 소리는 도무지 제어할 수가 없었다. 텔레스크린은 아주 예민해서 그런 소리도 귀신같이 잡아낼 것이었다. 그는 대략 10분간 불안에 떨며 앉아 있었다. 책상 위로 느닷없는 바람이 불어와 사진을 가린 종이가 날아가면 어쩌나 하고 노심초사했다. 그러다가 그는 사진을 다시 보지도 않고 다른 휴지와 함께 기억통 속으로 던져버렸다. 아마 그것은 1분이 채 되기도 전에 재로 변해 영원히 사라졌을 것이다.

그것이 10년, 아니 11년 전의 일이었다. 만약 지금 그 사진이 있다면……. 이제는 당시에 보았던 사진과 사건이 한낱 기억에 불과했지만, 증거물을 직접 확인했다는 사실이 중요하게 느껴지는 스스로가 이상하게 생각되었다. 지금까지 없었던 증거가 하나 나타났다고 해서 과거에 대한 당의 지배력이 약화될 수 있을지 궁금했다.

하물며 사진이 잿더미 속에서 재생되어 나온다 하더라도 이제는 어떤 증거도 될 수 없을 것이다. 그가 그 사진을 발견했을 때의 오세아니아는 유라시아와 전쟁을 하고 있지 않았다. 따라서 그 세 사람이 정보를 팔아먹은 상대는 유라시아가 아닌 것으로 변경되었을 게 틀림없었다. 그 후 오세아니아의 전쟁 상대국은 다시 변했다. 두 차례인지 세 차례인지 윈스턴은 잘 기억할 수가 없었다. 그때마다 그들의 자백은 본래의 사건이나 날짜와 아무런 상관도 없이 다시 고쳐지곤 했을 터였다. 과거는 이미 변했을 뿐만 아니라 앞으로도 끊임없이 변조될 것이다. 악몽처럼 그를 괴롭히고 혼란시키는 것은 '왜' 이 거대한 속임수가 행해지고 있는지 명확히 이해할 수 없다는 점이었다. 당이 과거를 날조함으로써 얻게 되는 일순간의 이점이 무엇인지는 분명하지만, 본래의 궁극적인 동기가 무엇인지는 영 알 수 없었다. 그는 다시 글을 쓰기 시작했다.

　　나는 그들이 '어떻게' 하는지는 안다. 하지만 '왜' 그렇게 하는지
　는 모른다.

　윈스턴은 이전에도 몇 번이나 그랬던 것처럼 혹시 자신이 미치광이가 된 게 아닐까 하고 생각했다. 미치광이란 단순히 전체 중 예외적인 소수를 뜻하는 말인지도 모른다. 한때는 지구의 공전을 믿는 사람들이 미치광이로 여겨졌고, 오늘날에는 과거란 움직일 수 없는 것이라고 믿는 사람들이 미치광이인 것이다. 어쩌면 윈스턴 혼자만이 그런 믿음을 가진 것일지도 모른다. 만일 그렇다면 그는 진짜 미치광이일 수도 있다. 하지만 자신이 미쳤을지도 모른다는 생각은 그에게 두려움을 주지 못했다. 그가 소름 끼치도록 두려워하는 것은 그 자신이 잘못 믿고 있는 게 아닐까 하는 회의였다.
　그는 어린이용 역사책을 들고 앞머리에 실린 빅 브라더의 포스터를 들여다보았다. 최면을 거는 듯한 빅 브라더의 두 눈이 쏘아보고 있었다. 거대한 힘이 그의 두개골을 뚫고 들어와 머릿속을 마구 두들기며, 그의 신념을 위협하고 설득해 그 자신의 감각으로 확신하게 된 것들을 부인하게끔 죄어오는 것 같았다. 결국 당은 둘 더하기 둘은 다섯이라고 발표하고 모든 사람들이 그렇게 믿도록 만들 것이다.

조만간 당이 그런 주장을 하게 되리라는 것은 불을 보듯 뻔한 일이었다. 그들이 유지해 온 논리가 그런 주장을 요구하고 있기 때문이었다. 앞으로도 계속 경험의 가치뿐 아니라 외적 현실의 존재마저도 그들의 철학에 의해 교묘히 부인될 것이다. 이미 이론이 또 다른 이론을 낳는 일은 거듭되고 있다. 무서운 것은 그들이 자기들과 달리 생각하는 사람들을 죽이는 게 아니라 그런 행동을 취하는 그들이 옳을지도 모른다는 것이었다. 둘 더하기 둘이 넷이 된다는 사실을 도대체 우리가 어떻게 알아차릴 수 있겠는가? 또 중력이 작용한다는 것은 무슨 수로 알고 과거가 바뀔 수 없다는 것을 어떻게 알 수 있겠는가? 과거와 외적 현실이 오직 정신 속에 존재한다면 그리고 정신 자체가 지배할 수 있는 것이라면, 그렇다면 어떻게 되는 것일까?

하지만 그렇게 되어서는 안 된다! 갑자기 용기가 솟아올랐다. 특별한 이유도 없이 오브라이언의 얼굴이 떠올랐던 것이다. 그는 오브라이언이 자기편이라는 사실을 보다 확신하게 되었다. 그는 오브라이언을 위해, 아니 오브라이언에게 일기를 쓰고 있었다. 비록 아무도 읽지는 않을 테지만, 그것은 어느 특정한 사람에게 끊임없이 보내는 편지와도 같아 두 사람을 같은 편으로 만들어줄 것이다.

당은 눈으로 보고 귀로 들은 증거는 무엇이든 거부하라고 명령한다. 그것이야말로 그들의 가장 궁극적이고도 본질적인 명령이었다. 윈스턴은 당의 지식인들이라면 자신이 대답할 수 있기는커녕 이해할 수조차 없는 미묘한 문제를 두고 논쟁을 벌여 자기를 쉽게 굴복시킬 수 있으리라는 생각을 했다. 그러자 그 거대한 힘이 눈앞에 버티고 서 있는 듯하여 그만 맥이 풀리고 말았다. 하지만 그가 믿는 것이 옳은 것이다! 잘못된 것은 그들이고 윈스턴은 옳았다. 명백한 것과 순결한 것과 진실한 것은 지켜져야 한다. 진실은 어디까지나 진실이다. 그것을 부정하면 안 된다. 이 세계는 굳건히 존재하고 그 법칙은 결코 변하지 않는다. 돌은 단단하고 물은 축축하며 공중에 던져진 물체는 지구의 중심을 향해 떨어진다. 윈스턴은 오브라이언에게 얘기하는 기분으로 그리고 중요하고 자명한 이치를 밝히는 기분으로 글을 이어갔다.

　　자유는 둘 더하기 둘은 넷이라고 말할 수 있다. 만일 그 자유가 허용된다면 그 외의 모든 것도 이에 따르기 마련이다.

8

거리 어디에선가 커피 끓이는 냄새가 났다. 승리 커피 냄새가 아니라 진짜 커피 냄새였다. 윈스턴은 자기도 모르게 걸음을 멈추었다. 잠깐 동안 그는 반쯤 잊고 살아온 유년시절을 생각했다. 그때 어느 집인지 문 닫히는 소리가 요란하게 나더니 그 커피 냄새도 마치 무슨 소리이기나 한 것처럼 순식간에 사라져버렸다.

그는 길을 따라 몇 킬로미터나 걸었다. 정맥류성 궤양 부위가 욱신거렸다. 오늘로써 지난 3주일 동안 공회당 저녁 모임을 두 번째로 빠졌다. 출석 횟수를 꼼꼼하게 점검할 것이므로 그런 행동은 무모한 짓이었다. 원칙적으로 당원은 여가를 누릴 수 없고 잠자리에 들 때 외에는 혼자 있어서도 안 되었다. 일하고 먹고 잠잘 때 이외에는 단체 오락 활동에 참여해야 했다. 어떤 형태로든 고독의 기미가 내비치는 행위를 하는 것은 현명하지 못하다. 하다못해 혼자서 산책하는 일조차 위험한 것이었다. 혼자서 무엇인가 하는 행위를 신어로 '독생(獨生)'이라고 하는데, 그 말 속에는 개인주의와 유별나다는 뜻이 한꺼번에 들어 있었다. 하지만 윈스턴은 오늘 저녁 청사에서 나오던 길에 그만 향기로운 4월의 대기에 매혹당하고 말았다. 날씨는 포근

했고 하늘은 푸르렀다. 모처럼 봄기운을 느낀 그는 문득 공회당에서 열릴 지루하고 시끄러운 저녁 모임의 피곤하기 짝이 없는 게임과 강연 그리고 술로 맺어지는 어설픈 인간관계 따위를 도저히 견뎌낼 수 없을 것 같은 기분이었다. 정류장에서 버스를 기다리던 그는 충동적으로 발길을 돌려 런던의 복잡한 길을 헤매기 시작했다. 처음에는 남쪽으로 갔다가 다음에는 동쪽으로 갔다. 그러고는 다시 북쪽으로 발걸음을 옮겨 이름도 알지 못하는 낯선 거리에서 길을 잃기도 했다. 방향을 따지지 않고 아무 생각 없이 걸었다.

'희망이 있다면 그것은 무산계급 노동자들에게 있다!' 라고 그는 일기에 썼다. 진실이면서도 명백하게 부조리한 그 구절이 뇌리에 떠올랐다. 그는 옛날 세인트팽크라스 역이 있던 동북 지역의 우중충하고 더러운 빈민가에 와 있었다. 자갈길 양옆으로 죽 늘어서 있는 작은 이층집들의 길 쪽으로 나 있는 문들이 흡사 쥐구멍처럼 보였다. 자갈길 여기저기 패인 곳에는 더러운 물이 고여 있었다. 출입문 안팎과 거미줄처럼 길 양쪽으로 뻗어 있는 골목에는 수많은 사람들이 우글거리고 있었다. 입술에 립스틱을 새빨갛게 칠한 한창 나이의 아가씨들과 아가씨들의 꽁무니를 쫓아다니는 젊은 녀석들, '너희 젊은 것들도 10년만 지나면 내 꼴이 될 게다.' 라고 말하는 듯 뒤뚱거리며 걷는 뚱뚱한 부인들, 구부정한 허리에 발을 질질 끌며 서성거리고 있는 노인들, 누더기 옷을 걸치고 맨발로 흙탕물을 튀기는 아이들, 아이들에게 소리를 지르는 어머니들……. 거리 쪽에 면한 유리창의 4분의 1 정도가 깨져 유리 대신 판자로 대충 가리고 있었다. 몇 사람이 경계하는 듯한 표정으로 그를 바라보았을 뿐 그들 대부분은 윈스턴을 거들떠보지도 않았다. 몸집 큰 아낙네 둘이 벽돌처럼 단단해 보이는 검붉은 팔뚝으로 팔짱을 끼고 문 앞에 서서 물오른 입담을 나누고 있었다. 윈스턴은 그 앞을 지나가며 몇 마디를 엿들었다.

"나는 그 여편네에게 아주 잘했다고 그랬지. 내 처지가 되면 너도 나처럼 했을 거라고 말해 줬어. 남의 말 하긴 쉽지만 네가 직접 당해 보면 다를 거라고 말이야."

"그럼, 그렇고말고. 말 한번 잘했네."

얘기를 듣고 있던 다른 아낙네가 맞장구를 쳤다.

갑자기 그녀들의 큰 목소리가 뚝 그쳤다. 그가 지나가자 여자들은 적의 어린 눈초리로 그를 찬찬히 뜯어보았다. 그러나 정확히 말해서 그것은 적의가 아니었다. 낯선 동물과 마주쳤을 때처럼 순간적으로 경직되어 그저 경계하는 태도를 드러냈을 뿐이었다. 그 거리에서 푸른색의 당원복을 본다는 것은 그리 흔한 일이 아닐 것이다. 사실 뚜렷한 용무도 없이 그런 곳에 모습을 드러내는 건 결코 현명하지 못한 일이었다. 만약 경찰의 눈에 띄어 검문이라도 당하게 되면 '동무, 신분증 좀 봅시다. 여기는 왜 왔소? 직장에서는 언제 나왔소? 여기가 당신 집으로 가는 길목이오?' 라고 귀찮은 질문을 받게 될지도 모르는 일이었다. 지름길로만 귀가해야 한다는 법은 어디에도 없었다. 그러나 사상경찰의 눈에 띄게 되면 그는 주목받을 것이 틀림없었다.

급작스럽게 거리 전체가 동요하기 시작했다. 여기저기에서 조심하라고 외치는 소리가 들렸다. 길가에 나와 있던 사람들은 놀란 생쥐처럼 문 안으로 뛰어 들어갔다. 젊은 여자 하나가 윈스턴의 바로 앞에 있는 문에서 튀어나와 흙탕물에서 놀던 아이를 앞치마로 감싸 안더니 잽싸게 집 안으로 사라졌다. 모두 한 순간에 이루어진 일이었다. 그때 주름진 검정 옷을 입은 남자가 옆 골목에서 몸을 내밀더니 하늘을 가리키며 잔뜩 흥분한 어조로 다급하게 소리쳤다.

"스티머가 와요! 조심해요! 빨리 엎드려요!"

'스티머(steamer)' 란 노동자들이 저들 나름대로 붙인 로켓 폭탄의 별명이었다. 윈스턴은 재빨리 엎드렸다. 노동자들이 그런 경고를 할 때는 거의 틀리지 않았다. 로켓 속도는 소리보다 빠르다. 하지만 그들에게는 몇 초 후에 로켓 폭탄이 날아오는지 알 수 있는 직감력이 있는 것 같았다. 윈스턴은 엎드린 자세에서 두 팔로 머리를 감쌌다. 곧이어 지축이 흔들리는 엄청난 폭음이 울리더니 작은 파편들이 소나기처럼 그의 등허리에 쏟아져 내렸다. 가까운 곳 창문이 깨어지면서 날아온 유리 조각들이었다.

그는 다시 일어나 걷기 시작했다. 그가 있던 곳으로부터 200미터 전방의 집 두 채가 폭탄으로 부서져 있었다. 검은 연기가 하늘로 솟아올랐고 횟가루 먼지를 하얗게 뒤집어쓴 사람들이 부서진 집 둘레에 모여들고 있었다. 그의 눈앞에도 부서진 건물에서 떨어져 나온 회벽 잔해들이 쌓여 있었는데, 그 사이에 선홍색 물체 하나가 박혀 있는 것이 눈에 들어왔다. 가까이 다가가서 보니 몸에서 떨어져 나간 사람의 손목이었다. 잘린 부분의 핏자국만 제외하면 석고로 만들어놓은 것처럼 전체가 새하얗게 되어 있었다.

그는 잘려 나간 손을 도랑 쪽으로 차버리고 사람들을 피해 오른쪽 골목으로 들어섰다. 3~4분 정도를 더 걸어 폭탄이 떨어졌던 지역을 벗어나자 거리의 소란스럽고 우글거리는 정경이 또다시 눈앞에 펼쳐졌다. 20시가 거의 다 되어가는 무렵인지라 노동자들의 단골 술집(그들은 그곳을 '대폿집'이라고 불렀다)은 손님으로 꽉 들어차 있었다. 쉴 새 없이 삐걱거리며 여닫히는 술집 문틈으로 오줌 지린내와 톱밥 냄새 그리고 시큼털털한 맥주 냄새가 풍겨 나왔다. 길을 향해 툭 튀어나온 집의 모퉁이에 세 남자가 나란히 서 있는 모습이 눈에 띄었다. 가운데 사람이 신문을 펴들고 양쪽 두 사람은 어깨 너머로 신문을 들여다보고 있었다. 굳이 가까이 다가가 얼굴 표정을 살펴보지 않더라도 그들이 얼마나 신문에 열중해 있는지 알 수 있었다. 굉장히 중요한 뉴스를 보고 있는 모양이었다. 윈스턴이 그들 앞을 지나쳐 몇 발짝쯤 갔을 때 갑자기 소란스러워지더니 격렬한 언쟁이 벌어졌다. 곧 주먹다짐이라도 벌어질 듯했다.

"내 말이 틀렸다는 거야? 지난 열네 달 동안 7로 끝나는 번호가 당첨된 적은 한 번도 없었다니까!"

"아니야, 있었어."

"없었어! 없었다니까! 나는 지난 2년 동안 당첨 번호를 꼬박꼬박 적어왔단 말이야. 시계처럼 정확하게 적었다고. 그런데 7로 끝나는 번호는 없었어."

"아니야, 7로 끝난 적도 있었어! 확실해. 4 아니면 7로 끝나는 번호였다고. 2월…… 그러니까 2월 둘째 주였지, 아마."

"그만두라고!"

또 다른 사람이 그들을 제지하며 말했다.

그들은 복권 당첨 번호에 대해 다투고 있었다. 윈스턴은 30미터쯤 더 가다가 뒤를 돌아다봤다. 그들은 여전히 핏대를 올려가며 다투고 있었다. 엄청난 당첨금이 걸려 있는 복권은 노동자들의 최대 관심거리로, 매회가 일대 사건이었다. 복권은 수백만 노동자들의 삶에 유일한 이유는 아닐지라도, 그들의 삶에서 중요한 부분을 차지하는 것만은 분명했다. 복권은 노동자들에게 즐거움을 주기도 했지만 어리석게 만들기도 했다. 그것은 그들에게 진통제며 지적 자극제 역할을 했다. 겨우 읽고 쓸 줄 아는 사람들도 복권에 관한 복잡한 계산도 할 수 있었고 자기의 기억이 맞는다고 우겨댈 수도 있는 것 같았다. 개중에는 복권에 관한 분류표나 예상표 또는 행운을 불러온다는 부적 따위를 팔아서 생계를 도모하는 부류도 있었다.

윈스턴은 풍요부에서 관장하는 복권과 아무런 관계도 없었지만, 그 당첨금이 상당히 부풀려진 허위 액수라는 것쯤은 익히 알고 있었다(당원이라면 누구나 알고 있는 사실이었다). 당첨금은 실제로 형편없이 적게 나갔고, 거액 당첨자들은 사실 존재하지 않는 가공인물이었다. 오세아니아의 각 지방 간에는 통신망이 전혀 없기 때문에 그런 일을 조작하는 것은 하나도 어려울 것이 없었다.

그러나 만약 희망이 있다면 그것은 무산계급 노동자들에게서만 찾을 수 있을 뿐이다. 그 점에 착안해야 한다. 마음속으로 되새길 때는 그저 그럴 듯하게 느껴지는 문장에 지나지 않지만, 거리에서 직접 마주치는 사람들을 볼 때는 말뿐이 아닌 신념으로 다가왔다. 그는 아래쪽으로 향하는 비탈길에 접어들었다. 언젠가 그곳에 와본 적이 있다는 느낌과 함께 가까운 곳 어딘가에 큰길이 있으리라는 예감이 들었다. 앞쪽에서 어렴풋한 소리가 들려왔다. 길이 갑자기 좁아지면서 아래쪽 골목으로 내려가는 계단이 나타났다. 골목에는 시들어가는 채소를 파는 상점이 몇 개 있었다. 윈스턴은 그제야 비로소 자기가 와 있는 곳이 어디인지 정확히 알았다. 그 골목길은 큰길에 닿아 있고 다음 모퉁이를 돌아 5분쯤 가면 지금 일기장으로 사용하는 공책을 샀던 고물상이 있었다. 그리고 거기에서 멀리 떨어져 있지 않은 문구점에서 그는 펜대와 잉크를 구입했다.

그는 계단 꼭대기에 잠시 멈춰 섰다. 골목 맞은편에는 작은 술집이 있었다. 마치 성에가 낀 것처럼 두터운 먼지가 끼어 있는 유리창부터 지저분하기 짝이 없었다. 등이 굽었지만 아직 근력이 있어 보이는 노인이 술집 문을 밀고 안으로 들어가는 모습이 보였다. 새우처럼 앞으로 뻗친 수염이 난 노인이었다. 윈스턴은 선 채로 그 광경을 바라보며, 여든은 족히 되었음 직한 그 노인이 혁명 발발 당시에는 중년 남짓한 나이가 아니었을까 하는 생각을 했다. 노인의 세대야말로 생존자로서 자본주의 세계와 현재를 이어주는 마지막 연결고리일 것이다. 이제 당 내부에는 혁명 전에 형성된 사상을 지닌 사람이 몇 안 되었다. 늙은 세대들은 50년대와 60년대의 대숙청 때 거의 쓸려 나갔고 그들 중 살아남았던 몇몇 사람들도 이미 오래전부터 세뇌를 당해 사상적으로 완전히 당에 항복하고 말았다. 20세기 초반의 상황에 대해 올바른 설명을 해줄 만한 생존자가 남아 있다면 그것은 오직 노동자들밖에 없을 것이다. 그때 갑자기 일기에 옮겨 적은 역사 교과서의 한 구절이 떠올랐다. 뭐라고 설명할 수 없는 미칠 것 같은 충동이 그를 사로잡았다. 그는 노인을 따라 술집으로 들어가 그에게 묻고 싶었다.

'당신의 어린 시절은 어떠했습니까? 그때는 지금보다 더 좋았습니까, 아니면 더 나빴습니까?'

그는 겁을 집어먹고 머뭇거리다가는 그만두게 될지도 모른다는 생각이 들어 단김에 해치울 양으로 급히 계단을 내려가 좁은 길을 건넜다. 말할 것도 없이 그건 미친 짓이었다. 노동자와 대화를 나눈다든가 그들이 가는 술집에 출입을 금지하는 명백한 규율은 없지만 그런 행동은 너무나 파격적이어서 자연히 남의 이목을 끌기 마련이었다. 경찰이 나타난다면 갑자기 현기증이 나서 그랬다고 둘러댈 생각이었지만 그 말에 쉽게 속아 넘어갈 경찰은 없을 것이다. 그는 문을 밀고 술집 안으로 들어섰다. 시큼한 맥주 냄새가 코를 확 찔렀다. 그가 들어서자 시끌시끌하던 홀 안의 목소리들이 갑자기 줄어들었다. 그는 자신의 푸른색 제복 위로 쏟아지는 시선을 따갑게 느꼈다. 한쪽 구석에서 한창이던 다트 게임도 중단되었다. 그가 만나고자 하는 노인은 판매대 앞에 서서 술집 종업원과 말다툼을 벌이고 있었다. 종업원은 매부리코에 팔뚝이 굵고 덩치가 큰 젊은이였다. 몇몇 사람들이 손에 술잔을 들고 모여 서서 그들이 다투는 광경을 지켜보고 있었다.

"내가 자네에게 잘못한 게 대체 뭐야, 엉?"

노인이 짐짓 힘이 들어간 어깨를 펴 보이며 말했다.

"그래, 1파인트로 한 잔 달라는데 이 망할 놈의 술집에서는 1파인트짜리 잔술은 팔지 않겠다는 말인가?"

"젠장, 그 파인트란 게 대체 뭡니까?"

종업원은 양손으로 판매대를 짚은 채 몸을 앞으로 내밀고 물었다.

"뭐야? 술을 팔면서 파인트가 뭔지도 모른단 말이야? 파인트(pint)란 쿼트(quart)의 절반이고 쿼트가 네 개 모이면 1갤런(gallon)이 된다는 것을 몰라? 이거 원, ABC부터 가르쳐 줘야겠군."

"난 그런 걸 들어본 적도 없어요. 우리 집엔 1리터와 반 리터짜리만 팔아요. 여기 선반 위에 있는 잔들도 그 두 가지밖에 없어요."

종업원은 딱 잘라 말했다.

"난 1파인트짜리 잔이 좋아. 그런 잔을 구하기가 어려운 것도 아닐 텐데. 내가 젊었을 땐 빌어먹을 리터니 뭐니 하는 것들은 없었다고."

노인은 막무가내로 고집을 부렸다.

"영감님이 젊었을 때라면 우리는 모두 나무 꼭대기에서 살고 있었겠네요."

젊은 종업원이 다른 손님에게 시선을 돌리며 이죽거렸다. 홀 안에는 한바탕 웃음이 터졌고 그 바람에 윈스턴의 등장으로 생겼던 어색한 분위기가 어느 정도 희석되었다. 흰 수염이 뻗친 노인의 얼굴이 벌겋게 상기되었다. 하릴없이 투덜거리며 돌아서던 노인이 윈스턴과 마주쳤다. 윈스턴은 부드럽게 노인의 팔을 잡고 물었다.

"제가 한잔 사도 괜찮겠습니까?"

"당신은 신사로구먼."

노인은 다시 한 번 어깨를 쭉 펴며 말했다. 아직 윈스턴의 푸른색 제복을 의식하지 못한 것 같았다.

"1파인트! 파인트 잔으로, 하나!"

노인은 종업원에게 으르렁거리듯 소리쳤다.

　종업원은 판매대 아래에 있는 개숫물 통에서 헹궈낸 반 리터짜리 두꺼운 유리잔 두 개에 암갈색 맥주를 따라 내주었다. 노동자들이 술집에서 마실 수 있는 건 맥주뿐이다. 사실 그들도 구하려 들면 진도 쉽게 구할 수 있었지만, 마시지 못하게 되어 있을 뿐더러 굳이 진을 마시려고 하지는 않는 것 같았다. 다트 게임이 다시 시작되었고, 판매대 앞에 앉아 있는 사람들은 복권 얘기에 열중하기 시작했다. 모두가 윈스턴의 존재를 잊어버린 것 같았다. 윈스턴과 노인은 남들이 엿들을 염려가 없는 창가의 전나무 탁자로 가서 앉았다. 정말 위험천만한 모험이었지만 홀 안에 텔레스크린이 없다는 점이 그나마 다행이었다. 윈스턴은 술집에 들어서자마자 그것부터 확인했다.

　"파인트 잔으로도 맥주를 팔면 좋으련만."

　노인은 여전히 미련이 남는지 맥주잔을 자기 앞으로 당겨놓으면서 투덜거렸다.

　"내게는 파인트 잔이 딱 맞아. 술값은 둘째 치더라도 1리터짜리는 양이 너무 많아. 오줌보가 견뎌내지 못한단 말씀이야."

　"젊으셨을 때하고는 세상이 많이 달라졌지요?"

　윈스턴은 넌지시 말을 꺼냈다.

　노인은 자신의 창백하고 파란 눈으로 다트 과녁에서 판매대로, 판매대에서 다시 문 쪽으로 부지런히 시선을 옮겼다. 마치 세월 따라 달라진 것을 그 술집에서 찾기라도 하는 것 같았다. 그러고는 마침내 입을 열었다.

　"그때는 맥주 맛이 정말 좋았지. 값도 쌌었고. 우리가 젊었을 땐 맥주가 말이야, 왈럽이라는 맥주가 있었는데 1파인트 한 잔에 4페니였다네. 물론 전쟁 전의 이야기이지만 말이야."

　"전쟁이라니, 어떤 전쟁을 말씀하는 겁니까?"

“어떤 전쟁이든 전부 다지, 뭐.”

노인은 애매하게 대꾸하고는 잔을 높이 들더니 다시 어깨를 쭉 펴며 호기 있게 말했다.

“자네의 건강을 위해서 건배!”

노인의 가느다란 목에 툭 튀어나온 후골이 빠르게 몇 번 위아래로 오르내리는가 싶더니 순식간에 맥주잔이 비워졌다. 윈스턴은 판매대로 가 반 리터짜리 맥주를 두 잔 더 가져왔다. 노인은 1리터가 너무 많다고 했던 자신의 말을 어느새 잊은 듯했다.

“영감님께서는 저보다 연세가 훨씬 많으실 테니까……”

윈스턴이 말을 이었다.

“제가 태어났을 때에도 이미 어른이셨을 것 같군요. 그래서 여쭙습니다. 혁명 이전의 시대는 어떠했는지 기억하실 수 있을 거예요. 제 또래 사람들은 사실 그때에 대해서는 도통 모릅니다. 기껏해야 책을 보고 알 수 있을 뿐인데, 책에 있는 내용이 사실인지도 확실치 않지요. 그래서 그때 얘기를 영감님께 좀 듣고 싶습니다. 역사책에는 혁명 전의 생활이 지금과는 완전히 다르다고 적혀 있습니다. 우리가 상상할 수도 없는 억압과 불행과 가난이 극심했다고 합니다. 여기 런던에서도 사람들 대부분이 태어나서 죽을 때까지 먹을 것이 없어서 굶주렸고, 그중 절반 정도는 신발마저 없어서 맨발로 지냈다더군요. 하루에 열두 시간씩 노동을 했고, 학교에는 아홉 살까지밖에 다닐 수 없었고, 방 하나에서 열 명씩 자야 했다더군요. 그런데 그 한편에서는 몇 사람들만이, 그러니까 자본가라는 몇몇 사람만이 부자로서 권세를 누렸다고 하더라고요. 그들에게는 없는 것이 없었고 커다란 저택에 살면서 하인을 서른 명이나 부렸고, 자동차나 사두마차를 타고 샴페인을 마시며 실크해트를 쓰고……”

그 대목에서 노인의 얼굴이 갑자기 환해졌다.

"실크해트라고? 당신같이 젊은 사람에게서 그 말을 듣다니 재미있군 그래. 실은 바로 어제 나도 그 모자 생각을 했거든. 왜 그런 생각이 들었는지 몰라. 그냥 뜬금없이 생각이 났던 것 같아. 요 몇 년 동안 실크해트를 본 적이 없다고 말이야. 이제는 아주 사라진 게야. 내가 마지막으로 써본 게 형수님의 장례식 때였으니까…… 그래, 확실히 말할 수는 없지만 50년은 된 것 같군. 물론 장례식에 참석하느라고 잠깐 빌려 썼던 거였지만 말이야."

노인은 신바람이 나서 말했다.

"실크해트가 중요한 게 아닙니다."

윈스턴은 차분한 어조로 말하기 시작했다.

"중요한 것은 자본가들과 그들에게 빌붙어 살던 법률가들이나 사제 따위가 영주 노릇을 했다는 겁니다. 모든 것이 그들을 위해 존재했다는데, 정말 그랬나요? 영감님 같은 평민이나 노동자들은 노예나 다름없었습니까? 그들은 사람들을 마음대로 부려먹었다죠? 게다가 사람을 짐승처럼 배에 태워 캐나다로 보내기도 하고, 자기들이 골라잡은 처녀와 강제로 동침하기도 했다는군요. 아홉 가닥의 채찍으로 때리면서 일을 시켰고, 그들 앞에서는 모자를 벗고 굽실거려야 했다면서요? 또 자본가들은 외출할 때 하인들을 대동하고 다녔는데……"

노인의 얼굴이 다시 한 번 환해졌다.

"하인이라! 참 오랜만에 들어보는 말이로군. 하인이라고 하니까 생각나는데…… 그래, 맞아. 그러고 보니 보통 오래된 일이 아니로구먼. 나는 일요일 오후가 되면 가끔 하이드 파크에 가서 그 녀석들의 연설을 듣고는 했지. 구세군이니 가톨릭이니 유태인이니 인디언이니 별의별 사람들이 다 있었다네. 그중 한 녀석이, 이름은 모르겠네만 아무튼 대단한 연설가였네. 제 이름도 밝히지 않고 연설했어. 그 녀석은 이렇게 말하곤 했지. '부르주아의 하인들! 지배 계급의 아첨꾼들!' 하고 말이야. 또 '기생충' 이라고도 했어. 욕심쟁이, 맞아 분명히 욕심쟁이라고도 했어. 물론 그건 모두 노동당원을 두고 한 말이었지."

윈스턴은 노인과 서로 빗나간 이야기를 한다고 생각되었다.

"제가 알고 싶은 건 이겁니다. 영감님께서는 그때보다 지금이 더 자유롭다고 생각하시는지, 그때보다 나은 인간 대접을 받고 있다고 생각하시는지 말입니다. 옛날의 자본가들과 상류계급들……"

"오호라, 상원의원들 말이로구먼."

노인은 그렇게 말하고서 잠시 회상에 잠기는 듯했다.

"상원이든 뭐든 명칭은 상관없습니다. 제가 여쭙고 싶은 건 말이죠, 그들이 자기네는 부자고 다른 사람들 이를 테면 영감님 같은 사람들은 가난하다고 해서 함부로 업신여기며 마음대로 다루었느냐 하는 겁니다. 예를 들어 그 사람들을 '나리' 라고 부르고 그들이 지나갈 때는 꼭 모자를 벗어 들어야 했다는 게 사실이었는지 말이에요."

노인은 생각에 잠겨 곰곰이 옛날 일을 머릿속에 떠올려보는 것 같았다. 그러고는 맥주를 한두 모금 마시더니 입을 열었다.

"그건 사실이었지. 그네들은 우리가 모자를 벗고 인사하는 걸 좋아했어. 그건 존경의 표시니까 말이야. 나는 그런 것을 별로 달가워하지는 않았지만 어쩔 수 없을 경우에는 종종 그랬지. 그건 의무였다고 말할 수 있었으니까."

"역사책에 쓰인 대로라면, 그네들은 곧잘 마음에 들지 않는 사람들을 길가 시궁창에 처박기도 했다던데요?"

"나도 한 번 당했지. 바로 어제의 일같이 생생하게 기억나는군. 보트 경주가 열렸던 날 밤이었는데, 그런 밤에는 많은 사람들이 거리로 쏟아져 나오곤 했네. 나는 샤프츠버리가에서 한 젊은 녀석과 부딪쳤어. 한눈에 보기에도 말쑥한 신사였지. 실크해트를 쓰고 드레스

셔츠 위에 검정색 프록코트를 입고 있었으니까. 그 녀석이 비틀비틀 갈지자걸음으로 걸었기 때문에 나와 부딪친 거지. 날더러 '앞을 똑똑히 보고 다녀!' 하고 말하더군. 그래서 나는 '네가 이 길을 다 샀냐?' 고 응수했지. 그랬더니 '한 번만 더 그랬다간 모가지를 비틀어버리겠어.' 라며 으름장을 놓더군. 나도 지지 않고 '술이 취했구먼. 아무래도 경찰을 불러야겠어.' 하고 엄포를 놨지. 그랬더니 그 녀석이 내 어깨를 확 떠다밀지 않았겠나? 하마터면 지나가던 버스의 바퀴 속으로 딸려 들어갈 뻔했지. 나도 한창 때라 한 방 먹이려고 했는데……"

윈스턴은 노인의 엇나가는 이야기에 차츰 무력감을 느끼고 있었다. 노인의 기억이란 것은 그저 자질구레한 잡동사니를 모아놓은 허섭스레기에 지나지 않았다. 온종일 물어봤자 정작 자기가 알고 싶은 이야기는 들을 수 없을 것 같았다. 당사가 어느 정도 사실일지도 모른다는 생각이 들었다. 어쩌면 완전한 진실일지도 몰랐다. 그는 마지막으로 노인에게 한 번 더 물었다.

"아무래도 제가 정확하게 여쭙지 못한 것 같은데요, 제가 말씀드리려는 건 이겁니다. 영감님께서는 오래 사셨고…… 혁명 전에 이미 반평생을 사셨잖습니까? 그렇다면 영감님이 기억하시기에, 이미 성인이셨을 1925년의 생활이 지금보다 좋았나 나빴나 하는 거예요. 영감님께 그때와 지금 중 나은 때를 고르라고 한다면 어느 때를 고르시겠어요?"

노인은 다트 과녁을 바라보며 생각에 잠겼다. 그러고는 급하게 마시던 아까와는 달리 천천히 맥주를 들이켜 잔을 비웠다. 노인은 마치 맥주 때문에 마음이 부드러워진 듯 너그럽고 철학적인 말투로 다시 말하기 시작하였다.

"당신이 뭘 얘기해 달라는 건지 이제 알겠네. 내가 다시 젊어졌으면 좋겠다고 말하기를 바라고 있겠지. 그래, 사람들은 대개 다시 젊어졌으면 하고 바라지. 젊어야 건강하고 힘도 쓸 수 있으니까. 하지만 내 나이쯤 되면 어쩔 수 없지. 나는 이제 다리도 시원치 않고 오줌보도 엉망이라네. 하룻밤에도 예닐곱 번은 일어나야 하니까 말이야. 그렇지만 나처럼 늙으면 좋은 점도 있다네. 걱정 따위가 없어지게 되거든. 여자와 어떻게 한번 해보려고 실랑이를 벌일 일도 없고. 그게 아주 편해. 당신이 안 믿을지도 모르지만 난 근 30년 동안 여자를 안아본 적이 없다네. 그리고 이제는 욕망 자체가 동하지 않는다네."

윈스턴은 창밖으로 시선을 돌렸다. 노인과 더 이상 이야기해 봐야 소용없을 것 같았다. 노인은 윈스턴이 맥주를 더 주문하려는 순간 갑자기 일어나더니 구석의 소변기로 급하게 달려갔다. 반 리터짜리 두 잔이 벌써 효력을 발휘하는 모양이었다. 윈스턴은 잠시 자신의 빈 잔을 멍하니 바라보다가 자기도 모르는 사이에 자리를 박차고 일어나 거리로 나섰다. 기껏해야 앞으로 20년밖에 안 되는 시간이 흐르는 동안 '혁명 전의 생활은 어땠습니까?' 라는 엄청나기는 하지만 단순한 질문에 대한 답변조차도 영원히 얻을 수 없게 될 것이라고 생각했다. 현재 여기저기 흩어져 살고 있는 구시대의 사람들마저 이미 한 시대와 다른 시대를 비교할 수 있는 능력을 상실했기 때문에, 지금도 그 질문에 대한 답변을 얻을 수 없기는 사실상 마찬가지였다. 그들은 직장 동료와의 말다툼이라든가 잃어버린 자전거펌프를 찾아 헤맨 일, 오래전에 죽은 누이동생의 얼굴 또는 70년 전 어느 날 아침에 뿌연 먼지를 일으키는 회오리바람이 불었던 일같이 쓸데없는 것들만 기억하고 있을 뿐이었다. 그들은 큰 물체는 보지 못하고 작은 것만 볼 줄 아는 개미와 같아서 중요한 사건이나 자신들과 밀접한 관계가 있는 사실들에 관심을 갖지 않는 것이었다. 그런 식으로 사람들의 기억이 사라지고 기록이 날조되어 대중의 생활이 개선되었다는 당의 주장이 사실로 인정될 수밖에 없어지는 것이다. 그 주장에 반박하거나 진실 여부를 검증할 수 있는 어떠한 기준은 현재에도 존재하지 않을 뿐만 아니라, 앞으로도 계속 존재할 수 없는 상황이 이어질 것이다.

갑자기 생각이 정지되었다. 그는 걸음을 멈추고 주위를 둘러보았다. 그는 주택들 사이에 작고 어둠침침한 상점이 드문드문 들어서 있는 좁은 골목에 와 있었다. 머리 바로 위에는 여기저기 밑바닥이 드러나 도금했던 흔적이 겨우 남아 있는 쇠공 세 개가 달려 있었다. 이곳이 어디인지 알 수 있었다. 그렇다! 일기장으로 사용하는 공책을 구입한 바로 그 고물상 앞이었다.

섬뜩한 두려움이 엄습했다. 애초에 그런 공책을 산 것 자체가 경솔한 짓이었다. 그래서 다시는 그 근처에 얼씬도 하지 않겠다고 작정했다. 그러나 생각에 깊이 잠겨 있는 동안 발걸음이 저절로 그곳을 향한 것이었다. 그가 일기를 쓰려고 했던 것도 사실은 자신의 충동적인 자살 행위를 미연에 차단하려는 목적이었던 것이다. 21시가 넘었는데도 아직 상점 문이 열려 있었다. 길거리에 우두커니 서 있는 것보다는 안으로 들어가는 것이 남의 눈에 덜 띌 것 같아서 재빨리 상점으로 들어갔다. 만약 누가 물으면 면도날을 사러 왔다고 둘러댈 심산이었다.

고물상 주인은 마침 석유램프에 불을 붙이고 있었다. 램프의 불꽃이 살아나자 조금 탁하지만 정겨운 느낌을 자아내는 냄새가 코끝에 스며들었다. 고물상 주인은 구부정하고 쇠약해 보이는 예순 살가량의 노인이었다. 기다란 그의 코는 호인이라는 느낌을 주었고 도수 높은 안경 때문에 약간 일그러져 비치는 눈은 유순한 느낌을 주었다. 머리카락은 하얗게 세었지만 눈썹은 아직 검고 숱도 많았다. 안경을 쓴 모습과 검정 벨벳으로 지은 낡은 조끼 차림은 점잖으면서도 굼뜨지 않은 동작과 어우러져 은연중에 작가나 음악가 같은 지성적 분위기를 느끼게 했다. 그의 목소리는 작았지만 부드러웠고 억양은 노동자답지 않게 차분했다.

"나는 손님이 길에 서 있을 때부터 알아봤다오."

고물상 주인이 다짜고짜 말했다.

"숙녀들이 좋아할 만한 공책을 사 가셨던 분 맞지요? 그건 정말 좋은 종이로 만든 물건이지요. 보통 '크림 종이'라고 합니다. 아마 한 50년 동안은 그런 종이가 안 나왔을 거예요."

윈스턴은 묵묵히 노인의 말을 듣고만 있었다.

"뭐 필요한 게 있으시오? 아니면 그냥 구경만 할 건가요?"

노인은 안경 너머로 윈스턴의 표정을 읽으려는 듯이 살펴보며 말했다.

"그저 지나가던 길에 들른 겁니다. 특별히 찾는 물건은 없습니다."

윈스턴이 약간 겸연쩍어하며 말했다.

"괜찮으니 신경 쓰지 마요. 어차피 이 가게에 손님이 쓸 만한 물건은 별로 없을 테니……."

노인은 양 손바닥을 위로 펴 보이며 오히려 미안하다는 표정을 지었다.

"손님도 보다시피 우리 물건이란 게 모두 다 그렇고 그래요. 이제는 손님에게 팔 골동품도 없다오. 사고 싶은 것도 없을 테지만 팔 것도 없어요. 가구며 도자기며 유리 제품들이 더러 있기는 한데 모두 조금씩 부서진 것들뿐이에요. 물론 쇠로 만든 것들은 거의 다 용광로 속에 들어가 남아 있지 않고 놋쇠 촛대를 본 지도 꽤 여러 해 됐지만 말입니다."

좁은 가게 안에는 빈틈이 없을 정도로 많은 물건이 가득 차 있었지만 값나갈 만한 물건은 거의 없어 보였다. 벽면에는 먼지가 가라앉은 사진틀을 잔뜩 쌓아놓았기 때문에 통로가 비좁았다. 진열장 앞에는 볼트와 너트가 담겨 있는 그릇과 뭉툭하게 닳은 끌, 이가 빠진 주머니칼, 오래전에 작동을 멈춘 것 같은 녹슨 벽시계 등이 다른 잡동사니들과 함께 놓여 있었다. 한쪽 구석의 작은 탁자 위에 옻칠을 한 담뱃갑과 마노를 박아 만든 브로치가 눈에 띄었다. 그 속에 뭔가 재미있는 물건이 있을 것 같았다. 윈스턴은 탁자 위의 물건들을 살피다가 문득 램프 불빛 아래에서 은은한 윤기를 내비치는 둥글고 매끄러운 물건을 발견하고는 얼른 끄집어냈다.

바닥이 평평한 반구형의 묵직한 유리 덩어리였다. 색채나 구조가 빗방울처럼 투명하고 부드러웠다. 안에는 둥근 표면에 의해 확대되어 보이는 분홍색의 이상한 나선형 물체가 박혀 있었는데, 언뜻 보기에는 장미 같기도 하고 말미잘 같기도 했다.

"이 속에 들어 있는 게 뭡니까?"

윈스턴은 그 물건에 마음을 빼앗긴 표정으로 지으며 물었다.

"그건 산호라는 것입니다. 아마 인도양에서 나왔을 거예요. 부서지기 쉬워서 보통 이렇게 유리 속에 박아두는 것이지요. 아마 백 년은 더 되었을 겁니다. 모양으로 봐선 더 오래된 물건으로 보이지만 말이에요."

"아름답군요."

윈스턴이 말했다.

"아름답다마다요."

노인은 감상에 젖은 어조로 말했다.

"하지만 이젠 아름답다는 말 자체를 쓰는 사람이 없지요."

노인은 쿨럭쿨럭 기침을 몇 번 하고 나서 덧붙여 말했다.

"사고 싶으면 4달러만 내요. 옛날 같으면 8파운드는 족히 받을 수 있었을 테지만요. 8파운드면 음, 얼른 계산도 못 하겠군. 아무튼 큰 돈이지요. 하지만 그게 다 옛날 얘기가 되어버렸습니다. 요즘에야 누가 진짜 골동품에 관심이나 갖나요? 남아 있는 것도 별로 없지만요."

윈스턴은 즉시 4달러를 지불하고 탐나는 그 물건을 주머니에 넣었다. 그가 그 물건에 사로잡힌 것은 아름다울 뿐만 아니라 현재와는 전혀 다른 옛 시대의 유물을 갖는다는 뿌듯한 기분 때문이었다. 부드러운 촉감과 빗방울같이 생긴 모양의 유리 덩어리는 여태껏 한 번도 본 적이 없는 물건이었다. 본래 문진으로 쓰인 듯했지만, 이제는 쓸모가 없어졌다는 데에서 더 큰 매력을 느꼈다. 주머니가 묵직해졌지만 다행히도 눈에 띄게 불룩 튀어나오지는 않았다. 당원이 그런 물건을 지니는 것은 위험한 일이었다. 오래된 것이나 아름다운 것은 무엇이든 의심부터 받는 현실이다. 4달러를 받아든 노인은 노골적으로 흐뭇해했다. 윈스턴은 노인이 3달러 아니 2달러에라도 그 물건을 팔았으리라고 생각했다.

"위층에도 방이 하나 있는데 한번 둘러볼 만할 겁니다. 물건이 많지는 않지만 몇 가지 구경거리는 있어요. 구경하시겠다면 불을 켜 드리지요."

노인이 말했다.

그는 다른 램프를 하나 꺼내 불을 붙이고는 허리를 구부린 채 낡고 가파른 층계를 올라가 좁다란 복도로 이어진 방으로 윈스턴을 안내했다. 그 방은 거리 쪽으로 창을 내지 않고 자갈이 깔린 안뜰과 여기저기 솟은 굴뚝들이 보이는 쪽으로만 창이 나 있었다. 방 안의 가구들은 마치 누가 살고 있기라도 한 듯 잘 정돈되어 있었다. 바닥에는 카펫이 깔려 있었고 벽에는 그림이 한두 점 걸려 있었으며, 벽난로 앞에는 푹 꺼진 상태이기는 했으나 안락의자도 하나 놓여 있었다. 12시간으로 나누어 표시한 구식 유리 시계가 벽난로 위에서 재깍재깍 움직이는 모습도 볼 수 있었다. 창틀 바로 아래에는 방의 4분의 1 정도를 차지하는 커다란 침대가 있었는데, 그 위엔 아직도 매트리스가 깔려 있었다.

"마누라가 죽을 때까지 여기서 살았어요."

노인은 변명이라도 하듯이 말했다.

"그동안 여기에 있던 가구들을 하나씩 팔아왔어요. 저건 마호가니 침대입니다. 정말 멋있는 것이지요. 이제는 빈대가 득실거릴 정도로 고물이 되긴 했지만 말입니다. 그 빈대란 놈들이 여간 성가신 게 아니라오."

노인은 방 전체를 볼 수 있도록 램프를 높이 쳐들었다. 희미하면서도 따뜻한 느낌의 불빛 아래 드러난 방의 정경이 묘하게 윈스턴의 마음을 끌었다. 위험하긴 하지만 일주일에 몇 달러만 주면 그 방을 세 얻는 것이 그리 어렵지 않겠다고 생각되었다. 물론 상상할 수 없이 엉뚱하고 불가능한 생각이었다. 그러나 이 방을 보자 윈스턴의 가슴속에는 일종의 향수와 같은 옛날 기억들이 되살아났다. 이런 방에서 벽난로에 불을 피우고 그 앞 안락의자에 앉아 발을 난로대에 얹고 주전자는 삼발이 위에 얹어놓은 채 혼자서 편안히 감시하는 사람도 뒤쫓는 소리도 없이 오직 주전자의 물 끓는 소리와 재각거리는 시계 소리만 들으며 조용히 있으면 어떤 기분이 들지 알 것 같았다.

"여기엔 텔레스크린이 없군요!"

윈스턴은 자기도 모르는 사이에 중얼거렸다.

"아, 그런 것은 가져본 적이 없어요. 너무 비싼 데다 별로 필요하지도 않아서요. 저쪽 구석에 있는 접이식 책상이 멋져 보이지 않습니까? 사용하려면 손을 좀 봐야 하지만요."

노인이 말했다.

윈스턴은 다른 쪽 구석에는 조그만 책장에 마음이 끌렸다. 그 안에는 책 대신 쓸모없는 잡동사니들로 가득했다. 다른 지역과 마찬가지로 이 구역 또한 책이 모조리 몰수되어 책이 한 권도 없는 것이었다. 아마 오세아니아 어디에서도 1960년 이전에 발간된 책은 찾아볼 수가 없을 터였다. 노인은 계속 램프를 들고 이리저리 어슬렁거리다가 침대 맞은편 벽난로 옆의 벽에 걸린 자단나무 액자 앞에서 걸음을 멈추었다.

"혹시 옛날 그림에 관심이 있다면……."

노인은 넌지시 말을 던졌다.

윈스턴은 액자 속의 그림을 자세히 들여다보았다. 네모난 창밖으로 작은 탑이 서 있는 타원형 건물을 묘사한 판화였다. 건물 주위에는 철책이 둘러쳐 있었고, 뒤편에는 동상 같은 것이 있었다. 윈스턴은 한참 동안 들여다보았다. 동상의 주인공이 누구인지 기억할 수는 없었지만 어딘가 낯이 익었다.

"저 액자는 붙박이로 벽에 고정시켜 놓은 것이지만 사가겠다면 떼어드릴 수도 있어요."

노인이 말했다.

"저는 저 건물을 알고 있습니다."

마침내 윈스턴이 입을 뗐다.

"지금은 폐허가 되었지만 '정의궁(正義宮)' 바깥 길 한가운데에 있었던 건물이죠."

"맞아요. 법원 바깥쪽에 있었는데 몇 년 전에 폭격을 받았지요. 예전엔 성 클레멘트 데인이라고 불리던 교회였답니다."

노인은 실없는 말을 지껄였다고 생각했는지 멋쩍게 웃고는 덧붙여 말했다.

"오렌지와 레몬이여, 성 클레멘트의 종이 말하네!"

"그 노래는 뭐죠?"

윈스턴이 물었다.

"아아, '오렌지와 레몬이여, 성 클레멘트의 종이 말하네.' 내가 어릴 때 부르던 노래라오. 그다음이 어떻게 되더라, 기억이 나질 않는군. 하지만 마지막 구절은 이렇습니다. '그대의 침실을 밝혀줄 촛불이 오네. 그대의 목을 댕강 자를 도끼가 오네.' 일종의 유희곡이에요. 술래가 팔을 들어 올리고 이 노래를 부르면 다른 아이들이 팔 밑으로 지나가는 거요. 그러다가 '그대의 목을 댕강 자를 도끼가 오네.' 부분에 이르면 술래가 팔을 내려 지나가는 아이를 붙잡는 거요. 이 노래에는 교회 이름들이 많이 들어 있어요. 런던 시내에 있는 큰 교회의 이름은 거의 다 나옵니다."

윈스턴은 성 클레멘트 교회가 몇 세기에 지어진 유물이었는지 짐작도 할 수 없었다. 런던 시내의 건물들이 어느 시기에 세워졌는지 알아내는 것은 어려웠다. 크고 훌륭한 건물은 어느 것이든 겉모양만 멀쩡하면 무조건 혁명 후에 지어진 것이라고 했고, 낡아 보이는 건물은 중세라고 불리는 막연한 시기에 지어진 것으로 깎아내려졌다. 더욱이 자본주의가 이어졌던 수세기 동안에는 도대체 가치 있는 것이라곤 하나도 만들어지지 않은 것으로 되어 있었다. 책을 보아도 올바른 역사를 배울 수 없듯이 건축물을 보고서도 역사를 배울 수가 없었다. 동상, 비문, 기념비, 거리의 명칭 등 과거를 비춰줄 만한 것들은 모두 조직적으로 변조되었다.

"저 건물이 교회였다는 걸 지금껏 전혀 몰랐습니다."

윈스턴이 말했다.

"실은 아직까지도 남아 있는 교회 건물이 꽤 된답니다. 저마다 다른 용도로 쓰이지만 말이에요."

노인은 말했다.

"그건 그렇고 어떻게 이어지더라? 옳지, 이제 생각나는군!"

오렌지와 레몬이여, 성 클레멘트의 종이 말하네.
그대는 내게 서 푼의 빛을 졌지, 성 마틴의 종이 말하네.

"암만해도 여기까지밖에는 기억을 못하겠군. '푼'이라는 건 지금의 센트와 같은 소액의 동전 단위였지요."

"성 마틴 교회는 어디에 있었습니까?"

"성 마틴 교회 말이오? 그건 아직도 건재해요. 승리 광장에서 미술관 쪽으로 보면 있지요. 입구는 삼각형인 데다 전면에 돌기둥이 늘어서 있고 계단을 따라 높이 올라가게 되어 있는 건물이 바로 그것이랍니다."

윈스턴도 잘 알고 있었다. 그곳은 각종 선전물을 전시하기 위해 사용되는 박물관으로 로켓 폭탄과 유동요새의 축소 모형, 적이 얼마나 잔인한가를 보여주기 위해 여러 가지 상황으로 묘사해 만든 밀랍 인형이 진열되어 있었다.

노인이 덧붙여 말했다.

"흔히들 '광야의 성 마틴 교회'라고 불렀습니다. 부근에 들판이 있던 것도 아니었는데……."

윈스턴은 그림을 사지 않았다. 유리 문진보다 보관하기 어려울 뿐더러 뜯어내기 전에는 집으로 가져갈 수도 없기 때문이었다. 윈스턴은 그곳에 몇 분가량 더 머물면서 노인과 이야기를 나누었다. 그 결과 노인의 이름이 간판을 보고 짐작했던 윅스가 아니라 채링턴이란 사실을 알게 되었다. 채링턴 씨는 예순세 살의 홀아비로 그 가게에서 30년 동안 장사하며 살아왔는데, 그동안 간판에 새겨진 이름을 고치려는 생각을 해왔으면서도 실제로 행동에 옮기지는 못했다고 했다. 이야기를 듣는 동안에도 윈스턴의 머릿속에서는 아까 들었던 노래 구절이 계속 맴돌고 있었다.

'오렌지와 레몬이여, 성 클레멘트의 종이 말하네. 그대는 내게 서 푼의 빚을 졌지. 성 마틴의 종이 말하네.'

그런데 신기하게도 그 구절을 혼자서 읊조리노라면 런던의 어딘 가에 아직 남아 있거나 모양이 변하여 잊혔거나 아예 없어져버린 종 소리가 실제로 들리는 듯한 착각이 들었다. 이곳저곳의 유령처럼 보 이지 않는 뾰족탑에서 차례차례 울려 퍼지는 종소리를 듣는 것 같았 다. 그러나 아무리 기억을 더듬어봐도 실제로 교회에서 울려 퍼지는 종소리를 들어본 적은 한 번도 없었다.

윈스턴은 채링턴 씨의 고물상에서 나와 문 앞에서 거리의 동정을 살피며 서성거리는 모습을 노인에게 보이고 싶지 않은 마음에 곧바 로 계단을 내려갔다. 그러나 그는 적당히 시간이 흐른 뒤에, 그러니 까 한 달 정도 후에 다시 한 번 그 고물상에 와보리라 작정하였다. 아마 공회당 저녁 모임에 빠지는 것보다는 덜 위험할 것이다. 무엇 보다 가장 어리석은 바보짓은 일기장을 사고 난 다음, 그곳 주인이 믿을 만한 사람인지 어떤지도 모르는 채 다시 찾아갔다는 것이었다. 그러나……!

그렇다, 그는 다시 한 번 찾아가야겠다고 생각했다. 아름다운 골 동품들을 좀 더 사들이고 싶었다. 성 클레멘트 데인의 판화를 사고 액자에서 떼어내 제복 윗도리 속에 숨겨 집으로 가져가고 싶었다. 채링턴 씨의 기억에서 노래의 나머지 부분도 마저 끌어내고 싶었다. 고물상의 위층 방을 빌리고 싶다는 미친 생각이 또 한 번 머릿속을 번갯불처럼 스치고 지나갔다. 그런 생각으로 흥분해 약 5초가량 방 심한 나머지 미리 살펴보지도 않고 큰길로 나섰다. 더군다나 즉흥적 인 가락을 붙여 흥얼거리기까지 했다.

오렌지와 레몬이여, 성 클레멘트의 종이 말하네.

그대는 내게 서 푼의 빚을 졌지, 성……

그때 갑자기 윈스턴의 가슴이 철렁 내려앉으며 심장이 얼어버리는 것 같았다. 푸른 제복을 입은 사람이 10미터도 안 되는 거리에서 그가 있는 방향으로 걸어오고 있었다. 바로 창작국의 검은 머리 그 여자였다. 주변이 이미 어둑어둑했지만 그녀를 알아보기에는 어렵지 않았다. 그녀는 그를 똑바로 쳐다보더니 본 척도 하지 않고 빠르게 지나갔다.

일순 윈스턴은 몸이 굳어버려 움직일 수가 없었다. 그는 오른쪽으로 길을 돌아가면서도 잘못된 방향으로 간다는 사실조차 알아차리지 못했다. 어쨌든 한 가지 의문은 풀린 셈이었다. 그 여자가 그를 감시하고 있었다는 것은 더 이상 의심할 여지가 없었다. 그 여자는 그를 따라 그곳까지 온 게 틀림없었다. 왜냐하면 같은 날 저녁, 당원들의 거주지로부터 몇 킬로미터나 떨어진 어두컴컴한 골목길을 우연히 걷는 일은 있을 수 없기 때문이었다. 우연의 일치라고 하기에는 너무나도 믿기 어려웠다. 그녀가 정말로 사상경찰의 정보원이든 아니면 그 계통에서 활동하는 비공식 스파이든 그건 중요한 문제가 아니었다. 그 여자가 그를 감시한다는 사실만으로도 충분했다. 아마 그녀는 그가 술집으로 들어가는 모습도 보았을 것이다.

걷는 것도 힘들었다. 걸음을 옮길 때마다 주머니 속 유리 덩어리가 허벅지에 부딪히는 바람에 꺼내서 던져버리려는 생각도 했다. 더구나 배까지 몹시 아팠다. 당장 화장실에 못 가면 죽을 것 같았다. 그러나 빈민 지구에는 공중 화장실이 없다. 다행스럽게도 얼마쯤 시간이 지나자 복통이 웬만큼 가라앉았다.

한참을 걷다 보니 막다른 곳에 이르렀다. 윈스턴은 잠시 발을 멈추고 어떻게 할 것인지 망설이다가 왔던 길로 되돌아가기 시작했다.

그녀가 스쳐 지나간 지 3분밖에 되지 않았으므로 뛰어가면 곧 따라잡을 수 있으리라 생각했다. 그녀의 뒤를 따라가다 어느 으슥한 곳에 이르면 돌멩이로 그녀의 머리통을 후려칠 수도 있을 것이다. 주머니에 들어 있는 유리 덩어리도 그 일을 해내기에는 충분하다. 그러나 곧 단념했다. 제 손으로 사람을 해친다는 것은 상상만 해도 끔찍한 일이기 때문이었다. 그는 지금 뛰어갈 수도 그녀를 한 대 후려칠 수도 없었다. 더구나 그 여자는 스스로 자기 몸을 방어할 수 있을 만큼 젊고 튼튼했다. 그는 공회당으로 급히 가 집회가 끝날 때까지 조금이라도 시간적 알리바이를 만들어놓을까 하는 생각도 해보았다. 그러나 그것 역시 불가능한 일이었다. 그는 정말 피곤했다. 빨리 집으로 돌아가 조용히 쉬고 싶은 마음만 간절했다.

집에 돌아온 시간은 22시가 넘어서였다. 23시 30분에는 전기가 끊어질 것이다. 그는 주방으로 가 승리주를 한 잔 마셨다. 그러고는 책상 앞에 앉아 서랍 속의 일기장을 꺼냈다. 그러나 곧바로 일기장을 펼치지는 않았다. 텔레스크린에서 놋쇠 같은 여자 목소리가 악을 쓰며 국가를 불러대고 있었다. 그는 대리석 무늬가 인쇄된 일기장 겉표지를 보며 그 소리를 듣지 않으려고 애를 썼다. 아무 소용이 없었다.

그들이 찾아오는 것은 밤, 언제나 밤이었다. 체포당하기 전에 자살하는 편이 상책일 듯싶었다. 그런 사람이 없는 것도 아니었다. 갑자기 사라져버린 사람들 중에는 실제로 자살한 사람이 많았다. 그러나 총이나 효력이 확실한 독약을 전혀 구할 수 없는 세상에서 자살하는 것은 엄청난 용기가 필요하다. 그는 고통과 두려움이 생리적으로는 아무 소용없다는 점과 특별한 노력이 필요한 바로 그 순간에 무기력하게 무너져버리는 육체의 변절을 생각하면서 몸서리치고 말았다. 재빨리 행동하기만 했다면 검은 머리 여자를 없앨 수 있었다. 그러나 너무나도 극적인 위험에 처해 있었기 때문에 그만 행동으로 옮길 힘을 상실하고 만 것이었다. 위험한 순간에 인간은 외부의 적과 싸워야 하는 것이 아니라 자기 자신의 육체와 싸워야 한다는 사실에 적잖이 놀랐다. 술을 마셨는데도 복통이 완전히 가라앉지 않아 차근차근 생각을 정리할 수 없었다. 그는 영웅적이든 비극적이든 겉보기에 관계없이 본질은 매한가지라는 것을 깨달았다. 전쟁터나 고문실이나 침몰하는 배 안에서나 사람들은 자신이 정말로 싸워야 하는 상대를 늘 망각해 버린다. 육체가 우주 전체를 뒤덮을 정도로 부어오르고 공포나 고통으로 가위에 눌려 비명을 지르는 극단적인 경우가 아니더라도 삶이란 굶주림, 추위, 불면, 복통, 치통 등에 대한 끊임없는 투쟁이기 때문이다.

윈스턴은 일기장을 펼쳤다. 무엇이든 쓰는 것이 중요했다. 텔레스크린의 여자는 이제 다른 노래를 부르기 시작했다. 그녀의 목소리는 마치 날카로운 유리 조각처럼 머릿속을 헤집고 들어와 박히는 것 같았다. 그는 오브라이언을 떠올리려고 애를 썼다. 애당초 그를 위해서, 그에게 쓰는 일기가 아니었던가. 그러나 노력과는 달리 엉뚱하게도 사상경찰에게 잡혀간 후 자신에게 벌어질 일들만 떠올랐다. 그들이 곧바로 그를 처형한다면 문제될 게 없다. 죽음은 이미 예상한 것이다. 그러나 처형되기 전에 반드시 수반되는 자백의 과정(아무도 이에 대한 말을 하지 않았지만 누구나 알고 있었다)이 있다. 마룻바닥에 꿇어앉아 살려달라며 애걸하고 뼈가 으스러지는 소리가 나고 이가 부러지고 머리카락이 피에 젖어 엉겨 붙을 것이다. 결국 종말에 다다르기는 마찬가지인데 왜 그런 고통을 견뎌야만 하는가? 왜 사람은 자기 생애 가운데 며칠 혹은 몇 주를 잘라버리지 못하는 것일까? 그 누구도 수색을 피할 수는 없고 자백하지 않을 수도 없다. 일단 사상범으로 낙인이 찍히면 정해진 날에 죽음을 맞이하는 것은 변하지 않는 사실이다. 그렇다면 아무것도 바꿀 수 없는 공포가 대체 왜 미래의 시간 속에 가로놓여 있는 것일까?

윈스턴은 오브라이언에 대해 보다 확실한 생각을 할 수 있었다.

"우리는 어둠이 없는 곳에서 만나게 될 걸세."

오브라이언은 이렇게 말을 했었다. 윈스턴은 그 말이 무엇을 의미하는지 알고 있었다. 아니 알 수 있었다. 어둠이 없는 곳이란 상상속의 미래다. 아무도 볼 수는 없지만 신비롭게도 예지로써 함께할 수 있는 세계다. 그러나 텔레스크린에서 흘러나오는 목소리가 귀청을 혹사시키는 바람에 더 이상 생각할 수 없었다. 그는 담배를 물었다. 담배 가루가 터져 나와 헛바닥이 아릿했다. 오브라이언의 얼굴 대신 빅 브라더의 얼굴이 떠올랐다. 며칠 전에도 그랬던 것처럼 주머니에서 동전을 꺼내 가만히 들여다보았다. 엄숙한 표정의 얼굴은 묵묵한 보호자의 모습처럼 보이면서도 여전히 그를 주시하고 있었다. 그러나 멋스럽게 손질된 콧수염 아래 감추어진 미소를 뭐라고 설명해야 하는 것일까? 음울한 장례식 종소리처럼 슬로건이 뒤를 이어 떠올랐다.

전쟁은 평화
자유는 예속
무지는 힘

제2부

1

아침나절 윈스턴은 화장실에 가기 위해 자리에서 일어났다. 사무실을 나서자 조명이 환한 기다란 복도 끝에서 그를 향해 걸어오는 한 사람이 보였다. 바로 검은 머리 그 여자였다. 고물상 앞에서 그녀와 마주쳤던 그날 저녁 이후 나흘이 지났다. 윈스턴은 그녀가 가까이 다가왔을 때에야 비로소 그녀가 오른팔을 붕대로 감아 목에 걸고 있는 사실을 알았다. 붕대가 제복과 같은 색깔이었기 때문에 얼른 알아볼 수 없었던 것이었다. 어쩌면 그녀는 소설의 줄거리를 선택할 때 쓰는 커다란 만화경을 돌리다가 손이 다쳤는지도 모른다. 그런 일은 창작국에서 흔히 일어나는 사고였다.

두 사람 사이가 4미터 정도로 가까워졌을 때 그녀는 갑자기 균형을 잃고 바닥에 쓰러지며 날카로운 비명을 질렀다. 붕대 감은 팔에 충격을 받은 모양이었다. 윈스턴은 본능적으로 걸음을 멈추고 그 자리에 섰다. 그녀는 무릎을 짚고 몸을 일으켜 세웠다. 그녀의 눈은 고통보다는 두려움에 더 가까운 빛을 띠며 뭔가를 호소하는 표정(적절치 못한 표정을 지으면 표정죄에 해당되어 처벌을 받게 된다)으로 그를 빤히 쳐다보았다.

윈스턴의 가슴속에서 묘한 감정이 꿈틀거렸다. 눈앞에서 무릎을 꿇은 사람은 그를 제거하려는 적이었다. 그러나 손을 다쳐 괴로워하는 그녀도 고통이 어떤 것인지 아는 그와 똑같은 인간이었다. 윈스턴은 그녀를 부축하기 위해 재빨리 손을 내밀었다. 그녀가 붕대 감은 팔 쪽으로 넘어진 순간 그는 마치 자신이 다친 몸으로 넘어진 것 같은 고통을 느꼈다.

"다쳤습니까?"

그가 물었다.

"아니, 괜찮아요. 팔을 좀…… 곧 괜찮아질 거예요."

눈에 띄게 안색이 창백해진 그녀는 떨리는 목소리로 말했다.

"뼈를 다치지는 않았나요?"

"괜찮아요. 잠시 아팠을 뿐이에요."

윈스턴은 그녀가 내민 다치지 않은 손을 잡고 일으켜주었다. 그녀의 얼굴에 조금씩 핏기가 돌더니 방금 전보다 한결 나아 보였다.

"이제 괜찮아요."

그녀는 괜찮다는 말을 되풀이하며 빠른 어조로 말을 이었다.

"단지 손목에 약간 충격을 받았을 뿐이에요. 고맙습니다, 동무!"

그렇게 말한 그녀는 언제 넘어졌냐는 듯 아무렇지도 않은 것처럼 처음 가던 방향으로 걸어가버렸다. 이 모든 일은 30초도 안 되는 사이에 일어났다. 얼굴에 아무런 표정도 드러내지 않는 것이 습관이 본능적으로 배어 있었기 때문에 텔레스크린 바로 앞에서 그런 일이 벌어졌음에도 윈스턴은 태연자약하게 위장할 수 있었다. 하지만 그가 손을 내밀었을 때 그녀가 그의 손에 무엇인가를 쥐어주던 2~3초간의 놀라움까지 감추기란 그리 쉬운 일이 아니었다. 그녀가 일련의 행동을 의식적으로 했던 것에는 의심의 여지가 없었다. 그것은 작고 납작했다. 그는 화장실에 들어가면서 그것을 주머니에 넣고 손가락

끝으로 만져보았다. 네모나게 접은 종이쪽지였다.

그는 소변을 보는 동안 손가락을 조금씩 움직여서 쪽지를 폈다. 분명히 무언가 내용이 적혀 있을 터였다. 일순 대변기가 있는 칸에 들어가서 읽을까 하다가 생각을 접었다. 그곳만큼 텔레스크린의 감시가 철두철미한 장소도 없었으므로 그런 행위는 대단히 어리석은 짓이었다.

그는 자리에 돌아와 무심한 표정으로 종이쪽지를 다른 서류들 속에 끼워 넣었다. 그러고는 안경을 쓰고 구술기록기를 앞으로 당겼다.

'5분, 5분이면 된다!'

그는 속으로 말했다. 쿵쿵 울리는 고동 소리가 밖에서도 들릴 것만 같았다. 다행히 지금 하는 일은 긴 목록에서 숫자를 수정하는 작업으로 엄청난 집중력을 요하는 것은 아니었다.

그는 쪽지 내용이 궁금했다. 정치적인 의미가 담겼을 것만은 확실했다. 두 가지 가능성을 상상할 수 있었다. 그중 좀 더 신빙성이 큰 쪽은 그녀가 사상경찰의 정보원이라는 점을 토대로 짚어볼 수 있는 것이었는데, 이것은 바로 그가 두려워하고 있는 부분이기도 했다. 사상경찰이 왜 그런 방법으로 메시지를 전달했는지 알 수는 없지만, 아마 그럴 만한 이유가 있기 때문일 것이었다. 그렇다면 쪽지의 내용은 협박이나 소환 아니면 자살하라는 명령이거나 일종의 압력일 것이다. 그러나 또 하나의 가능성도 있었다. 물론 근거가 희박하여 무시하려고 애를 써도 그의 머릿속에서 자꾸 고개를 쳐드는 바람에 어쩔 수가 없었다. 그것은 그 쪽지가 사상경찰의 메시지가 아닌 지하 단체의 메시지일지도 모른다는 생각이었다.

'형제단은 실제로 존재하는 단체인지도 모른다! 그리고 그녀는 형제단의 일원인지도 모른다! 그러나 가능성은 없다. 다 부질없는 생각일 뿐이다.'

하지만 그녀로부터 종이쪽지를 받았던 순간 무의식적으로 그 생각을 먼저 했던 것은 사실이었다. 그리고 보다 가능성이 높은 첫 번째 해석이 떠오른 것은 그로부터 2~3분이 지난 뒤의 일이었다. 이성적으로 생각할 때 그 메시지는 죽음을 의미하고 있었다. 그런데도 그는 터무니없는 희망을 버릴 수 없었다. 윈스턴의 가슴은 터질 것 같았다. 구술기록기에 숫자 부르는 목소리가 떨리지 않도록 안간힘을 써야만 했다.

그는 작업을 마친 서류 뭉치를 압축전송관에 밀어 넣었다. 8분이 흘렀다. 그는 콧등에서 흘러내린 안경을 바로잡으며 한숨을 내쉬었다. 그러고는 다음에 처리해야 할 서류를 끌어당겼다. 종이쪽지는 서류의 맨 위에 놓여 있었다. 그는 조심스러운 손놀림으로 그것을 펼쳤다. 쪽지에는 놀랍게도 볼품없이 커다란 글씨로 이렇게 적혀 있었다.

당신을 사랑합니다.

너무나 놀란 나머지 기억통에 던져 넣는 것조차 잊었다. 기억통에 집어넣을 때 지나치게 관심을 표하면 위험하다는 것을 잘 알면서도 그는 진짜로 그 말이 쓰여 있는지 확인하기 위해 다시 한 번 읽어보지 않을 수 없었다.

오전의 나머지 일과 시간 내내 일이 손에 잡히지 않았다. 별 볼일 없는 일거리에 집중하는 것도 힘들었지만, 마음의 동요를 텔레스크린에 들키지 않는 것이 더욱 힘들었다. 그는 속에서 불길이 타오르는 것 같은 느낌을 추슬러야 했다. 무덥고 혼잡한 데다 소음으로 시끌시끌한 식당에서 하는 점심식사도 고역이었다. 점심시간만이라도 혼자 있고 싶었지만 재수 없게도 떠버리 파슨스가 옆에 앉아서는 수프 셋내보다 더한 땀 냄새를 풍기며 중오 주간 준비에 대한 장광설을 떠들어댔다. 특히 자기 딸이 있는 스파이단에서 중오 주간을 위해 높이가 2미터나 되는 빅 브라더의 종이 두상을 만들고 있다며 열심히 자랑해 댔다. 그러나 식당 소음이 어찌나 심했던지 윈스턴은 파슨스의 말을 거의 알아들을 수 없었다. 윈스턴은 하는 수 없이 그 얼빠진 얘기를 다시 해달라고 끊임없이 요청해야 했는데, 그건 정말 짜증나는 일이었다. 윈스턴은 식당 저쪽 끝에서 다른 여자 두 명과 함께 앉아 있는 그녀를 흘끗 쳐다보았다. 그녀는 그를 보지 못한 것 같았다. 그는 식사를 마칠 때까지 그쪽으로 다시 고개를 돌리지 않았다.

오후에는 조금 더 견딜 만했다. 점심 먹고 돌아온 직후부터 몇 시간에 걸쳐 복잡하고 어려운 작업을 하느라 다른 일에 신경 쓸 겨를이 없었다. 현재 혐의가 짙은 고위층 내부당원 한 사람을 비판하기 위해 2년 전의 생산 보고서를 날조하는 것으로 윈스턴은 이런 일에 능숙했다. 그는 그 일로 두 시간 이상을 보내는 동안 그녀에 대한 생각에서 벗어날 수 있었다. 그러나 일이 끝나자마자 기다리고 있었다는 듯 그녀의 얼굴이 떠올랐다. 그는 또다시 혼자 있고 싶다는 강렬하고도 참을 수 없는 욕망에 휩싸였다. 혼자 있기 전에는 새로운 사태에 대해 아무런 생각도 할 수 없을 것 같았다. 하지만 그날 밤에는 공회당의 야간 집회에도 가야 했다. 저녁때가 되자 그는 식당에서 맛없는 저녁을 먹는 둥 마는 둥 하고 공회당으로 달려가서 명색이 '토론회' 라고 하는 엄숙한 바보짓에 참석한 뒤 탁구를 두 게임 한 다음 진을 몇 잔 마셨다. 그 후 30분 동안 '체스와 영사의 관계' 라는 제목의 강의를 들었다. 끔찍하게 지루한 나머지 미칠 지경이었으나 그는 집회에서 빠져나가고 싶은 충동이 한 번도 느껴지지 않았다. '당신을 사랑합니다.' 라는 글귀는 그에게 살고 싶다는 격한 욕망을 불러일으켜, 쓸데없이 위험한 일을 벌이는 것이 어리석게 느껴졌기 때문이다. 그가 차분히 생각할 수 있었던 것은 23시가 넘어, 집에 돌아와 잠자리에 든 이후였다. 어둠 속에서 조용히 있는 한 텔레스크린의 감시에서도 안전했다.

그가 당면한 실질적인 문제는 어떻게 그녀에게 접근해 밀회를 약속할 것인가 였다. 더 이상 그녀의 함정이라는 가능성은 생각하지 않았다. 종이쪽지를 전할 때 그녀가 당황했던 점으로 보아 그럴 리가 없기 때문이었다. 그녀는 분명히 겁에 질려 있었다. 그는 그녀의 구애를 거절할 마음이 전혀 없었다. 바로 닷새 전만 하더라도 그녀의 머리통을 돌멩이로 후려치는 상상을 했다. 그러나 이제 그런 감정은 씻은 듯이 사라지고 없었다. 꿈속에서 보았던 것처럼 그녀의 벌거벗은 젊은 육체를 상상했다. 그는 다른 사람과 마찬가지로 그녀 역시 멍청한 데다 머릿속에는 거짓과 증오만이 들어 있고 배 속에는 차가운 얼음 덩어리만 가득하리라고 상상했다. 그러나 그런 여자가 아니었다. 자칫하면 그녀를 잃을지도 모른다는 생각이 열병처럼 엄습했다. 그녀의 하얗고 부드러운 젊은 육체가 자신에게서 멀리 떨어져 나갈지도 모른다는 불안감을 느끼자 몸이 후끈 달아올랐다. 무엇보다 두려운 것은 한시라도 빨리 접촉하지 않는다면 그녀의 마음이 간단히 변할지도 모른다는 사실이었다. 그녀와의 밀회가 얼마나 어려울지 이루 다 말할 수 없을 터였다. 이미 패배한 체스에서 꼼짝도 할 수 없게 된 말을 움직이려는 것과도 같았다. 어느 방향으로 가든 텔레스크린에 걸릴 수밖에 없다. 사실 그는 쪽지를 읽고 약 5분 남짓 그녀와 접촉할 수 있는 갖은 방법들을 고심해 보았다. 그러나 그때 딱히 적당한 방법을 찾지 못했던 윈스턴은 이제 겨우 시간적 여유를 가지고 책상 위에 늘어놓은 물건들 가운데 하나를 고르듯 하나하나 방법을 검토했다.

오늘 아침과 같은 방법은 두 번 다시 없을 터였다. 만약 그녀가 기록국에 근무한다면 어느 정도 접근하기가 수월하겠지만, 그는 그녀가 근무하는 창작국이 어디인지 정확히 모를 뿐더러 그곳에 갈 구실이 생길 리도 만무하였다. 그녀가 사는 곳이나 퇴근 시간만이라도 안다면 귀가 길을 지키는 방법도 있지만 이것 또한 안전하지 않았다. 그렇게 하려면 청사 밖에서 한참을 배회해야 하는데, 그러다가 남의 눈에 띄면 큰일이기 때문이었다. 편지를 보내는 건 아예 생각하지도 않는 편이 나았다. 통상적으로 모든 편지는 수취인에게 배달되기 전에 개봉되기 때문이다. 따라서 편지를 쓰는 사람은 거의 없었다. 꼭 소식을 전해야 할 때에는 갖가지 사연이 인쇄된 엽서를 골라 해당사항에 체크해서 보내는데, 물론 거기에도 윈스턴에게 맞는 내용이 있을 리가 없었다. 더욱이 그는 그녀의 주소는 고사하고 이름조차도 몰랐다. 그렇게 고민에 고민을 거듭한 끝에 가장 안전한 접촉 장소는 식당이라는 판단을 내렸다. 만일 그녀가 텔레스크린에서 너무 가깝지 않은 식당 어딘가에 홀로 있어 가까이 다가갈 수만 있다면 주위 소음을 틈타 30초 정도 이야기를 나눌 수 있을 것이다.

그로부터 일주일 동안 그는 끊임없이 꿈을 꾸는 듯했다. 다음 날 윈스턴이 일과 시작을 알리는 호루라기 소리에 식당을 나올 때쯤 식당에 들어오는 그녀를 보았다. 교대 시간이 바뀐 모양이었다. 두 사람은 서로 못 본 척하며 지나쳤다. 그다음 날에는 그녀가 평상시와 같은 시간에 식당으로 들어왔지만 다른 세 여자와 동행한 상태였고 또 텔레스크린 바로 아래 자리를 잡아서 접근할 수가 없었다. 그다음 사흘은 전혀 보이지 않았다. 견디기 힘든 날들이었다. 잠잘 때마저 그녀의 영상에서 벗어날 수가 없었다. 그동안 일기를 한 줄도 쓰지 못했다. 오직 일에 열중할 때만 10분 정도 자기 자신을 잊을 수 있었다. 도대체 그녀에게 무슨 일이 일어났는지 실마리조차 잡을 수가 없었다. 알아보고 싶어도 방법이 없었다. 그녀가 증발했거나 자살했거나 오세아니아 외지로 전근 되었을지도 모른다는 불길한 생각이 머리를 어지럽혔다. 최악의 가능성은 그녀가 마음을 바꾸어 그를 피하는 것이었다.

번민으로 밤을 꼬박 새우다시피 한 다음 날, 그녀는 다시 식당에 나타났다. 붕대를 푼 대신 손목에 반창고를 붙인 상태였다. 그는 안도감에 젖은 나머지 그녀를 한참이나 쳐다보았다. 그녀는 그다음 날에도 모습을 드러냈다. 그때 그는 그녀에게 거의 말을 건넬 기회가 있었다. 그가 식당에 들어섰을 때 그녀는 벽에서 꽤 떨어진 식탁에 있었고 마침 혼자였다. 시간이 이른 탓에 아직 빈자리가 많았다. 배식을 기다리는 줄이 잘 나가다가 윈스턴이 배식 카운터에 거의 다 왔을 무렵, 앞에 있던 사람이 사카린을 받지 못했다고 실랑이를 벌이는 바람에 2분쯤 지체되었다. 윈스턴은 식사 쟁반을 받자마자 그녀가 있는 식탁을 향해 걸어갔다. 그때까지 그녀는 여전히 혼자였다. 그는 아주 자연스럽게 그녀의 맞은편 빈자리로 다가갔다. 그녀와 겨우 3미터 정도 떨어진 지점에 이르렀을 때였다. 누군가가 뒤에서 부르는 소리가 들렸다.

"스미스!"

윈스턴은 일부러 못 들은 척했다. 그러자 상대방이

"스미스!"

하고 더 큰 소리로 그를 불렀다. 그는 마지못해 돌아설 수밖에 없었다. 금발에 좀 모자라 보이는 얼굴을 한 윌셔라는 청년이었다. 윈스턴과 잘 아는 사이도 아닌 그가 자기가 식탁의 빈자리를 가리키며 큰소리로 불러댄 것이었다. 거절할 수 없는 상황이었다. 다른 사람에게 동석 요청을 받고도 굳이 혼자 있는 여자의 식탁에 간다면 누구라도 이상하게 생각할 것이었다. 그것은 위험을 자초하는 행위였다. 그는 억지로 반갑다는 미소를 지으며 윌서가 가리킨 자리에 앉았다. 남의 속도 모르는 멍청한 금발 녀석은 그를 향해 활짝 웃고 있었다. 윈스턴은 밝게 웃는 녀석의 얼굴에 침이라도 뱉어버리고 싶은 충동이 일었다. 몇 분 후에는 그녀의 식탁도 사람들로 가득 차버렸다.

그녀는 자기를 향하였던 그를 보며 무언가 눈치챘을지도 모른다. 다음 날 그는 일부러 일찍 식당에 갔다. 예상대로 그녀는 어제 그 자리에 혼자 앉아 있었다. 배식 줄에서 그의 바로 앞에 선 사람은 체구가 작고 행동이 재빠른 딱정벌레 같은 사내였다. 얼굴은 납작했고 작은 눈은 의심이 많아 보였다. 윈스턴이 식사 쟁반을 들고 카운터에서 돌아선 순간 그 사내가 그녀의 식탁으로 다가가는 모습이 눈에 들어왔다. 윈스턴의 기대가 또다시 무너질 참이었다. 그녀 주변의 다른 식탁에도 여전히 빈자리가 많았는데 어쩐지 그 사내는 그녀의 식탁 쪽으로 갈 것 같았다. 윈스턴은 그의 뒤를 따라갔다. 그녀와 단둘이 앉을 수 없다면 아무런 소용도 없다는 생각을 하며 앞으로 나아가고 있을 때였다. 난데없이 요란한 소리와 함께 그 남자가 넘어져버렸다. 쟁반은 어디론가 굴러갔고 커피와 수프가 바닥에 엎질러졌다. 그는 벌떡 일어나 윈스턴을 노려보았다. 윈스턴이 자기 발을 걸었다고 생각하는 것 같았다. 전화위복이라고나 할까, 그로부터 정확히 5초 후에 윈스턴은 쿵쿵거리는 가슴을 안고 그녀와 같은 식탁에 마주앉게 되었다.

그는 그녀를 쳐다보지 않았다. 그저 쟁반을 내려놓고 먹는 일에만 열중하는 척했다. 마음 같아서는 다른 사람이 오기 전에 빨리 이야기하고 싶었지만, 막상 그녀의 앞에 앉자 오금이 저려 입이 떨어지지 않았다. 그녀가 자기에게 접근을 시도한 지 이미 일주일이 지났다고 생각하니 더욱 머뭇거려졌다. 그새 그녀의 마음이 변했다면 어쩔 것인가! 그도 그럴 것이 현실 세계에서 이루어지는 것은 거의 불가능한 일이기 때문이었다. 그녀가 마음을 바꿨을 가능성도 얼마든지 있었다. 만약 그때 앰플포스를 보지 못했다면 윈스턴은 기가 죽어 결국 아무 말도 못했을 것이다. 앰플포스는 귓바퀴에 털이 많이 난 시인으로, 식사 쟁반을 들고 앉을 곳을 찾아 서성거리고 있었다. 평소 윈스턴에게 이유 없이 호감을 보이던 앰플포스는 자신을 발견하자마자 그리로 올 것이 분명했다. 그렇다면 윈스턴이 그녀와 대화할 수 있는 시간은 1분도 안 될 것이다. 윈스턴과 그녀는 말없이 계속 먹기만 하고 있었다. 이윽고 윈스턴이 묽은 강낭콩 스튜를 떠먹으며 작은 목소리로 말하기 시작했다. 두 사람은 서로를 쳐다보지도 않은 채 여전히 숟가락으로 각자의 스튜를 입에 떠 넣으며 낮고 담담한 목소리로 몇 마디 말을 나누었다.

"몇 시에 퇴근하죠?"

"18시 30분이요."

"어디서 만날 수 있을까요?"

"승리 광장의 기념비 근처에서요."

"그곳에는 텔레스크린이 사방에 깔렸는데……."

"사람들이 우글대니까 괜찮을 거예요."

"무슨 신호라도……?"

"그럴 필요 없어요. 제가 사람들 틈에 끼어들 때까지 다가오지 마세요. 쳐다보지도 말고요. 제 주위에만 있어 주세요."

"그럼, 몇 시예요?"

"19시요."

"알았어요."

앰플포스는 윈스턴을 발견하지 못한 채 다른 식탁에 가서 앉았다. 두 사람은 더 이상 이야기를 하지 않았다. 어쩌다 우연히 같은 식탁에 앉은 것처럼 보이기 위해 서로 쳐다보지도 않았다. 그녀는 서둘러 식사를 마치고 먼저 일어났고 윈스턴은 그대로 앉아 한동안 담배를 피웠다.

윈스턴은 약속 시간보다 조금 이르게 승리 광장에 도착했다. 그는 오목한 세로 홈이 파인 커다란 받침돌 주위에서 서성거리고 있었다. 받침돌 위에는 빅 브라더가 제1공대 전투에서 유라시아 비행대(몇 년 전에는 동아시아 비행대였다)를 격파했던 남쪽 하늘을 바라보는 동상이 세워져 있었다. 앞쪽 거리에는 올리버 크롬웰로 추정되는 남자가 말을 탄 동상도 있었다. 약속 시간에서 5분이 지나도록 그녀의 모습은 보이지 않았다. 윈스턴은 또다시 조바심과 공포에 휩싸였다. 그녀는 오지 않을 것이다. 그녀의 마음이 변한 것이다! 그는 광장 북쪽으로 천천히 걸어 올라갔다. 그러고는 '그대는 내게 서 푼의 빚을 졌지.'라고 울리는 종이 달려 있던 성 마틴 교회를 바라보았다. 그 덕분에 마음의 불안이 조금 가라앉는 듯했다. 그때였다. 기념비 받침돌 앞에 서 있는 그녀를 발견했다. 실제로 읽고 있는 것인지 아니면 그저 읽는 척만 하는 것인지는 모르겠지만 그녀는 원통형 돌기둥에 붙어 있는 포스터에 시선을 주고 있었다. 사람들이 더 많이 모여들기 전에 그녀가 있는 곳으로 다가가는 것은 금물이었다. 주변이 온통 텔레스크린에 둘러싸여 있다고 해도 과언이 아니기 때문이었다. 그러던 중 갑자기 왁자지껄한 소리가 나더니 붕붕거리는 화물차 엔진 소리가 왼쪽 어디에선가 들려왔다. 주변에 흩어져 있던 사람들이 일제히 광장을 가로지르며 뛰어가기 시작했다. 기념비 받침돌의 사자 상을 돌아 재빨리 군중 틈에 끼어드는 그녀의 모습이 보였다. 윈스턴도 따라갔다. 주변이 떠들썩해진 것은 유라시아 포로들을 태운 수송차가 지나가고 있기 때문이었다.

광한 인파가 광장 남쪽으로 순식간에 몰려들었다. 평상시라면 그처럼 억세게 밀치고 부딪치는 군중에게 가장자리로 밀렸겠지만 이때만큼은 있는 힘을 다해 그 속으로 헤집고 들어갔다. 그는 손을 뻗으면 이내 그녀와 닿는 거리까지 다가갔다. 그러나 그들 사이에는 덩치 큰 노동자와 그의 아내로 보이는 체구 좋은 여자가 끼어 있었다. 더 이상 파고들기가 쉽지 않을 육체의 장벽에 가로막힌 셈이었다. 윈스턴은 숨을 몰아쉬고는 몸을 옆으로 돌려 그들 틈으로 어깨를 들이밀어 돌진했다. 그러다 문제의 부부 사이에 끼어 옴짝달싹도 할 수 없게 되었다. 숨이 막히고 창자가 터질 것 같았다. 가까스로 몸을 비틀어 그 사이를 빠져나왔을 때 그의 몸은 온통 땀투성이가 되어 있었다. 그는 이제 그녀의 바로 옆에 설 수 있었다. 두 사람은 어깨를 나란히 하고 앞만 바라보았다.

기관총으로 무장한 무표정한 군인들이 지켜보는 가운데 기다란 트럭 행렬이 느린 속도로 거리를 지나가고 있었다. 트럭의 짐칸에는 초라한 녹색 군복을 입은 왜소한 황인종들이 콩나물시루처럼 빽빽이 들어찬 채 쪼그려 앉아 있었다. 초점 없는 시선으로 멍하니 도로변을 쳐다보는 몽골족 포로들은 하나같이 슬픈 표정이었다. 때때로 트럭이 흔들릴 때마다 절그럭거리는 쇳소리가 났다. 모든 포로들은 쇠사슬에 발이 묶여 있었다. 슬픈 얼굴을 한 무리가 지나가고 또 지나갔다. 그러나 그 포로들은 윈스턴의 관심 밖이었다. 그의 마음은 다른 데 있었다. 그녀의 어깨와 오른팔이 부딪쳐 왔다. 그녀의 뺨이 체온까지 느낄 수 있을 만큼 가까이에 있었다. 그녀는 구내식당에서 그랬던 것처럼 즉각적으로 상황에 맞추어 행동했다. 무표정하게 입술만 벙긋거리며 사람들의 아우성과 트럭 소음 때문에 거의 들리지 않을 정도로 말하기 시작했다.

"제 말 들려요?"

"네, 들려요."

"일요일 오후에 나올 수 있나요?"

"네, 나갈게요."

"그럼 잘 듣고 기억해 두세요. 패딩턴 역으로 가서……"

그녀는 그가 찾아가야 할 길을 놀랄 만큼 정확하게 군대식으로 가르쳐주었다. 기차를 타고 30분, 역에서 왼쪽으로 꺾인 길을 따라 2킬로미터, 문설주가 없는 문, 들판을 가로지르는 좁은 길, 풀이 무성한 오솔길, 덤불 사이의 샛길, 이끼 낀 고목…… 그녀의 머릿속에는 정밀한 지도가 있는 것 같았다.

"기억할 수 있겠어요?"

끝으로 그녀가 나지막이 물었다.

"그럼요."

"왼쪽으로 꺾어서 오른쪽으로 가다가 다시 왼쪽으로 가는 거예요. 문에는 문설주가 없다는 것을 기억하세요."

"알았어요. 그런데 몇 시에 만나죠?"

"15시쯤이요. 먼저 가서 좀 기다려야 할지도 몰라요. 저는 다른 길로 갈 거예요. 분명히 모두 기억하죠?"

"그럼요."

"그럼 이제 제 곁에서 빨리 떨어지세요."

굳이 말을 할 필요도 없었다. 그들은 인파에 갇혀 당장 빠져나가지도 못했다. 트럭들은 여전히 잇따라 지나갔고, 사람들은 같은 광경을 지치지도 않고 입을 벌리며 바라보았다. 처음에는 군중 속의 당원들이 포로들을 향하여 욕설도 퍼부었지만 그마저도 시들해졌는지 곧 그치고 말았다. 대부분의 사람들은 단순한 호기심으로 포로들을 바라볼 뿐이었다. 외국인이란 존재는 유라시아에서 왔건 동아시아에서 왔건 낯선 동물에 불과했다. 사람들이 외국인을 볼 수 있는 기회는 포로를 볼 때뿐이었고 그나마 이렇게 잠깐 보는 게 고작이었다. 포로들 중 몇 명만 교수형에 처해진다는 것 외에는 나머지 포로

들이 어떻게 되는지 아무도 몰랐다. 아마 그들은 강제 노동 수용소로 사라질 것이다. 얼굴이 둥그런 몽골족 포로들을 태운 트럭이 지나간 다음 피로에 지치고 수염이 지저분하게 마구 자란 유럽인들을 태운 트럭 행렬이 지나갔다. 그들은 광대뼈가 불거지도록 야윈 얼굴로 이상하리만치 윈스턴을 노려보며 지나갔다. 차량 행렬이 거의 끝나갈 무렵 윈스턴은 마지막 트럭에서 반백의 수염이 덥수룩한 노인을 보았다. 그 노인은 언제나 그런 자세를 취하고 있었다는 듯 팔목을 마주 잡고 꼿꼿이 서 있었다. 이제 윈스턴과 그녀가 헤어질 시간이었다. 그들은 여전히 군중 사이에 둘러싸여 있었다. 윈스턴은 혼란을 틈타 그녀의 손을 힘껏 잡았다.

10초도 안 되는 찰나였을 것이다. 하지만 그들이 손을 마주잡은 시간은 굉장히 긴 것처럼 느껴졌다. 그녀의 손가락은 길고 손톱은 뾰족했으며 손바닥은 일을 많이 한 듯 못이 박혀 딱딱했지만 손목은 부드러웠다. 잠시 잡았을 뿐인데도 눈으로 본 듯한 세세한 느낌이 전해졌다. 문득 그녀의 눈이 무슨 색인지 모르겠다는 생각이 들었다. 아마 갈색일 것이다. 어쩌면 머리카락이 검은 사람들 대부분이 그렇듯 파란 눈일 수도 있다. 그는 고개를 돌려 확인해 보고 싶었지만 아무래도 위험할 것 같아 단념하였다. 그들은 다른 사람들 틈에 끼어 아무도 모르게 서로의 손을 잡은 짧았던 순간마저 앞만 바라보고 있었다. 그녀의 눈 대신 슬픔에 잠긴 늙은 털북숭이 포로의 눈을 쳐다볼 뿐이었다.

2

윈스턴은 햇빛과 그늘이 수시로 교차하며 얼룩무늬를 그려내는 오솔길을 조심스럽게 걸어갔다. 나뭇가지가 벌어진 곳에 이를 때마다 머리 위로 내리비치는 황금빛 햇살에 길이 환해지고는 했다. 길 왼쪽에 늘어선 나무 밑에는 블루벨이 지면을 따라 안개처럼 자욱하게 피어 있었다. 대기도 입맞춤처럼 향기로운 5월 하고도 2일이었다. 깊은 숲 속 어디인가에서 산비둘기 울음소리가 들려왔다.

윈스턴은 그녀보다 조금 앞서 도착한 모양이었다. 오는 동안에 이렇다 할 어려움은 없었다. 그녀가 아주 자세하게 오는 과정을 알려주었기 때문에 그는 평소와 달리 두려움도 별로 느끼지 않았다. 아마 그녀는 어느 곳보다도 안전한 장소로 그곳을 골랐을 것이다. 런던 시내보다 시골이 더 안전하다고 말할 수는 없었다. 물론 산과 들까지 텔레스크린을 설치해 놓지는 않았지만 목소리 추적으로 신분을 확인하는 마이크로폰이 어디에 숨겨져 있는지 알 수 없기에 늘 위험했다. 더구나 남의 눈을 피해 혼자 여행하기란 결코 쉬운 일이 아니었다. 100킬로미터 이내로 여행할 때는 별다른 증명서가 필요 없었지만 때때로 역 근처를 순찰하는 경찰과 마주치면 당원증을 조사받고 귀찮은 질문에 시달리기 마련이었다. 그러나 윈스턴은 경찰과 마주치지도 않았고 역에서 걸어오며 수시로 뒤를 살펴보았지만 미행자도 없었다. 날씨 좋은 여름날의 일요일이었던 탓에 기차는 노동자들로 초만원을 이루었다. 그가 탔던 기차의 좌석은 나무로 된 것이었는데, 이가 몽땅 빠진 중조할머니부터 태어난 지 한 달밖에 안 된 갓난아기까지 대가족으로 바글바글했다. 그들은 암시장에서 버터도 살 겸 일가족이 함께 일요일 오후를 즐기기 위해 야외로 나가는 길이라고 거리낌 없이 말했다.

오솔길이 넓어진 지점에서 조금 더 가자 그녀가 설명해 준 대로 소 떼가 밟고 다녀 생긴 듯한 덤불 사이의 샛길이 나타났다. 시계는 없었지만 아직 15시가 되지 않았다고 생각했다. 그곳에도 블루벨이 사방에 피어 있어 걸을 때마다 발에 밟혔다. 그는 무릎을 꿇고 앉아 꽃을 꺾기 시작했다. 약속 시간까지 기다리는 무료함도 달래고 꽃다발을 만들어 그녀에게 주고 싶다는 생각도 들었기 때문이었다. 이윽고 제법 커다란 꽃다발을 완성했다. 그는 꽃다발을 코끝 가져다 대어 은은한 향기를 맡아보았다. 그때 등 뒤에서 나뭇가지 밟는 소리가 났다. 그는 바짝 긴장했다. 그러나 그는 모르는 척하며 다시 블루벨을 꺾기 시작했다. 그 상황에서 가장 현명한 행동이라고 생각했기 때문이었다. 그녀가 아니라면 미행자일 터였다. 공연히 두리번거리며 주위를 살피는 것은 스스로 죄가 있음을 인정하는 행위나 마찬가지였다. 쉬지 않고 꽃송이를 하나하나 꺾고 있는 그의 어깨에 가벼운 손길이 툭 닿았다.

그는 고개를 돌려 올려다보았다. 그녀였다. 그녀는 고갯짓으로 아무 말도 하지 말라는 신호를 보내더니 덤불을 헤치고 숲으로 향하는 좁은 샛길로 재빨리 안내했다. 물이 괴어 질퍽해진 수렁을 요리조리 익숙하게 피해 가는 것으로 보아 이미 와봤던 곳이 틀림없었다. 윈스턴은 꽃다발을 꼭 쥐고 그녀의 뒤를 따라갔다. 처음에는 안도감이 앞섰지만 진홍색 띠를 허리에 바짝 동여매 엉덩이의 곡선이 뚜렷이 드러나는 그녀의 발랄하고 날씬한 육체를 보자 깊은 열등감에 빠졌다. 당장이라도 그녀가 뒤를 돌아 자신을 본다면 멈칫하고 물러설 것만 같았다. 달콤한 대기와 푸르른 나뭇잎까지 그로 하여금 주눅들게 했다. 이미 역에서 내려 눈부신 5월의 햇살을 받으며 그곳까지 걸어오는 동안에도 런던의 더러운 먼지가 온몸의 땀구멍마다 들어찬 느낌이었다. 내내 집 안에만 틀어박혀 지냈던 자신은 초라하고 생기 없는 존재라고 생각되었다. 그녀가 환한 대낮에 야외에서 자기를 본 적은 없었을 거란 생각이 머릿속을 스쳤다. 어느덧 그들은 그녀가 전에 말했던 고목이 쓰러져 있는 장소에 다다랐다. 그녀는 나무를 가볍게 뛰어넘어 우거진 덤불을 헤치고 그 속으로 들어갔다. 윈스턴이 그녀를 따라가 보니 뜻밖에도 자연적으로 만들어진 평평한 공터가 있었다. 그곳에는 잔디가 깔려 있었고 주위에는 키가 크고 잎이 무성한 나무들이 완전히 에워싸고 있었다. 그녀는 걸음을 멈추고 돌아섰다.

"다 왔어요."

그녀가 말했다.

윈스턴은 우뚝 서서 몇 발짝 앞에 있는 그녀를 바라보았다. 아직도 그녀에게 다가갈 용기가 생기지 않았다. 그녀는 계속해서 그러나 조심스러운 표정으로 말했다.

"샛길에서는 아무 말도 할 수가 없었어요. 마이크로폰이 숨겨 있을지도 모르니까요. 그렇게까지 해놓았을까 싶기도 하지만 혹시 모르는 일이잖아요. 그 돼지 같은 놈들은 언제라도 우리 목소리를 잡아채려고 하거든요. 하지만 여기는 괜찮아요."

그래도 그는 여전히 그녀에게 가까이 다가갈 용기가 나지 않았다.

"여기는 괜찮다고요?"

그는 바보처럼 반문했다.

"그래요. 저 나무들을 보세요."

작은 물푸레나무들이었다. 얼마 전에 벌목되었다가 다시 싹이 나서 자란 듯 나지막한 울타리를 이룬 그 나무들은 굵기가 어린애 손목만도 못했다.

"마이크로폰을 숨길 만큼 큰 나무가 없거든요. 게다가 저는 예전에도 온 적이 있었어요."

그때까지 그들은 말만 겨우 주고받을 뿐이었다. 윈스턴은 그제야 간신히 용기를 내어 그녀에게 다가갈 수 있었다. 그녀는 그의 앞에 당당하게 서서 왜 머뭇거리는지 모르겠다는 듯 익살스럽게 웃고 있었다. 그가 들고 있던 꽃다발에서 꽃송이들이 바닥으로 우수수 떨어졌다. 그가 일부러 떨어뜨린 것이 아니라 저절로 떨어진 것이었다. 윈스턴은 마침내 그녀의 손을 잡았다.

"여태까지 나는 당신의 눈이 무슨 색인지도 몰랐어요."

윈스턴은 그녀의 눈을 바라보았다. 검은 속눈썹과 절묘한 대비를 이루는 그녀의 눈동자는 밝은 갈색이었다.

"이제 당신은 내가 어떤 남자인지 확실히 보았을 거예요. 그래도 내가 좋은가요?"

"물론이죠."

"나는 서른아홉 살이에요. 내게는 헤어질 수 없는 아내가 있죠. 게다가 정맥류성 궤양을 앓고, 의치를 다섯 개나 박았어요."

"상관없어요."

그녀는 말끝을 자르며 말했다. 그 순간 그들은 누가 먼저랄 것도 없이 서로를 꼭 끌어안았다. 윈스턴은 꿈이 아닌가 싶어 도무지 믿을 수가 없었다. 젊고 싱싱한 여자의 몸이 그의 품에 안겨 떨고 있고 그 검은 머리카락은 그의 얼굴에 와 닿았다. 꿈이 아니었다! 분명히 그녀는 그를 향해 얼굴을 쳐들었고 그는 그녀의 붉고 탐스러운 입술에 키스하고 있었다. 그녀는 그의 목을 두 팔로 꼭 끌어안고 사랑을 고백했다. 그는 그녀를 잔디 위에 눕혔다. 그녀는 아무런 저항도 하지 않았다. 그가 원하기만 하면 더 깊은 애무를 할 수도 있었다. 그러나 그는 그녀를 안는 것 이상의 육체적 접촉을 할 수 없었다. 모든 것이 그저 꿈만 같았고 스스로가 한없이 자랑스러울 뿐이었다. 그의 가슴은 그녀로 가득했다. 너무나 갑작스럽게 다가온 젊고 아름다운 육체의 향기에 압도된 탓이었을까 아니면 그가 너무도 오랫동안 여자 없이 살아왔기 때문이었을까 욕정이 일지 않았다. 그러나 그녀는 그런 이유를 알 턱이 없었다. 그녀는 일어나 자기 머리에 붙어 있던 블루벨을 떼어냈다. 그러고는 그의 허리에 팔을 두르며 기대앉았다.

"염려 마요. 서두를 건 없어요. 오후 내내 함께할 시간이 있으니까요. 아주 근사한 밀회 장소죠? 단체 행군 때 길을 잃고 헤매다가 이곳을 발견했어요. 이곳은 정말 안전해요. 여기에서는 100미터 밖의 발소리까지 다 들려요."

"이름이 뭐죠?"

윈스턴이 물었다.

"줄리아예요. 저는 당신의 이름을 알아요. 윈스턴, 윈스턴 스미스. 맞죠?"

"내 이름을 어떻게 알아냈어요?"

"뭔가 알아내는 건 제가 당신보다 나을 거예요. 그건 그렇고, 쪽지를 건네기 전까지는 저에 대해 어떻게 생각하고 있었는지 말해 주실래요?"

그는 거짓말을 하고 싶지 않았다. 불쾌감에서 시작하는 사랑도 있을 테니까.

"나는 당신을 아주 미워했어요."

그가 말했다.

"나는 당신을 강간한 다음 죽여버리고 싶었어요. 2주일 전에는 당신의 머리를 돌멩이로 후려치려는 생각까지 했지요. 솔직히 나는 당신이 사상경찰과 관련 있을 거라고 생각했었죠."

윈스턴의 말을 들은 그녀는 자신의 위장술이 훌륭하게 먹혀 들어갔음을 확인했다는 듯 유쾌하게 웃었다.

"사상경찰이라고요? 정말 그렇게 생각했단 말이에요?"

"글쎄, 뭐 꼭 그런 건 아니지만 이따금 당신의 태도를 보면, 당신은 젊고 건강하니까 그저 나는 당신이……"

"제가 훌륭한 당원이라고 생각했겠군요. 저도 그렇게 보이려고 애썼으니까요. 실제로 깃발, 행진, 슬로건, 게임, 단체 행군 같은 일들에 열성적으로 참여하고 그래 왔지요. 그러니까 제가 꼬투리만 잡으면 당신을 사상범으로 고발해서 처형시키리라 생각한 거였네요?"

"맞아요. 그런 식으로 생각한 거예요. 당신도 인정하겠지만 젊은 여자들은 대개 그렇지 않나요?"

"바로 이것 때문에 더욱 그렇게 생각했겠어요."

그 말과 함께 그녀는 청년반성동맹의 진홍색 허리띠를 풀어 나뭇가지에 걸쳐놓았다. 그러고 나서 문득 무슨 생각이 났는지 제복 주머니를 뒤져 조그만 초콜릿 한 조각을 꺼냈다. 그녀는 그것을 둘로 나누어 그에게 한 조각을 건넸다. 그는 맛을 보기도 전에 냄새만 맡고서도 그게 보통 초콜릿이 아니라는 걸 알았다. 검고 반들반들하게 윤기가 도는 초콜릿은 은박지에 싸여 있었다. 보통 초콜릿은 뿌연 갈색으로 푸석푸석했으며 쓰레기 태우는 냄새 같은 맛이 났다. 윈스턴은 언젠가 한 번 그녀가 준 것 같은 초콜릿을 맛본 적이 있었다. 그래서 그 초콜릿의 맛과 향기가 입안 가득히 퍼졌을 때 그는 약간 고통스럽고 강렬한 추억이 어렴풋이 떠올랐다.

"어디서 이걸 구했나요?"

"암시장에서요."

그녀는 대수롭지 않다는 투로 말했다.

"사실 저는 나무랄 데 없는 겉모습을 유지하려고 애쓰며 살아왔어요. 무슨 게임이든지 잘하는 편이고 스파이단 분대장 역할도 맡고 있죠. 청년반성동맹에선 일주일에 사흘씩 자원 봉사를 해요. 몇 시간이고 런던 거리에 저들의 헛소리가 담긴 표어를 붙이러 돌아다니고 행진할 때는 언제나 선두에서 깃발 한쪽을 잡고 가죠. 저는 언제든지 열심이고 무슨 일에건 꾀를 부리지 않아요. 사람들과 어울려 고함을 지르는 것도 마다하지 않아요. 안전하게 살기 위해서는 그렇게 하는 것이 상책이거든요."

초콜릿이 윈스턴의 혀끝에서 사르르 녹았다. 정말로 맛이 좋았다. 그러나 여전히 어떤 추억 한 자락이 의식의 가장자리를 맴돌았다. 초콜릿과 연관되는 그 추억은 생각이 날 듯 말 듯 하면서도 확연히 떠오르지 않았다. 뭔가 그러지 않으려고 했는데 생각처럼 하지 못한 행동이었다는 것만 희미하게 알 수 있었다. 그는 그 생각을 마음 밖으로 밀어냈다.

"당신은 정말 젊어요."

그가 말했다.

"나보다 열 살이나 열다섯 살은 어릴 거예요. 그런데 나 같은 남자의 어디가 좋았을까요?"

"당신의 얼굴을 보았기 때문이에요. 그래서 하늘에 운을 맡기고 모험해 볼만하다고 생각했죠. 저는 척 보면 당의 충복이 아닌 사람들을 구분하거든요. 당신을 보자마자 '그자들'에게 반대하는 사람이라고 눈치챘어요."

'그자들'이란 당원을, 특히 내부당원 전부를 가리키는 것 같았다. 그곳이 안전한 곳이라고는 해도 그녀가 그들을 드러내놓고 비웃는 바람에 윈스턴은 일말의 불안감을 느끼지 않을 수 없었다. 그를 놀라게 한 또 한 가지 사실은 그녀가 거친 말투를 아무렇지도 않게 사용한다는 것이었다. 당원들은 욕설을 할 수 없었으며 윈스턴 자신도 욕을 하거나 큰 소리로 남을 비난한 적이 거의 없었다. 그러나 줄리아는 거친 말을 쓰지 않고서는 당원에 대해서 특히 내부당원에 대해서 얘기할 수 없는 모양이었다. 윈스턴은 그런 모습이 싫지 않았다. 그것은 단지 그녀가 당에 대해 반감을 가졌다는 증거로, 말이 건초 썩은 냄새를 맡고 코를 킁킁거리는 것처럼 자연스럽고 건강한 것이었다. 그들은 자리에서 일어나 햇빛과 그늘이 얼룩무늬를 만든 숲 속 길을 걷기 시작했다. 나란히 걸을 수 있을 만큼 넓은 길에서는 서로의 허리를 팔로 감싸 안았다. 허리띠를 매지 않은 그녀의 허리는 한결 가늘어 보이고 유연했다. 줄리아는 둔덕진 곳을 내려오며 좀 더 소리를 내지 않고 걷는 편이 좋겠다고 말했다. 그들은 목소리를 낮춰 속삭이듯 대화를 나눴다. 이윽고 숲의 가장자리에 이르렀다. 그녀가 그를 붙잡으며 말했다.

"숲 밖으로 나가지 마요. 누가 볼지도 모르니까요. 나무 뒤에 숨는 것이 제일 안전해요."

그들은 개암나무 그늘에 서 있었다. 수많은 잎사귀 틈을 비집고 들어온 햇살이 얼굴에 따갑게 내려앉았다. 윈스턴은 들판 너머를 바라보다가 문득 이곳을 알고 있다는 느낌에 잔잔한 충격을 느꼈다. 틀림없이 자신이 알고 있는 풍경이었다. 오래되어 황폐해진 목장, 그곳을 가로지르는 샛길, 여기저기 보이는 두더지 굴, 건너편 낡은 울타리 너머로는 느릅나무 가지가 미풍에 흔들리고, 무성한 잎사귀는 여인의 머리카락처럼 나풀나풀 춤추고 있었다. 그리고 이곳에서는 보이지 않지만 근처 어딘가에 황어 떼가 헤엄치며 즐거이 노는 푸른 웅덩이와 시내도 있었다.

"혹시 가까이에 시내가 있나요?"

윈스턴이 속삭이면서 물었다.

"맞아요. 시내가 하나 있어요. 저쪽 밭머리를 끼고 흘러요. 거기엔 물고기도 있어요. 제법 큰 놈도 있죠. 버드나무 아래 있는 웅덩이를 들여다보면 물고기가 꼬리를 흔들며 헤엄치는 것도 볼 수 있어요."

"황금의 나라로군."

그는 혼잣말처럼 중얼거렸다.

"황금의 나라라니요?"

"아, 아무것도 아니에요. 그저 내가 꿈에서 봤던 풍경에 붙인 이름이에요."

"저것 좀 보세요!"

줄리아가 목소리를 한껏 낮추어 속삭였다.

개똥지빠귀 한 마리가 5미터도 안 되는 거리에서 그들의 키 높이만 한 나뭇가지에 앉아 있었다. 그 새는 그들을 보지 못한 모양이었다. 새는 햇빛 아래 있고, 그들은 그늘 아래 있기 때문인지도 몰랐다. 개똥지빠귀는 기지개를 켜듯 날개를 활짝 폈다가 조심스럽게 다시 접고는 해에게 인사라도 하는 것처럼 몇 번 고갯방아를 찧더니 이내 노래를 불러대기 시작했다. 숲 속이 고요한 탓에 그 소리는 깜짝 놀랄 만큼 크게 들렸다. 윈스턴과 줄리아는 서로를 꼭 껴안은 채 황홀한 느낌에 젖어들었다. 새소리는 마치 음악과 같았다. 새는 같은 소리만 반복하지 않고 계속 새로운 곡조를 선보였다. 흡사 자신의 역량을 과시하는 듯했다. 때때로 2~3초가량 노래를 멈추고 날개를 폈다가 다시 오므리거나 알록달록한 가슴을 한껏 부풀려 숨을 들이마시고는 다시 노래를 불렀다. 윈스턴은 일종의 경이감에 휩싸여 그 새를 바라보았다. 저 새는 누구를 위해서 무엇을 노래하는 것일까? 아무도 보아주지 않는데 무엇 때문에 이 외로운 숲의 언저리에 홀로 앉아 허공 속으로 자신의 노래를 쏟아놓는 것일까? 문득 근처 어딘가에 마이크로폰이 설치된 것은 아닐까 싶기도 했다. 만약 그렇다면 그와 줄리아는 줄곧 낮은 속삭임만으로 얘기했으니 그들의 대화는 들리지 않았겠지만 저 새소리는 들릴 것이다. 어쩌면 마이크로폰이 연결된 저쪽 끝에서는 딱정벌레처럼 생긴 사내가 새소리에 열심히 귀를 기울이고 있을지도 모른다. 그러나 점점 더 요란해지는 새소리 때문에 윈스턴은 더 이상 생각을 계속할 수 없었다. 흡사 신비의 액체가 잎사귀 사이로 비쳐드는 햇살과 뒤섞여 자신에게 쏟아져 내리는 것 같았다. 그는 생각을 멈추고 단지 느끼려고만 했다. 그의 팔에 안긴 그녀의 허리는 부드럽고 따스했다. 그는 그녀를 꼭 끌어안고 서로의 가슴을 밀착시켰다. 그녀의 몸이 그의 몸속으로 녹아드는 것 같았다. 그의 손이 움직이는 곳마다 그녀의 몸은 물처럼 유연하게 응답했다. 그들의 입술이 다시 마주쳤다. 아까의 입맞춤과는 다른, 뜨겁고 진한 키스였다. 그들은 얼굴을 떼는 동시에 깊은 숨을 몰아 내쉬었다. 새가 놀랐는지 날개를 퍼덕이며 날아가버렸다.

윈스턴은 그녀의 귀에 입을 대고 속삭였다.

"자, 이제……!"

"여기서는 안 돼요. 아까 그리로 다시 가요. 그곳이 안전해요."

줄리아가 속삭였다.

두 사람은 나뭇가지들이 발밑에서 밟히는 소리를 들으며 조금 전에 있었던 공터 쪽으로 걸어갔다. 나무에 둘러싸인 잔디밭에 들어서자 한 발 앞서가던 그녀는 몸을 돌려 그를 쳐다보았다. 그들의 숨결이 점점 급해지고 있었다. 그녀의 입가에 엷은 미소가 피어올랐다. 잠시 그의 눈을 들여다보던 그녀는 제복 지퍼로 손을 가져갔다. 그랬다! 꿈속에서 본 그대로였다. 그가 꿈에 보았던 광경처럼 그녀는 빠른 동작으로 옷을 벗어 던졌다. 너무나도 눈부시고 우아한 몸짓이었다. 태양 아래 그녀의 몸이 하얗게 빛났다. 그러나 그는 잠시간 그녀의 벗은 몸을 바라볼 수 없었다. 그의 시선은 대담한 미소를 가득 머금은 그녀의 주근깨투성이 얼굴에 못 박혀 있었다. 그는 꿇어앉으며 그녀의 손을 잡았다.

"전에도 지금 같은 경험을 해봤어요?"

"그럼요. 수백 번, 아니 수십 번은 해봤어요."

"당원들 하고요?"

"네, 언제나 당원들과 그랬죠."

"내부당원들과도 그랬어요?"

"그 돼지 같은 작자들하고는 안 했어요. 하지만 그 작자들도 기회만 있으면 어떻게 해보려는 놈들이 태반이에요. 겉보기처럼 점잖은 놈들은 그리 흔치 않죠."

그의 심장이 마구 뛰었다. 그녀는 당원들과 수십 번이나 그 짓을 했다. 차라리 이 여자에게 수백 번, 수천 번 그런 경험이 있다면 더 좋을 것 같았다. 그는 사안이 무엇이든 당원들의 부패를 보고 들을 때마다 강렬한 희망이 솟구치는 것을 느꼈다. 당이 내부에서부터 그렇게나 썩어간다는 것을 누가 알겠는가? 당원들이 평소에 불굴의 투쟁과 자기희생을 생활신조로 삼는 것은 썩어가는 내부 세계를 감추기 위한 속임수일지도 모른다. 만일 그들에게 문둥병이나 매독을 전염시킬 수만 있다면 그는 얼마든지 그렇게 할 것이다! 당을 좀먹고 약화시키고 전복하는 일이라면 무엇이든지 하리라! 그는 그녀를 잡아끌어 자기처럼 무릎을 꿇고 앉게 한 다음 얼굴을 맞댔다.

"들어봐요. 나는 당신이 더 많은 남자들과 관계를 가질수록 당신을 더욱 사랑할 거예요. 내 말을 이해하겠어요?"

"네, 이해해요."

"나는 순결을 증오하고 선도 증오해요. 나는 이 세상에 현존하는 모든 덕성이 모두 사라져 버렸으면 좋겠어요. 나는 모든 사람들이 뼛속까지 썩었으면 해요."

"그렇다면 저 같은 여자가 당신한테는 제격이겠네요. 저야말로 뼛속까지 썩었거든요."

"당신은 이 짓을 좋아해요? 상대가 내가 아닌 다른 사람이라도 행위 자체를 좋아하느냐, 이 말입니다."

"네, 저는 이런 행위를 찬양하리만큼 좋아해요."

무엇보다 듣고 싶었던 대답이었다. 특정한 대상만을 사랑하는 것이 아니라 무차별적으로 단순화된 욕망, 무조건 발동하는 동물적인 본능, 이런 것들이야말로 당을 산산조각으로 부숴버릴 수 있는 힘이었다. 그는 꽃송이가 흐드러진 풀밭 위에 그녀를 눕혔다. 이번에는 행위를 하는 데 아무런 어려움이 없었다. 격앙되었던 가슴의 고동이 차츰 가라앉자 그들은 일종의 쾌락을 닮은 피로감을 느끼며 하나가 되었던 몸을 떼었다. 햇살이 더욱 뜨거워졌다. 두 사람 모두 졸음이 밀려왔다. 윈스턴은 팔을 뻗고 흩어진 옷가지들을 끌어와 자신들의 몸을 덮었다. 그러고는 이내 혼곤한 잠 속에 빠져들어 30분쯤 잤다.

윈스턴이 먼저 깨어났다. 눈을 뜬 그는 자신의 팔을 베고 평화롭게 잠든 여자의 주근깨 가득한 얼굴을 들여다보았다. 입만 빼면 결코 미녀라고 할 수 없는 얼굴이었다. 자세히 보니 눈가 주름도 한두 가닥 있었다. 짧고 검은 머리카락은 유난히 숱이 많고 부드러웠다. 아직도 그녀의 성(姓)과 집 주소를 묻지 않았다는 생각이 났다.

그는 피로에 지쳐 잠이 든 젊고 건강한 그녀를 보며 지켜주고 싶다는 마음이 일었다. 하지만 개암나무 아래에서 개똥지빠귀의 노래를 들었던 그때만큼의 감정은 아니었다. 그는 그녀를 덮고 있는 옷을 걷어내고 그녀의 부드럽고 흰 살결을 쓰다듬었다. 저 옛날에도 남자는 여자의 육체에 욕정을 느꼈을 것이고 그것은 지극히 자연스러웠을 것이다. 그러나 이 시대에는 그같이 순수한 욕정을 느낄 수도 순수한 사랑을 할 수도 없다. 모든 것이 공포와 증오로 뒤범벅이되어 순수한 정서라고는 어디에서도 찾아볼 수가 없게 된 것이었다. 서로 부둥켜안고 뒹구는 것은 전쟁이었고 절정의 쾌감은 곧 승리였다. 남녀 간의 성관계는 사랑의 행위 이전에 당에 일격을 가하는 정치적 행동일 뿐이었다.

3

"우리는 여기에 다시 한 번 올 수 있을 거예요. 한 곳에 두 번까지는 와도 괜찮아요. 물론 한두 달 정도 간격을 두어야 하지만 말이에요."

줄리아가 여전히 낮은 목소리로 말했다. 그녀는 잠에서 깨어나자마자 태도를 바꾸었다. 민첩하고 사무적인 행동으로 옷을 입고 허리에 진홍색 띠를 두른 뒤 집으로 돌아가는 여정을 자세히 설명하기 시작했다. 마치 그런 일은 자기 소관이라고 여기는 듯했다. 그녀에게는 윈스턴에게 부족한 현실적 문제를 처리하는 능력이 있었으며 수없이 다녀본 단체 행군을 통해 익혀둔 덕분에 런던 근교의 지리에 대한 상세한 지식을 갖고 있었다. 그녀가 가르쳐준 길은 왔던 길과 전혀 달랐으며 기차역도 달랐다.

"왔던 길로 돌아가는 건 절대로 금물이에요."

그녀는 대단히 중요한 원칙을 발표하기라도 하듯이 말했다. 그녀가 먼저 떠나고 윈스턴은 그로부터 30분쯤 기다렸다가 출발하기로 했다.

그녀는 나흘 후 그들이 퇴근하고 만날 장소를 정했다. 그곳은 사

람들이 들끓어 혼잡하고 언제나 시끄러운 빈민가의 공설시장 근처
였다. 그녀는 신발 끈이나 바느질실을 찾는 척하며 상점을 기웃거리
겠다고 했다. 부근이 안전하다고 판단되면 코를 풀 테니 그때 자기
에게 다가오고 그렇지 않으면 모르는 척 지나쳐 버리라는 것이었다.
다행히 군중 속에 끼게 된다면 15분 정도는 이야기를 나눌 수 있을
것이며 그때 다음번 밀회를 약속할 수 있을 터였다.

"이제 그만 출발해야겠어요."

그녀는 윈스턴에게 상세한 설명을 끝내고는 떠날 채비를 서둘렀
다. 그녀가 말을 이었다.

"저는 늦어도 19시 30분까지 돌아가야 해요. 청년반성동맹에 가
서 두 시간 동안 전단을 배포해야 하거든요. 끔찍하죠? 제 옷 좀 털
어주세요. 혹시 머리에 검불이 붙어 있는지 봐주세요. 됐어요? 그럼
안녕! 잘 가요, 내 사랑!"

그녀는 순식간에 그의 품 안으로 뛰어들어 격렬한 키스를 퍼붓더
니 잠시 후 어린 나무 사이로 빠져나가 소리 없이 숲 속으로 사라졌
다. 그때까지도 그는 그녀의 성도 주소를 알아내지 못했다. 하지만
그들이 그녀의 집에서 만나거나 서신을 교환하는 것은 생각조차 할
수 없는 일이기 때문에 알고 있으나 모르고 있으나 마찬가지였다.

그 후 그들은 그곳에 다시 갈 기회가 없었다. 5월 한 달 내내 사랑
을 나눌 수 있던 기회는 그날 이후로 딱 한 번뿐이었다. 그것 역시
줄리아가 알고 있는 또 다른 비밀 장소에서 가진 밀회였다. 그곳은
30년 전에 원자 폭탄이 떨어져 폐허가 된 지역의 부서진 교회 종루
였다. 가는 데 위험해서 그렇지 일단 가기만 하면 더없이 좋은 밀회
장소였다. 아무튼 그들은 그때를 제외하고는 거리에서 만났을 뿐이
었고 만날 때마다 장소가 달랐으며 한 번에 30분 이상 끌지 못했다.
거리에서 만나면 그럭저럭 몇 마디를 나눌 수는 있었다. 많은 사람

들이 오가는 가운데에서 나란히 서지도 못하고 서로의 얼굴을 쳐다보지도 못한 채 이리저리 떠밀리면서 기묘하고도 단속적인 대화-간혹 당의 제복을 입은 사람이 가까이 오거나 텔레스크린 부근을 지나가게 되면 말을 뚝 끊었다가 몇 분 뒤 다시 대화를 이어가는 식으로-를 하는 것이었다. 그러다가 미리 정해 놓은 지점에 이르면 대화를 완전히 중단하고 헤어졌다가 이튿날에 만나 이어나갔다. 줄리아는 그런 대화에 아주 익숙한 것 같아 보였으며 그것을 '조각 대화'라고 불렀다. 그녀는 또한 입술을 움직이지 않고 말하는 놀라운 기술이 있었다. 그처럼 밤마다 데이트를 계속한 한 달 동안 그들은 딱 한 번 키스할 수 있었다. 어느 날인가 그들이 말없이 뒷골목을 걸어 내려가는데(줄리아는 큰길이 아니면 절대로 말을 하지 않았다) 갑자기 귀청이 찢어지는 굉음이 나더니 땅이 흔들리고 하늘이 캄캄해졌다. 윈스턴은 뭔가에 부딪쳐 옆으로 나동그라졌다. 로켓 폭탄이 가까운 곳에 떨어진 것이 분명했다. 잠시 후 정신을 차린 윈스턴은 조금 떨어진 곳에 반듯하게 누워 있는 줄리아의 창백한 얼굴을 보았다. 그녀는 입술마저 창백했다. 죽었구나! 윈스턴은 재빨리 그녀를 끌어안고 입술에 키스를 했다. 그때 그는 그녀의 얼굴에서 따뜻한 체온을 감지했고 그녀가 살아 있다는 것을 알았다. 그러나 그의 입술에는 뭔지 모를 가루가 잔뜩 묻어 있었다. 두 사람은 횟가루를 뒤집어쓰고 있던 것이었다.

그들은 만나기로 한 장소에 이르러 상대방의 모습을 확인하고도 눈빛조차 교환하지 못하고 지나쳐야 할 때도 있었다. 경찰이 근처를 돌아다니거나 헬리콥터가 머리 위를 빙빙 돌며 감시하기 때문에 어쩔 수 없는 때였다. 그렇게 데이트하는 데에도 위험이 따랐지만 서로 만나기 위해 시간을 내는 것 또한 쉽지 않았다. 윈스턴의 주당 작업 시간은 60시간이었고 줄리아는 그보다 더 긴 시간을 일해야 했으며 쉬는 날도 작업량에 따라 각기 달라져 시간 맞추기가 여간 어려운 게 아니었다. 게다가 줄리아는 거의 매일 저녁마다 자유 시간을 낼 수 없는 처지였다. 그녀는 강의나 시위에 참석하고 청년반성동맹을 위해 책자를 배부하고 증오 주간에 대비하여 깃발을 만들고 절약 운동을 위한 모금을 하는 등 갖가지 활동에 많은 시간을 할애했다. 그녀는 일련의 활동들이 자신을 위장하는 데 확실한 효과가 있다고 말했다. 다시 말해 작은 규칙을 지킴으로써 큰 규칙을 무시할 수 있다는 것이었다. 그녀는 윈스턴에게도 열성 당원들이 자진해서 참가하는 시간제 무기 제조 노동에 며칠에 한 번이라도 참여하라고 권했다. 그래서 윈스턴은 일주일에 한 번씩 망치 두드리는 소리와 텔레스크린 음악 소리가 뒤섞여 시끄럽기 짝이 없는 어둠침침한 공장에서 폭탄 뇌관의 부품으로 사용될 조그만 나사를 죄는 단조로운 일을 하며 지루한 저녁 네 시간을 견뎌내야 했다.

그들은 교회 종루의 밀회를 통해 먼젓번에 다하지 못한 대화를 계속하였다. 무더운 오후였다. 종루에 있는 작고 네모난 방은 공기가 후텁지근한 데다 비둘기 똥 냄새로 악취까지 심했다. 두 사람은 먼지가 수북한 나무 조각이 어지럽게 흩어진 마룻바닥에 앉아 몇 시간이나 이야기를 나누었다. 그러는 사이사이 벽이 갈라진 좁은 틈새로 바깥쪽을 내다보며 누가 오는 것은 아닌지 살펴보았다.

윈스턴은 줄리아가 스물여섯 살이고 서른 명의 다른 여자들과 함께 합숙소 생활을 한다는 것도 그때 알게 되었다.

"매일 여자들이 풍기는 지독한 냄새 속에서 살고 있어요! 정말이지 여자들이 지겨워요!"

그녀가 말했다. 그녀는 그가 추측했던 대로 창작국에서 소설 제작기를 담당하고 있었다. 그녀는 주로 마력 수가 높고 다루기가 까다로운 전기 모터를 돌리고 수리하는 자신의 업무가 좋다고 했다. 머리를 쓰는 일보다 손 놀리는 일을 좋아하기 때문에 그 일을 더 좋아하는 것 같았다. 그녀는 기획위원회에서 보내는 전반적 지시 사항부터 퇴고반의 마지막 원고 손질에 이르기까지 한 편의 소설이 제작되는 전 과정을 소상히 설명해 주었다. 그러나 그녀는 완성된 작품에 대해서는 관심이 없었다.

"독서는 전혀 좋아하지 않아요."

그녀는 말했다. 책이란 잼이나 구두처럼 공장에서 생산되는 하나의 상품에 불과하다는 것이 그녀의 견해였다.

그녀는 60년대 초반과 그 이전에 관해서는 아무것도 기억하지 못했다. 그녀가 여덟 살 때 실종된 할아버지가 혁명 전 시대에 대해 가끔 이야기해 준 것이 전부였다. 학창 시절 그녀는 하키 팀 주장이었고 2년 연속 우승컵을 탔던 적도 있었다. 그녀는 또한 스파이단의 분대장이었으며 청년반성동맹에 가입하기 전에는 청년동맹의 지부 사무장을 거치기도 했다. 그녀는 어디에 속하든지 언제나 뛰어난 능력을 발휘했다. 그런 점을 인정받아 노동자 보급용 포르노 소설을 제작하는 창작국의 포르노과로 발탁된 것이었다. 이것은 그녀의 평판이 좋다는 뚜렷한 증거였다. 포르노과에서 일하는 사람들은 자기 부서를 '쓰레기장'이라고 부른다고 그녀는 말했다. 그 부서에서 1년간 일하면서 〈화끈한 이야기〉니 〈여학교에서의 하룻밤〉과 같은 밀봉 서적 제작을 했는데, 그런 책들은 젊은 노동자들이 불온서적이라도 된다는 듯이 남의 눈을 피해 몰래 사간다는 것이었다.

"주로 어떤 이야기가 들어 있는 책인가요?"

호기심을 느낀 윈스턴이 물었다.

"아무 가치도 없는 것들이에요. 그 내용이 그 내용이어서 지루하고 재미도 없어요. 줄거리는 전부 여섯 가지인데 그것들을 조금씩 바꾸어서 만들죠. 물론 저는 만화경만 담당했고 퇴고반에서 일해 본 적은 없어요. 원래 문학적 소질이 없어서 퇴고반에는 맞지도 않아요."

그는 포르노과에 속한 노동자들이 과장 이외에는 모두 여자들이라는 얘기에 깜짝 놀랐다. 남자는 여자보다 성적 충동을 억제하지 못하기 때문에 업무상 취급하는 음탕한 내용의 영향으로 타락할 수 있다는 것이 바로 그 이유였다.

"이미 결혼한 여자도 달가워하지 않아요. 여자란 늘 순결해야 한다고 떠들어대지요. 전혀 순결하지 않은 여자가 끼어 있는 줄은 까맣게 모르면서 말이에요."

그녀의 첫 경험은 열여섯 살로 그때의 상대는 후에 체포될 것이 두려워 자살해 버린 예순 살 먹은 당원이었다고 했다.

"잘된 일이었지 뭐예요. 그렇지 않았으면 그가 자백할 때 제 이름이 튀어나왔을 테니까요."

그 후 그녀는 여러 남자와 관계를 맺었다. 그녀가 밝힌 자신의 인생관은 아주 단순했다. 인간은 쾌락을 원한다. 그런데 '그들' 즉 당은 그것을 갖지 못하도록 한다. 그러므로 할 수 있는 한 당의 규칙을 깨뜨려야 한다는 것이다. 그녀는 당이 사람들에게서 쾌락을 빼앗으려 하듯이 사람들도 당의 손아귀에 들지 않으려고 노력하는 것은 아주 당연하다고 생각하는 듯싶었다. 그녀는 당을 증오했고 그런 만큼 거친 욕을 해댔다. 그러나 당이 하는 일에 대해 전반적인 비판을 하지는 않았다. 당이 자신의 사생활을 건드리지 않는 한 그녀는 당의 강령 따위에 관심조차 두지 않겠다는 태도였다. 윈스턴은 그녀가 일상적으로 통용되는 말 이외에는 신어를 전혀 쓰지 않는다는 사실을 알았다. 그녀는 형제단에 대한 소문도 들어보지 못했으며 그런 단체가 존재한다는 것도 믿으려 하지 않았다. 당에 대한 조직적 반란은 종류와 규모에 관계없이 실패로 끝날 수밖에 없다고 확신하기 때문에 그런 것은 어리석은 행위라고 생각하고 있었다. 당의 규칙을 위반하면서도 끝까지 살아남는 것이 가장 현명하게 사는 것이라고 그녀는 주장했다. 윈스턴은 지금의 젊은 세대에는 저 줄리아와 같은 사람들이 얼마나 많을지 막연하게 생각을 해보았다. 혁명의 시대에 태어나고 성장한, 머리 위에 하늘이 있듯 당은 언제까지나 변함없이 존재할 것이라는 생각에 빠져, 당의 권위에 저항하기는커녕 토끼가 사냥개를 피하듯 것처럼 그저 회피하는 사람들이 적지 않을 것 같았다.

그들은 서로 결혼의 가능성에 대해선 일절 이야기하지 않았다. 그들끼리의 결혼이란 생각하고 말고 할 영역 밖의 일이었던 것이다. 윈스턴이 어떠한 구실을 붙여 아내 캐서린과 헤어진다고 하더라도 당국이 그들의 결혼을 승인해 줄 리는 만무했다. 그것이 한낱 백일몽만큼이나 헛된 망상이라는 것은 누구보다도 그들 자신이 잘 알고 있었다.

"부인은 어떤 여자였어요?"

줄리아가 물었다.

"그 사람은…… 혹시 신어로 '선심적(善心的)'이란 말 들어봤어요? 추호도 나쁜 생각을 하지 않는, 정통적이란 뜻이죠. 그 사람은 그런 유형에 속해요."

"그런 말을 몰라요. 하지만 부인이 어떤 부류의 여자인지는 알겠네요."

윈스턴은 자신의 결혼 생활 이야기를 시작했다. 그녀는 이미 윈스턴의 결혼 생활이 어떠했는지 핵심적인 부분들을 잘 알고 있는 것 같았다. 마치 직접 보거나 듣기라도 한 것처럼 그가 캐서린에게 접근하면 그녀의 몸이 어떤 식으로 굳어졌을 거라는 둥, 그가 캐서린을 껴안으려 하면 할수록 캐서린은 온 힘을 다해 그를 밀어내려고 했을 것이라는 둥, 자기가 앞서 설명하기까지 했다. 하지만 윈스턴은 줄리아가 그런 얘기를 하는데도 별로 당혹스럽지 않았다. 그만큼 캐서린과의 추억은 더 이상 고통스러운 것이 아니라 글자 그대로 무미건조한 것이 되어 있을 뿐이었다.

"한 가지 일만 없었더라도 나는 어떻게든 결혼 생활을 견뎌낼 수 있었을 거요."

윈스턴은 캐서린이 요일을 정해 놓고 매주 같은 날 저녁마다 그 의식을 강요했다고 말했다.

"그녀는 그 짓을 끔찍이도 싫어했어요. 그렇지만 결코 중단하려고 하지 않았소. 그녀가 그걸 두고 늘 했던 말이 있는데, 아마 당신은 그 말을 상상도 하지 못할 거요."

"당에 대한 우리의 의무라고 했겠죠."

줄리아가 재빨리 대답했다.

"그걸 어떻게 알았어요?"

"학교에서 배웠어요. 열여섯 살 이후로는 한 달에 한 번씩 섹스 토론회에 참가했어요. 청년 운동을 하면서도 그런 모임을 가졌죠. 몇 년에 걸쳐 계획적으로 사고를 주입시키는 거예요. 그게 상당한 효과가 있었어요. 그러나 진짜 효과가 있었는지는 아무도 모르지요. 사람이란 원래 위선 덩어리니까요."

줄리아는 그 문제를 확대하여 말하기 시작했다. 그녀는 모든 것을 그녀 자신의 성에 귀결시켰다. 그래서 섹스에 관련된 이야기만 나오면 몹시 민감한 반응을 감추지 못했다. 윈스턴과는 달리 그녀는 당의 성적 순결주의에 대한 내막을 나름대로 파악하고 있었다. 성적 본능은 당이 통제할 수 있는 범위를 벗어나 그 자체의 세계를 만들기 때문에 당은 무슨 수단을 동원해서라도 그것을 파괴하려고 한다는 것이었다. 뿐만 아니라 더욱 중요한 점은 성적 욕구의 박탈로 인한 히스테리가 전투 의욕과 지도자 숭배 의식을 촉발해 당의 입장에서는 여간 바람직한 게 아니라는 것이었다. 그녀는 다음과 같은 이야기를 덧붙였다.

"사랑의 행위를 하면 정력이 소모되지요. 그리고 그 행위를 통해 행복감을 느끼면 어떤 것도 욕하거나 저주하고 싶은 마음이 들지 않게 돼요. 그들은 사람들의 그런 정신 자세를 용납할 수 없다는 거예요. 그들은 사람들이 언제나 정력으로 충만해 있기를 원해요. 행진을 하고 함성을 지르고 깃발을 흔드는 모든 행동들은 단지 섹스의 변종일 뿐이에요. 사람들이 마음속으로 행복감을 느끼게 된다면 뭣 때문에 빅 브라더니 3개년 계획이나 2분 증오 따위의 썩어빠진 의식에 열을 올리겠어요?"

윈스턴은 무척 일리 있는 이야기라고 생각했다. 순결과 정치적 교육 지침 사이에는 직접적이고 밀접한 관계가 있다. 강력한 본능의 힘을 축적하여 추진력으로 사용하지 않는다면 당이 당원들에게 요구하는 공포와 증오, 광적인 맹신을 어떻게 유지할 수 있겠는가? 성적 충동은 당에게 위협적인 대상이다. 그래서 당은 통제로 그것을 이용해 왔다. 그들은 자식에 대한 부모의 본능도 그와 비슷한 속임수를 써서 이용해 왔다. 어떤 명분을 가져다 붙여도 가족제도를 폐지할 수는 없으므로 부모들에게는 옛날 방식대로 자식들을 사랑하라고 권장한다. 그러나 한편으론 아이들을 부모와 대립하게 하여 자기 부모를 감시하고 부모의 탈선행위를 보고하라고 가르쳤다. 결과적으로 가정은 사상경찰의 확대된 영역에 지나지 않았고 모든 사람은 밤낮으로 자신과 가장 가까운 밀고자에 둘러싸여 감시받는 신세가 되었다.

윈스턴은 캐서린을 떠올렸다. 만약 캐서린이 조금이라도 머리가 트여 그의 견해가 비정통적이라는 것을 눈치챌 수 있었다면 틀림없이 사상경찰에게 고발했을 것이다. 갑자기 캐서린을 떠올린 것은 숨

막히는 오후의 더위 때문이었다. 그는 줄리아에게 11년 전의 어느 찌는 듯이 더운 여름날 오후에 일어났던, 아니 일어날 뻔했던 일을 이야기하기 시작했다.

윈스턴과 캐서린이 결혼한 지 3~4개월 남짓 되었을 무렵이었다. 그들은 켄트 지방 어딘가에서 단체 행군 도중 길을 잃었다. 우물쭈물하다 대열에서 불과 2~3분 거리에 뒤처졌을 뿐인데 그만 갈림길에서 잘못된 길로 들어서는 바람에 결국 오래된 석회석 채석장에 다다르게 되었다. 그곳은 10~20미터 높이의 깎아질 듯한 절벽으로 그 밑은 자갈밭이었다. 주변에는 길을 물어볼 만한 사람도 없었다. 캐서린은 길을 잃었다는 것을 깨닫자 안절부절못했다. 여러 사람들과 함께 하는 행군 대열에서 떨어져 나온 것이 커다란 잘못이라도 저지르는 것처럼 생각되는 모양이었다. 그녀는 급히 왔던 길을 되짚어 행렬을 쫓아가려고 했다. 그때 윈스턴은 발밑 절벽 틈에서 자라는 부처꽃을 발견했다. 한 뿌리에서 나온 꽃들은 다홍색과 붉은빛 도는 갈색의 두 가지 색 꽃봉오리가 달려 있었다. 그는 그런 꽃을 처음 보았기 때문에 급히 캐서린을 불렀다.

"캐서린, 이리 와서 꽃들 좀 봐요! 한 포기에 색이 두 가지인 꽃이에요."

길을 찾아가려고 돌아섰던 그녀는 다소 초조한 표정으로 되돌아왔다. 그러고는 그가 가리키는 곳을 보느라 절벽 아래쪽으로 몸을 굽혔다. 그는 뒤에서 그녀의 허리를 잡고 있었다. 그 순간 이 외딴 곳에는 자기들 둘뿐이라는 생각이 그의 뇌리를 스쳐갔다. 주위를 둘러보았지만 사람은커녕 그림자도 찾아볼 수 없었다. 나뭇잎도 숨을 죽인 듯 흔들리지 않았으며 새소리조차 들리지 않았다. 그런 곳에 마이크로폰이 숨겨져 있을 가능성도 없어보였다. 설사 마이크로폰이 있다 하더라도 소리만 잡아낼 뿐이었다. 오후 중 가장 무덥고 졸음이 밀려올 시간이었다. 태양이 그들 위에서 이글이글 빛났고 얼굴에는 땀방울이 줄줄 흘러내렸다. 윈스턴이 다시 입을 열려 하자 줄리아가 먼저 말을 꺼냈다.

"왜 그때 슬쩍 밀어버리지 않았어요? 저라면 그렇게 했을 거예요."

"그랬겠지. 당신 같았으면 그랬을 거예요. 나 역시 지금 같았으면 그랬겠죠. 그래, 지금의 나라면 아마…… 잘 모르겠어요."

"그때 밀어버리지 못한 게 후회돼요?"

"그래요, 후회돼요."

그들은 먼지투성이 바닥에 나란히 앉아 있었다. 그는 그녀를 자기 곁으로 바짝 잡아끌었다. 그녀는 그의 어깨에 머리를 기댔다. 비둘기 똥 냄새 속에서도 그녀의 머리카락에서 풍겨오는 냄새가 향긋했다. 그녀는 아주 젊고 싱싱하다. 그런 만큼 삶에 대해 기대하는 것이 많다. 그렇기 때문에 그녀는 거치적거리는 사람을 절벽 아래로 밀어버리는 것이 근본적인 문제의 해결 방법이 아님을 이해할 수가 없다고 생각했다.

"실제로는 그렇게 했건 안 했건 별 차이가 없었을 거예요."

그는 약간 심드렁해진 어조로 말했다.

"그렇다면 왜 당신은 그때 그렇게 하지 않았던 걸 후회하죠?"

"그건 단지 소극적인 것보다는 적극적인 것을 선택하는 것이 좋았을 것이라는 생각 때문이오. 우리는 지금 벌이고 있는 이 게임에서 이길 수 없어요. 하지만 패배를 할지라도 좀 더 나은 패배를 할 수는 있죠."

그의 말에 동의할 수 없다는 듯이 그녀의 어깨가 으쓱했다. 그가 그런 이야기를 할 때마다 그녀는 늘 반대했다. 무리에서 떨어져 나온 개인은 항상 패배할 수밖에 없는 자연의 법칙을 인정하려 들지 않았던 것이다. 그녀는 조만간 자신의 운명이 다해 사상경찰에게 붙잠혀 처형당할 것이라고 생각했지만 다른 한편으로는 자신이 선택한 방식대로 은밀한 세계를 구축해서 살아갈 수도 있다고 믿었다. 그리고 그 가능성을 살리기 위해 필요한 것은 행운과 술책과 대담성뿐이라고 여겼다. 그것이야말로 그녀의 단순한 생각이 빚어낸 사고의 오류임을 그녀는 깨닫지 못한 것이었다. 이를테면 이 세상에 행복이란 것은 없으며 승리 역시 먼 훗날 자신들이 죽은 다음에야 있을 수 있는 것이고, 당을 상대로 투쟁을 선포하는 순간 이미 죽은 목숨이라고 생각하는 윈스턴의 주장에 결코 동의하지 않았다.

"우리는 이미 죽은 몸이에요."

윈스턴이 말했다.

"아니에요. 우리는 아직 죽지 않았어요."

줄리아가 응수했다.

"물론 육체적으로는 죽지 않았어요. 6개월, 1년 어쩌면 5년 후에도 살아 있을지도 모르죠. 나는 죽음이 두려워요. 당신은 젊기 때문에 아마 나보다 더 죽음을 두려워하겠지요. 노력하기에 따라서 우리는 삶을 연장시킬 수도 있을 거요. 그러나 어떻게 하든 결과는 마찬가지예요. 인간이 인간으로 존재하는 한 죽음과 삶은 그게 그것일 테니까."

"무슨 말을 하는지 모르겠어요! 당신은 살아 있는 나를 껴안겠어요, 아니면 싸늘한 시체를 껴안겠어요? 당신은 살아 있다는 사실을 즐기지 않을 작정인가요? 이것이 나라는 존재다, 이게 내 손이고 이게 내 다리다, 이렇게 느끼는 걸 좋아하지 않아요? 나는 살아 있고 확고하게 실재한다! 당신은 이런 게 싫어요?"

그녀는 몸을 돌려 자신의 봉긋한 가슴을 그에게 밀착시켰다. 그는 새삼스럽게 그녀의 옷 안에 숨어 있는 풍만하고 탄력 있는 젖가슴을 느꼈다. 그녀의 육체는 그의 몸 안에 젊음과 활기를 불어넣어 주는 것 같았다.

"물론 나도 살아 있다는 게 좋아요."

그가 말했다.

"이제 죽음에 대해서는 그만 얘기해요. 그리고 지금부터 하는 말을 잘 들어두세요. 다음에 만날 때와 장소를 정해야 돼요. 전에 갔던 숲 속 공터에 다시 가도 괜찮을 거예요. 그 후로 오랫동안 안 갔으니까요. 하지만 이번에는 다른 길로 오세요. 제가 벌써 계획을 세워놨어요. 기차를 타고…… 보세요, 약도를 그려 설명할 테니……"

그녀는 현실적인 자세로 돌아가 능숙한 솜씨로 바닥의 먼지를 긁어모아 네모반듯한 그림판을 만들더니 비둘기 둥지에서 나뭇가지 하나를 뽑아내 그림판에 지도를 그리며 설명하기 시작했다.

4

윈스턴은 채링턴 씨의 고물상 위층에 있는 작고 초라한 방을 둘러보았다. 창가에는 커다란 침대가 놓여 있고 그 위에는 낡은 담요와 커버를 씌우지 않은 베개가 뒹굴고 있었다. 1부터 12까지의 숫자가 아직도 또렷한 구식 시계가 벽난로 위에서 재깍거리며 가고 있었다. 한쪽 구석에 자리한 접이식 책상 위에는 지난번에 샀던 유리 문진이 희미한 어둠 속에서 부드럽게 빛나고 있었다.

벽난로 받침대에는 채링턴 씨가 마련해 준 낡은 양철 석유난로와 냄비, 컵 두 개가 놓여 있었다. 윈스턴은 버너에 불을 붙이고 그 위에 물주전자를 올려놓았다. 승리 커피 한 봉지와 사카린 몇 알을 가져왔기 때문이었다. 시계 바늘은 7시 20분을 가리키고 있었다. 실제로는 19시 20분이다. 그녀는 19시 30분에 오기로 되어 있었다.

어리석은 짓이야, 어리석은 짓. 그는 홀로 중얼거렸다. 의식적으로, 아무런 이유도 없이 자살 행위를 감행하는 어리석음이라니! 당원이 저지를 수 있는 범죄 중에서 가장 발각되기 쉬운 짓이다. 이런 생각이 유리 문진을 투과해 들여다보이는 접이식 책상 표면처럼 그의 머릿속에 떠올랐다. 윈스턴이 예상했던 대로 채링턴 씨는 선뜻 그 방을 빌려주었다. 대가로 몇 달러를 받게 된 것이 무척 기쁜 모양이었다. 윈스턴이 몇 시간씩 여자와 지내기 위해서 방을 빌리려 한다고 분명히 밝혔는데도 조금도 놀라거나 불쾌한 기색을 보이지 않았다. 그저 시선을 허공에 두고 윈스턴의 존재는 안중에도 없다는 듯이 막연한 이야기만 몇 마디 늘어놓을 뿐이었다. 채링턴 씨는 사생활이란 매우 가치 있는 것이고 누구나 가끔씩 혼자 있을 수 있는 장소를 원하며, 또 누군가가 그런 장소를 는다면 그 사실을 알고 있는 사람은 남에게 누설하지 않는 것이 상식적인 예의라고 말했다. 그는 육신이 잦아들어 없어지고 목소리만 남은 듯한 목소리로, 그 집에는 문이 두 개 있는데 그중 하나가 뒤뜰을 거쳐 골목길로 빠져나가는 문이라는 것까지 일러주었다.

창문 아래쪽에서 노랫소리가 들려왔다. 윈스턴은 재빨리 모슬린 커튼 뒤로 몸을 숨기고 살짝 바깥을 내다보았다. 하늘에는 6월의 밝은 태양이 높이 떠 있었고 그 아래 햇빛이 가득 쏟아져 내리는 뜰에서는 노르만식 건물 기둥처럼 굵고 단단해 보이는 적갈색 팔뚝을 가진 아낙네가 앞치마를 허리에 두르고 빨래 통과 빨랫줄 사이를 왔다 갔다 하며 아기 기저귀 같은 네모난 빨랫감을 널고 있었다. 그녀는 빨래집게를 입에 물고 있다가 입에서 뗄 적마다 억센 알토로 노래를 불렀다.

그저 덧없는 꿈이었다네.
4월의 꽃잎처럼 스러져갔네.
눈짓과 말과 꿈으로 흔들어
내 마음 앗아가버렸네.

지난 몇 주간 런던에서 유행한 이 노래는 음악국에서 노동자들을 위해 만든 수없이 비슷비슷한 유행가들 가운데 하나였다. 이런 노래들은 사람이 만드는 것이 아니라 작시기(作詩機)라는 기계로 가사를 쓰고, 작곡 또한 기계가 했다. 이 아낙네는 노래를 아주 멋들어지게 불렀기 때문에 지독히 형편없는 그 노래도 상당히 괜찮은 노래로 들렸다. 여인의 노랫소리와 땅에 끌리는 신발 소리, 길에서 뛰노는 아이들의 떠드는 소리, 먼 곳에서 희미하게 들려오는 자동차 소리다 들려왔다. 하지만 방 안은 이상하다 할 정도로 조용했다. 텔레스크린이 없는 것도 다행이었다.

어리석은 짓이야, 어리석은 짓. 어리석은 짓! 그는 다시 한 번 속으로 중얼거렸다. 그곳을 계속 들락거리다가는 몇 주 내에 발각되지 않을 재간이 없을 터였다. 하지만 가까운 실내 공간에 그들만의 밀회 장소를 가지고 싶은 욕망을 뿌리칠 수가 없었다. 교회 종루에서 밀회를 가진 이후 그들은 한동안 만날 수가 없었다. 증오 주간을 앞두고 근무 시간이 대폭 늘어났기 때문이었다. 아직 한 달 이상이나 남았지만 방대하고 복잡한 준비 작업 때문에 모든 사람들이 시간 외 근무를 했다. 그러던 중 두 사람은 운 좋게도 같은 날 오후에 자유시간을 가질 수 있게 되었다. 그들은 그 숲 속 공터에 가기로 약속했다. 그리고 전날 저녁 길에서 잠깐 만났다. 여느 때와 마찬가지로 그들은 군중 속에서 이리저리 떠밀려 다니며 나름대로 밀회를 즐기고자 했다. 윈스턴은 자신들이 세운 원칙대로 줄리아의 얼굴을 똑바로 쳐다보지 않는데 어느 순간 곁눈질로 얼핏 살펴보니 그녀의 안색이 평소보다 창백해 보였다.

"다 틀렸어요. 내일 약속 말이에요."

그녀는 주변이 안전하다는 판단을 내리자 허공에 대고 중얼거렸다.

"뭐라고요?"

"내일 오후에 갈 수 없어요."

"왜요?"

"늘 같은 이유죠. 이번엔 빨리 시작됐어요."

순간 그는 화가 벌컥 났다. 그녀를 알게 된 지 한 달 남짓, 그녀에 대한 그의 욕망은 처음과 달라져 있었다. 사실 처음에는 육체적 욕망이 거의 없었다. 그랬기 때문에 그들의 첫 정사는 단지 의지에 의한 행위였다고 할 수 있었다. 그러나 두 번째부터는 달랐다. 그녀의 머리카락에서 풍겨 나오는 향기, 달콤한 입맞춤 그리고 부드러운 살결의 촉감이 그의 몸속으로 스며들어 그를 둘러싼 공기 속으로 번지는 것 같았다. 이제 그에게는 그녀의 육체가 절실히 필요했고 그녀는 그에게 없어서 안 되는 존재가 되었다. 게다가 그는 자기가 원할 때면 언제라도 그녀의 몸을 가질 권리가 있다는 생각까지 하게 되었다. 그래서 그녀가 내일의 약속을 지킬 수 없다고 말했을 때 그녀가 자기를 속이는 듯한 기분마저 들었다. 그러던 어느 순간 인파에 밀려 서로의 몸이 가까워지면서 그들의 손은 맞닿았다. 그러자 줄리아는 재빨리 그의 손가락 끝을 꼭 쥐었다. 그 행위는 마치 욕망이 아닌 애정을 호소하는 것 같았다. 그제야 그는 한 남자와 한 여자와 같이 살자면 이런저런 실망도 흔히 하게 되는 것이라고 너그러이 이해하려는 마음이 들었다. 그와 동시에 예전에는 미처 느껴보지 못한 그녀에 대한 깊은 애정이 가슴 밑바닥에서 솟구쳐 오르는 것을 느꼈다. 뒤이어 그녀와 지난 10년 동안 결혼 생활을 영위해 온 부부 사이라면 좋겠다는 생각을 했다. 지금처럼 남의 눈을 의식하거나 두려움을 느낄 필요 없이 떳떳하게 함께 거닐며 생활용품을 사거나 이런저런 얘기를 나눌 수 있다면 정말 좋을 것 같았다. 무엇보다도 만날 때마다 육체적 욕망을 불태워야 하는 부담감을 느끼지 않고 그녀와 단둘이 있을 수 있는 장소가 있다면 얼마나 좋을까 싶었다. 채링턴 씨

174

의 방을 빌려야겠다고 결심을 한 것은 그다음 날이었다. 그가 줄리아에게 그 생각을 말하자 뜻밖에도 그녀는 선선히 동의했다. 두 사람 모두 미친 짓이라는 것을 잘 알고 있었다. 무덤으로 들어가는 계단을 일부러 밟는 것과 마찬가지기 때문이었다. 윈스턴은 침대 끝에 앉아 그녀를 기다리며 다시 한 번 애정부 감방에 대해 생각했다. 결정된 운명을 미리 감지하고 공포를 느낀다는 것이 이상야릇하게 여겨졌다. 마치 99 다음에 100이 있듯이 현재의 공포 다음에는 예정된 미래의 확실한 죽음이 있다. 인간은 이를 피할 수는 없지만 지연시킬 수는 있다. 반면에 인간은 때때로 의식적이고 의도적인 행동으로 그것을 앞당길 수도 있는 것이다.

윈스턴이 생각에 잠겨 있을 때 계단을 급히 올라오는 발소리가 들렸다. 곧이어 줄리아가 방으로 뛰어 들어왔다. 그녀는 거친 갈색 천으로 만들어진 연장 가방을 들고 있었다. 그녀가 출퇴근하면서 들고 다니는 그 가방은 윈스턴도 가끔 본 적이 있었다. 앉은 자세에서 몸을 일으킨 그가 그녀를 안으려고 앞으로 다가서며 팔을 내밀자 그녀는 급히 몸을 피했다. 가방 때문에 그러는 것 같았다.

"잠깐만 기다려봐요."

그녀가 말했다.

"제가 가져온 것을 보여줄게요. 보나마나 당신은 그 맛없는 승리 커피를 가져왔겠죠? 그럴 줄 알았어요. 그런 건 이제 필요 없으니 치워버려요. 이것 좀 봐요."

그녀는 무릎을 꿇고 앉아 가방을 열더니 스패너와 드라이버 같은 연장들을 꺼내놓았다. 그 밑에는 깨끗한 종이로 싼 꾸러미가 여럿 있었다. 윈스턴은 그녀가 건네주는 첫 번째 꾸러미를 받아들었다. 어딘가 낯익은 감촉이 느껴졌다. 그것은 묵직한 중량감과 함께 손가락에 힘을 주는 대로 모래처럼 움푹움푹 들어간 자리를 남겼다.

"이거 설탕이 아니오?"

윈스턴이 물었다.

"그래요, 설탕! 진짜 설탕이에요. 사카린이 아닌 진짜 설탕이란 말이에요. 그리고 여기 빵도 있어요. 우리가 매일 먹는 그런 싸구려 빵이 아니라 부드러운 흰 빵이에요. 잼도 한 병 있고요. 자, 보세요! 당신에게 빨리 자랑하고 싶어서 참느라 혼났어요. 그런데 이렇게 단단히 싸매지 않고서는……"

그녀는 굳이 이유를 말할 필요도 없었다. 그윽하고 훈훈한 냄새가 이미 방 안을 가득 채우고 있기 때문이었다. 어린 시절에 맡아본 것과 같은 냄새였다. 요즘에도 가끔 그 냄새를 맡을 때가 있었다. 어쩌다가 열려 있는 남의 집 문 안쪽에서 풍겨 나와 사람들이 왕래하는 거리에 퍼져 지나가던 그의 코끝을 살짝 스쳤다가는 이내 사라지곤 했다.

"커피로군! 진짜 커피!"

윈스턴은 나지막이 말했다.

"내부당원들이 마시는 커피예요. 1킬로그램짜리죠."

그녀가 말했다.

"어떻게 이런 걸 구할 수 있었소?"

"모두 내부당원용 물건이에요. 그 돼지 같은 작자들에게는 없는 게 없어요. 물론 심부름하는 아이들이나 하인들이 슬쩍해 내오는 거죠. 자, 봐요. 홍차도 좀 구했어요."

윈스턴은 그녀 옆에 쭈그리고 앉았다. 그러고는 홍차 봉지 한쪽 귀퉁이를 조금 찢어서 내용물을 살펴보았다.

"흑딸기 잎사귀로 만든 게 아니로군, 진짜 홍차."

"요즘에는 홍차가 많아졌어요. 인도 같은 지역을 점령했나 봐요."

그녀가 약간 애매한 표정으로 말했다.

"지금부터 제가 시키는 대로 하겠어요? 3분만 등을 돌리고 있어줘요. 침대 저쪽으로 가 앉아요. 창 쪽으로 너무 가까이 가지 말고. 제가 말하기 전에 절대로 돌아서면 안 돼요."

윈스턴은 줄리아가 시키는 대로 등을 돌리고 앉아 모슬린 커튼 밖으로 멍한 시선을 던졌다. 뜰에서 아직도 팔뚝이 굵은 아낙네가 빨래 통과 빨랫줄 사이를 왔다 갔다 하고 있었다. 드디어 그녀는 입에 물고 있던 빨래집게 두 개를 손에 들더니 감정을 잔뜩 실어 노래하기 시작했다.

시간이 모든 걸 낫게 해준다지만
언젠가는 잊을 수 있다고들 말하지만
미소와 눈물이 해를 거듭해
여전히 내 가슴을 쥐어짠다네!

웬만한 유행가는 죄다 외우는 모양이었다. 그녀의 노랫소리는 훈훈한 여름 공기에 섞여 아주 멋지게 울려 퍼져서 듣는 이로 하여금 애틋한 감상에 젖게 했다. 만일 6월의 저녁이 영원히 계속되고 빨랫감이 한없이 많다면 저 아낙네는 천 년이란 세월도 마다하지 않고 그 자리에서 빨랫감을 널고 노래를 부르며 만족스럽게 지낼 것처럼 보였다. 그는 그때까지 당원이 혼자 노래 부르는 모습을 본 적이 없다는 사실을 떠올리고 기이하다는 생각을 하였다. 혼자서 노래 부르는 것은 혼자 중얼거리는 것만큼 이단적이고 위험한 기벽으로 비칠 것이다. 어쩌면 사람들은 노래라는 것을 굶어 죽을 지경이 되어서야 부르는 것쯤으로 알고 있을지도 모른다.

"이젠 돌아서도 좋아요."

줄리아가 말했다.

그 말에 윈스턴은 돌아섰다. 그녀를 얼른 알아볼 수 없었다. 그가 예상했던 것은 실오라기 하나 걸치지 않은 알몸이었다. 그러나 그녀는 옷을 입은 그대로였다. 그녀의 변신은 그보다 훨씬 더 놀라운 것이었다. 화장을 했던 것이었다.

그녀는 입술에 빨간 립스틱을 칠하고 뺨에는 불그스레한 연지를 바른 모습으로 서 있었다. 콧잔등에는 분을 발랐고 눈가에도 색조 화장품을 바른 것 같았다. 노동자 구역 상점에서 몰래 화장품을 구입한 게 틀림없었다. 그녀의 화장이 잘된 것인지 아닌지 윈스턴은 알 수가 없었다. 그는 화장한 여자 당원을 본 적도 없었거니와 상상해 본 적도 없었다. 화장한 줄리아는 놀랄 만큼 아름다워 보였다. 그녀는 눈에 띄게 예뻐졌을 뿐 아니라 한층 더 여성스럽게 보였다. 그녀가 입은 제복과 대비되어 여성스러움이 더욱 돋보이는 것 같았다. 윈스턴은 새로운 감동으로 그녀를 안았다. 오랑캐꽃 향기가 향긋하게 풍겨왔다. 그는 언젠가 갔던 어두컴컴한 지하실 부엌과 거기서 만난 여자의 굴속 같은 입을 회상했다. 줄리아에게서 나는 향기는 그때 그 여자가 사용했던 향수와 똑같은 냄새였다. 그러나 그런 게 문제될 리는 없었다.

"향수도 뿌렸군!"

그가 말했다.

"그럼요. 향수도 뿌렸어요. 다음엔 무엇을 할 건지 말해 볼까요? 어떻게 해서든 진짜 여자 옷을 구해서 이 꼴사나운 제복 대신 입을 거예요. 스타킹하고 하이힐도 신고요! 이 방에서는 당원 동무가 아니라 진짜 여자가 되겠어요."

그들은 옷을 홀홀 벗어 던지고 커다란 마호가니 침대 속으로 들어갔다. 그가 그녀 앞에서 벌거벗기는 이번이 처음이었다. 지금까지 그는 정맥류성 궤양 때문에 장딴지에 보기 흉하게 툭 불거진 핏줄과 발목의 얼룩덜룩한 상처 그리고 창백하고 빈약한 자신의 육체를 아주 창피하게 여겨왔다. 침대에는 시트도 없었고 그들이 깔고 누운 담요는 털이 다 빠질 만큼 닳을 대로 닳은 것이었지만 촉감은 부드러웠다. 침대가 크고 푹신푹신한 것도 마음에는 들었다.

"빈대야 많겠지만 그게 무슨 상관이겠어요?"

줄리아는 몹시 행복한 듯이 말했다.

요즘은 노동자의 집이 아니면 더블베드를 볼 수 없었다. 윈스턴은 어렸을 때 가끔 더블베드에서 잔 적이 있었지만 줄리아는 이런 데서 자본 기억이 한 번도 없다고 했다.

그들은 잠시 잠이 들었다. 윈스턴이 잠에서 깼을 때는 시계 바늘이 9시 근처를 가리키고 있었다. 그는 꼼짝도 하지 않았다. 줄리아가 그의 팔을 베고 잠들었기 때문이었다. 그녀의 화장은 그의 얼굴과 베개에 묻어 거의 지워졌지만 뺨에는 연하게 흔적이 남아 있어 여전히 예뻤다. 노란 석양이 침대 끝을 지나 난로 위를 비추고 있었다. 난로 위에서는 물주전자가 부글부글 끓고 있었다. 창 아래 뜰에서 들려오던 아낙네의 노랫소리는 그쳤고 거리에서 뛰노는 아이들 소리만이 희미하게 들려왔다. 지금은 기억 속에 묻힌 그 옛날에도 이처럼 선선한 여름밤에 남녀가 벌거벗고 침대에 누워 욕구가 생기면 생기는 대로 사랑을 나누고 마음껏 이야기도 하면서 자리에 누운 채로 바깥에서 들려오는 평화로운 소리를 듣는 일이 가능했을까? 그는 문득 궁금해졌다. 이런 일이 일상적이지는 않았을 것 같았다. 줄리아가 잠에서 깨어나 눈을 비비고는 팔꿈치로 짚어 상체를 일으키며 석유난로 쪽을 바라보았다.

"물이 절반으로 졸아들었을 거예요. 곧 커피를 만들게요. 우리 한 시간쯤 잤나요? 당신 집은 몇 시에 전기가 끊기죠?"

그녀가 물었다.

"23시 30분이오."

"우리 합숙소에선 23시에 끊어져요. 하지만 그보다 일찍 들어가야만 해요. 왜냐하면, 에잇! 저리 가! 이 망할 녀석들!"

그녀는 용수철이 튀어 오르듯 침대에서 일어나더니 지난번 아침의 2분 증오 시간에 골드스타인을 향해 사전을 던졌던 것처럼 구두 한 짝을 집어 들고 한쪽 구석으로 힘껏 던졌다.

"왜 그러는 거요?"

그가 놀라서 물었다.

"쥐예요. 녀석이 구석 틈새에서 징그럽게 콧잔등을 쏙 내밀잖아요. 저기 널빤지 밑에 쥐구멍이 있나 봐요."

"쥐새끼가!"

윈스턴이 중얼거렸다.

"이 방에도 있단 말이오?"

"쥐야 사방 어디에든 있지요."

그녀가 다시 침대에 누우며 무심하게 말했다.

"우리 합숙소 부엌에도 쥐가 득실거려요. 런던의 일부 지역은 아예 쥐로 가득 찼어요. 쥐가 아이를 문다는 걸 알아요? 정말 그렇대요. 그런 지역에서는 엄마들이 단 2분 동안이라도 아기를 혼자 내버려둘 수 없대요. 굉장히 큰 갈색 쥐가 나타날까봐서요. 징그럽게 생긴 그놈들이 언제 나타날지……"

"그만!"

윈스턴이 눈을 꼭 감으며 소리를 질렀다.

"어머나, 얼굴이 창백해졌어요. 왜 그래요? 어디 아파요?"

"세상에서 제일 무서운 게 쥐새끼야!"

그녀는 자기 체온으로 그를 안심시키려는 듯 그에게 몸을 밀착하고 팔다리로 그의 몸을 감았다. 그는 곧바로 눈을 뜨지 못했다. 수시로 꿨던 악몽 속으로 다시 돌아가는 기분이 들었기 때문이었다. 악몽은 언제나 똑같았다. 그는 캄캄한 벽 앞에 서 있고 벽 뒤편에는 차마 마주볼 수 없을 정도로 무서운 무엇인가가 있었다. 그는 사실 캄캄한 벽 뒤에 무엇이 있는지 알고 있기 때문에 꿈속에서조차 스스로를 기만하려고 무진 애썼던 것이다. 하지만 벽 속에 있는 게 진짜로 무엇인지는 확실히 알지 못했다. 늘 그것을 밝혀내지 못한 채 꿈에서 깨고는 했다. 그러나 줄리아가 방금 말하려 한 것과 그것은 관련이 있는 것 같았다.

"미안하오. 아무것도 아니오. 나는 그저 쥐가 싫을 뿐이오."

그가 말했다.

"걱정 마요. 이젠 그 쥐들이 여기에 얼씬도 못하게 하겠어요. 돌아가기 전에 헝겊으로 저 구멍을 틀어막겠어요. 그리고 다음에 올 때 석회를 가져와서 아예 메워버릴 거예요."

윈스턴은 캄캄한 공포의 순간에서 벗어나 마음의 안정을 되찾았다. 그는 약간 창피하다는 생각을 하며 침대 머리맡에 기대앉았다. 줄리아는 침대에서 빠져나가 제복을 입고 커피를 만들었다. 커피 냄새가 어찌나 진하고 자극적이던지 바깥에 있는 사람들이 그 냄새를 맡을까봐 그녀는 얼른 창문을 닫았다. 설탕을 탄 커피 맛은 미풍처럼 부드러웠다. 윈스턴에게는 사카린 시대 이후 거의 망각 속으로 사라졌던 맛이었다. 줄리아는 한 손을 주머니에 찌르고 한 손엔 잼을 바른 빵을 들고 왔다 갔다 했다. 그녀는 아무 생각 없이 책장 안을 들여다보기도 하고 접이식 책상을 수선하는 가장 좋은 방법이 어떤 것인가 말하기도 하며 낡은 안락의자가 정말 편안한지 앉아보기도 하고 이상하게 생긴 12시간짜리 숫자판 시계를 재미있다는 듯이 자세히 관찰하기도 했다. 그녀는 밝은 곳에서 좀 더 자세히 살펴보려고 유리 문진을 침대 쪽으로 가져왔다. 윈스턴은 그녀의 손에서 문진을 받아들고는 지금껏 그래 왔듯이 그 부드럽고도 빗방울 같은 모양에 다시 한 번 감탄했다.

"이게 뭐예요?"

줄리아가 유리 문진을 가리키며 물었다.

"별것은 아닌 것 같소. 특별한 용도가 있었던 물건은 아닌 것 같은데, 그 점이 바로 이것을 좋아하는 이유라오. 굳이 말하자면 이건 그 놈들이 깜박 잊고 미처 바꿔놓지 못한 역사의 한 조각이라고 할 수가 있지. 누가 이것을 해독해 낼 줄만 안다면, 이 물건은 백 년 전의 메시지인 셈이오."

"그러면 저기에 걸려 있는 그림도 백 년쯤 됐을까요?"

그녀가 맞은편 벽에 걸린 판화를 턱으로 가리키며 물었다.

"훨씬 더 되었을 거요. 아마 200년은 족히 되었을 테지요. 물론 아무도 확실하게 장담할 수는 없지만 말이오. 오늘날에는 어떤 것이든 그 연대를 알아낸다는 것이 불가능하게 되었잖소."

그녀는 판화를 가까이에서 보기 위해 그쪽으로 다가갔다.

"아까 여기에서 그 쥐가 콧잔등을 내밀었어요."

그녀는 판화 바로 밑에 있는 널빤지 틈새를 발로 차면서 말했다.

"그림 속의 저곳은 어디죠? 전에 어디서 본 것 같아요."

"그곳은 교회라오. 교회로 사용되었던 건물이었소. 성 클레멘트 데인이라고 불렸지."

채링턴 씨가 가르쳐준 노래 한 구절이 머릿속에 떠올랐다. 그는 향수에 젖은 목소리로 노래를 부르기 시작했다.

오렌지와 레몬이여, 성 클레멘트의 종이 말하네.

놀랍게도 줄리아가 뒷부분을 이어서 불렀다.

그대는 내게 서 푼의 빚을 졌지, 성 마틴의 종이 말하네.
그대는 언제 그 빚을 갚으려나? 올드 베일리의 종이 말하네.

"그다음이 어떻게 이어지는지 모르겠어요. 하지만 마지막 소절은 기억나요."

줄리아는 마지막 소절을 다시 부르기 시작했다.

그대의 침실을 밝혀줄 촛불이 오네.
그대의 목을 댕강 자를 도끼가 오네.

반쪽짜리 암호문 두 짝이 맞아떨어지는 것 같았다. 분명히 '올드 베일리의 종' 뒤에 이어지는 가사가 한 줄 더 있을 것이고, 잘만 하면 채링턴 씨의 기억에서 나머지를 끄집어낼 수도 있을지도 몰랐다.

"누가 그것을 가르쳐주었소?"

윈스턴이 물었다.

"할아버지요. 우리 할아버지는 제가 어렸을 때 늘 그 노래를 불러주시곤 했어요. 제가 여덟 살 때 할아버지가 증발되셨어요. 사라져버린 거죠."

그렇게 말한 그녀는 갑자기 뚱딴지같은 말을 덧붙였다.

"그 레몬이란 게 뭔지 모르겠어요. 오렌지는 본 적이 있어서 알아요. 껍질이 두껍고 색깔은 노랗고 둥근 과일이죠?"

"나는 레몬을 본 적이 있소."

윈스턴이 말했다.

"50년대만 해도 무척 흔한 과일이었소. 얼마나 시큼한지 냄새만 맡아도 입안에 침이 고일 정도였소."

"저 그림 뒤에는 빈대가 득실거릴 거예요."

줄리아가 화제를 바꾸며 말했다.

"언젠가 그림을 떼어내고 깨끗이 청소해야겠어요. 이제 가야 할 때가 된 것 같아요. 화장부터 지워야죠. 아이, 귀찮아! 당신 얼굴에 묻은 립스틱도 닦아줄게요."

윈스턴은 그녀가 떠난 뒤에도 한참을 누워 있었다. 방 안이 점점 어두워지기 시작했다. 그는 밝은 쪽으로 돌아누워 유리 문진을 들여다보았다. 산호 조각보다도 유리 내부가 들여다보면 볼수록 한없이 신비롭게 느껴졌다. 그것은 한없이 깊은 것 같으면서도 마치 공기처럼 투명했다. 유리 표면은 마치 대기권을 지닌 채 작은 세계를 둘러싸고 있는 하늘의 궁륭(穹窿) 같았다. 그는 그 안으로 들어갈 수 있을 것 같은 느낌이 들었다. 아니 실제로 그는 마호가니 침대와 접이식 책상, 벽시계, 판화 그리고 그 문진과 함께 그 안에 들어간 기분이 들었다. 유리 문진은 그가 들어가 있는 방이요, 산호는 그 결정체 안에 영원히 고정된 줄리아와 자신의 생명인 것처럼 느껴지는 것이었다.

5

사임이 보이지 않았다. 어느 날 아침 그는 직장에 나오지 않았다. 몇몇 분별없는 사람들이 그의 결근에 대해 수군거렸다. 그러나 그다음 날부터는 아무도 그를 언급하지 않았다. 사흘째 되던 날 윈스턴은 게시판을 보려고 기록국 현관으로 갔다. 게시된 문건 중에는 사임이 회원으로 소속되었던 체스 위원회 명단도 있었다. 명단은 원래 붙어 있던 것과 똑같아 보였고 삭제한 흔적도 없었다. 다만 한 사람의 이름이 빠져 있었다. 그것으로 나머지를 짐작하기는 충분했다. 사임은 존재하지 않게 된 것이다. 그는 과거에도 존재한 적이 없는 사람이 되었다.

날씨가 찌는 듯이 무더웠다. 미궁 같은 청사의 창 없는 방들은 냉방장치로 더위를 몰아내고 있었지만 바깥 도로들은 금방이라도 행인들의 발바닥을 익어버리게 할 것처럼 달구어져 있었다. 특히나 견디기 힘든 것은 지독한 악취로 가득 차는 러시아워의 지하철이었다. 증오 주간을 위한 준비 작업이 한창이었고 각 부서의 직원들은 모두 연장 근무에 임했다. 행진, 회합, 관병식, 강연, 밀랍 인형 전시회, 영화 상영, 텔레스크린 프로그램 제작 등 모든 것이 한 치의 오차도 없도록 준비되고 기획되어야 했다. 행사장을 건립해야 했고 포스터도 만들어 내걸어야 했으며 새로운 슬로건도 지어야 했고 노래도 지어 내야 했으며 각종 유언비어도 퍼뜨려야 했고 필요에 따른 사진들도 위조해야 했다. 줄리아가 일하는 창작국은 소설 제작을 중단하고 잔인한 내용이 주제인 팸플릿 시리즈를 만드는 일에 총력을 기울이느라 정신없이 돌아치고 있었다. 윈스턴은 정규 업무 외에도 하루에 몇 시간씩 묵은 〈타임스〉철을 뒤져서 연설에 인용될 기사들의 내용을 윤색하거나 아예 삭제해 버리는 작업을 했다. 소란스러운 노동자들이 거리로 쏟아져 나오는 늦은 밤이 되면 도시 전체가 묘한 열기에 휩싸였다. 로켓 폭탄은 평상시보다 빈번히 떨어졌고 이따금씩 멀리 떨어진 곳에서 어마어마한 폭음이 들려오곤 했다. 그러나 소문만 무성하게 나돌 뿐 무엇 때문에 나는 소리인지 아무도 몰랐다.

증오 주간의 주제가 ― 줄여서 〈증오가〉라고 불리는 ― 가 새로 작곡되어 끊임없이 텔레스크린에서 나왔다. 도저히 음악이라고 할 수 없을 만큼 아무렇게나 두드려대는 북소리나 들짐승이 마구 짖어대는 것 같은 야만적인 리듬이었다. 행군하는 발소리에 맞추어 수백 명이 합창할 때면 야만스러움은 도를 더해 모든 이의 간담을 서늘하게 하였다. 이 노래에 속절없이 정신을 빼앗긴 노동자들은 한밤중에도 거리에서 〈덧없는 꿈〉이라는 유행가와 번갈아가며 목청껏 불러대곤 했다. 파슨스의 아이들도 빗과 종잇조각으로 장단을 맞추며 지긋지긋할 만큼 밤낮으로 불러댔다. 윈스턴은 밤이 되면 전에 없이 바빠졌다. 파슨스가 조직한 자원봉사대는 증오 주간을 위해 거리 단장을 하느라 눈코 뜰 새가 없었다. 깃발을 만들고 포스터를 그려 붙이고 지붕에 게양대를 세우고 위험을 무릅쓰고 길을 가로질러 현수막을 매달아야 했다. 파슨스는 승리 맨션만이 400미터짜리 장식 현수막을 내건다며 자랑스럽게 떠들고 다녔다. 천성이기도 했지만 그는 일하기를 좋아하는 데다 언제나 종달새처럼 명랑했다. 더운 날씨와 작업상 필요하다는 핑계로 반바지와 앞이 툭 터진 셔츠 차림으로 저녁마다 모습을 드러내는 그는 동에 번쩍 서에 번쩍 하면서 밀고 당기고 썰고 망치질하고 뜯어 맞추고 사람들을 웃기는 동시에 친절한 충고까지 빠뜨리지 않았다. 그러나 그가 몸을 움직일 때마다 풍기는 지독한 땀 냄새 때문에 모두가 코를 감싸 쥐어야만 했다.

런던 전역에 일제히 새 포스터가 나붙었다. 유라시아의 몽골족 군인이 무표정한 얼굴로 커다란 군화와 기관총을 착용하고 전진해 오는 모습이었는데, 높이는 3~4미터나 되었고 아무런 설명도 없었다. 포스터의 두드러진 특징은 기관총의 총구에 있었다. 원근법에 의해 확대 묘사된 총구는 어떤 각도에서 보든지 곧바로 보는 이를 겨누게 되어 있었다. 벽이라는 벽에는 모두 그 포스터가 나붙어 있어서 빅 브라더의 포스터보다 수효가 많아 보였다. 일반적으로 전쟁에 무관심한 노동자들도 이런 분위기 속에서 차츰 광적인 애국심에 젖어들었다. 거기에 부채질이라도 하듯 로켓 폭탄은 여느 때보다 더 많은 사람을 폭사시켰다. 폭탄 하나가 스텝니의 영화관에 떨어져 수백 명의 목숨을 벽돌 잔해 속에 묻어버렸다. 희생자들의 합동 장례식에는 이웃 사람들이 모두 참석하였으며 장례 행렬은 몇 시간 뒤에 맹렬한 규탄 대회로 발전했다. 또 다른 폭탄은 아이들이 뛰노는 운동장에 떨어져 수십 명의 어린 목숨들을 앗아가버렸다. 이 일로 촉발된 분노에 찬 시위가 연이어 일어났고 골드스타인의 허수아비가 불태워졌으며 유라시아 군대가 그려진 수백 장의 포스터가 찢겨 소각되었고 수많은 상점이 약탈당했다. 스파이들이 무선전파를 이용해 로켓 폭탄의 목표 지점을 유도해 준다는 흉흉한 소문이 떠돌기도 했다. 외국인 혈통이 섞였다는 이유로 의심을 받았던 한 노부부의 집에 누군가 불을 지르는 바람에 그들이 질식사했다는 소문도 돌았다.

윈스턴과 줄리아는 채링턴 씨의 고물상 위층 방에 오기만 하면 더위를 식히기 위해 창문부터 열어젖혔다. 그런 다음 벌거벗은 채로 낡은 침대에 나란히 누웠다. 쥐란 놈이 또다시 나타나지는 않았지만 더위 탓인지 빈대가 극성을 떨었다. 그렇지만 하등의 문제될 것이 없었다. 더럽든 깨끗하든 그 방은 세상에 둘도 없는 낙원이었다. 그들은 방에 도착하는 대로 암시장에서 사온 후춧가루를 구석구석에 뿌리고 옷을 벗어 던지고는 땀을 뻘뻘 흘리며 정사를 나누었다. 그리고 혼곤한 잠 속으로 곯아떨어졌다가 깨어보면 빈대들이 떼를 지어 덤벼들곤 했다.

그들은 6월 한 달 사이에 네다섯 번 아니 여섯 번, 일곱 번 만났다. 윈스턴은 밤낮을 가리지 않고 술 마시던 버릇을 버렸다. 이제는 그럴 필요가 없기 때문이었다. 그의 뺨에는 살이 올랐고 발목 근처에 갈색 반점을 남기기는 했지만 정맥류성 궤양도 가라앉았다. 이른 아침마다 발작적으로 터져 나오던 기침도 거짓말처럼 멎었다. 산다는 일은 이제 더 이상 견딜 수 없이 지루한 것이 아니었고 텔레스크린 앞에서 얼굴 표정을 바꾸거나 목청껏 욕설을 퍼붓고 싶은 마음도 일지 않았다. 그들은 둘만의 집이나 다름없는 은신처가 있었기 때문에 거리에서 만날 때보다 훨씬 자주 만날 수 있었다. 물론 그때마다 한두 시간 정도밖에 함께 있지 못했지만 두 사람 모두 불만스럽게 여기지는 않았다. 고물상 위층의 그 방을 계속 이용할 수만 있다면 더 이상 바랄 것이 없었다. 윈스턴은 누구의 침해도 받지 않고 그 방이 그곳에 그대로 존재한다는 생각만으로도 그 방에 있는 것처럼 편안하고 따스해졌다. 그곳은 하나의 세계였고 죽어서 없어진 동물들이 다시 살아나서 돌아다니는 과거의 주머니였다. 윈스턴은 채링턴 씨도 또 하나의 사멸한 동물에 속하는 사람이라고 생각했다. 그는 늘 위층으로 올라가는 길에 잠시 멈추어 채링턴 씨와 이야기를 나누곤

했다. 노인은 온종일 거의 밖에 나가는 일이 없어 보였고 달리 손님이 찾아오는 것 같지도 않았다. 노인은 작고 어두운 상점과 비좁은 부엌 사이를 왔다 갔다 하며 지내는 흡사 유령과도 같은 사람이었다. 그가 직접 음식을 준비하는 부엌에는 커다란 나팔이 달린 아주 오래된 구식 축음기가 있었다. 노인은 다른 사람과 이야기 나누는 것을 좋아하는 것 같았다. 기다란 코에 알이 두꺼운 안경을 쓰고 꾸부정한 어깨에 벨벳 조끼를 걸친 모습으로 고물상의 싸구려 물건들 사이에서 서성거릴 때는 장사꾼이라기보다는 수집가 같은 인상을 풍겼다. 이제는 장사꾼으로서의 열성마저 희박해져 다소 맥이 풀린 듯한 모습으로 가게 안에 아무렇게나 쌓아놓은 사기 병마개며 부서진 담뱃갑의 색칠한 뚜껑이며 오래전에 죽은 어린아이의 머리카락이 들어 있는 합금상자 따위를 만지작거리면서 윈스턴에게는 사라는 말 대신 그저 구경하라고만 할 뿐이었다. 노인의 얘기를 듣노라면 마치 낡아빠진 축음기 소리를 듣는 것 같았다. 노인은 먼지 쌓인 기억의 창고를 더듬어 가까스로 잊어버렸던 노래 몇 구절을 더 끄집어냈다. 개똥지빠귀 스물네 마리와 뿔이 굽은 암소, 불쌍하게 죽은 수컷 로빈 새에 관한 노래도 있었다. 노인은 새로운 노래 구절이 생각날 때마다 윈스턴에게 들려주며 슬그머니 지어 보이는 미소와 함께 말하곤 했다.

"당신이 좋아할 것 같아서……."

그러나 노인은 어떤 노래든 몇 구절밖에 기억하지 못했다.

윈스턴과 줄리아는 이 상태가 오래 지속되지 못할 것을 알고 있었다. 이 생각은 언제나 그들의 머리에서 떠나지 않았다. 어떤 때는 자신들의 죽음이 임박해 있다는 사실이 그들이 몸을 맞대고 누워 있는 침대처럼 명약관화하게 인식되기도 했다. 그럴 때면 두 사람은 저주받은 영혼이 죽음 직전에 마지막 위안거리를 찾듯 절망적인 육욕에 매달렸다. 한편으로는 자신들은 안전하며 이 안전이 영원토록 이어질 것이라는 환상에 빠지기도 하였다. 사실 그들은 자신들이 그 방에 있는 한 어떠한 재난도 닥쳐오지 않을 것이라고 믿었다. 그곳에 도착하기까지는 어렵고 위험하였지만 일단 방에 들어서기만 하면 안전한 성역에 와 있는 것 같았다. 이것은 마치 윈스턴이 유리 문진 속을 바라보며 그 유리 세계 속으로 들어가기만 한다면 시간도 멈추게 할 수 있다고 느끼는 것과 같았다. 때로는 둘이서 도망치는 공상도 했다. 자신들의 행운이 영원히 계속되어서 나머지 생애도 지금처럼 어려움 없이 잘 지낼 수 있을 거라는 생각을 했다. 혹은 뜻하지 않게 캐서린이 죽는다면 묘책을 써서 결혼에 성공할 수도 있을지도 모른다. 모든 게 뜻대로 되지 않고 막바지에 몰리면 함께 자살을 꾀할 수도 있다. 아니, 그렇게 되기 전에 둘이 감쪽같이 사라져서 다른 사람들이 알아볼 수 없도록 신분을 바꾸고, 노동자의 말투를 배워 공장에 취직한 다음 뒷골목에서 숨어 살 수도 있을 것이다. 그러나 그 어떤 것도 실현 불가능하며 헛된 공상에 불과할 뿐이다. 두 사람 다 잘 알고 있었다. 현실에서의 도피처는 어디에도 없었다. 실제로 가능한 단 하나의 방법인 자살마저도 결행할 용기가 없었다. 공기가 있는 한 숨을 쉬며 살아가는 것처럼 하루하루 미래가 없는 현실에 매달려 사는 것이 어찌할 수 없는 본능인 것 같았다.

때로는 당에 대한 적극적인 반란 운동에 참가하자는 얘기도 나누었다. 그러나 도대체 어떻게 그 첫발을 떼어놓아야 하는 건지 알 수 없었다. 전설적인 형제단이 실제로 존재한다고 하더라도 가입하는 길을 찾는 것은 여전히 불가능에 가까운 문제로 남아 있었다. 윈스턴은 그녀에게 아주 조심스럽게 오브라이언 이야기를 해보았다. 자신과 오브라이언 사이에 뭐라고 설명할 수 없는 이상한 친밀감이 있는 것 같다고 서두를 꺼낸 뒤, 때때로 오브라이언 앞에 가서 단도직

입적으로 자기는 당의 적이라는 것을 밝히고 그에게 도움을 요청하고 싶은 충동이 일어난다고 덧붙였다. 뜻밖에도 그녀는 불가능하거나 경솔한 생각이라고 받아들이지 않았다. 그녀는 언제나 얼굴로 사람을 판단하는 습성이 있어서인지 윈스턴과 오브라이언은 단 한 번 시선을 마주친 것이 전부였음에도 그를 믿는 것은 당연하다고 생각하는 듯했다. 게다가 거의 모든 사람이 속으로는 당을 증오하고 있으며 신변의 안전만 보장된다면 너도 나도 당의 규칙을 깨뜨릴 것이라고 말했다. 그러나 그녀는 광범위하고 조직화된 반대 세력이 있다거나 있을 수 있다는 가능성은 도무지 믿으려 하지 않았다. 골드스타인이나 그의 지하 군대에 관한 이야기들은 당이 고의적으로 꾸며 낸 가공의 사실일 뿐이며 사람들이 그저 믿는 척해 주는 헛소리에 지나지 않는다고 했다. 그녀는 그동안 수없이 많은 궐기 대회와 자발적인 시위에 참가해 누군가의 이름을 소리 높여 부르며 처형하라고 외쳐대긴 했지만 그런 이름을 들어본 적은 한 번도 없으며 당사자들이 정말로 죄를 지었다고 믿어본 적도 없다는 것이었다. 그녀는 공개 재판이 열릴 때도 아침부터 밤까지 법정을 둘러싸고 있는 청년 동맹의 대표 단원 자리에 앉아서 이따금씩 '저 반역자를 처형하라!'고 외쳐댔다고 했다. 그리고 2분 증오 시간에는 그 누구보다 크게 골드스타인에게 욕을 퍼부었다고 했다. 그러나 그녀는 골드스타인이 누구며 그가 어떤 사상과 정책을 내세우는지 전혀 모르고 있다는 것이었다. 그녀는 혁명 이후에 성장 과정을 거쳤기 때문에 50년대와 60년대에 있었던 이념 전쟁을 알지 못했다. 따라서 그녀에게는 개별적인 정치 운동 같은 것은 상상할 수도 없는 일이었고 어떤 방법으로든 당을 이겨낼 수 없다는 것이 절대 진리처럼 생각되었다. 당은 영원히 존재할 것이며 언제나 변함없을 절대 권력이었다. 사람들이 당에 대항할 방법은 거의 전무하였다. 기껏해야 남이 눈치채지 못하게 몰래 하는 불복종이나 몇 사람을 죽이고 몇 가지 시설을 파괴하는 정도의 고립된 폭력 행위가 고작일 뿐이었다.

어떤 점에서는 그녀가 윈스턴보다 훨씬 더 예리하고 그만큼 당의 선전에 쉽사리 넘어가지 않는 편이었다. 언젠가 그가 우연히 유라시아와의 전쟁에 대해 언급한 적이 있었다. 그때 그녀는 지금 현재 전쟁이 진행되고 있지 않다고 잘라 말해 그를 깜짝 놀라게 했다. 뿐만 아니라 연일 런던 시내에 떨어지는 로켓 폭탄도 오세아니아 정부가 '국민을 공포 속에서 헤어 나오지 못하도록 만들기 위해 발사하는 것'이라고 말했다. 윈스턴은 한 번도 그런 생각을 해본 적이 없었다. 그녀가 2분 증오 시간 때면 항상 터져 나오는 웃음을 참느라고 무진 애를 쓴다는 말을 했을 때 그는 일종의 부러움마저 느꼈다. 하지만 그녀는 단지 당의 지시가 자신의 삶을 방해할 때만 반발할 뿐이었다. 진실과 허위의 차이점이 자신에게 전혀 중요하지 않다는 단순한 이유만으로 그녀는 당의 공식적인 신화를 기꺼이 그대로 받아들였다. 예를 들면 그녀는 학교에서 배운 대로 당이 비행기를 발명했다는 선전을 믿고 있었다(윈스턴이 학교에 다니던 50년대 후반기에만 하더라도 당이 발명했다고 주장한 것은 헬리콥터뿐이었다. 그런데 12년 후 줄리아가 학교에 다닐 때는 비행기까지 발명했다고 가르쳤다. 아마 한 세대 후에는 증기기관까지 발명했다고 선전할 것이다). 그래서 윈스턴은 자신이 태어나기 전 즉 혁명이 일어나기 한참 전에 이미 발명되었다고 말했다. 하지만 이 얘기는 그녀에게 아무런 관심도 유발하지 못했다. 비행기를 발명한 게 누구이건 자기로서는 상관할 바가 아니라는 식이었다. 윈스턴은 그녀가 불과 4년 전만 하더라도 오세아니아가 동아시아와 전쟁을 하고 유라시아와는 평화적인 관계였다는 사실조차 까맣게 모르는 걸 알았을 때는 정말 놀라지 않을 수 없었다. 물론 모든 전쟁을 속임수에 지나지 않는다는 그녀의 생각은 옳다. 그러나 전쟁 상대국, 곧 적국의 이름이 바뀌었다는 사실마저 의식하지 못하는 것은 결코 그냥 흘려 넘길 일이 아니었다.

"우리는 늘 유라시아하고만 전쟁하는 줄로 알았어요."

그녀는 말했다. 그 말에 윈스턴은 적지 않게 놀랐다. 비행기의 발명은 그녀가 태어나기 오래전의 일이니 그렇다 치더라도 전쟁 상대국이 바뀐 것은 현재로부터 겨우 4년 전의 일인데 그렇게 말할 수 있다니 충격을 받지 않을 수 없었던 것이다. 이 문제를 가지고 그들은 15분이나 토론했다. 마침내 그는 그녀로 하여금 한때는 전쟁 상대국이 유라시아가 아니라 동아시아였다는 사실을 희미하게나마 기억시키는 데 성공했다. 그러나 그 같은 사실도 그녀에게는 별다른 충격을 주지 못하는 것 같았다.

"그렇다고 해서 그게 무슨 상관이에요? 어차피 전쟁은 끊임없이 계속되어고 뉴스는 내용이 무엇이든 모두 거짓말뿐인데요."

그녀는 발끈하며 그렇게 말했다.

이따금 그는 기록국과 그곳에서 자기가 수행하고 있는 뻔뻔스러운 날조 행위에 대해 그녀에게 얘기해 주었다. 그녀는 그런 얘기에도 전혀 놀라는 기색을 보이지 않았다. 거짓이 진실로 탈바꿈한다고 해서 자신의 발밑에 무서운 심연이 입을 벌리고 있게 된다는 정도로 심각하게 느끼지 않는 모양이었다. 그는 존스와 아론슨과 러더퍼드에 대한 얘기를 하고 언젠가 우연하게 입수했던 신문지 조각에 대해서도 말했다. 하지만 그런 이야기도 그녀에게 깊은 인상을 주지 못하기는 매한가지였다. 처음에는 아예 이야기의 핵심조차 파악하지 못하고 있었다.

"그 사람들이 당신의 친구였나요?"

그녀가 심드렁하게 물었다.

"아니오. 나는 그들을 전혀 모르오. 그 사람들은 내부당원들이오.

게다가 나보다 훨씬 나이가 많고 혁명 이전의 구세대 사람들이오. 나는 얼굴만 겨우 봤을 뿐이오."

"그런데 뭘 그렇게 걱정해요? 그들뿐 아니라 인간은 어차피 언젠가는 죽는 게 아니겠어요?"

그는 어떻게 해서든지 그녀를 이해시켜 보려고 애썼다.

"그건 예외적인 경우란 말이오. 그저 단순히 죽음을 맞게 되는 그런 경우와는 다르오. 당신은 바로 어제를 포함한 과거가 깡그리 삭제되고 있다는 것을 알고 있소? 아직 어디엔가 과거가 남아 있다면 그것은 마치 저 유리 덩어리처럼 아무런 증언도 할 수 없는 물체들뿐이오. 이미 우리는 혁명 당시와 그 이전의 것에 대해서는 완전 무지의 상태에 있소. 모든 기록은 없어졌거나 날조되었고 책이란 책은 모두 새로 쓰이고 그림은 다시 그려지고 모든 동상과 거리와 건물들은 전부 이름이 바뀌고 역사적인 날짜마저도 모두 엉터리로 변경되었소. 이런 과정은 매일매일 지금 이 순간에도 계속 행해지고 있소. 한마디로 역사가 정지해 버린 거요. 오직 존재하는 것은 당이 언제나 옳은 것으로 되어 있는 끊임없는 현재뿐이오. 물론 나는 과거가 날조됐다는 것을 알고 있소, 그렇지만 나 자신이 날조 행위를 하면서도 그것을 증명할 도리가 내게는 없단 말이오. 한 번 날조되고 나면 어떤 증거도 남아 있지 않게 되니까. 결국 유일한 증거는 내 마음속에 남아 있을 뿐인데 누가 내 기억을 믿어주겠느냐 말이오. 내 경험에 비추어서 한 가지 예를 들자면 그 사건 이후에 실질적이고 구체적인 증거를 손에 쥔 적이 딱 한 번 있었소."

"그래서? 그게 무슨 소용이라도 있었나요?"

"아무 소용이 없었소. 몇 분 만에 그것을 내버렸으니까. 그러나 만일 오늘 그때와 똑같은 일이 벌어진다면 이번에는 그것을 반드시 보관할 거요."

"저라면 그렇게 하지 않겠어요. 저도 때에 따라서는 위험을 무릅쓸 각오가 되어 있지만, 그건 오직 가치 있는 것만을 위해서예요. 그따위 낡은 신문지 조각을 위해 모험하지는 않을 거예요. 설령 당신이 보관했다 하더라도 그것으로 대체 무엇을 할 수 있었겠어요?"

그녀를 이해시키기란 쉬운 일이 아닐 듯싶었다.

"별 대단한 것은 아니라고 할 수 있겠지만 그건 명백한 증거물이오. 내가 위험을 무릅쓰고 타인에게 보일 수만 있었다면 당을 의심하는 사람들이 여기저기 생겨났을 거요. 물론 우리가 살아 있는 동안 당을 변화시킬 수 있으리라고는 생각하지 않소. 그러나 작은 규모의 저항 운동이 이곳저곳에서 일어날 가능성은 충분히 있소. 만약 그 세력이 점점 커진다면 그리고 후세에 몇 마디의 기록이라도 남기게 된다면 다음 세대가 계속 수행해 나갈 수 있을 거요."

"다음 세대에는 관심이 없어요. 저는 현실에 버려져 있는 우리 자신에게만 관심이 있어요."

"당신은 허리 아래쪽만 반역자로군."

그녀는 윈스턴의 말이 아주 멋진 조크라고 생각했는지 기쁨에 찬 표정을 지으며 그를 껴안았다.

그녀는 당의 구체적인 강령에 대해서는 아예 무관심했다. 그가 신어를 써가며 영사의 원리니 이중사고니 과거의 무상함이니 객관적 현실의 부정이니 하는 이야기를 시작하기만 하면 그녀는 따분한 낯빛으로 그 따위 것들에는 아무 관심이 없다고 잘라 말했다. 누구나 그런 것들이 쓰레기 같다는 것을 알고 있는데 무엇 때문에 골치를 썩이느냐는 것이었다. 그녀는 자신이 언제 환호하고 언제 경멸을 보내야 하는지 알고 있으니 그것이면 족하지 않느냐고 반문했다. 윈스턴이 화제를 계속 이어가려고 하면 그녀는 못 들은 척하다가 결국에는 잠 속으로 도망치고 말았다. 아닌 게 아니라 그녀는 언제 어느 곳에서라도 쉽게 잠이 드는 사람 중의 하나였다. 윈스턴은 그녀와 이야기하는 동안 정통성이 무엇을 의미하는지 전혀 알지 못하면서도 정통적인 태도를 유지하는 일이 얼마나 쉬운 것인가를 처음으로 깨달았다. 어떤 점에서 당이 내세우는 세계관은 그것을 이해할 수 없는 사람들에게 가장 잘 받아들여졌다. 그들은 자기들에게 요구되어지는 것이 얼마나 엄청난 일인지도 알지 못할 뿐더러 지금 벌어지고 있는 공적인 사건에 깊은 관심을 가져야 한다는 것을 모르기 때문에 극도로 악랄한 당의 현실 침해도 그대로 받아들일 수 있는 것이었다. 말하자면 이해의 결여가 그들의 정신 상태를 정상으로 유지시켜 주는 것이었다. 그들은 아무것이나 닥치는 대로 집어삼키기만 하면 되었다. 뒤에 아무런 찌꺼기도 남기지 않기에 그들이 삼킨 것은 그들에게 아무런 해도 끼치지 않았다. 마치 곡식 한 알이 소화되지 않은 채 그대로 새의 몸뚱이에서 빠져나오는 것처럼.

6

드디어 올 것이 오고야 말았다. 고대했던 메시지가 온 것이었다. 그는 자신이 평생을 두고 그 일만을 기다려 왔던 것처럼 느껴졌다.

그가 청사의 긴 복도를 따라 걷고 있을 때였다. 줄리아가 그의 손에 쪽지를 건네주었던 바로 그 자리에 이르렀을 때 그는 자기보다 체구가 더 큰 사람이 뒤에서 바짝 따라오고 있다는 것을 느꼈다. 누구인지 모르지만 뒤에 있는 사람은 그에게 말을 걸고 싶다는 듯 헛기침을 했다. 윈스턴은 걸음을 멈추고 뒤로 돌아섰다. 오브라이언이었다.

마침내 그들이 정면으로 마주본 것이다. 그 순간 윈스턴은 도망치고 싶은 충동이 일었다. 심장이 격렬하게 날뛰었다. 말이 제대로 나오지 않을 것 같았다. 그러나 오브라이언의 눈빛은 자연스럽고 의연했다. 그는 정다운 태도로 윈스턴의 팔을 잡고 보조를 맞추며 걸음을 옮겼다. 그는 대부분의 내부당원들과는 달리 점잖은 태도로 말을 걸었다.

"자네하고 한번 이야기 나눌 기회를 기다렸네. 언젠가 〈타임스〉에서 신어에 관한 자네의 글을 읽었네. 자네는 신어에 대해 학구적인 관심이 있는 것 같더군."

윈스턴은 어느 정도 마음의 평정을 되찾았다.

"학구적이라고 할 것까지야 있겠습니까? 그저 비전문가에 지나지 않습니다. 제 전공도 아닐뿐더러 신어의 실제적인 제작 작업에도 관계해 본 적이 없습니다."

"하지만 썩 훌륭하게 썼더군. 이건 나 혼자만의 의견이 아니라네. 그 방면의 전문가라 할 수 있는 자네의 친구와 얼마 전에 얘기를 나눈 적이 있었네. 그 친구 이름이 뭐였는지는 잊어버렸는데……."

윈스턴은 다시 한 번 가슴이 뜨끔했다. 신어와 관련된 전문가라면 그건 사임을 두고 하는 말임에 틀림없다. 그러나 사임은 죽었을 뿐만 아니라 존재했다는 사실조차 없애버린 무인이다. 그를 언급하는 것은 자체가 이미 생명이 오갈 만큼 위험한 일이었다. 오브라이언의 말은 분명히 일종의 신호거나 암호일 것이다. 어쩌면 사소한 사상죄를 함께 범함으로써 같은 배를 타자는 속뜻일지도 모른다. 그들은 천천히 복도를 따라 걸어갔다. 복도가 갈라지는 곳에 이르자 오브라이언은 걸음을 멈추었다. 그는 늘 버릇처럼 취하는 몸짓-상대방으로 하여금 안심하게 하려는 듯 묘한 친밀감이 어린 태도-으로 콧잔등 위에 미끄러져 내려온 안경을 고쳐 썼다. 그러고는 말을 계속했다.

"자네에게 꼭 말하고 싶었던 것은 자네가 쓴 글에서 이미 폐기 처분한 단어 두 개를 발견했기 때문일세. 그 단어가 없어진 건 최근 일이기는 하지만 말일세. 혹시 신어사전 제10판을 본 적이 있나?"

"아니오, 못 봤습니다. 아직 발간되지 않은 줄로 알고 있는데요. 저희 기록국에서는 아직 제9판을 사용하고 있습니다."

"제10판이 나오려면 아직도 몇 달 더 있어야 할 걸세. 하지만 나는 견본 몇 권을 보았다네. 마침 내게 한 권이 있는데 자네도 보면 흥미로울 걸세."

"저도 보고 싶습니다."

윈스턴은 그 말의 의미를 대뜸 깨닫고 얼른 대답했다.

"제10판에서 보인 몇 가지 새로운 진전은 착상이 아주 독창적이더군. 무엇보다 동사의 수가 눈에 띄게 줄어들었는데 자네에게는 그점이 가장 흥미롭지 않을까 싶네. 가만있자, 인편으로 사전을 보내주면 되겠나? 그런데 나는 이런 일을 곧잘 잊어버린다네. 적당한 때에 자네가 내 집에 들러서 가져가면 어떻겠나? 잠깐, 내 주소를 적어주겠네."

그들은 텔레스크린 앞에 서 있었다. 오브라이언은 주머니를 두어군데 뒤적뒤적 하더니 가죽으로 된 작은 수첩과 금빛 장식이 달린만년필을 꺼냈다. 그러고는 텔레스크린 바로 앞에서 볼 테면 보라는듯 수첩의 한 면에 자기 집 주소를 쓰고는 윈스턴에게 찢어 주었다.

"저녁때는 대개 집에 있다네. 만일 내가 없다면 하인이 내줄 걸세."

오브라이언은 주소가 적힌 종이쪽지를 건네주고 자리를 떠났다. 이번에는 감출 필요가 없었지만 윈스턴은 종이쪽지에 적힌 주소를 외우고는 몇 시간 후 다른 서류 뭉치와 함께 기억통 속에 넣어버렸다.

그들의 대화는 고작 2분 정도밖에 안 되었다. 그 짧았던 사건의 의미는 오직 한 가지였다. 그것은 오브라이언이 윈스턴에게 자기 주소를 가르쳐주기 위한 방편이었던 것이다. 직원 주소록 따위는 있지도 않을 뿐더러 상대방이 직접 물어오기도 전에 먼저 주소를 알려줄 수없기 때문에 쓴 방법이었다. 오브라이언이 윈스턴에게 말한 것은 '나를 만나고 싶거든 나의 집으로 오라.' 였다. 오브라이언은 사전 속에 특별한 메시지를 넣어 줄지도 모른다. 한 가지 사실은 명백해졌다. 윈스턴이 상상해 왔던 음모는 실제로 존재하고 이제 그 음모에 접근할 수 있는 실마리를 잡게 된 것이다.

그는 조만간 자신이 오브라이언의 부름에 응하리라는 것을 알고 있었다. 그것이 내일이 될지 오랜 후가 될지는 몰랐다. 지금 일어난 것은 몇 년 전에 시작된 준비의 결과일 뿐이었다. 그가 이행해 온 첫 번째 단계는 남들이 알 수 없는 자신의 의식 세계 속의 모호한 생각이었고, 두 번째 단계는 일기를 쓰기 시작한 일이었다. 그는 일기를 통해 생각을 글로 옮겼지만 이제는 글을 행동으로 옮겨야 할 것이다. 마지막 단계는 애정부에서 일어날 어떤 사건이 될 것이다. 이미 각오하고 있었다. 어차피 결말은 언제나 시작에 포함되어 있기 마련이니까. 하지만 끔찍하게 두려웠다. 아니, 보다 정확히 말하자면 그것은 애써 죽음을 불러들이는 결과가 될 것만 같았다. 오브라이언과 이야기를 나누면서도 그의 심중을 감지하는 순간 섬뜩한 전율이 윈스턴의 몸을 훑고 지나갔다. 왠지 제 발로 어둡고 습기 찬 무덤 안으로 걸어 들어가는 기분이었다. 그러나 그는 늘 무덤이 저 앞에서 자신을 기다린다는 사실을 친숙할 정도로 지니며 살아왔기에 그다지 커다란 두려움은 느끼지 않았다.

7

윈스턴은 눈물이 글썽해진 상태로 잠에서 깼다. 줄리아는 여전히 잠에 취해 몸을 뒤척이며 '무슨 일이에요?' 라고 말하는 듯 중얼거렸다.

"꿈을 꾸었는데……."

그는 얘기를 시작하려다가 그만 입을 다물어버렸다. 말로 표현하기에는 너무나도 복잡한 꿈이었다. 꿈 자체도 그랬지만 꿈과 연관된 기억이 머릿속 아득히 먼 곳에서 다가와 꿈틀대는 바람에 잠에서 깨어난 뒤에도 그는 얼마 동안 그 기억을 좇고 있었다.

그는 꿈에 보았던 환상에 잠겨 눈을 감은 채 돌아누웠다. 비 온 뒤의 여름 저녁 풍경처럼 그의 생애가 한눈에 펼쳐지는 광대하고 명료한 꿈이었다. 꿈속의 모든 일들은 유리 문진 속에서 일어났다. 유리 표면은 궁륭의 형상을 한 하늘이었고 내부는 밝고 부드러운 빛이 가득하여 한없이 먼 저쪽 끝까지 볼 수 있었다. 꿈속에서 그는 팔을 흔드는 어머니의 모습을 보았고-꿈은 그 장면을 중심으로 펼쳐졌다-그로부터 30년 후 영화에서 보았던 유태인 부인이 헬리콥터의 피격으로 산산조각 나기 직전에 어린 아들을 보호하기 위해 필사적으로 아이를 감싸 안던 장면도 펼쳐졌다.

"지금까지 나는 내가 어머니를 죽였다고 생각했소."

그가 말했다.

"어머니를 죽였다니요?"

줄리아가 잠결에 물었다.

"어머니를 죽이진 않았어, 실제로는."

꿈속에서는 어머니를 마지막으로 보았던 장면이 그대로 나타났고 그래서 잠을 깨고 나서도 얼마 동안 그때의 여러 가지 소소한 사건들이 떠오른 것이었다. 그가 몇 년씩이나 잊어버리려 애써왔던 기억들이었다. 그는 그 일이 일어났던 확실한 연대를 기억할 수 없었다. 아마도 그가 열 살 정도였거나 많아봤자 열두 살쯤일 때였다.

아버지는 그 일이 벌어지기도 전에 사라지고 없었다. 그것이 그 일로부터 얼마나 오래전의 일이었는지는 기억할 수 없다. 하지만 그는 당시의 소란스럽고도 불안했던 상황을 선명하게 기억해 낼 수 있었다. 주기적인 공습으로 공포에 떨며 지하철역으로 대피하던 일, 사방에 쌓여 있던 폐허 더미들, 길모퉁이마다 붙어 있던 이해할 수 없는 성명문들, 모두 똑같은 색의 셔츠를 입었던 청년 당원들, 빵집 앞에 길게 늘어서서 배급을 기다리던 사람들, 멀리서 들려오던 끊임없는 기관총 소리…… 무엇보다도 뼈저린 기억은 먹을 것이 없어서 허기진 배를 움켜쥐고 고통스러워했던 사실이었다. 그는 기억하고 있다. 기나긴 한낮에 다른 아이들과 함께 쓰레기 더미를 뒤져 양배추 줄기와 감자 껍질을 주웠고 가끔씩 운이 좋으면 조금 떼어내고 먹을 수 있는 상한 빵 조각을 손에 쥘 수도 있었다. 어디 그뿐이던가? 날마다 소에게 먹일 사료를 싣고 지나가던 트럭의 길목을 지키고 있다가 울퉁불퉁한 길에서 덜커덩거릴 때 떨어지는 콩깻묵 덩어리를 줍던 일도 떠올랐다.

그의 아버지가 사라졌을 때 어머니는 어떤 놀라움도 격한 슬픔도 내보이지 않았다. 그러나 어머니가 그 일로 급격하게 변한 것만은 확실했다. 어머니는 완전히 넋이 나간 사람 같았다. 윈스턴은 무엇인가 획기적인 일이 생기리라 믿고 기다리는 어머니의 마음을 눈치챌 수 있었다. 어머니는 취사, 세탁, 옷 수선, 침대 정리, 마루 청소, 벽난로 소제 등 모든 집안일을 손수 다 했다. 언제나 그러하듯이 아주 느리게. 하지만 이상하게도 어머니는 그 모든 일들을 화가의 지시에 따라 움직이는 모델처럼 일말의 불필요한 동작 하나 없이 조심조심 아주 천천히 해나갔다. 어머니의 크고 균형 잡힌 몸은 날이 갈수록 정물처럼 굳어져가는 듯했고 얼굴에서는 표정이 사라져갔다. 또 어머니는 영양부족으로 심하게 마르고 병약해져 우는 소리 한 번을 제대로 낸 적 없는 두어 살짜리 누이동생을 안고 침대 머리맡에 앉아 한 번에 몇 시간씩 꼼짝 않고 젖을 물렸다. 어떤 때는 아무 말도 없이 오랫동안 윈스턴을 꼭 껴안기도 했다. 그때 윈스턴은 아직 어렸고 자신밖에 모르는 나이였지만 어머니의 그런 모습들이 모두 이제 곧 일어날, 말로 표현하기 어려운 사건을 암시한다고 생각했다.

그는 자신들이 살았던 어둡고 냄새나는 방을 떠올렸다. 하얀 시트가 덮인 침대가 절반을 차지했던 그 방의 벽난로 옆에는 음식을 넣어두는 찬장과 가스풍로가 있었고 바깥 층계참에는 여러 세대가 공동으로 사용하는 갈색 도기 개수대가 있었다. 그는 가스풍로 위로 몸을 구부려 냄비 안의 음식을 조리하던 어머니의 조각상같이 우아한 모습을 떠올렸다. 그는 툭하면 왜 먹을 것이 없느냐고 어머니에게 투정을 부리거나 제 몫보다 더 먹으려고 보채곤 했다. 그러다가 뜻대로 되지 않으면 소리를 지르고 대들면서 울부짖었다(그는 지금까지도 이상하게 갈라지며 울부짖던 자신의 목소리를 기억하고 있다). 그러면 어머니는 당신의 그릇에서 음식을 덜어내 주시며 사내아이니까 많이 먹어야 한다고 말하곤 했다. 그러나 어머니가 더 주는데도 그는 여전히 더 달라고 졸라댔다. 식사 때마다 어머니는 그에게 너무 혼자만 욕심을 부리면 못쓴다며 어린 누이동생이 아프니 동생도 먹게 하자고 타일렀지만 그는 막무가내였다. 어린 윈스턴은 어머니가 먹을 것을 더 주지 않으면 화를 내며 소리를 지르고 어머니의 손에서 냄비와 국자를 가로채려고 덤벼들었다. 그러고는 누이동생의 접시에 담긴 약간의 음식도 빼앗아 먹었다. 그는 자신이 어머니와 누이동생을 굶주리게 만든다는 것을 느꼈지만 어쩔 수가 없었다. 심지어 자신에게는 그럴 권리가 있다고 생각하기도 했다. 허기져서 꼬르륵거리는 배가 그 생각을 정당화시켜 주었다. 식사 때 외에도 어머니가 지켜보지 않는 틈을 타 찬장 안에 있는 보잘것없는 음식물을 훔쳐 먹는 일도 다반사였다.

어느 날 초콜릿 배급이 나왔다. 몇 주, 아니 몇 달 만에 받는 배급이었다. 그는 지금도 가슴을 저미게 하는 그때의 초콜릿 한 조각을 분명히 기억하고 있다. 그날 그들 세 식구에게는 2온스⁴⁾짜리 초콜릿 한 조각이 배급되었다(당시는 아직도 온스라는 단위를 쓰고 있을 때였다). 똑같이 세 조각으로 나누는 것이 당연했지만 윈스턴은 혼자서 초콜릿을 다 먹어야 한다고 큰 소리로 주장하는 마음의 소리를 들었다. 어머니는 그에게 욕심 부리지 말라고 타일렀다. 한참 동안 울고 불고 꾸짖고 달래는 소란이 벌어졌다. 그동안 어린 누이동생은 새끼 원숭이처럼 두 팔로 어머니의 목에 매달린 채 슬픔이 담긴 눈을 커다랗게 뜨고 어머니의 어깨 너머로 제 오빠를 바라보고 있었다. 윈스턴의 고집에 못이긴 어머니는 결국 초콜릿의 4분의 3을 그에게 주고 나머지를 누이동생에게 주었다. 누이동생은 초콜릿 조각을 받아 들고 멍하니 들여다보기만 했다. 윈스턴은 잠시 동생을 노려보았다.

---

4) 야드파운드법에 의한 무게 단위로, 1온스는 28.35그램에 해당한다 – 옮긴이

그러고는 번개처럼 잽싸게 동생 손에 있는 초콜릿을 낚아채서 문밖으로 뛰었다.

"윈스턴! 윈스턴!"

뒤에서 그를 부르는 어머니의 목소리가 들려왔다.

"어서 돌아와! 동생에게 초콜릿을 돌려주렴!"

그는 걸음을 멈추고 뒤를 돌아보았다. 애원하는 어머니의 눈빛이 눈에 들어왔다. 그 순간 무언가 어머니가 생각해 오던 일이 벌어질 것 같다는 느낌이 섬광처럼 지나갔다. 누이동생은 뭔가 빼앗겼다는 것을 알고 힘없이 칭얼대기 시작했다. 어머니는 누이동생을 꼭 끌어안으며 아이의 얼굴을 젖가슴에 가져다 댔다. 윈스턴은 어머니의 행동을 보며 누이동생이 죽어간다고 생각했다. 그럼에도 불구하고 그는 이미 녹기 시작하여 끈적거리는 초콜릿을 움켜쥔 채 그대로 돌아서서 계단을 뛰어 내려갔다.

그리고 그는 두 번 다시 어머니를 보지 못했다. 어린 윈스턴은 초콜릿을 몽땅 먹고 난 후 뒤늦게 부끄럽다는 생각이 들었다. 그래서 몇 시간 동안 거리를 헤매고 돌아다니다가 배가 고파져서 마지못해 집으로 돌아왔다. 그러나 어머니의 모습을 찾을 수가 없었다. 어머니와 누이동생 외에 집 안에서 사라진 것은 아무것도 없었다. 어머니의 외투까지 그대로 있었다. 어머니는 옷가지 하나 가져가지 않고 사라진 것이었다. 그 후로 이날까지 그는 어머니와 누이동생이 어떻게 되었는지 알지 못했다. 누이동생은 자신처럼 내란으로 늘어난 고아들의 집단 수용소(교화원이라고 불리는)에 보내졌을 것이다. 그렇지 않으면 어머니를 따라 강제 노동 수용소로 들어갔거나 그냥 어느 곳에 버려져 죽었을지도 모른다.

윈스턴은 꿈에서 본 어머니의 양팔을 잊을 수가 없었다. 특히 그 꿈에서 시사 받는 모든 의미가 함축적으로 담겨 있는 것 같은, 무엇인가를 감싸 안아 보호하려는 듯 어머니의 팔이 움직이던 장면은 여전히 기억 속에 생생했다. 두 달 전에 꾸었던 또 다른 꿈으로 생각이 옮겨갔다. 그 꿈속에서 어머니는 하얀 시트가 덮인 허름한 침대 머리맡에 앉아 어린 딸을 품에 안았던 예전 그 자세로, 점점 더 깊은 곳을 향해 침몰하는 배 안에 앉아 있었다. 어머니는 점차 깜깜해지는 물속에서 그를 마냥 올려다보고 있었다.

윈스턴은 줄리아에게 어머니가 사라졌던 자초지종을 이야기해 주었다. 그녀는 눈도 뜨지 않고 편안히 누운 자세로 이야기를 들었다.

"그때는 당신도 돼지처럼 저만 아는 욕심꾸러기였군요. 하긴 아이들은 다 욕심꾸러기 돼지죠, 뭐."

그녀는 별 생각 없이 그렇게 말했다.

"그렇소. 나는 욕심 많은 돼지였소. 지금 내가 말하고자 하는 것은……"

숨소리로 보아 그녀는 다시 잠에 빠져든 것 같았다. 그는 어머니에 대해 좀 더 이야기하고 싶었다. 그가 기억하는 어머니는 비범하거나 지성적이라기보다는 평범한 쪽에 가까운 여성이었다. 그러나 자기 나름대로의 개성과 기준을 가지고 살았기 때문에 고상하고 순결한 기품이 있었고 외부의 영향을 받지 않았다. 다른 사람의 쓸데없는 행동이라고 해서 꼭 무의미한 것만은 아니라고 생각할 만큼 어머니의 감성은 독특했던 것 같았다. 또 누군가를 사랑하면 그 마음에 변함이 없었고, 줄 것이 아무것도 없을지라도 사랑만은 줄 수 있다고 믿는 여성이었다. 윈스턴이 누이동생 몫의 초콜릿까지 몽땅 빼앗아 갔을 때, 어머니는 누이동생을 가슴에 꼭 껴안았다. 그래 봤자 아무 소용도 달라질 것도 없었다. 초콜릿이 더 생기는 것도 아니고 기적이 일어나는 것도 아닌데 어린 딸이나 자신의 죽음을 피할 수라도 있는 것처럼 어머니는 그리한 것이었다. 영화 속에서 보트를 타고 있던 피난민 부인 역시 종이 한 장의 효과밖에 없을 터임에도 총알을 막기 위해 어린 아들을 두 팔로 감싸 안지 않았던가! 당이 해온 행위 중 가장 가공할 만한 것은 물질세계를 지배하는 인간의 힘을 모두 빼앗아가는 동시에 단순한 충동이나 감정은 아무 쓸모가 없다고 세뇌하는 것이었다. 일단 당의 손아귀에 들어가기만 하면 느끼는 것과 느끼지 못하는 것, 행동한다는 것과 행동하지 못하는 것 사이에는 아무런 차이도 존재하지 않게 된다. 개인에게 일어났던 일은 모두 사라져버리고 그 존재나 과정 자체도 영원히 사라지게 된다. 그러하여 역사로부터 완벽하게 지워지는 것이다. 그러나 두 세대 전 사람들은 역사를 바꿀 필요가 없었기 때문에 이미 일어난 일은 어떤 의미에서 그다지 중요하지 않았다. 그들은 개인적인 성실성으로 삶을 영위했고 아무도 그런 삶의 태도를 회의하지도 않았다. 중요한 것은 개인적인 인간관계였으며 죽어가는 사람을 껴안아 준다든가 눈물을 흘리며 위로의 말 한마디를 건네는 등의 무력한 행위에서도 가치를 찾을 수 있었다. 노동자들은 아직도 그런 상태에서 살고 있다는 생각이 뇌리에 스쳤다. 그들은 당이나 국가 혹은 사상에 충성을 바치는 것이 아니라 서로의 인간에게 충실했다. 그는 비로소 노동자들이란 경멸할 수 없는 존재로 언젠가는 생명을 되찾아 세계를 재건할 수 있는 잠재적인 힘을 보유한 대상이라고 생각하기에 이르렀다. 노동자야말로 진정한 인간이었다. 그들의 의식은 경직되어 있지 않다. 그들은 지금도 원시적인 감정을 그대로 지닌 채 살고 있으며 자신은 의식적으로 노력해서라도 그것을 배워야 한다고 생각했다. 이런 생각을 하던 그는 몇 주일 전 폭격 직후 길가에서 절단된 손목을 발견하고 별 생각 없이 도랑 속으로 차 넣었던 일이 떠올랐다.

"노동자들이야말로 진정한 인간이오. 우리는 인간이라 할 수도 없소."

그는 불쑥 그렇게 말했다.

"그게 무슨 얘기예요?"

다시 잠에서 깨어난 줄리아가 놀란 듯이 물었다.

그는 다시 잠시 생각에 잠겼다가 말했다.

"당신은 어떻게 생각하오? 우리가 지금 할 수 있는 최선의 일이란 더 늦기 전에 이곳에서 빠져나가 다시는 서로 만나지 않는 것이라고 생각하지 않소?"

"저도 그런 생각을 몇 번 해봤어요. 하지만 저는 그렇게는 하지 않을 거예요."

"우리는 운이 좋았던 편이오. 하지만 우리의 뜻대로 현 상태가 오래 지속되지는 못할 거요. 당신은 젊소. 게다가 정상적이고 순진해 보이기 때문에 나 같은 사람과 만나지만 않는다면 앞으로 50년은 더 살 수 있을 거요."

"그런 말하지 마요. 저도 다 생각해 봤어요. 저는 당신이 하는 대로 따를 거예요. 너무 낙담하지 마요. 저는 당신과 함께 살아남을 거예요."

"아마 6개월 정도는 더 함께할 수 있을지 모르오. 아니, 한 1년까지도 그럴 수 있을 거요. 하지만 우리는 결국 헤어지게 될 거요. 줄리아, 당신은 완전히 혼자 떨어져 있게 되는 상황을 상상해 봤소? 일단 그들에게 붙잡히게 되면 나나 당신이나 서로를 위해 아무것도 할 수 없게 될 거요. 만일 내가 자백을 하면 당신은 총살을 당할 테고 내가 자백을 거부한다 하더라도 그들은 역시 당신을 총살할 거요. 내가 뭘 어떻게 하든, 뭐라고 말하든, 말하지 않든, 나는 당신의 처형을 단 5분도 연기시킬 수 없을 것이오. 우리는 서로가 죽었는지 살았는지도 알 수 없게 되오. 그저 완전히 무력해질 뿐이오. 그렇지만 단 한 가지 중요한 게 있소. 우리가 서로를 배반하지 말아야 한다는

208

것이오. 그렇게 한다고 해서 달라질 건 하나도 없지만 말이오."

"자백을 안 할 수는 없어요. 누구라도 결국에는 자백하고 말죠. 당신도 어쩔 수 없을 거예요. 그놈들이 고문할 테니까요."

"자백을 말하는 게 아니오. 자백은 배반이 아니오. 자백을 하든 안 하든 그건 관계가 없소. 중요한 건 감정이오. 그놈들 때문에 내가 당신을 사랑하지 않게 된다면 그것이 바로 배반이란 말이오."

줄리아는 곰곰이 생각하는 표정을 지었다.

"그럴 수는 없을 거예요."

그녀는 생각을 정리한 듯 단언했다.

"그들이 할 수 없는 일이 한 가지 있어요. 고문으로 당신의 입을 열 수는 있지만 자기들이 원하는 대로 믿게 할 수는 없어요. 당신의 마음속까지 지배할 수는 없으니까요."

"그래, 당신의 말이 맞소. 그 누구도 사람의 마음속까지 지배할 수는 없지. 만약 우리가 인간적으로 사는 것이 가치 있는 일이라고 믿는다면 별다른 성과를 거두지는 못하더라도 그 자체가 그놈들을 패배시키는 셈이 되는 거요."

모처럼 윈스턴의 얼굴에 생기가 감돌았다. 그는 결코 잠들지 않고 언제나 귀를 곤두세우는 텔레스크린을 생각했다. 그들은 밤낮으로 사람들을 감시하지만 똑바른 정신을 지닌 한 우리는 그들을 속일 수 있을 것이다. 그들이 제아무리 영리하다고 하더라도 다른 사람의 생각까지 알아낼 수는 없다. 그들의 손아귀 안에 잡혀 있으면 사정이 조금 달라질 것이다. 애정부 안에서 무슨 일이 벌어지고 있는지는 아무도 알 수 없다. 그러나 어느 정도의 추측은 할 수 있다. 고문, 마취제, 신경 반응을 측정하는 정밀 기계, 수면 방해, 고립감과 끊임없는 심문……. 결국 누구든 사실을 토해 내게 될 것이다. 그들이 갖가지 수단으로 족쳐대는 고문을 이겨낼 수는 없다. 그러나 단순히 살아남는 것이 목적이 아니고 인간적으로 사는 것이 목적인 사람이라면 그런 수단들이 궁극적으로 무엇을 달라지게 만들 수 있겠는가? 그들은 우리의 감정을 바꿔놓을 수 없다. 마찬가지로 우리가 아무리 원한다 할지라도 그들을 바꿔놓을 수는 없다. 그들이 우리의 말과 행동과 사상을 하나하나 빼놓지 않고 낱낱이 다 파헤친다 하더라도 우리의 깊은 속마음은, 우리 스스로도 마음먹은 대로 통제할 수 없는 신비로운 속마음은 그들도 어떻게 해볼 수 없을 것이다.

8

그들은 그곳에 갔다. 마침내 그의 집을 찾아가고 말았다.

그들은 은은한 불빛이 감도는 기다란 방 안에 서 있었다. 텔레스크린에서 나지막이 속삭이는 소리가 났다. 짙푸른 카펫은 감촉이 이채로웠다. 벨벳을 밟는 듯한 느낌이었다. 방의 저 끝에는 오브라이언이 서류 더미를 양쪽에 쌓아놓고 초록색 등갓이 달린 램프 불빛속에 앉아 있었다. 윈스턴과 줄리아가 하인의 안내를 받아 들어섰는데도 의식적으로 그들을 쳐다보지 않는 것 같았다.

윈스턴은 가슴이 두방망이질해 말조차 제대로 할 수 없었다. 지금 같아서 그가 생각할 수 있는 말이라곤 고작 '우리가 왔습니다.' 정도였다. 윈스턴은 자기들이 그곳에 서 있다는 것 자체가 경솔한 행동일지도 모른다고 생각했다. 비록 각자 다른 길로 와 오브라이언의 집 앞에서 만나기는 했지만 막상 오브라이언을 만나게 되자 줄리아와 동행한 것이 몹시 마음에 걸렸다. 그곳에 서기까지 그는 많은 고민과 혼신의 노력을 다했다. 윈스턴은 내부당원의 거처를 구경하는 것은 물론 그들의 거주 지역에 발을 들여놓는 것 자체가 처음이었다. 커다란 집의 으리으리한 분위기, 값지고 호화로운 가재도구, 군

침이 도는 음식 냄새와 질 좋은 담배의 감미로운 향기, 조용하면서
도 빠른 속도로 오르내리는 엘리베이터, 정갈해 보이는 흰색 제복을
입고 분주히 오가는 하인들…… 모든 것이 사람을 주눅 들게 하였
다. 방문한 구실이 충분했지만, 그는 그 집 안에서 걸음을 옮길 때마
다 모퉁이에서 검은 제복의 위병이 툭 튀어나와 신분증을 보여달라
고 내쫓을까봐 조마조마했다. 하지만 오브라이언의 하인은 조금도
거리끼지 않고 그들을 안내했다. 하인은 몸집이 작고 머리카락이 검
은 남자로 역시 하얀 재킷을 입고 있었는데 중국인처럼 둥근 얼굴에
서는 아무런 표정을 읽을 수가 없었다. 하인이 그들을 안내한 복도
에는 부드러운 카펫이 깔려 있었고 크림색 벽지를 바른 벽은 더할
나위 없이 깨끗했다. 복도의 벽면 또한 윈스턴을 주눅 들게 하였다.
손때가 전혀 묻지 않은 벽면은 처음 보았기 때문이었다.

오브라이언은 종이 한 장을 손가락 사이에 끼워 들고 그것을 들여
다보는데 열중하고 있었다. 콧날만 보일 정도로 고개를 깊숙이 숙인
모습은 빈틈이 보이지 않을 정도로 단호하면서도 지성적인 느낌을
풍겼다. 윈스턴과 줄리아가 보고 있든 말든 거의 20초가량 미동도
하지 않고 앉아 있던 그는 구술기록기를 앞으로 잡아당겨 정부 부처
에서만 사용하는 혼성 전문용어로 메시지를 불러주기 시작했다.

"항목 1 쉼표, 5 쉼표, 7 완결 승인 마침표. 항목 6에 포함된 제안
사항 극히 불합리, 사상죄에 버금감, 각하(却下), 마침표. 기계류 총
경비 합산 견적서 입수 전 건설공사 중단 마침표. 이상 끝."

이윽고 그는 천천히 자리에서 일어나 소리 없이 카펫을 밟으며 그
들에게 다가왔다. 사무적인 분위기는 메시지 전송 완료와 함께 끝난
것 같았지만 일을 방해 받아 불쾌한 듯 그의 표정은 여느 때보다 굳
어 보였다. 윈스턴은 그곳까지 오면서 줄곧 느꼈던 공포가 갑자기
되살아나 몹시 당황스러웠다. 암만 생각해도 자신은 정말 바보같이

어리석은 짓을 했다. 대체 무슨 근거로 오브라이언을 정치적 동조자라고 믿었을까? 단 한 번 시선을 마주치고 단 한 마디 애매한 말을 들었을 뿐이다. 그 외에는 꿈을 토대로 혼자 은밀히 상상해 본 것이 전부였다. 이제는 사전을 빌리러 왔다는 구실을 대며 한 걸음 물러설 수도 없게 되었다. 줄리아와 함께 온 이유를 설명할 수가 없기 때문이었다. 텔레스크린 앞을 지나치던 오브라이언은 불현듯 무슨 생각이 떠오른 모양이었다. 걸음을 멈춘 그는 옆으로 가더니 벽에 붙은 스위치를 눌렀다. 찰칵 소리와 동시에 텔레스크린에서 흘러나오던 소리가 멎었다. 깜짝 놀란 줄리아가 작은 소리로 비명을 질렀다. 공포에 가위 눌린 듯 긴장하고 있던 윈스턴도 놀란 나머지 자기도 모르게 입을 열었다.

"그걸 끌 수도 있군요!"

"그렇다네. 우리는 텔레스크린을 끌 수 있네. 특권이라고나 할까."

오브라이언이 대수롭지 않다는 듯 말했다.

그는 드디어 그들의 바로 앞에, 그들과 마주 서 있게 되었다. 그의 우람한 체구가 코앞에서 그들 두 사람을 굽어보고 있었지만 그의 표정은 여전히 불가사의했다. 그는 바위처럼 버티고 선 채로 윈스턴이 먼저 말을 꺼내기를 기다리고 있었다. 하지만 무슨 이야기를 어떻게 해야 하나? 그가 윈스턴에게 듣고자 하는 말은 무엇일까? 그는 여전히 일을 방해 받아 불쾌한 것처럼 보였다. 아무도 입을 열지 않았다. 텔레스크린마저 침묵하는 방은 쥐 죽은 듯이 조용했다. 시계 소리만 크게 들릴 뿐이었다. 점점 난처해진 윈스턴은 하릴없이 오브라이언의 얼굴을 쳐다보고 있었다. 그러던 중 갑자기 오브라이언의 침울한 표정이 누그러지고 곧 미소라도 지을 것같이 되었다. 이윽고 오브라이언이 특유의 몸짓으로 콧잔등에 걸친 안경을 고쳐 쓰며 물었다.

"내가 먼저 말하는 게 좋겠나, 아니면 자네가 먼저 말하겠나?"

그가 물었다.

"제가 먼저 말하죠. 그런데 저건 정말 꺼졌나요?"

윈스턴은 재빨리 텔레스크린을 가리키며 물었다.

"그렇다네. 믿을 수가 없나본데 완전히 꺼졌다네. 이제 이곳에는 우리뿐이네."

"저희가 여기에 온 것은……."

그는 자신의 방문 동기를 밝히기 위해 말을 꺼냈으나 비로소 이유가 모호하다는 것을 깨닫고 말을 멈추었다. 사실 그는 오브라이언에게 어떤 도움을 청해야 할지 몰랐기 때문에 방문 목적을 대기가 쉽지 않았다. 그는 자신의 이야기가 애매하고 핑계처럼 들릴지도 모르겠다고 생각하며 말을 계속했다.

"저희는 당을 전복시키려는 음모가 있고 그에 따라 어떤 비밀단체가 있다는 것을 알고 있습니다. 더욱이 당신도 거기에 가담하여 활동하고 계시리라 믿고 있습니다. 저희도 함께 일하고 싶습니다. 저희는 당의 적입니다. 영사의 강령을 믿지 않습니다. 사상범이죠. 그리고 또한 저희 두 사람은 간음을 행한 자들입니다. 저는 저희의 운명을 당신 손에 맡기기 위해 이곳으로 왔습니다. 만약 당신이 저희에게 다른 범죄 행위를 요구한다 하더라도 기꺼이 응할 각오가 되어 있습니다."

윈스턴은 등 뒤에서 문이 열린 것 같은 느낌에 말을 멈추고 어깨 너머로 고개를 돌려 뒤쪽을 보았다. 아니나 다를까 그들을 안내했던 키 작고 얼굴이 누런 하인이 노크도 없이 들어와 있었다. 그가 쟁반에는 술병과 잔이 담긴 쟁반을 들고 있었다.

"안심하게. 마틴은 우리 편이라네."

오브라이언은 태연하게 말했다.

"이리 가져와서 탁자 위에 술을 놓게나. 의자는 충분한가? 그럼 우리 편히 앉아서 얘기를 하도록 하세. 마틴, 자네도 의자를 가져와 앉게나. 지금은 사업 얘기를 하는 시간이니 앞으로 10분 동안은 자네도 하인 노릇을 그만두게."

마틴도 편안하게 앉았다. 그러나 그는 여전히 하인다운 태도를 유지했으며 그것을 특권으로 생각하는 듯 오브라이언의 비서와 같은 분위기를 숨기려 하지 않았다. 윈스턴은 곁눈질로 그를 살펴보았다. 그 사람은 평생토록 몸에 밴 한 가지 역할만 수행해 왔으며 잠시라도 자기의 위치에서 벗어나는 것은 옳지 않다고 생각하는 모양이었다. 오브라이언이 술병을 들어 검붉은 술을 유리잔에 따랐다. 윈스턴은 문득 오래전에 높다란 건물 외벽이나 광고판에서 보았던 광경이 어렴풋하게 떠올랐다. 커다란 술병이 네온사인의 명멸에 따라 기울어졌다 바로 섰다를 되풀이하며 술잔에 술을 따르는 장면을 연출한 광고였다. 병 안에 있을 때는 루비 색으로 보이던 술이 술잔에 따라놓으니 비로소 검붉은 빛을 드러냈다. 달콤한 향기가 났다. 줄리아는 술잔을 들고 노골적으로 킁킁거리며 냄새를 맡았다.

"이건 와인이라네."

오브라이언이 잔잔한 미소를 지으며 말했다.

"책에서 읽어 알고는 있을 테지만 아마 외부당원은 구하기가 쉽지 않을 걸세."

그는 다시 엄숙한 표정을 지으면서 술잔을 높이 들었다.

"와인은 건강에 좋은 것이니 우선 한잔 들고 얘기하세. 우리의 지도자 이매뉴얼 골드스타인을 위하여……!"

윈스턴은 애써 흥분을 누르며 잔을 들었다. 아닌 게 아니라 와인은 책을 통해 상상만 해왔던 술이었다. 유리 문진이나 채링턴 씨가 반 정도만 알고 있는 노래 가사처럼 와인이라는 것도 그가 남몰래 혼자서 즐겨 회상하는, 지금은 사라진 낭만적인 옛 시대의 유물 가운데 하나였다. 그는 와인을 블랙베리로 만든 잼처럼 아주 달콤하면서도 마시면 금세 취하는 술이라고 상상해 왔다. 그러나 실제로 마셔보니 예상과는 사뭇 달라 실망스러웠다. 오랫동안 진만 마셔왔기 때문에 와인의 맛을 제대로 음미할 줄 몰랐던 것이었다. 그는 비운 잔을 내려놓았다.

"골드스타인이란 사람이 정말로 실존합니까?"

윈스턴이 물었다.

"그렇다네. 그분은 실제로 살아 있네. 어디에 있는지는 나도 모르지만 말일세."

"그렇다면 당을 전복시키려는 움직임이나 조직도 실제로 있는 겁니까? 사상경찰이 조작해 낸 것이 아닙니까?"

"그것도 맞는 말일세. 지금 자네가 말한 그대로라네. 우리는 그 조직을 형제단이라고 부르지. 자네는 앞으로 조직이 존재하며 자네가 거기에 속해 있다는 것 외에는 아무것도 알 수 없게 될 걸세. 이 얘기는 나중에 다시 하기로 하지."

오브라이언은 자신의 손목시계를 들여다보았다. 그러고는 덧붙여 말했다.

"내부당원이라도 텔레스크린을 30분 이상 꺼두는 것은 그리 현명한 일이 아니거든. 참, 두 사람은 이곳에 함께 오는 게 아니었네. 돌아갈 때만이라도 따로따로 가도록 하게. 잠시 후 이곳을 떠날 때는 저 동무가(그는 줄리아를 고갯짓으로 가리켰다) 먼저 출발해야 할 테니 그리 알게. 자, 아직 20분은 더 얘기할 수 있으니 우선 두 사람에게 몇 가지를 물어보겠네. 대답해 주게. 두 사람은 앞으로 어떤 일이든 할 각오가 되어 있는가?"

"예, 제가 할 수 있는 일이라면 무슨 일이든지 하겠습니다."

윈스턴은 결연한 어조로 대답했다. 오브라이언은 의자에 앉은 자세에서 몸을 약간 돌려 윈스턴을 똑바로 바라보았다. 그는 윈스턴의 대답만 들으면 줄리아의 대답은 따로 들을 필요가 없다고 생각했는지 줄리아 쪽은 쳐다보지도 않았다. 이어서 그는 낮고 침착한 음성으로 교리문답을 하듯 대답이 뻔한 질문을 시작했다.

"우리의 과업을 위해 목숨을 바칠 각오가 되어 있나?"

"네."

"경우에 따라서는 살인도 마다하지 않을 수 있겠나?"

"네."

"수백 명의 무고한 사람을 죽게 하는 테러 행위도 할 수 있겠나?"

"네."

"나라를 외국에 팔아넘길 수도 있겠나?"

"네."

"필요한 경우 남을 속이고 사실을 날조하고 공갈과 협박을 하고 어린이들의 정신세계를 유린하고 습관성 마약을 퍼뜨리고 매춘을 도모하고 권장하고 성병을 퍼뜨리고 당의 권력을 교란하고 약화시킬 수 있는 일이라면 어떤 행위라도 할 각오가 되어 있나?"

"네."

"예를 들어 어린아이의 얼굴에 황산을 뿌리는 게 우리의 이익에 도움이 된다면 기꺼이 그렇게 할 용의가 있나?"

"네."

"지금의 사회적 신분을 버리고 여생을 하인이나 부두 노동자로 살 수 있겠나?"

"네."

"조직이 자살을 명하면 기꺼이 따를 각오가 되어 있나?"

"네."

"당신들 두 사람이 헤어져서 다시는 서로 못 보게 된다 하더라도 조직의 목적을 위해 감수하겠나?"

"그건 안 돼요!"

함께 듣던 줄리아가 소리쳤다.

윈스턴은 한참 동안 침묵을 지키고 있었다. 그는 말할 힘마저 없는 것 같았다. 혀가 굳어버린 듯 입 밖으로 말이 나오지 않았다. 그런 데다 그는 무슨 말을 해야 좋을지도 몰랐다. 그는 간신히 대답했다.

"그것은 저도 받아들일 수 없습니다."

"솔직하게 잘 말해 주었소. 우리는 모든 걸 다 알아야 하기 때문에 그런 질문을 한 것이니 이해하도록 하시오."

오브라이언은 그렇게 말하고 줄리아에게 돌아앉아 다짐하듯 재차 물었다.

"당신은 윈스턴이 살아남는다 하더라도 생판 다른 사람으로 변모할 수 있다는 것을 이해할 수 있소? 아무래도 윈스턴을 새로운 인물로 만들어야 할 것 같아서 묻는 것이오, 그의 얼굴 모습은 물론, 동작이나 손 모양, 머리 색깔, 음성까지도 달라질 거요. 그리고 당신도 그런 과정을 거칠지도 모르오. 우리 측 의사들은 사람의 모습을 완전히 딴판으로 바꾸어 놓을 수 있소. 우리 일을 수행하기 위해서는 때로 그럴 필요성이 있소. 경우에 따라서는 멀쩡한 팔이나 다리 하나를 절단하기도 하오."

윈스턴은 마틴의 몽골족 같은 얼굴을 곁눈질로 슬쩍 살펴보았다. 하지만 그의 얼굴에서 어떠한 수술 자국도 발견할 수 없었다. 새파랗게 질린 줄리아의 얼굴에서는 주근깨가 더 두드러져 보였다. 하지만 그녀는 대담하게도 오브라이언의 눈을 똑바로 마주보고 있었다. 그녀는 그의 말에 동의하듯 중얼거렸다.

"좋소. 이제 모든 게 결정되었소."

그들이 앉아 있는 탁자에는 은으로 만든 담배 상자가 놓여 있었다. 오브라이언은 분위기를 바꾸려는 듯 담배 상자를 그들에게 밀어주고 자신도 한 개비를 꺼내 물었다. 이어서 의자에서 일어나더니방 안을 천천히 걸었다. 담배는 아주 좋은 종이로 단단하게 잘 말아만든 고급품이었다. 오브라이언은 다시 손목시계를 보더니 말했다.

"이제 주방으로 가보게, 마틴. 15분 후에 텔레스크린 스위치를 다시 켤 걸세. 이들의 얼굴을 다시 한 번 익혀두게. 자네는 이 동무들을 다시 만나게 될 테니. 나는 못 만날 수도 있겠지만 말일세."

맨 처음 현관 앞에서 만났을 때처럼 마틴은 까만 눈동자를 깜박거리며 그들의 얼굴을 살펴보았다. 그의 태도에서는 친밀함이라고는전혀 느낄 수가 없었다. 그들의 얼굴을 기억해 두기만 할 뿐, 그 밖의 관심은 조금도 없어 보이는 표정이었다. 마틴은 아무런 말이나인사도 없이 조용히 방문을 닫고 나가버렸다. 오브라이언은 한 손은검은 제복의 주머니에 찌르고 다른 손에는 담배를 든 채 여전히 왔다 갔다 하고 있었다. 그가 다시 입을 열었다.

"두 사람은 암흑 속에서 투쟁한다는 것을 명심해야 하오, 언제나암흑 속에 처한다는 걸. 당신들은 이유를 불문하고 지령에 따라야하오. 가까운 시일 내에 우리가 지금 살고 있는 사회의 진정한 본질과 사회를 전복시킬 전략에 관한 내용이 담긴 책을 보내주겠소. 그책을 읽고 공감해야만 비로소 형제단의 단원이 되었다고 할 수 있는것이니 말이오. 하지만 우리가 투쟁하는 전반적인 목적과 매 순간에주어지는 당면한 과제 이외에는 당신들이 더 알 수 있는 게 없을 거요. 당신들에게 형제단의 존재를 확인시켜 주기는 했지만 단원들의수가 몇 명인지는 말해 줄 수가 없소. 전체적으로 몇 십만에 이른다고 하더라도 당신들은 기껏해야 서너 사람만 접촉하게 될 것이오.한 사람과 만나고 나면 다음엔 다른 사람과 접촉해야 할 거요. 당신들의 접촉은 그런 식으로 이루어질 터이니 그리 아시오. 앞으로 당신들이 받을 지령은 모두 내가 내리게 될 거요. 만일 서로 연락할 일이 있으면 마틴을 통해야 하오. 만일 당신들이 체포되면 어쩔 수 없이 자백하게 될 겁니다. 하지만 자백할 것이라곤 당신들이 활동하면서 수행한 일밖에는 따로 없을 거요. 털어놔봤자 중요하지 않은 몇 사람의 이름밖에 대지 못할 테지. 내 이름을 댈 수도 있겠지만 그건 소용이 없소. 그때쯤이면 나는 이미 죽었거나 살아 있더라도 전혀 엉뚱한 다른 사람으로 바뀌었을 테니 말이오."

오브라이언은 계속 부드러운 카펫 위로 왔다 갔다 하면서 말했다. 체구가 큰 탓인지 그의 동작에서는 쉽게 무너지지 않을 무게와 위엄을 느낄 수 있었다. 주머니에 손을 찌르고 담배를 피우는 모습도 그랬다. 그는 힘이 세어 보이기보다는 오히려 믿음직하고 익살도 부릴 줄 아는 이해심 많은 사람이라는 인상을 풍겼다. 그가 투쟁에 목숨을 바칠 만큼 열성적이라는 것을 알 수는 있었지만 그렇다고 해서 광신자들이 흔히 지니는 외골수의 단순함은 없는 것 같았다. 살인이니 자살이니 성병이니 사지 절단이니 성형이니 등을 말하면서도 마치 가벼운 농담 같은 분위기를 연출했다. 그런 말을 하면서도 표정으로는 '이런 일들은 불가피한 일이오. 신념을 가지고 주저함 없이 단호하게 행동해야 할 일이란 말이오. 하지만 언젠가 산다는 게 다시 보람 있는 일이 되는 세계를 맞게 되면 더 이상 이런 일 따위는 할 필요가 없어질 것이오.' 라고 말하는 것 같았다. 윈스턴은 오브라이언에게 숭배에 가까운 존경심을 느꼈다. 그는 잠시 골드스타인의 어두운 모습을 잊었다. 오브라이언의 단단한 어깨와 잘생긴 편은 아니지만 교양 있어 보이는 무뚝뚝한 얼굴을 보노라면 그는 결코 패배를 모르는 인물이라는 확신이 들었다. 그가 감지할 수 없는 적의 전략이나 예견할 수 없는 위험은 있을 것 같지 않았다. 줄리아 역시 그에게 깊은 감명을 받은 모양이었다. 그녀는 담배를 한 개비 꺼내 물더니 오브라이언의 말에 열심히 귀를 기울였다. 오브라이언은 말을 계속했다.

"당신들도 형제단이 있다는 소문을 들어왔을 거요. 물론 그것이 어떤 단체일지는 당신들 나름대로 상상을 했을 테고. 혹 그 음모자들의 거대한 지하조직은 지하실 같은 비밀 장소에서 집회를 가지며 벽에다 메시지를 남기고 암호나 특수한 신호로써 서로를 알아보리라고 상상했을지도 모르겠소. 하지만 실제로는 그런 일이 없소. 단원들이 서로를 알아볼 수 있는 방법도 없고 직접 접촉하는 몇몇 단원을 제외하고는 누가 누구인지 알아내는 것도 불가능하오. 설령 골드스타인 자신이 사상경찰에 체포된다 해도 조직 전체의 명단을 넘겨주거나 그걸 알아낼 정보를 제공해 줄 수가 없소. 명단은 애초부터 있지도 않으니까 말이오. 형제단이란 여느 조직처럼 일반적인 단체가 아니기 때문에 완전히 소탕될 수도 없소. 다시 말해서 어떤 경우라도 분쇄되지 않을 것이고 우리는 그런 신념으로 조직을 유지해가는 것이오. 그 신념만이 당신들에게 힘이 될 거요. 그 외엔 동지애나 격려를 받게 되는 일도 없을 것이오. 또한 어쩌다가 당신들이 체포된다 하더라도 아무런 도움도 받을 수 없을 것이오. 우리는 같은 조직원을 도울 수 없소. 기껏해야 입을 꼭 틀어막을 필요가 있는 단원에게 감방으로 면도날을 몰래 넣어주는 정도만 할 수 있을 뿐. 당신들은 형제단 활동과 관련하여 아무런 소득이나 희망도 없는 삶을 살아야 하오. 그렇게 활동하다가 잡히면 자백하고 죽게 될 거요. 그것이 당신들이 예견할 수 있는 유일한 소득이자 희망이오. 우리가 살아 있는 동안 이 사회에 변화가 일어날 가능성은 거의 없다고 보는 게 정확할 것이고 우리는 죽은 몸일 뿐이오. 우리의 진정한 삶은 미래에 있소. 우린 미래에 가서야 한 줌의 먼지와 몇 개의 뼈가 되어

버린 상태로 새로운 세계를 맞게 되는 거요. 그러나 미래의 새로운 삶이 언제쯤 열릴지는 아무도 알 수 없소. 어쩌면 몇 천 년이 걸릴지도 모르오. 현재로써는 조금씩, 아주 조금씩 올바른 정신 영역을 넓혀갈 뿐이오. 우리는 집단행동도 할 수가 없소. 우린 겨우 우리의 지식을 개인에서 개인으로, 세대에서 세대로 전해줄 뿐이오. 사상경찰이 감시하고 있기 때문에 다른 방도가 없소."

그는 말을 멈추고 세 번째로 손목시계를 들여다보았다.

"동무들, 떠나야 할 시간이 거의 다 되었소."

오브라이언은 줄리아를 바라보며 말했다.

"잠깐, 술이 아직 반 이상이나 남아 있군."

그는 술잔들을 채우고 자기 잔을 들어 올렸다.

"이번에는 무엇을 위하여 건배할까?"

그는 여전히 익살을 부리듯 말했다.

"사상경찰을 갈팡질팡하게 만들기 위하여? 빅 브라더의 죽음을 위하여? 인간성을 위하여? 지난 과거를 위하여?"

"과거를 위하여 건배를 하죠."

윈스턴이 말했다.

"과거를 위해서라. 좋소, 과거란 매우 중요한 것이오."

오브라이언이 무거운 목소리로 동의했다.

그들은 일제히 술잔을 비웠다. 줄리아가 먼저 출발하기 위해 일어섰다. 그러자 오브라이언은 캐비닛 위 칸에서 작은 상자를 꺼내 조그맣고 흰 알약을 하나 주며 그녀에게 입에 넣으라고 했다. 엘리베이터 기사들이 눈치채지 못하도록 술 냄새를 없애야 한다는 것이었다. 이윽고 그녀가 나가고 문이 닫히자 오브라이언은 금세 그녀의 존재를 잊은 듯이 행동했다. 그는 두어 걸음을 떼어놓다가 멈추어 서서 말했다.

"당신들이 함께 지내는 은신처가 있을 것 같은데, 그곳은 어딘가?"

윈스턴은 채링턴 씨의 고물상 위층 방에 대해 설명했다.

"지금은 그곳이 적당하겠군. 나중에 다른 곳을 마련해 주겠네. 은신처는 자주 바꿀수록 좋을 테니까. 그동안 '그 책'을 보내줄 테니 읽도록 하게."

오브라이언은 '그 책'을 강조하며 말했다.

"자네도 알겠지만 골드스타인이 쓴 책 말일세. 가능한 빨리 보내주겠네. 하지만 그 책을 입수하려면 며칠이 걸릴 걸세. 짐작하다시피 그 책은 많이 찍어낼 수가 없어서 그리 흔치 않다네. 그나마도 대부분 발간되자마자 사상경찰에게 적발되어 폐기되거든. 그러나 그런다고 해서 그 책이 아주 없어지는 것은 아니지. 그들이 마지막 한 권까지 찾아내어 없애버린다 하더라도 우리는 한 글자도 빠뜨리지 않고 또다시 만들어낼 수 있으니까 말일세. 자네 평소에 가방을 가지고 다니는가?"

그가 덧붙여 물었다.

"네, 대개는 가지고 다닙니다."

"어떻게 생긴 거지?"

"끈이 두 개 달린 검정색 낡은 손가방입니다."

"검정색에 끈이 두 개 달려 있는 낡은 손가방이라…… 좋네. 언제라고 정확한 날짜까지 말할 수는 없지만 가까운 시일 내에 그 책을 받게 될 걸세. 머지않은 오전 중에 자네가 처리할 메시지 가운데 틀린 글자 하나가 나올 거야. 그러면 다시 보내달라고 요청하게. 그리고 그다음 날에는 가방 없이 출근하게나. 그날 중에 누군가가 길에서 자네 팔을 건드리고 '가방을 떨어뜨렸군요.'라며 가방을 건네줄 걸세. 그 가방 속에 골드스타인의 책이 들어 있을 테니 2주일 안에 읽고 돌려줘야 하네."

잠시 침묵이 흘렀다.

"이제 자네가 떠날 시간이 2분 정도 남았네."

오브라이언이 말했다.

"나중에 또 만나세. 그렇게 될 수 있을지는 모르지만 말일세."

윈스턴은 그를 올려다보고 약간 주저하는 어조로 물었다.

"어둠이 없는 곳에서…… 말인가요?"

오브라이언은 별로 놀라는 기색도 없이 고개를 끄덕였다. 그는 윈스턴의 질문에 포함된 게 어떤 암시인지 알고 있다는 듯 말했다.

"그렇다네, 어둠이 없는 곳에서. 그건 그렇고 떠나기 전에 내게 하고 싶은 말은 없나? 무슨 조언이나 질문 같은 건……?"

윈스턴은 생각해 보았다. 더 이상 물어보고 싶은 질문이 있을 성싶지 않았다. 게다가 일반론적인 어려운 문제를 묻고 싶은 생각은 들지 않았다. 불현듯 그의 뇌리에 오브라이언이나 형제단과 관련되는 것이 아닌, 그가 어머니를 마지막으로 본 어두운 침실이며 채링턴 씨 가게 위층의 조그만 방이며 유리 문진과 자단나무 액자에 끼워진 금속 판화들이 차례로 떠올랐다. 그는 입에서 나오는 대로 물어보았다.

"혹시 '오렌지와 레몬이여, 성 클레멘트의 종이 말하네.' 라는 구절로 시작되는 옛날 노래를 들어본 적이 있습니까?"

오브라이언은 이번에도 고개를 끄덕였다. 그리고 엄숙한 표정으로 노래를 끝까지 암송했다.

오렌지와 레몬이여, 성 클레멘트의 종이 말하네.
그대는 내게 서 푼의 빚을 졌지, 성 마틴의 종이 말하네.
그대는 언제 그 빚을 갚으려나? 올드 베일리의 종이 말하네.

부자가 되면 갚지, 쇼디치의 종이 말하네.

"마지막 구절까지 알고 계시는군요!"
윈스턴이 반색하며 말했다.
"그렇다네. 다 알고 있네. 자, 이제 자네가 떠날 시간이 되었군. 잠깐, 자네도 이 약을 한 알 먹고 가는 게 좋을 것 같아."
윈스턴이 자리에서 일어서자 오브라이언은 손을 내밀었다. 악수하는 힘이 어찌나 센지 윈스턴은 손가락뼈가 으스러지는 줄 알았다. 윈스턴은 문간에서 뒤를 돌아보았다. 오브라이언은 벌써 그를 잊어버린 얼굴이었다. 그는 텔레스크린 스위치에 손을 대고 있었다. 윈스턴의 시야로 오브라이언의 책상 위에 놓인 초록 등갓이 달린 램프와 구술기록기, 서류가 잔뜩 들어 있는 철제 서류 바구니가 들어왔다. 이 사건은 이것으로 끝난 것이고 오브라이언은 곧바로 내부당원의 위치로 돌아가 중단되었던 일을 다시 시작할 것이라고 윈스턴은 생각했다.

9

　윈스턴은 젤라틴처럼 녹초가 되었다. '젤라틴처럼' 이라는 말은 지금 그의 상태를 아주 정확하게 표현한 말이다. 저절로 그 말이 머릿속에 떠올랐다. 정말로 그의 몸이 젤라틴처럼 흐물흐물해지고 반쯤 투명해진 것 같았다. 손을 들어 올려 햇빛에 갖다 대면 손의 반대쪽도 비쳐 보일 것 같았다. 얼마나 일을 많이 했던지 신경조직과 뼈와 피부만 남고 체내의 모든 피와 림프액이 빠져나간 것 같은 기분이 들었다. 온몸이 축 늘어지고 모든 감각 기관마저 비정상적으로 작동하고 있는 듯했다. 제복이 그의 어깨를 짓누르는 듯 묵직하게 느껴졌고 걸음을 옮길 때마다 발은 허공을 딛는 듯 무감각했다. 손을 쥐었다 폈다 하는 것만으로도 손마디가 시큰거렸다.

　윈스턴은 닷새 동안 90시간 이상을 일했다. 청사 안에서 일하는 모든 사람들이 마찬가지였다. 이제 모든 일을 다 끝마쳤으니 다음 날 아침까지는 아무 일도 없었다. 이제 그는 은신처에서 여섯 시간을 보내고 나머지 아홉 시간은 자기 집 침대에서 잠을 잘 수 있게 되었다. 윈스턴은 부드러운 오후 햇살을 받으며 채링턴 씨의 고물상으로 향하는 지저분한 길을 걸어 올라가고 있었다. 걷는 동안에도 줄

곧 경찰이 눈에 띄는지 살피느라 눈을 크게 뜨고 두리번거렸다. 그러나 왠지 그날 오후에는 아무도 그를 간섭할 것 같지 않았다. 손에 들고 있는 묵직한 손가방이 걸음을 옮길 때마다 무릎 언저리에 부딪쳐 다리가 얼얼하였다. 가방에는 '그 책'이 들어 있었다. 책을 전달받은 지 벌써 엿새가 지났지만 그동안 읽기는커녕 아직 펴보지도 못했다.

증오 주간이 시작된 지 엿새째 되는 날이었다. 행진, 연설, 함성, 합창, 깃발, 포스터, 영화, 밀랍 인형, 뇌성 같은 북소리, 찢어질 듯한 트럼펫 소리, 행군의 발소리, 탱크 바퀴 구르는 소리, 편대를 지어 날아가는 비행기의 굉음, 어지러운 총소리 등이 자아내는 인위적 분위기에 따라 사람들의 흥분은 절정에 이르렀고 유라시아에 대한 증오심으로 광분하며 끓어올랐다. 행사의 마지막 날 공개 교수형에 처할 유라시아 포로 2000명이 눈앞에 나타나기만 하면 모조리 갈기갈기 찢어 죽일 듯한 기세였다. 바로 그 절정의 순간에 오세아니아는 결코 유라시아와 전쟁하지 않을 것이라는 성명을 발표했다. 오세아니아는 동아시아와 전쟁 중이며 유라시아는 오세아니아의 동맹국이라는 것이었다.

물론 3개국 간에 어떤 정세 변화가 발생했다는 상황 설명도 없었다. 단지 오세아니아의 적은 유라시아가 아니라 동아시아라는 사실만이 신속하게 사방으로 공표되었을 뿐이었다. 성명이 발표될 때 윈스턴은 런던 중심부의 광장에서 열리는 시위에 참가하고 있었다. 때는 밤이었고 사람들의 하얀 얼굴과 진홍색 깃발들이 불빛에 번뜩이고 있었다. 수천 명이 운집한 광장에는 발 디딜 틈이 없었다. 그 가운데에는 스파이단 제복을 입은 1000명가량의 어린 학생들도 포함되어 있었다. 진홍색 휘장이 드리워진 연단 위에서는 유난히 팔이 길고 훤하게 벗겨진 대머리에 머리카락 몇 가닥만 겨우 남은 비쩍 마른 내부당원이 군중을 향해 열변을 토하고 있었다. 주체할 수 없을 정도의 증오심에 얼굴이 일그러져 마치 룸펠슈틸츠헨[5])과도 같은 모습으로 한 손으로는 마이크를 움켜잡고, 다른 손은 머리 위로 높이 치켜들어 미친 듯이 허공을 할퀴는 몸짓을 하고 있었다. 대장간에서 모루를 때리듯 그의 음성이 확성기를 통해 쩌렁쩌렁 울려 퍼졌다. 그는 잔학함이니 대량 학살, 강제 추방, 약탈, 강간, 포로, 고문, 양민 폭격, 허위 선전, 불법 침략, 조약 위반 같은 말들을 끝없이 외쳐대고 있었다. 그의 연설에는 이상한 힘이 있었다. 처음에는 그저 그런 내용이려니 하며 듣던 군중도 차츰 자신들도 모르게 연설에 빠져들어 열광의 도가니를 이루는 것이었다. 군중의 연이어 분노가 끓어올랐고 그럴 때마다 연사의 목소리는 수천 명의 입에서 터져 나오는 함성에 파묻혀버렸다. 그중에서도 학생들이 지르는 함성이 가장 크고 야만스러웠다. 연설이 시작된 지 약 20분 정도 되었을 때 전령 한 사람이 급한 걸음으로 연단에 뛰어올라와 연사에게 쪽지 하나를 건네주었다. 연사는 연설을 중단하지 않은 채 그것을 펴서 눈으로 읽었다. 음성이나 태도, 연설 내용 가운데 달라진 것은 아무것도 없었다. 단지 이름들만 갑자기 바뀌었을 뿐이었다. 그 순간 입을 다물어버린 군중 사이에서 비로소 알겠다는 듯한 조용한 파문이 일기 시작했다. 오세아니아는 동아시아와 전쟁을 하고 있다! 곧이어 엄청난 동요가 일어났다. 이곳에 장식된 깃발과 포스터는 모두 엉터리다! 상대를 잘못 알았다! 불순분자들이 꾸며낸 거짓 선전이다! 골드스타인의 첩자가 침투해 활동하는 것이다! 여기저기 일제히 아우성이 터지면서 포스터가 벽에서 뜯겼고 깃발도 발기발기 찢겨 짓밟혔다. 스파이단 단원들은 비호같은 동작으로 지붕 꼭대기에 기어올라가 굴뚝에 매달린 현수막을 뜯어 내렸다. 이 모든 일들이 불과 2~3분 사

5) Rumpelstilzchen, 독일의 옛 전설에 나오는 사악한 난쟁이다 — 옮긴이

이에 진행되었고 소란은 언제 그랬느냐는 듯이 순식간에 막을 내렸다. 연사는 여전히 한 손으로 마이크를 움켜잡고 비쩍 마른 상체를 한껏 부풀려 내밀면서, 다른 한 손으로는 연신 허공을 할퀴는 몸짓으로 연설을 계속했다. 1분쯤 지나자 군중의 야수와 같은 함성이 분노와 함께 다시 폭발했다. 증오의 대상만이 바뀌었을 뿐 증오 주간의 행사는 계획대로 진행되었다.

정말로 놀라운 일이었다. 연사가 연설을 중단하지도 않을 뿐만 아니라 연설의 맥락도 바꾸지 않은 채 중심 주제를 전혀 다른 방향으로 자연스럽게 바꿀 수 있다는 사실 앞에 윈스턴을 혀를 내두르지 않을 수 없었다. 그날 사람들이 포스터를 찢는 등 한창 소란을 피울 때였다. 한 번도 본 적이 없는 낯선 사내가 윈스턴의 어깨를 툭 치면서 말했다.

"실례합니다. 혹시 당신 가방 아닌가요? 떨어뜨리신 것 같은데요."

그는 얼떨결에 아무 말도 못하고 손가방을 받아들었다. 그러면서 앞으로 며칠 동안은 가방을 열어볼 기회가 없을 거라고 생각했다. 군중 시위가 끝났을 때는 어느덧 23시가 되어가고 있었다. 윈스턴은 곧장 진리부 청사로 향했다. 비단 윈스턴만 그런 것이 아니라 진리부의 모든 직원들은 행사 후에 청사로 복귀하게 되어 있었다. 텔레스크린은 모든 당원에게 근무처로 복귀하라는 방송을 했지만 굳이 그런 방송을 할 필요도 없는 상황이었다.

오세아니아는 동아시아와 전쟁 중이다. 오세아니아는 지금까지 언제나 동아시아와 전쟁을 해왔다. 지난 5년 동안에 나온 상당수의 정치 문서들은 이제 휴지 조각이 되어버렸다. 온갖 종류의 보고서와 기록문, 신문, 서적, 팸플릿, 영화, 녹음테이프, 사진 등 모든 것이 번갯불에 콩 볶듯 신속하게 수정되어야만 했다. 상부로부터 별도의 지시가 없더라도 오세아니아가 유라시아와 전쟁을 했으며 동아시아와 동맹을 맺었다는 모든 자료를 일주일 내에 지상에서 완전히 없애버리는 것을 각 국장들은 바라고 있을 것이다. 직원들은 그 사실을 잘 알고 있었다. 이러한 작업은 일정한 한계를 정할 수 없기 때문에 일의 분량이 엄청나게 많아진다. 기록국의 직원 모두 하루에 세 시간씩 두 차례 잠을 자고 나머지 열여덟 시간 동안 일에 매진했다. 그들은 지하실에서 매트리스를 가져다가 복도에 깔고 잠을 잤고 식당에서 손수레로 운반해 온 샌드위치와 승리 커피로 끼니를 때웠다. 일거리가 끝없이 밀려들었다. 교대로 잠잘 순서가 될 때까지 책상 위에 놓인 일거리를 깨끗이 처리해 놓아야 했고 부족한 잠으로 잘 떠지지 않는 눈을 비비며 엉금엉금 기다시피 하여 다시 책상에 돌아와 보면 그 사이에 새로운 서류 무더기가 산처럼 쌓여 구술기록기를 반쯤 덮고도 모자라 마룻바닥에 굴러 떨어져 있었다. 그렇기 때문에 윈스턴이 자기 자리에 돌아와 가장 먼저 해야 하는 일은 언제나 작업 공간을 마련하기 위해 주위를 정돈하는 것이었다. 무엇보다도 골치 아픈 점은 처리할 내용이 단순하지 않다는 것이었다. 어떤 것은 간단히 이름만 바꿔놓으면 됐지만 자세하게 기록된 사건 보고서는 세심한 주의력과 상상력이 필요했다. 거기에다 전쟁 지역을 세계의 한쪽에서 다른 쪽으로 이동시켜야 했으므로 지리에 대한 지식까지 동원해야 했다.

　그렇게 일에 파묻힌 지 사흘째가 되자 눈알이 빠질 것처럼 쓰리고 아팠다. 안경도 자주 닦지 않으면 글자가 잘 보이지 않았다. 일을 하다보면 자신도 모르게 일 자체에 몰두하게 된다. 그리고 하나하나 일거리들을 완전무결하게 끝내고 싶은 나머지 육체적인 무리를 하게 되었다. 한마디로 목숨을 건 전쟁과 같았다. 구술기록기에 대고 중얼거리는 모든 말과 만년필로 쓰는 모든 글이 날조를 위한 거짓말이라는 사실에 신경 쓸 여유도 없었고, 설령 그것을 의식했다 하더라도 그것으로 인해 괴로워하지는 않았을 터였다. 윈스턴 역시 기록국에서 일하는 다른 사람들처럼 그 날조 행위가 완벽하게 이루어지기만을 바랄 뿐이었다. 비상 작업에 돌입한 지 엿새째 되는 날, 드디어 처리해야 할 문서들이 확연하게 줄기 시작했다. 그날 아침, 처음에는 30분 만에 하나 꼴로 전송관이 서류를 뱉어놓더니만 그마저도 점차 뜸해져 오전 시간이 거의 끝나갈 무렵에는 아예 아무 서류도 전송되지 않았다. 일거리가 없어지기로는 다른 부서도 마찬가지였다. 비슷한 시각에 모든 부서가 일에서 해방된 것이었다. 깊고 은밀한 한숨 소리가 곳곳에서 새어나왔다. 말로는 결코 표현할 수 없는 엄청난 일이 드디어 완성된 것이었다. 이제 어느 누구도 유라시아와 전쟁을 했다는 사실을 문서상으로 증명할 수 없게 되었다. 12시가 되자 모든 직원들에게 내일 아침까지 자유 시간을 준다는 뜻밖의 발표가 있었다. 윈스턴은 일하는 동안에는 다리 사이에 끼워놓고 잠을 잘 때는 매트리스 밑에 깔고 자던 그 책이 든 손가방을 들고 귀가했다. 그는 면도를 한 뒤 미지근한 물에 몸을 담그고 꾸벅꾸벅 졸면서 목욕을 했다.

그는 채링턴 씨의 고물상 위층 방으로 통하는 계단을 올라갔다. 계단을 하나씩 밟을 때마다 무릎 관절에서 우두둑 소리가 났다. 매우 지쳐 있었지만 잠이 올 것 같지는 않았다. 방 안에 들어선 그는 창문부터 열고 녹슨 소형 석유난로에 불을 붙였다. 그리고 커피를 만들기 위해 물주전자를 올려놓았다. 줄리아도 곧 도착할 것이었다. 그녀를 기다리는 동안 그 책을 읽겠다는 생각으로 그는 푹 꺼진 안락의자에 앉아 손가방을 열었다.

검은색 표지의 두툼한 책이 들어 있었다. 서툰 솜씨로 제본된 책의 표지에는 저자의 이름도 제목도 없었다. 얼핏 보기에도 인쇄 상태가 고르지 못한 편이었다. 여러 사람의 손을 거친 듯 책 가장자리가 닳았고 한 장 한 장 쉽게 넘어갔다. 첫 장을 펼치자 제목이 눈에 들어왔다.

<과두적 집단주의의 이론과 실제>
이매뉴얼 골드스타인 저

윈스턴은 책을 읽기 시작했다.

제1장

무지는 힘

유사 이래, 아마도 신석기 시대 말기 이후 인민은 상, 중, 하의 세 계급으로 나뉘어 살아왔다. 다시 여러 갈래로 나뉜 그들에게서는 저마다 이름을 달리 하는 무수한 후손이 태어났다. 그들의 상대적 인구수와 상호 간에 대한 태도는 시대마다 달랐지만 사회의 본질적인 구조는 변하지 않았다. 엄청난 격변이나 획기적인 변란이 일어난 후에도 마치 팽이가 이리 맞고 저리 맞아도 언제나 균형을 되찾는 것처럼 동일한 사회 양상이 재현되어 왔다.
이러한 세 계급의 목표는 결코 같을 수 없는……

윈스턴은 자기가 지금 읽고 있는 내용을 차근차근히 제대로 음미하기 위하여 읽기를 잠시 멈추었다. 그는 혼자였다. 텔레스크린도 없고 열쇠 구멍에 귀를 대고 엿듣는 자도 없다. 책을 읽으면서 등 뒤쪽을 경계하며 뒤돌아보거나 책장을 손으로 가릴 필요도 없었다. 시원한 초여름 바람이 창을 통해 들어와 그의 뺨을 간질였다. 어디선가 먼 곳에서 아이들이 놀며 떠드는 소리가 희미하게 들려왔다. 방 안은 재깍거리는 시계소리가 선명하게 들릴 정도로 조용했다. 그는 안락의자에 몸을 깊숙이 묻고 발을 벽난로 받침대에 올려놓았다. 축복받은 순간이었고 영원으로 이어질 것 같은 시간이었다. 그는 차분히 마음을 가라앉히고 그 책을 끝까지 다 읽겠다는 생각에 우선 넘겨지는 대로 책장을 펼쳤다. 제3장이었다. 그는 읽기 시작했다.

제3장

전쟁은 평화

세계가 3대 초국가(超國家)로 분할되리라는 것은 20세기 중엽 이전부터 예견되었던 일이었고 또 그 예견대로 되어왔다. 소련이 유럽을, 미국이 대영제국을 병합함으로써 세 개의 열강 중 유라시아와 오세아니아는 일찍부터 존재하게 되었고 또 하나의 열강인 동아시아는 10년 동안의 치열한 전쟁을 치르고 나서야 어엿한 통일 국가로 그 모습을 나타내게 되었다. 이들 3대 초국가 간의 국경은 지역에 따라 독재의 화신인 '빅 브라더'에 대항해 자의적으로 판단되기도 하고 그때그때의 전황에 따라 변동되기도 했지만 대체적으로는 지리적인 경계에 따라 정해졌다. 유라시아는 포르투갈에서 베링 해협까지 유럽 대륙과 아시아 대륙의 북부 지역을 장악하고 있다. 오세아니아는 아메리카 대륙과 영국, 오스트레일리아를 포함한 대서양의 여러 섬들과 아프리카의 남부 지역을 차지하고 있다. 동아시아는 앞의 두 열강보다는 영토가 작고 서부 국경의 경계도 불분명하다. 중국과 그 이남 그리고 일본을 아우르며 유동적이기는 하지만 만주와 몽골, 티베트 등지를 확보했다,

지난 25년간 이 세 초국가들은 서로 한 초국가와 동맹을 맺고 나머지 한 초국가를 상대로 끊임없이 전쟁을 벌여왔다. 그러나 지금의 전쟁은 20세기 초엽처럼 그렇게 절망적이고 전멸적인 싸움이 아니게 되었다. 이제는 서로를 완전히 파괴하려 들지 않는 가운데 교전 국가 간의 한정된 목표를 위한 싸움으로 국지전의 형태를 띠게 되었다. 실질적인 전쟁의 명분이나 동기도 없으며 진정한 이데올로기의 차이 때문에 비롯된 것도 아니다. 그렇다고 해서 전쟁의 양상이나 전쟁에 임하는 당사국들의 태도가 덜 잔인해졌다든가 좀 더 신사적이 되었다는 뜻은 아니다. 오히려 그와 반대로 전쟁 수행의 열의가 각 나라에서 공통적으로 높아지는 가운데 강간, 약탈, 유아 살육, 전체 인구의 노예화, 끓는 물에 삶아 죽이기와 생매장 등 포로에 대한 보복 행위는 당연한 일로 간주되고 있다. 더욱이 그런 행위들이 적이 아닌 자기편에서 행해질 때에는 나라를 위해 장한 일을 한 것이라고 찬양하기까지 한다. 그러나 실질적으로 전쟁에는 고도의 훈련을 받은 극소수 전문가들만 투입되기 때문에 사상자 수는 비교적 많지 않은 편이다. 전투가 발생한다 하더라도 일반인들이 알기 어려운 국경 부근이나 바닷길의 전략적 요충지를 방어하기 위한 유동요새에서 벌어진다. 문명의 중심 지역에서 전쟁이란 단지 만성적인 소비재의 부족을 불러오고 때때로 몇 십 명의 사상자를 내는 로켓 폭탄의 폭발 정도를 의미할 뿐이다. 사실상 전쟁의 성격은 변했다. 정확히 말하자면 전쟁을 일으키는 주요 이유의 순위가 바뀐 것이다. 20세기 초 세계 대전에서는 작은 동기에 불과했던 이유들이 지금은 주원인이 되었고, 이것이 의식적으로 인정되면서 그에 따른 행동으로 나타나는 것이다.

　　현대 전쟁의 성격을 이해하려면 – 몇 년마다 전쟁 상대국이 바뀌지만 그 양상은 항상 변하지 않기 때문에 – 그것이 결정적인 사건이 될 수는 없다는 사실을 알아야 한다. 3대 초국가 중 어느 국가도 연합한

234

다른 두 나라에 정복되지 않는다. 국력이 서로 비슷한 데다 자연적 방위 조건이 철벽같기 때문이다. 유라시아는 광대한 영토에 의해, 오세아니아는 드넓은 대서양과 태평양에 의해, 동아시아는 국민의 다산성과 근면성에 의해 지켜지고 있다. 싸워야 할 실질적인 이유가 없다는 것도 현대 전쟁의 특징적 성격이라고 할 수 있다. 생산과 소비가 균형과 조화를 이루는 자립 경제의 바탕이 확립되어 전시대 전쟁의 주요 원인이었던 시장 확보 경쟁이 끝난 상태고, 원자재 획득을 위한 경쟁 역시 이제는 생사를 걸 만한 문제가 되지 못하는 상황이다. 어쨌든 세 개의 초국가들 모두 영토가 워낙 넓기 때문에 영역 내에서 필요한 모든 물자를 다 얻을 수 있다. 따라서 굳이 전쟁을 벌여야 할 이유가 없는 것이다. 전쟁에 직접적인 경제 목적과 관련이 있는 부분을 꼽는다면 그것은 노동력 확보에 있다고 할 것이다. 이들 세 초국가의 경계 사이에는 탕헤르, 브라자빌, 다윈, 홍콩을 연결할 때 만들어지는 네모꼴의 완충 지역이 있다. 영원히 어느 한 나라의 소유가 될 수 없는 이 지역에 전 세계 인구의 5분의 1이 거주하고 있다. 결국 세 초국가들이 끊임없이 싸우는 것은 이 인구 밀집 지역과 북쪽의 빙원 지대를 차지하기 위함이다. 그러나 지금까지는 어느 한 나라가 분쟁 지역을 완전히 장악한 적이 없다. 그저 부분적인 쟁탈전으로 끊임없이 점령자가 바뀌는 일이 반복될 뿐인데 이것은 서로 동맹국을 배신하여 기습 공격을 함으로써 빚어지는 결과다.

분쟁 지역들에는 중요한 광물이 매장되어 있으며 곳에 따라 한랭한 지역에서는 비교적 많은 비용을 들여 합성해야 하는 고무 같은 중요 농산물이 산출된다. 그러나 무엇보다도 이 지역은 값싼 노동력의 무한한 보고라 할 수 있다. 아프리카 적도 지역이나 중동 지역의 여러 나라, 남인도 또는 인도네시아 부근의 여러 섬들을 장악하는 국가는 값싼 임금으로 중노동을 시킬 수 있는 수천만 명의 노동자를 확보할 수 있게 된다. 이 지역의 주민들은 공공연하게 노예 신분으로 전락하여 계속적으로 뒤바뀌는 정복자들의 지배를 받으며, 보다 많은 무기를 생산하고 더 넓은 영토와 더 많은 노동력을 확보하기 위한 도구로 이용되며 석유나 석탄처럼 소모된다. 이 분쟁 지역을 벗어나는 전투가 없다는 사실을 잘 알아야만 한다. 유라시아의 국경은 콩고 분지와 지중해 북부 해안 사이를 오락가락하고 인도양과 태평양의 섬들은 오세아니아와 동아시아가 번갈아 점령해 왔다. 몽골이 위치한 지역도 유라시아와 동아시아 간의 접경지대로 불안한 상태가 계속되기는 마찬가지다. 이런 상황에서 세 열강은 저마다 사람도 살지 않고 개발도 되지 않은 방대한 극지가 자기네 것이라고 주장한다. 그러나 그들 간의 세력 균형은 항상 유지되고 있으며, 따라서 각국의 중심부를 이룬 지역은 침략 받는 경우 없이 늘 그대로 존속한다. 한편 적도를 중심으로 한 피착취민들은 세계 경제에 있어 불가결한 존재가 되지 못한다. 그들이 생산하는 것은 모두 전쟁에 사용되고 그들의 노동력에 의해 전쟁은 지속된다. 따라서 그들은 전쟁무기를 만들어내는 일이 아닌 다른 생산적인 일에 소모되지 않는 한 세계의 부에 공헌하는 것이 아무것도 없다. 결국 그들이 존재하지 않는다 하더라도 세계의 구조나 세계 자체를 존속시키고 유지해 나가는 과정은 본질적으로 달라지지는 않을 것이다.

현대 전쟁의 기본 목적은(이중사고의 원칙에 의해 내부당원의 수뇌급들은 이를 인정하기도 하고 안 하기도 한다) 국민의 생활수준을 전반적으로 향상시키지 않는 가운데 공산품들을 완전히 소모하는 데 있다. 19세기 말 이후 잉여 소비재를 어떻게 처리할 것인가 하는 문제가 산업사회 내에서 중요한 쟁점으로 부각되었다. 그러나 식량이 충분하지 않은 오늘날 그 문제는 그다지 시급한 것은 아니며 인위적인 파괴를 하지 않는다 하더라도 심각한 문제가 되지는 않을 것이다. 오늘날의 세계는 1914년 이전의 세계, 더욱이 그 당시 사람들이 예상했던 상상 속의 미래와 비교해 보면 굶주리고 헐벗고 황폐한 세계다. 20세기 초반의 식자들 대부분이 예측했던 미래 사회란 분명히 풍요롭고 여유로우며 질서가 잡히고 효율적인 세상이었다. 한마디로 유리와 강철과 하얀 콘크리트로 건설되어 눈부시고 영구적인 세계가 도래할 것이라고 생각했던 것이다. 과학과 기술은 놀랄 만한 속도로 발전하리라 생각했고 또 그렇게 진보하고 있다고 당연히 믿었다. 그러나 실제로는 그렇게 되지 않았다. 장기적인 전쟁과 혁명으로 말미암아 국가 경제가 파탄에 이르는 한편, 과학과 기술의 발전적 토대가 될 경험적 사고방식은 엄격한 통제 사회 속에서 뿌리내릴 수 없기 때문이었다. 전반적으로 오늘날의 세계는 50년 전보다 더 원시적이다. 물론 분야에 따라서는 발전을 보인 부문도 있다. 특히 전쟁이나 사찰(査察)에 관련된 여러 가지 기술은 눈에 띄게 진보했지만, 1950년대의 원자전(原子戰)으로 파괴된 시설들은 아직도 완전히 복구되지 못한 실정이다. 그럼에도 불구하고 기계화로 인한 위험성은 아직도 도처에 잠재되어 있다. 기계란 것이 처음 나타났을 때 모든 사상가들은 기계들이 단조롭고 고된 인간의 노동을 대신 처리해 줄 것이고 그에 따라 인간의 불평등이 어느 정도는 해소될 것이라고 예상했다. 만약 기계가 그 같은 목적에 부합하여 적절히 사용됐더라면 기아, 과로, 불결, 문맹, 질병 등은 몇 세대 안에 모두 근절되었을 것이다. 실제로 기계가 그런 목적에 사용되지 않았음에도 때로는 분배되지 않을 수 없는 부를 생산함에 따라 그 부산물로 19세기 말부터 20세기 초에 이르는 50년 동안에는 일반 국민의 생활수준을 향상시키는 데 기여하기도 했다.

그러나 이러한 양상의 일률적인 부의 증가는 계급사회를 파괴할 위험성(사실 어떤 의미에서는 그 자체가 이미 파괴다)을 안고 있었다. 모든 사회 구성원들이 적게 일하고 배불리 먹으며 냉장고와 목욕탕이 있는 집에서 자동차와 비행기까지 가지고 사는 세상에서는 불평등이라는 명백하고 핵심적인 사회구조가 붕괴되고 말 것이다. 부가 일반적인 것이 되면 불평등이란 있을 수 없게 된다. 물론 개인적인 소유와 사치라는 의미에서 부의 분배가 공평하게 이루어지는 반면 소수의 특권 계급이 권력을 장악하는 사회를 상상할 수도 있다. 그러나 그런 사회가 장기적인 안정을 유지할 수는 없다. 왜냐하면 모든 사람이 시간적 여유와 경제적 안정을 똑같이 누리게 된다면 빈곤에 허덕이느라고 사회 구조에 무관심할 수밖에 없었던 대중이 하나 둘 눈을 뜨게 되어 그렇게 되면 조만간 소수의 특권층이 특권적이어야 할 아무런 이유가 없음을 깨닫게 됨으로써 그들을 특권의 자리에서 몰아내려고 하기 때문이다. 결국 계급사회의 장기적인 존속은 일반 대중의 가난과 무지를 전제로 할 때에만 가능하다. 20세기 초의 몇몇 사상가들이 꿈꾸었던 농경 사회로의 회귀도 실질적인 해결책이 될 수 없다. 그것은 거의 전 세계적으로 본능이 되다시피 한 기계화와도 맞지 않을뿐더러, 공업 후진국들은 군사적으로 취약하게 되어 직접적이든 간접적이든 공업 선진국가의 지배를 받게 될 것이기 때문이다.

그렇다고 대중을 빈곤에서 헤어나날 수 없도록 하기 위해 재화의 생산을 억제하는 것이 만족스런 해결책이 될 수 있는가 하면 그렇지도 않다. 이 방법은 자본주의의 마지막 단계였던 1920년부터 1940년 사이에 폭넓게 채택된 적이 있었다. 당시 많은 나라에서 토지를 경작하지 않고 자본 설비를 증설하지 않음으로써 경제를 침체의 늪에 빠뜨렸다. 또한 수많은 인구를 실직시켜 국가의 원호금으로 겨우 연명하게 하였다. 그러나 이 정책 역시 군사력의 약화를 초래했고, 군사력을 약화시키는 궁핍은 반드시 극복되어야 한다는 생각을 불러일으켰기 때문에 불가피하게도 반대 현상이 일어났다. 결국 문제는 세계의 부를 실질적으로 증가시키지 않으면서 업을 발전시키는 방법은 어떤 것인가 하는 데에 있었다. 재화는 생산되어야 하지만 분배될 필요는 없었다. 그리고 실질적으로 그런 목적을 달성할 수 있는 유일한 방법은 끊임없는 전쟁뿐이었다.

전쟁 행위의 본질은 인간의 생명을 파괴하는 데 있지 않고 인간 노동력에 의한 생산물을 파괴하려는 데 있다. 대중을 아주 안락하게 만들어주고, 긴 안목으로 내다볼 때에 대중을 지혜롭게 하는 물품들을 하늘로 날려버리거나 바닷속 깊이 가라앉혀 버리거나 산산이 파괴시켜 버리는 것이 곧 전쟁이다. 직접적으로 전쟁에 사용되는 무기가 파괴되지는 않는다 하더라도 무기 공장은 소비품 생산에 사용되는 노동력을 소모시키는 역할을 한다. 예를 들어 하나의 유동요새는 수백 척의 화물선을 생산할 수 있는 노동력을 필요로 한다. 하지만 그것은 결국 전쟁을 통해 아무에게도 물질적인 혜택을 주지 않은 채 파괴되고, 또다시 엄청난 노동력을 들여 새 유동요새를 건설하게 된다. 원칙적으로 전쟁의 규모는 국민의 욕구를 최소한도로 충족시키고 남은 잉여물자를 완전히 소모할 수 있는 범위에서 계획되기 마련이다. 그러다 보니 국민이 필요로 하는 물품의 수요량은 항상 과소평가되고 그 결과 생활필수품은 실제 필요량의 절반에도 못 미치게 생산될 뿐이어서 만성적인 궁핍 상태가 계속되는 것이다. 그러나 위정자들에게는 그런 상태가 자신들에게 유리한 국면으로 간주된다. 심지어는 정부로부터 혜택을 받는 집단들마저 곤궁한 상태로 붙들어두는 것이 적절한 정책일 수 있다. 왜냐하면 전반적으로 궁핍한 상태가 유지되어야 소수 특권층의 지위가 한층 더 높아지고 집단 간의 차이가 더욱 뚜렷해지기 때문이다. 20세기 초의 기준으로 보면 내부당원들조차 검소한 생활을 요구받고 있으며 그만큼 고된 삶을 영위하고 있다. 그럼에도 그들은 설비가 잘되어 있는 넓은 집이며 좋은 천으로 만든 옷, 고급스러운 음식과 술, 담배, 두어 명의 하인, 개인 소유의 자동차나 헬리콥터 등의 사치품을 조금이나마 누리는 데서 외부당원과는 다른 세계에서 산다는 자만심을 느끼고 외부당원은 또 그들대로 소위 '노동자'라 불리는 최하층 계급의 대중과 비교해 자신들이 특혜를 받고 있다는 긍지를 가지게 되는 셈이다. 사회 분위기는 마치 말고기 한 덩어리를 갖고 있느냐 그렇지 못하느냐에 따라 빈부가 결정되는 포위된 도시의 분위기와 같다. 위정자들은 지속적으로 전쟁을 벌임으로써 대중으로 하여금 그 전쟁의 위험 때문에 모든 권력을 소수 특권계급에게 맡기는 것이 살아남기 위해 당연하고 또한 불가피한 것이라고 생각하게끔 만드는 것이다.

　나중에 다시 언급하겠지만 전쟁은 필요한 파괴 행위를 할 뿐 아니라, 심리적으로 이를 용납하게 하는 수준에서 수행되고 있다. 원칙적으로 세계의 잉여 노동력으로 성당이나 피라미드 따위를 건설하거나 땅에 구덩이를 팠다가 도로 메운다거나, 방대한 재화를 생산했다가 모두 다 불살라버리는 것은 너무 단순한 행위가 아닐 수 없다. 그런 방법은 계층적 사회에 경제적 기반을 제공해 주기는 하겠지만 감정적 기반을 조성하는 데에는 도움을 주지 못한다. 중요시되는 것은 꾸준히 일하는 한 조금도 중요하게 여길 필요가 없는 대중의 사기가 아니라 당 자체의 사기다. 제일 밑바닥의 말단 당원일지라도 능력과 근면성 그리고 어느 정도의 지성을 갖추어야 한다고 하지만 공포와 증오, 아첨과 승리에의 도취감에 빠지는 무지하고 맹목적인 광신자가 되는 것 또한 절대적으로 필요하다. 다시 말하면 그들도 전쟁 상태에 알맞은 정신 상태를 지녀야 한다는 것이다. 전쟁이 실제로 벌어지고 있든 그렇지 않든 그것은 중요하지 않다. 애당초 결정적인 승리란 불가능하기 때문에 전황이 좋든 나쁘든 상관없다. 필요한 것은 전쟁 상태가 유지되는 것뿐이다. 일반적으로 당이 당원들에게 요구하는 지성의 분열은 전쟁 상태에서 더 쉽게 이루어질 수 있으며, 실제로 당원의 지위가 오르면 오를수록 분열 현상은 더욱 두드러진다. 따라서 가장 강한 전쟁에의 열망과 적에 대한 증오감은 내부당원에게서 찾아볼 수 있다. 내부당원은 행정가로서의 능력을 발휘하기 위해 전쟁 뉴스의 어떤 기사가 허위란 것을, 때로는 전쟁 자체가 꾸며낸 허위고 전쟁은 일어나지 않았다는 것을, 발표된 목적과는 전혀 다른 목적을 위한 전쟁을 하고 있다는 것을 모두 알고 있다. 하지만 이러한 지식은 이중사고에 의해 쉽게 중화되어 버린다. 그동안 전쟁은 진행될 것이며, 전 세계의 진정한 지배자로서 오세아니아가 전쟁을 승리로 이끌 것이라는 불가사의한 신념에 대해 조금도 회의하지 않게 된다.

내부당원들은 모두 앞날의 승리를 신조로 믿는다. 그들은 점진적인 영토 확장, 압도적인 세력 형성, 획기적인 신무기 발명에 의해 틀림없는 승리를 달성할 것이라고 믿는다. 그리하여 신무기 개발 연구는 끊임없이 계속되고 있다. 이것은 인간의 창조적이고 사변적인 정신이 출구를 찾아낼 수 있는 몇 가지 남지 않은 활동 부문의 하나라고 할 수 있다. 현재 오세아니아에는 고전적 의미의 과학이란 이미 존재하지 않는다. 신어에는 아예 '과학'이라는 단어 자체가 없다. 과거에 과학적 업적을 이루는 데 기초가 되었던 경험적 사고방식은 영사의 가장 기본적인 원칙과 정반대의 위치에 놓이기 때문이다. 기술의 진보라는 측면마저 거기에서 파생된 산물이 인간의 자유를 감소시키는 데에 사용될 수 있을 때만 가능해진다. 거의 모든 유용한 기술은 멈춰져 있거나 후퇴하고 있다. 책은 기계로 저술되는 데 반해 토지는 말이 끄는 쟁기로 경작되고 있다. 그러나 중요한 분야 즉 전쟁과 사찰 부문에서는 경험적 방법이 장려되거나 허용되고 있다. 당의 양대 목표는 전 세계를 정복하는 것과 모든 독립적인 사고의 가능성을 근절시키는 것이다. 그러기 위해서는 당이 해결해야 할 두 가지 커다란 문제가 있다. 하나는 다른 사람이 무엇을 생각하는지 알아내는 것이고, 다른 하나는 아무런 예고도 없이 몇 초 안에 수억 명의 사람을 어떻게 죽이는가 이다. 연구가 계속되는 한 이것은 주요 연구 과제로 남을 것이다. 오늘 날의 과학자는 얼굴 표정, 태도, 음성을 미세한 부분까지 연구하여 의 미를 추적하고 약품, 쇼크 요법, 최면술, 고문 등으로 진실을 고백하게 하는 효과를 실험하는 심리학자와 심문 기술자를 한데 버무려놓은 존 재며, 인명 살상에 관계되는 특수 분야의 화학자, 물리학자, 생물학자 들뿐이다. 평화부의 거대한 실험실이나 브라질의 삼림, 오스트레일리 아의 사막이나 남극의 고도(孤島)에 비밀리에 설치된 실험실에서 그 같은 전문 학자들이 쉴 새 없이 연구를 계속하고 있다. 그들은 미래의 전쟁을 위해 새로운 병참 기술을 계획하기도 하고 보다 강력한 로켓 탄이나 폭탄, 더욱 철통같은 방어력의 장갑 철판을 고안하기도 하며, 새로운 독가스나 대륙의 모든 식물을 전멸시킬 수 있는 독극물, 가능 한 모든 항독소에 면역력을 발휘하는 신종 세균을 배양하기도 하며, 물속의 잠수함처럼 땅속을 뚫고 다니는 자동차나 활주로가 필요 없는 비행기를 만들려고 머리를 싸매기도 하며, 가능성은 거의 없지만 수 천 킬로미터 상공에 렌즈를 매달아 태양 광선을 한데 모으거나 지구 중심부의 핵에 자극을 주어 인공적인 지진이나 해일을 일으키려는 연 구까지 하고 있다

그러나 이 계획의 어느 것 하나도 아직까지 실현되지 못했으며, 3대 초국가 중 어느 나라도 다른 나라에 비해 뚜렷이 앞설 만한 성과를 얻 지 못하고 있다. 놀라운 사실은 현재의 연구 수준으로는 도저히 발명 할 수 없는 강력한 원자 폭탄을 이미 세 초국가에서 모두 보유하고 있 다는 것이다. 당은 상투적인 방법으로 그것을 자기들이 발명했다고 큰소리치지만 원자 폭탄은 이미 1940년대에 처음 모습을 드러낸 바 있고 그로부터 10년 후에는 대규모로 사용되었다. 그때 수백 개의 원 자 폭탄이 세계 공업의 심장부라 할 수 있는 유럽 지역의 소련과 서부

유럽, 북아메리카에 떨어졌다. 그 결과 각국의 지도자들은 원자 폭탄을 계속 사용하게 되면 기존 사회가 와해되는 것과 동시에 그들 자신의 권력이 종말을 맞게 될 것이라는 위기감을 느끼게 되었다. 공식적인 협정이 체결되거나 제안된 적은 없었지만 원자폭탄은 더 이상 사용되지 않았다. 세 열강은 원자 폭탄을 계속적으로 생산하여 언젠가 닥쳐올 것이 틀림없는 결정적 순간을 위해 저장만 해두었다. 그 후로 전쟁 기술은 30~40년 동안 거의 제자리걸음이었다. 헬리콥터가 전보다 더 많이 생산되고 폭격기는 거의 자력 추진 로켓으로 대체되었으며 파괴되기 쉬운 전함 대신 어떤 공격에도 끄떡없는 유동요새가 나타났다. 그러나 그 외의 무기는 이렇다 할 발전이 거의 없었다. 탱크, 잠수함, 어뢰, 기관총, 심지어 소총과 수류탄마저 옛날 것이 여전히 사용되고 있다. 신문이나 텔레스크린은 끊임없이 적군 살상에 대한 보도를 내보내고 있지만 전시대와 같이 단 몇 주 만에 수십만 내지 수백만 명이 피살되던 격렬한 전쟁은 다시 일어나지 않고 있다.

　세 초국가 가운데 어떤 나라도 심각하고 치명적인 패배 위험을 동반하는 전술이나 작전을 시도하려고 하지는 않는다. 어떤 방대한 작전이 실시되었다면 그것은 대개 동맹국에 기습 공격을 할 경우였다. 3대 열강이 취하는 전략은 모두 똑같다. 그들의 전략이란 전투와 협상 그리고 기회를 적절히 이용한 배신행위를 섞어가며 교전 상대국을 완전히 포위하여 반지 모양의 기지를 획득하고는, 그 나라와 우호조약을 맺어 의심이 없어질 때까지 몇 년 동안 평화 관계를 유지하는 것이다. 그리고 원자 폭탄을 장착한 로켓을 모든 전략 요충지에 배치하여 기회를 노리다가 일제히 발사한다. 그렇게 하면 보복이 불가능할 정도로 상대국에 치명적인 타격을 안겨줄 수 있다는 것이다. 그런 다음 나머지 열강과 평화조약을 맺고 새로운 공격을 준비한다는 것이 그들의 공통된 전략이다. 그러나 이 같은 전략은 말할 필요도 없이 실현 불가능한 백일몽에 불과하다. 더욱이 적도와 극지 부근의 분쟁 지역 외에는 어떤 전투도 벌어진 적이 없고 서로 상대국의 영토를 침략한 적도 없다. 이러한 이유로 초국가 간의 국경은 지역에 따라 제멋대로며 일정할 수가 없다. 예를 들어 유라시아는 지리적으로 유럽에 속해 있는 영국을 쉽게 정복할 수 있고, 오세아니아는 라인 강이나 비스툴라 초호까지 국경을 밀고 갈 수가 있다. 그러나 이것은 공식화된 것은 아니지만, 각국이 서로 지키는 문화적 통일성 보존의 원칙을 깨뜨리는 결과가 된다. 만일 오세아니아가 옛 프랑스와 독일 지역을 손에 넣는다면 실질적으로 크나큰 난관에 봉착하게 될 것이다. 왜냐하면 그곳 주민들을 몰살시키거나 가능한 모든 기술을 동원해서 1억의 인구를 오세아니아 국민 수준으로 동화시켜야 하기 때문이다. 이 문제는 3대 초국가에 똑같은 과제로 남아 있다. 전쟁 포로나 유색인 노예와 같은 제한된 범위 이외에 외국인과는 일체의 접촉을 하지 못하도록 하는 것은 그들의 체제 유지상 절대로 필요한 정책이다. 위정자들에게는 자기 국민으로 하여금 공식적으로 동맹을 맺고 있는 나라 사람들이라 하더라도 경계의 눈초리로 바라보게 할 필요가 있는 것이다. 오세아니아의 일반 국민은 전쟁 포로를 제외한 유라시아나 동아시아의 국민을 보아서는 안 되고 외국어 공부도 금지되어 있다. 외국인과 접촉하는 사람들은 누구나 그들도 자기와 비슷한 인간이고 그들에 대해서 그동안 들어온 이야기의 대부분이 거짓이라는 사실을 깨닫게 될 것이다. 그리하여 그가 살고 있는 폐쇄된 세계는 붕괴되는 과정을 겪게 될 것이며 사기의 밑바탕이 되었던 공포와 증오, 독선의 샘은 말라 없어질 것이다. 그런 이유로 페르시아, 이집트, 자바, 실론 등지에서는 지배자가 수없이 바뀌더라도 폭탄을 제외한 모든 것이 주요 국경선을 넘어갈 수 없도록 되어 있는 것이며, 그 같은 사실은 모든 나라에게 하나의 원칙으로 통용되고 있다.

이러한 상태에서 공공연히 언급되지 않지만 암암리에 이해되고 전개되는 한 가지 사실이 있다. 바로 3대 초국가의 생활 조건이 모두 똑같다는 것이다. 오세아니아의 지배 철학은 '영사'고, 유라시아는 '신볼셰비즘'이며, 동아시아는 '죽음 숭배'라고 번역되는 중국어지만 보다 정확히 표현하자면 '자기 말살'이란 뜻으로 정의되는 것이다. 오세아니아의 국민은 다른 두 나라의 철학이나 성격에 대해 조금이라도 알아서는 안 되며, 그것들은 도덕과 양식을 거스르는 야만적이고 난폭한 것이기 때문에 미워하고 저주하라는 교육만을 받을 뿐이다. 하지만 실제로 이 세 가지 철학은 서로 구별을 지을 수 없을 만큼 비슷하고, 이것들이 지탱하는 사회 체제도 전혀 차이가 없었다. 어느 나라든지 똑같은 피라미드형 사회 구조와 신격화된 지도자 숭배, 계속되는 '전쟁에 의한 전쟁'을 위한 경제 체제가 있을 뿐이다. 그 결과 세 초국가는 서로 다른 국가를 정복할 수 없을 뿐 아니라, 그래 봤자 아무런 이득도 없기 때문에 정복할 필요가 없다는 결론에 이르게 된다. 그와 반대로 세 나라가 대립 상태를 계속 유지하는 것은 오히려 안정적인 결과를 가져오게 된다. 마치 솥에 달린 세 개의 받침다리와 같이 서로 의지하며 지탱하는 형국이 되는 것이다. 그리고 세 나라의 지도자들은 자신들이 하고 있는 일에 대해 알기도 하고 또 모르기도 한다. 그들은 저마다 자신의 일생을 세계 정복에 바쳤지만 전쟁은 영원히 또한 승리 없이 계속되어져야 한다는 필요성을 알고 있다. 그러나 정복될 위험성이 전혀 없다는 사실 때문에 영사 및 다른 두 철학 체계의 특징인 현실 부정이 가능해지게 된다. 앞서 말한 대로 전쟁이 끊임없이 계속되어짐으로써 그 성격이 근본적으로 바뀌게 되었다는 사실을 반복해서 기억해 둘 필요가 바로 여기에 있는 것이다.

과거의 전쟁은 본질적으로 시간에 관계없이 언젠가는 반드시 끝나며 그 결과로 승패가 갈리는 것이었다. 또한 과거의 전쟁은 인간 사회를 물리적 현실과 깊은 관계로 맺어주는 중요한 요소 중 하나였다. 어느 시대나 모든 통치자는 자기 백성에게 그릇된 세계관을 심어주려 했다. 하지만 군사력을 약화시킬 문제점이 있는 환상은 조장할 수 없었다. 전쟁에서의 패배가 곧 독립성의 상실을 의미하는 바람직하지 못한 결과로 존재하는 한 패배하지 않을 예방책을 절실히 강구해야만 했다. 따라서 물리적 사실을 무시할 수 없었다. 철학이나 종교 혹은 윤리학이나 정치학에서는 둘 더하기 둘은 다섯이 될 수도 있지만 총이나 비행기를 설계하는 분야에서는 반드시 넷이 되어야 한다. 실력이 없는 국가는 끝까지 버티지 못하고 정복당하는 것이 상례거니와 환상이란 실력을 쌓기 위한 투쟁에 해를 끼칠 뿐이다. 게다가 실력을 쌓기 위해서는 과거로부터 배우는 것 즉 과거에 일어난 일들에 대한 정확한 지식과 이해가 필요하다. 물론 과거의 신문과 역사책은 언제나 채색되고 편중되는 경향이 있었지만 오늘날과 같은 날조는 불가능했을 것이다. 전쟁은 올바른 정신을 지켜내고자 하는 일종의 보루였고 지배 계급의 입장에서는 가장 중요한 체제 유지의 수단이었다. 전쟁에 승패가 따르는 한 모든 지배 계급은 그에 대한 책임에서 벗어날 수 없었다.

그러나 전쟁이 문자 그대로 끊임없이 계속된다면 위험한 것이라고만 말할 수도 없는 것이다. 전쟁이 늘 계속되기 때문에 특별한 군사적 조처도 필요 없게 되고 군수물자 개발도 의미가 없어지게 된다. 기술의 진보는 멈추고 의심할 바 없는 뚜렷한 사건도 부정 또는 무시될 수가 있다. 앞에서 살펴본 것처럼 과학이라고 할 수 있는 연구는 여전히 전쟁의 목적을 위해 수행되고 있지만 근본적으로 백일몽에 불과하다. 그래서 이 연구들이 아무런 실적도 없이 실패하더라도 전혀 심각한 일이 아니다. 실력은 필요 없다. 심지어 군사적인 실력조차도 필요하지 않다. 오세아니아에는 사상경찰 외에는 실력이 있는 게 아무것도 없다. 세 개의 초국가는 각각 정복될 수 없는 국가이므로, 하나하나의 국가가 실제적으로 독립된 우주를 형성하고 그 안에서는 어떤 사상이든 마음대로 왜곡시킬 수 있다. 현실은 일상생활에서의 욕구-먹고 마시고 집과 옷을 갖고 독약을 마시지 않으려 하거나 높은 층 창문에서 뛰어내리지 않으려는 등-를 통해 나타난다. 삶과 죽음, 육체적인 쾌락과 고통 사이의 차이는 여전하지만 단지 그뿐이다. 외부 세계와 과거로부터 단절되어 있는 오세아니아 국민은 우주 공간 속에 살고 있는 사람처럼 어디로 올라가고 내려가는지 방향을 알 길이 없다. 이와 같은 나라의 통치자는 파라오나 카이사르보다 더 막강한 권력을 지닌 절대자다. 그들은 성가실 정도로 많은 백성이 굶어죽지 않도록 먹여 살려야 하며 경쟁국의 수준만큼 군사적 기술을 가지려고 애써야 한다. 그러나 최소한도만 달성되면 현실을 자기 마음대로 왜곡할 수 있다.

그러므로 과거의 전쟁을 기준으로 판단한다면 오늘날의 전쟁은 한낱 사기극에 불과하다. 그것은 마치 뿔의 각도가 엉뚱하게 나 있어서 상대방에게 서로 상처를 줄 수 없는 반추동물들의 싸움과 같다. 그러나 비현실적이라고 해서 무의미한 것은 아니다. 전쟁은 잉여 소비재를 소모시키고 계층적 사회가 요구하는 특이한 정신적 분위기를 조성하기 때문이다. 뒤에 가서 다시 거론하겠지만 전쟁이란 이제 단순한 국내 사건에 불과하다. 과거에는 모든 나라의 지배자들이 공동의 이해관계를 인식하고 전쟁의 파괴력을 제한하기도 했지만, 그런 가운데에 서로 싸웠고 승자는 언제나 패자를 약탈했다. 그러나 우리 시대의 지배자들은 서로 싸우는 것이 결코 아니다. 전쟁은 지배 집단이 그 국민을 상대로 벌이는 싸움이며, 그 목적도 영토의 정복이나 방어에 있는 것이 아니라 사회 체제를 그대로 유지하는 것에 있다. 그러므로 '전쟁'이란 단어는 지금 잘못 받아들여지고 있다고 하겠다. 전쟁은 늘 계속되고 있기 때문에 사실상 전쟁이 없다고 하는 편이 정확한 표현이 될 것이다. 신석기 시대로부터 20세기 초에 이르기까지 전쟁이 인간에게 가했던 압력은 이제 없어지고 전혀 다른 것으로 대체되었다. 3대 초국가가 서로 전쟁하는 대신 영구적인 평화에 동의하고 타국의 땅을 침범하지 않는다고 하더라도 결과는 마찬가지일 것이다. 이럴 경우 외적 위험으로부터 오는 영향은 영원히 사라질망정 각 나라가 안고 있는 내부 문제는 여전히 해결되지 않은 채로 남아 있기 때문이다. 그러므로 진실로 영원한 평화는 영원한 전쟁과 똑같은 것이다. 대부분의 당원들은 그저 어렴풋이 이해하고 있을 뿐이지만, 이것이 바로 당이 내건 슬로건인 '전쟁은 평화'란 말의 참뜻이다.

윈스턴은 읽기를 잠시 멈추었다. 어딘가 멀리서 로켓 폭탄이 폭발하는 소리가 들려왔다. 그는 텔레스크린이 없는 방에 혼자 앉아 금서를 읽는다는 행복감에 흠뻑 젖어 있었다. 나른한 몸, 푹신한 안락의자, 창문을 넘어 들어와 뺨을 간질이는 보드라운 바람이 고독과 편안함에 어울려 안온한 기분을 느끼게 했다. 그는 책의 내용에 매료되었고 확신을 얻을 수 있었다. 어떤 의미에서 그 책의 내용은 새로울 것은 없었지만 바로 그런 점이 그의 마음을 끌렸다. 그 책은 그동안 두서없이 지녀왔던 자신의 생각을 체계적으로 정리한다면 쓸 수도 있을 법한 내용을 담고 있었다. 윈스턴이 생각하기에 그 책의 저자는 자기와 비슷한 생각을 하지만, 자기보다는 훨씬 더 강력하고 체계적인 사고력의 소유자며 두려움을 모르는 사람인 것 같았다. 훌륭한 책일수록 독자가 이미 알고 있는 것을 말해 주는 법이라고 생각했다. 제1장을 다시 읽기 위해 책장을 넘길 때 줄리아가 계단을 올라오는 발소리가 들렸다. 그는 의자에서 일어나 그녀를 맞았다. 그녀는 갈색의 연장 가방을 마룻바닥에 던지다시피 하며 그의 품 안으로 뛰어들었다. 서로 못 보고 지낸 지 벌써 일주일이 넘은 것이었다.

"그 책을 받아 왔소."

포옹을 풀면서 그가 말했다.

"그래요? 잘됐군요."

그녀는 별 관심이 없다는 듯이 말을 받고는 커피를 만들기 위해 석유난로 옆에 꿇어앉았다.

두 사람이 침대 속에 들어간 지 30분이 지났을 때 윈스턴의 입에서 그 책에 대한 이야기가 다시 나왔다. 두 사람은 침대 시트를 목까지 끌어당겨 덮었다. 저녁 공기가 서늘해졌기 때문이었다. 창문 아래에서 귀에 익은 노랫소리와 뜰 바닥에 끌리는 신발 소리가 들려왔다. 윈스턴이 처음 그 방에 왔을 때 보았던 적갈색 팔뚝의 건장한 아낙네는 허구한 날 그렇게 뜰에서만 지내는 것 같았다. 그 여자는 날이면 날마다 빨래 통과 빨랫줄 사이를 오가며 입으로는 빨래집게를 물고 있거나 시원스럽게 노래를 뽑아내는 모양이었다. 줄리아는 벌써부터 잠을 자려는지 침대 한쪽으로 돌아누워 있었다. 윈스턴은 손을 뻗어 바닥에 떨어져 있던 책을 집어 들고는 침대 머리맡에 기대앉았다.

"당신도 이 책을 읽도록 해요. 형제단의 단원이라면 꼭 읽어야 하니까."

그가 말했다.

"당신이 큰 소리로 읽어주세요. 그게 좋겠어요. 그리고 읽은 것을 설명도 해주세요."

그녀는 눈을 감은 채 말했다.

시계는 오후 6시 즉 18시를 가리키고 있었다. 돌아가려면 아직 서너 시간의 여유가 있었다. 그는 무릎 위에 책을 올려놓고 소리 내어 읽기 시작했다.

제1장

무지는 힘

　유사 이래 아마도 신석기 시대 말기 이후 인민은 상, 중, 하의 세 계급으로 나뉘어 살아왔다. 다시 여러 갈래로 나뉜 그들에게서는 저마다 이름을 달리 하는 무수한 후손이 태어났다. 그들의 상대적 인구수와 상호 간에 대한 태도는 시대마다 달랐지만 사회의 본질적인 구조는 변하치 않았다. 엄청난 격변이나 획기적인 변란이 일어난 후에도 마치 팽이가 이리 맞고 저리 맞아도 언제나 균형을 되찾는 것처럼 동일한 사회 양상이 재현되어 왔다.

"줄리아, 자고 있소?"
윈스턴이 물었다.
"아뇨, 듣고 있어요. 계속하세요. 재미있네요."
그는 계속 읽었다.

　이 세 계급의 목표는 결코 같을 수가 없다. '상층' 계급의 목표는 현재 상태를 유지하는 것이고 '중간층' 계급의 목표는 '상층' 계급의 지위로 올라가는 것이다. 그리고 '하층' 계급이 목표가 있다면-그들 대부분은 매우 단조롭고 고된 일에 지쳐 있기 때문에 일상생활 이외의 다른 것은 거의 생각하지 못한다- 그것은 사회 속에서 모든 차별을 없앰으로써 모든 인간이 평등한 사회를 이룩하는 것이다. 그리하여 인류의 역사를 통해 본질적으로 똑같은 투쟁이 끊임없이 반복된 것은 이와 같이 사회 계층이 저마다 다른 목표를 가지고 서로 충돌을 일으키기 때문이었다. 상층 계급은 장기간에 걸쳐서 권력을 장악해 왔다.

그러나 어느 순간 그들은 하부 계층의 신뢰나 효과적인 통치 능력 중의 하나를 잃거나 또는 그 두 가지를 모두 잃어버릴 때가 온다. 그때 중간층 계급은 자유와 정의를 위해 투쟁한다는 명분 아래 하층 계급을 자기편으로 끌어들여 상층 계급을 전복시킨다. 하지만 그들은 목적을 달성하자마자 하층 계급을 다시 종전의 노예 신분으로 몰아넣고 스스로 상층 계급이 된다. 이때 새로운 중간층 계급이 다른 한 계층 또는 두 개의 계층에서 갈라져 나와 형성된다. 그리고 투쟁이 다시 반복되는 것이다. 이들 세 개의 계층 중 유일하게 하층 계급만이 일시적으로나마 자신들의 목표를 달성할 수 없다. 인류의 모든 역사를 통해 물질적인 면에서 진보가 없었다고 말하는 것은 과장일지도 모른다. 쇠퇴기에 들어선 오늘날에도 인간은 물질적으로 몇 세기 전보다 훨씬 풍요로운 생활을 영위하고 있다. 그러나 부가 증대되고 인간 상호간의 관계가 부드러워지고 개혁이나 혁명이 있었지만 인간의 평등이란 점에서는 한 치도 진보한 게 없다. 하층 계급의 관점에서 볼 때 역사적 변화라는 것은 그들의 주인이 바뀌었다는 것 이외에 아무런 의미도 없는 것이다.

19세기 말까지만 해도 많은 사람들이 이러한 역사 유형이 되풀이되고 있음을 명백히 관찰했다. 그리하여 역사를 순환 과정으로 해석하는 한편 불평등은 인간 생활에 있어서 변할 수 없는 부동의 법칙이라고 주장하는 학파도 생겨났다. 물론 이러한 주의(主義)에는 언제나 지지자가 있게 마련이지만 오늘날에는 그것을 주장하는 방법론에 괄목할 만한 변화가 일어났다. 과거에는 상층 계급이 사회에 계급 구조가 필요하다는 이론을 펼쳤다. 왕과 귀족, 사제와 법률가 그리고 그들에게 기생하는 무리가 그것을 떠받들며 가르쳤다. 다른 계급의 사람들은 죽은 후 저승 세계에서나 보상 받을 것이라는 생각으로 위안을 삼았다. 중간층은 권력을 잡기 위해 투쟁을 할 때마다 언제나 자유, 정의, 평등이란 구호를 사용했다. 그러나 어느 시점에 도달하면 인류애라는 개념은 지배 계급에 속해 있지 않지만 오래지 않아 지배 계급이 되기를 희망하는 사람들로부터 유린되었다. 과거의 중간층은 평등이라는 깃발 아래 혁명을 일으켰고 전날의 전제 정권을 전복시키자마자 새로운 전제 정권을 일으켜 세웠다. 그리하여 새로이 생긴 중간층은 미리부터 새로운 전제를 선언한 셈이 되었다. 한편 19세기 초에 역사의 전면에 나타난 사회주의 이론은 고대의 노예 반란에 기원을 두고 있는 사상 체계의 마지막 단계로, 과거의 유토피아 이론으로부터 깊은 영향을 받은 것이었다. 그러나 1900년 이후 사회주의는 변형되기 시작하여 자유와 평등을 확립하겠다는 목표를 더욱 노골적으로 포기하였다. 그리하여 금세기 중엽에 나타난 새로운 운동들인 오세아니아의 영사와 유라시아의 신 볼셰비즘, 동아시아의 죽음 숭배를 통해 속박과 불평등을 영구화시키자는 의식적인 목표가 세워지게 되었다. 이 새로운 운동들은 물론 과거의 것에서 발전해 왔고, 과거의 명칭을 그대로 답습하며 입으로만 그들의 이데올로기를 치켜세우고 있다. 그러나 이 이론들의 목적은 발전을 중지시키고 어느 선택된 순간을 기점으로 역사를 동결시키자는 것이다. 이는 진자 운동을 해오던 시계추가 마지막으로 한 번만 더 진동을 하고 멈추어버린 것과 다름없다. 역사에서 반복되었던 것처럼 마지막으로 상층 계급을 전복시킨 중간층 계급이 스스로 상층 계급에 오른 다음, 의식적인 전략을 통해 영원히 자신들의 지위를 유지할 수 있다는 것이 그들의 이론이다.

이 새로운 교리는 역사 지식의 축적과 19세기 이전에는 거의 존재하지 않았던 역사의식의 성장에 의해 일어났다. 이제 역사의 순환 운동이란 것은 이해할 수 있는 것이거나 적어도 이해할 수 있을 것으로 보였다. 만약 그것이 이해할 수 있는 것이라면 변경될 수도 있는 것이다. 그러나 원칙적이고도 기본적인 명제는 20세기 초에 이르고 인간의 평등이 기술적으로 가능해졌다는 것이다. 인간의 타고난 재능은 저마다 다르며 개인적인 취향도 다르기 때문에 개인에 따라 사회적 기능이 분화되어야 한다는 이론은 여전히 타당하다. 그러나 이제 계급의 구별이나 현격한 부의 격차가 있어야 할 필요성은 없어졌다. 예전에는 계급의 구별이 불가피할 뿐 아니라 바람직한 것이기도 했다. 그리고 불평등은 문명의 대가로 감수되었다. 그러나 기계 생산의 발달에 따라 상황이 달라졌다. 사람들이 저마다 다른 종류의 직종에 종사한다 해서 사회적, 경제적 수준마저 달라져야 할 필요는 없는 것이다. 그러므로 이제 권력을 잡으려는 새로운 집단의 관점에서 인간의 평등이란 힘써 추구해야 할 이상이 아니라 기필코 막아야 할 위험이었다. 정의롭고 평화로운 사회 성립이 실질적으로 불가능했던 아주 먼 옛날에는 평등이라는 것을 쉽게 믿을 수 있었다. 그리고 법 없이, 혹독한 노동 없이 인류애적인 사랑을 나누며 함께 살아가는 지상 낙원에 대한 생각은 지난 수천 년 동안 인간의 뇌리에서 떠나지 않았다. 역사적 변화로 혜택을 받는 집단마저 그런 생각을 품었었다. 프랑스와 영국, 미국의 혁명 후계자들도 인간의 권리와 언론의 자유, 법 앞에서의 평등 같은 공약을 내걸어 어느 정도까지는 그대로 이루었다. 그러나 1940년대에 들어설 무렵부터는 권위주의가 정치사상의 주류를 이루었다. 지상의 낙원은 바로 그것이 실현되려는 순간에 불신을 받은 셈이었다. 새로운 정치 이론은 어느 것이나 그 이름이 무엇이든 계급과 통제 사회로의 복귀를 주장했다. 그리고 1930년 전후에 풍미했던 폭압적인 정세하에서는 지난 수백 년 동안 자취를 감췄던 재판 없는 투옥, 전쟁 포로의 노예화, 공개 처형, 자백을 강요하기 위한 고문, 인질 이용, 수많은 사람의 유형 등의 행위가 다시 공공연하게 자행되었고 스스로를 문화인이며 진보적이라고 자처하는 사람들에 의해 그런 행위들이 묵인 내지는 옹호되었다.

그로부터 10년 후, 세계적으로 번진 전쟁과 내란, 혁명과 반혁명의 소용돌이를 거친 끝에 비로소 영사를 비롯한 정치 이론들이 완전한 형태를 갖추고 등장하였다. 이러한 이론들은 20세기 초에 출현한 전체주의 체제 속에서 이미 일말의 징후를 보인 바 있었기에 당시의 혼란스러운 정황으로부터 이와 같은 결과가 나올 것은 세계적인 흐름으로 보아 자명한 일이었다. 또한 그렇게 대두된 세계를 어떤 부류의 사람들이 지배할 것인가도 불 보듯 확연한 것이었다. 새로운 귀족 정치는 주로 관리, 과학자, 기술자, 노동 운동가, 광고 전문가, 사회학자, 교사, 언론인, 직업 정치가들로 이루어졌다. 독점 산업과 중앙 집권으로 세상이 살벌해지자 중산층 봉급생활자나 상급 노동자 출신인 사람들이 세를 규합하여 흔들리지 않는 세력을 형성한 것이다. 그들은 과거의 권력자들과 비교해 덜 탐욕스러웠고 덜 사치스러운 반면에 권력에 대한 순수한 갈망은 더 컸다. 그들은 무엇보다도 스스로 하고 있는 일이 어떤 것인지를 제대로 인식하고 있었으며, 그랬기에 반대파를 분쇄하는 데 더욱 적극적이었다. 이 마지막 차이점이 실로 중요하다. 현존하는 전제 정치에 비해 과거의 이론들은 미적지근하고 비능률적이었다고 할 수 있다. 지나간 역사 속의 지배 계급들은 언제나 자유주의적 사상에 약간이나마 물들어 있어서 무엇을 하든지 허술한 구석을 남겼다. 그런 데다 그들은 표면으로 드러나는 행위만을 문제 삼으며 백성이 무엇을 생각하는지에 대해서는 무관심했다. 중세 가톨릭교회마저도 오늘날의 기준으로 보면 관대했던 편이다. 그렇게 할 수밖에 없었던 이유 가운데 하나로는 과거의 어떤 정권이든 국민은 끊임없이 감시할 능력이 없었다는 점을 꼽을 수 있다. 그러나 인쇄술의 발달로 보다 쉽게 여론을 조작할 수 있게 되었고 영화와 라디오를 통해 더욱 촉진되었다. 특히 텔레비전의 발명으로 하나의 기계가 송수신을 동시에 할 수 있는 기술적 진보가 이루어짐으로써 마침내 사생활은 종말을 고했다. 모든 국민, 적어도 요주의 인물들을 하루 24시간 경찰의 감시 아래 둘 수 있고 다른 모든 통신망은 완전히 차단해 정부의 선전만 듣도록 할 수 있게 되었다. 그리하여 모든 국민으로 하여금 국가의 의사에 완전히 복종하게 하고 국민 전체의 의사를 완전하게 통일시킬 수 있는 가능성이 처음으로 나타난 것이다.

50년대와 60년대의 혁명기를 거치면서 사회는 전처럼 상, 중, 하의 세 계층으로 재편성되었다. 그러나 새로운 상층 계급은 그들의 선배들과는 달리 본능에 의한 행동을 하지 않았고 자신들의 지위를 유지하는 데 무엇이 필요한가를 알았다. 그들은 이제까지 과두 정치를 유지하는 안전한 기반은 오직 집단주의뿐이라고 생각해 왔다. 부와 권력은 그 둘을 함께 소유할 때 용이하게 보호된다. 금세기 중엽에 행하여진 '사유재산의 폐지'는 실제적으로 전보다 더 소수의 사람에게 부를 집중시키는 결과를 초래했다. 그런데 이번에 등장한 새로운 소유자는 단순한 개인들이 아니라 하나의 집단이라는 점이 예전과 달랐다. 당원들은 사소한 소지품 이외에는 어떤 것도 개인적으로 가질 수가 없다. 전체적으로 당이 모든 것을 통제하고 내키는 대로 생산품을 분배하기 때문에 오세아니아의 모든 것은 당이 소유하는 셈이다. 혁명 이후 몇 년간 당은 모든 정책을 집단주의에 따라 처리하여 거의 아무런 저항 없이 지배자의 자리에 오를 수 있었다. 자본 계급이 재산을 몰수당하는 때가 오면 사회주의가 뒤따르게 되리라는 것이라는 사실상 오래전부터 예상되어 온 일이었다. 자본가들은 가진 것을 모두 빼앗기고 제거되었다. 공장, 광산, 토지, 가옥, 교통수단 등의 모든 것이 몰수되었고 그것들은 이제 사유재산이 아닌 공동재산이 되었다. 초기 사회주의 운동에 뿌리를 박고 성장하여 용어까지 그대로 이어받은 영사는 사회주의의 계획 중 주요 조항을 실제로 수행했고 그 결과 미리 예측하고 준비해 온 대로 경제적 불평등의 영구화를 완성했다.

그러나 계층 사회를 영속화시키는 문제는 그것보다 더 어렵다. 지배 집단이 권력을 잃는 경우는 네 가지가 있다. 외부로부터 정복당하는 경우, 비능률적인 통치로 대중의 봉기를 초래하는 경우, 불만에 찬 중간 계급의 강력한 세력 형성을 방지하지 못한 경우 그리고 통치할 자신감이나 의욕을 잃은 경우, 이렇게 네 가지다. 일반적으로 이러한 경우들은 대개 어느 하나만 작용하지 않고 동시에 발생한다. 따라서 모든 문제들을 사전에 제압할 수 있는 지배 집단만이 권력을 영구히 유지할 수가 있다. 그리고 모든 경우를 망라하여 궁극적으로 결정을 내릴 수 있는 요인은 지배 계급 자신의 정신적 자세다.

　　금세기 중반을 지나며 첫 번째 위험은 사실상 없어졌다. 지금 세계를 분할 지배하고 있는 세 열강은 서로를 정복할 수 없다. 그것이 가능하다면 점진적인 인구 감소에 의한 것뿐인데, 광범위한 권력을 지닌 정부라면 이 문제를 쉽게 방지할 수가 있다. 두 번째 위험도 이론에 불과하다. 대중이란 결코 자발적으로 봉기하지 않는다. 단순히 압제를 당한다고 해서 봉기하는 경우는 거의 없다. 그들은 비교할 기준이 없는 한 자신들이 압제당하는 사실조차 모른다. 지난날 되풀이되었던 경제적 위기는 발생하지도 않을 뿐 아니라 발생하도록 방치되는 일도 없다. 그러나 사실은 그와 유사한 대규모 혼란이 일어나도 불만을 느끼거나 표출할 방도가 없기 때문에 아무런 정치적 결과를 초래하지 않는다. 과잉 생산 문제는 기계 기술의 발전으로 인해 우리 사회에 잠재적인 문제가 될 수 있지만 계속되는 전쟁이라는 묘책에 의해 해결된다. 그것은 또한 대중의 사기를 필요한 수준으로 유지시키는 데에도 유용하다(제3장 참조). 따라서 현재의 지배층이 보는 관점에서 유일하고도 실제적인 위험은 낮은 지위에 고용되어 있지만 권력을 갈망하는 유능한 사람들이 새로운 계급으로 진출하는 것과 지배 계급 내에서 자유주의와 회의주의가 움터 자라는 것이다. 결국 문제의 해결은 교육에 달려 있다. 다시 말하면 지도층과 바로 그 아래에서 움직이는 방대한 실무 집단의 의식을 끊임없이 조종하는 것이 중요한 예방책이요, 문제의 해결 방식이 된다. 일반 대중은 소극적인 방법으로 작은 영향만 주어도 얼마든지 조종된다.

이러한 배경을 알게 되면 누구든지, 이에 대해 아직 전혀 모르고 있던 사람까지도 오세아니아 사회의 전반적 성격을 추측할 수 있을 것이다. 피라미드의 정점에는 빅 브라더가 있다. 빅 브라더는 완전무결하고 전지전능하다. 모든 성공, 모든 완성, 모든 승리, 모든 과학적 발견, 모든 지식, 모든 지혜, 모든 행복, 모든 덕성이 그의 지도와 영감에서 나온다. 하지만 아무도 빅 브라더를 직접 본 적이 없다. 벽에 나붙은 포스터의 얼굴과 텔레스크린에서 흘러나오는 목소리가 그의 전부다. 그는 결코 죽지 않을 것이라고 생각할 수도 있다. 우선 그가 언제 태어났는지 그것부터가 확실치 않다. 사실 빅 브라더란 당이 세상에 자신을 나타내기 위해 내세운 가공의 인물이다. 그의 기능은 집단보다는 개인에게서 쉽게 느껴지는 사랑과 공포와 존경과 감동을 하나로 모으는 데 있다. 빅 브라더의 휘하에는 오세아니아 인구의 2퍼센트도 안 되는 600만 명으로 구성원 수가 제한된 내부당이 있다. 그리고 내부당의 하부 조직으로 외부당이 있다. 내부당을 국가의 머리라고 한다면 외부당은 손에 해당한다. 외부당 아래에 '노동자'라고 불리는 벙어리 같은 대중이 있는데 이들의 수는 인구의 85퍼센트에 이른다. 앞에서 사용한 분류 용어를 써서 표현하자면 노동자는 '하층 계급'인데, 적도 지방의 노예 인구는 지배자가 수시로 바뀌기 때문에 이 사회 구조에 있어서 영구적이거나 불가결한 존재로 인정되지 않는다.

원칙적으로 이 세 계층의 지위는 세습될 수 없다. 내부당원의 자식이라고 해서 태어날 때부터 내부당원이 되는 것은 아니다. 내부당이든 외부당이든 입당하는 것은 16세가 되어야 응시할 수 있는 시험으로 결정된다. 이 시험에는 인종 차별이라든가 출신 지역에 따른 차별은 없다. 당의 고위직에는 유태인이나 흑인, 남미의 순수 인디언도 끼어 있다. 지방의 행정가는 언제나 그 지방의 주민 중에서 선출된다. 오세아니아의 어느 곳에 사는 국민이든 자기가 멀리 떨어진 수도로부터 통치되는 식민지 국민이란 생각을 하지 않는다. 오세아니아에는 수도가 없고 이름뿐인 지배자가 어디에서 통치를 하는지 아무도 모르며 실제로 볼 수도 없는 사람이다. 여기에서는 영어가 주로 쓰이는 언어고 신어가 공용어란 것 외에는 중앙집권적 요소가 없다. 각 지역의 통치자는 혈연으로 이어진 것이 아니라 공통적인 교리를 지지함으로써 결속되어 있다. 우리 사회는 얼핏 보면 세습 제도를 인정하는 것으로 보일 만큼 엄격히 계층화되어 있다. 다른 계층 간의 이동은 자본주의 시대나 산업화 이전 시대보다 훨씬 적다. 내부당과 외부당 사이에는 어느 정도의 이동이 있으나, 그것은 내부당의 무능력자를 내쫓거나 야심 찬 외부당원을 무마하기 위해 진급시키는 정도에 불과하다. 노동자들은 사실상 입당할 수 없다. 그들 가운데 아주 유능한 사람들은 불만의 원천이 될 수 있기 때문에 사상경찰이 적발하여 제거해 버린다. 그러나 이러한 상태가 영구적일 필요도 없고 원칙적인 문제도 아니다. '당'은 구어적 의미의 계급이 아니다. 당은 자기 자손에게 권력을 넘겨주는 것이 목표가 아니다. 오히려 지도부에 유능한 사람이 없을 경우 언제라도 새로운 세대를 이끌어갈 인재를 노동자 계급에서 임용하는 데 조금의 주저함도 없을 것이다. 혁명 초기의 위태롭던 시절에는 당이 세습 체제가 아니라는 사실이 반대파를 무마시키는 데 상당히 큰 기여를 했다. 이른바 '특권 계급'을 상대로 투쟁해 온 지난 시대의 사회주의자들은 세습적이 아닌 것은 영구성이 없다고 생각했다. 그들은 과두 체제가 연속성을 가지기 위해 반드시 대물림할 필요가 없다는 생각을 하지 못했고, 세습적인 귀족 사회는 언제나 단명했던 반면에 가톨릭교회 같은 선발 체제는 수백 수천 년 동안 지속되어 왔다는 사실도 염두에 두지 못했다. 과두 지배의 진수는 아버지가 아들에게 물려주는 것이 아니라 죽은 사람이 남겨놓은 세계관이나 생활 양식을 산 사람이 이어받아 굳게 지켜나가는 데 있다. 지배 집단은 후계자를 지명할 수 있는 한 지배 집단이다. 당은 그들의 혈통이 아니라 당 자체를 영속시키는 데 관심을 갖는다. 계층적 조직을 언제나 동일하게 유지하는 한 누가 권력을 장악하는가는 중요하지 않다.

오늘날을 살아가는 사람들의 독특한 신념, 습관, 취미, 감정, 지적 자세로는 당의 비밀을 알아낼 수 없고 현대 사회의 참된 본질을 알 수도 없다. 반란이나 그것을 위한 사전 운동도 현재로서는 불가능하다. 따라서 노동자들을 두려워할 필요는 하나도 없다. 그들을 지금 그대로 놓아두는 게 최선책이다. 그러면 세대에서 세대로, 세기에서 세기로 끊임없이 일하고 먹고 살다 죽을 것이다. 그들에게는 반란을 일으킬 충동은 물론 세상이 바뀌어야 한다는 것을 의식할 힘도 없다. 산업 기술의 발달로 그들을 지금보다 더 많이 교육시켜야 할 필요가 있을 때 그들은 비로소 위험한 존재가 될 수 있다. 그러나 이제는 군사적, 경제적 경쟁이 중요하지 않으므로 대중의 교육 수준은 점점 저하되고 있다. 대중이 어떤 의견을 갖든 안 갖든 그것은 신경 쓸 바가 아니다. 어차피 그들은 지성이 없으므로 지적 자유를 허용해도 괜찮다. 그러나 당원인 경우에는 아무리 사소한 문제에 대해서라도 당의 뜻에 어긋나는 견해를 가질 경우 결코 용납될 수 없다.

당원은 태어나서 죽을 때까지 사상경찰의 감시를 받으며 살게 된다. 그는 혼자 있을 때라도 혼자 있다고 확신할 수 없다. 자고 있든, 깨어 있든, 일하고 있든, 쉬고 있든, 목욕탕에 있든, 침실에 있든 그는 아무런 예고도 없이 감시 받고 있다는 사실도 모르는 채 감시를 받는다. 그가 하는 행동은 무엇이든지 관심의 대상이 된다. 친구나 친척 관계,

아내와 자식에 대한 태도, 혼자 있을 때의 얼굴 표정, 잠자면서 지껄이는 잠꼬대, 특징적인 몸짓의 등 무엇이든 세밀하게 조사된다. 실제적인 비행뿐만 아니라 마음속의 동요에 대한 징조까지 관찰된다. 그러므로 지극히 사소한 기벽이라든가 습관의 변화, 내적 갈등의 표현인 신경질적 태도까지 낱낱이 탐지된다. 어떤 방법으로든지 선택의 자유가 없다. 반면에 법이나 명백히 공인된 규칙으로 구속 받는 것도 아니다. 오세아니아에는 법이 없다. 발각되면 사형을 면치 못할 사상이나 행위마저도 공식적으로는 금지된 것이 아니며 끝없는 숙청, 체포, 고문, 투옥, 증발 따위도 실제로 저지른 죄 때문이 아니라 언젠가 죄를 지을지도 모르는 사람을 미리 제거하는 조치일 뿐이다. 당원은 올바른 사상뿐 아니라 올바른 본능도 가져야 한다고 강요당한다. 그러나 그에게 어떤 신념과 태도를 요구하는가에 대해서는 명백하게 설명되어 있지 않다. 그것이 명백하게 설명된다면 영사의 모순이 그대로 드러나기 때문이다. 만약 그가 날 때부터 정통파-신어의 '선심자(善心者)'-라면 어떤 경우에서나 무엇이 올바른 신념이며 무엇이 바람직한 감정인가를 생각하지 않고서도 알 수 있다. 하지만 어렸을 때부터 신어로 '죄중지(罪中止)' 니 '흑백' 이니 '이중사고' 니 하는 신어를 가르치며 주도면밀하게 시행하는 정신 훈련을 받아온 탓에 무슨 문제든 깊이 사고할 의욕도, 능력도 상실해 버린다.

당원은 사사로운 감정을 가져서는 안 되며 늘 서슴없는 열성을 보여야 한다. 외국의 적과 국내의 반역자에 대한 증오감과 승리에의 확신을 가져야 하며, 당의 권력과 지혜에 대해서는 끊임없이 스스로가 부족하다는 느낌을 가져야 한다. 헐벗고 불만스러운 생활에서 발생하는 불평불만은 '2분 증오' 와 같은 시간에 말끔히 씻겨나가고 회의나 반항적 태도를 유발시키는 사색은 어릴 때부터 습득한 정신적 훈련으로 점차 없어진다. 어린아이를 대상으로 한 정신적 훈련의 가장 초보적인 단계는 신어로 죄중지다. 이는 위험한 생각을 하려는 바로 직전에 본능처럼 그 생각을 정지시킬 수 있는 능력을 말하는 것이다. 또한 어떤 사실을 유추할 수 없고 논리적 오류를 깨닫지도 못하는 가운데 영사에 해롭다면 아무리 단순한 견해라도 배척하고 이단적인 방향으로 진행되는 사고는 이유를 불문하고 무시하거나 혐오하는 능력을 말한다. 간단히 말하자면 죄중지는 우매함을 예비적으로 단절시키자는 말이다. 그러나 우매함이라는 표현만으로는 충분치 못하다. 반대로 완전한 의미의 정통성은 몸을 자유자재로 놀리는 곡예사처럼 자신의 사고 과정을 마음대로 지배할 수 있는 상태를 말한다. 오세아니아 사회는 빅 브라더는 전능하고 당에 오류가 있을 수 없다는 신념 위에 세워졌다. 그러나 실상 빅 브라더는 전능하지 못하고 당에도 오류가 있기 때문에 매사를 처리하는 데 있어 끊임없는 임시변통의 능력이 필요하다. 이것을 해결할 수 있는 말이 '흑백'이다. 신어의 많은 단어들처럼 이 단어에도 두 가지의 상반되는 개념이 있다. 반대편에서 이 단어를 사용할 때는 명백한 사실임에도 불구하고 혹을 백이라고 뻔뻔스럽게 주장하는 기만을 의미하고, 당원이 사용할 때는 당이 요구하면 흑을 백이라고 말할 수 있는 충성심을 의미한다. 그러나 이 말은 더 나아가 흑을 백이라고 믿고, 흑을 백으로 알고 이전에는 그와 반대로 믿었던 것을 잊을 수 있는 능력을 의미한다. 이 말은 과거에 대한 끊임없는 변경을 요구한다. 그런데 그 일은 실제로 다른 모든 것을 망라하는 신어, '이중사고'라는 사고 체계에 의해 가능해진다.

　과거를 변경하는 이유는 두 가지다. 그중 하나가 보조적인 것, 바꾸어 말하면 예방적인 것이다. 보조적인 이유로는 당원들은 노동자들의 경우처럼 비교할 기준이 없기 때문에 현재 상황을 그대로 용인하게 해야 한다는 것이다. 당원들은 조상들보다 훨씬 행복하고 당으로부터 받는 물질적인 혜택도 평균적으로 향상되고 있다고 믿어야 하기 때문

261

에 과거나 외국으로부터 단절되어 있어야 한다. 그러나 과거를 변경하고 조정하는 보다 중요한 이유는 당의 무오류성을 보장할 안전장치가 필요하기 때문이다. 당원들에게 당의 예언이 언제나 옳다는 것을 보여주기 위해서는 모든 연설과 통계, 각종 기록을 끊임없이 현재에 맞추어 수정해야 한다. 그러나 당의 강령이나 정치 노선은 절대로 바꿀 수가 없다. 왜냐하면 생각을 바꾼다거나 정책을 수정한다는 것은 스스로의 나약함을 고백하는 것이나 다름없기 때문이다. 가령 유라시아나 동아시아(두 나라 중 어느 나라이든 상관없다)가 현재의 적이라면 그 나라는 언제나 오세아니아의 적이어야 한다. 사실이 그렇지 않다면 사실을 바꾸어야 한다. 그리하여 역사는 끊임없이 재기록된다. 진리부의 과거에 대한 지속적인 날조 행위는 애정부의 억압과 사찰 행위에 못지않게 정권의 안정을 위해서는 절대적으로 필요한 것이다. 과거를 바꾸는 것은 영사의 중심 교의다. 과거의 사건들은 객관적으로 존재하는 것이 아니라 오로지 기록된 자료와 인간의 기억 속에서만 존재한다. 과거는 자료와 기억이 한데 뭉쳐진 것이다. 그리고 당은 그 모든 자료와 당원의 마음속까지 완전히 지배하고 있기 때문에 과거는 곧 당이 마음대로 다시 만들 수 있는 것이다. 그러나 과거를 변경시킨다고 해서 특별한 예외를 인정하는 것은 결코 아니다. 즉 어떤 순간에 필요한 형태로 과거를 재창조했을 때, 새로 만들어진 과거가 유일한 과거일 뿐 그 외의 다른 과거는 있을 수가 없기 때문이다. 흔히 있는 일이지만 같은 사건이 1년 안에 몇 차례나 수정되는 경우라도 마찬가지다. 당은 언제나 절대적인 진리고 절대 진리는 현재와 결코 다를 수가 없는 것이다. 과거를 통제하기 위해 당은 무엇보다도 기억의 훈련에 의존한다. 모든 기록 자료가 사건 당시의 교리와 일치한다고 확인하는 것은 단순히 기계적인 행동이 될 것이다. 하지만 과거의 사건이 현재 수정해 놓은 허위 사실대로 일어났다는 것 또한 기억해야 하는 것이다. 그리고 그같이 기억된 사실을 재조정하고 기록된 자료를 허위로 변경했다면 그다음에는 변경 사실마저 잊어야 한다. 이 기술은 다른 정신적 훈련과 같이 후천적으로 습득될 수 있다. 대부분의 당원들과 정통적이며 지적인 사람들 모두가 그것을 배워서 체득한다. 구어로는 그것을 노골적으로 표현해 '현실 제어'라 하고, 신어로는 '이중사고'라고 한다.

　이중사고란 말은 그 외에도 다른 뜻을 포함하고 있다. 바로 한 사람이 두 가지의 상반된 신념을 동시에 지니며 그 두 가지를 동시에 수용하는 능력을 말한다. 당의 지식층들은 자신들의 기억을 어떤 방향으로 바꿔야 할지 알고 있다. 따라서 현실이 농락당한다는 것도 알고 있다. 그러면서도 그들은 이중사고의 훈련 결과에 따라 현실은 침해당하지 않았다고 생각하여 만족한다. 이 과정은 의식적으로 행해져야 한다. 그렇지 않으면 한 치의 오차도 없이 정확하게 수행되어야 하는 목적을 달성할 수 없다. 또한 무의식적으로 행해져야 하기도 한다. 그렇지 않으면 날조하고 있다는, 따라서 죄를 짓고 있다는 기분이 들기 때문이다. 한편으로는 그 의도가 완전히 정직한 것이라는 신념을 가지면서 다른 한편으로는 의식적인 기만을 묵인하면서 행해지기 때문에 이중사고는 영사의 핵심에 해당한다. 고의적인 거짓말을 하고 그 거짓말을 진실로 믿고 불필요해진 사실은 잊어버렸다가 그것이 다시 필요해지면 망각의 주머니 속에서 다시 끄집어내며, 객관적인 현실을 부정하면서도 부정해 버린 그 현실을 항상 고려하는 것이 절대로 필요하다. 결과적으로 이중사고라는 말을 사용하는 데에도 이중사고를 행해야 한다. 이 말을 사용하면 현실을 왜곡했다는 것을 인정하는 것이 되기 때문에 다시 한 번 이중사고를 함으로써 그 생각을 바로 지워 버리는 것이다. 이렇게 무한정 이중사고를 계속한다면 거짓은 항상 진실보다 한 발 앞서가게 된다. 당이 역사의 흐름을 마음대로 장악해

왔고 앞으로도 수천 년 동안 장악할 수 있으리라 생각하는 궁극적인 이유는 바로 이중사고 때문이다.

과거의 모든 과두 정치 체제는 지나치게 경직되었거나 반대로 흐트러졌기 때문에 실권되었다. 그들은 우매해지거나 오만해져서 변화하는 환경에 적응하지 못하고 몰락했다. 또한 통치 대상인 백성을 방임적으로 풀어주었거나, 강권을 휘둘러 옥죄어야 할 때 마음이 약해져 오히려 양보함으로써 몰락의 쓴잔을 마셨다. 요컨대 그들은 의식적으로도 몰락했고 무의식적으로도 몰락했던 것이다. 이러한 두 가지 상황을 동시에 양립시킬 수 있는 사고 체계를 만들어낸 것이야말로 당이 이룬 성과다. 다른 어떤 지적 기반으로는 당의 통치를 영속시킬 수없다. 누구를 지배하려면 그리고 지배를 지속시키려면 피지배자들의 현실 감각을 혼란시켜야 한다. 지배의 비결은 피지배자들로 하여금 과거의 잘못으로부터 배울 수 있는 힘과 지배자의 무오류성에 대한 확고한 신념을 결합하게 하는 데 있기 때문이다.

이중사고를 만들어낸 사람들이 누구보다 이중사고를 실천할 수 없으며 이중사고가 엄청난 정신적 기만이라는 것을 아는 사람들임은 말할 필요도 없다. 우리 사회에서 현재 어떤 일들이 일어나고 있는지 가장 잘 아는 사람이 현실 그대로의 세계를 가장 모르는 사람이다. 일반적으로 이해력이 좋으면 좋을수록 미망(迷妄)이 크고 많이 알면 알수록 정신 착란이 심해진다. 이를 뒷받침해 주는 예는 사회적으로 지위가 높아질수록 전쟁에 열광하는 정도가 심해진다는 사실에서 찾아볼 수 있다. 전쟁에 대해 가장 이성적인 태도를 취하는 사람들이 있다면 그들은 분쟁 지역에 사는 예속민들이다. 그 사람들에게 전쟁이란 거센 파도처럼 덮쳐오는 끊임없는 재앙이다. 어느 편이 이기는가에 대해서는 아무런 관심도 없다. 그들은 통치자가 바뀐다 하더라도 종전과 동일한 취급을 받으며 새로운 주인을 위해 종전과 같은 일을 하게 되리라는 것을 익히 알고 있다. 그들보다 조금 나은 대접을 받는 소위 노동자들은 그저 어쩌다가 한 번씩 전쟁을 의식하는 정도다. 필요할 때면 그들도 광적인 공포와 증오에 휩싸여 흥분하기도 하지만 혼자 있게 되면 전쟁이 벌어지고 있다는 사실마저 까마득히 잊어버린다. 당원 특히 내부당원에 이르면 진정으로 전쟁 열의에 휩싸인다. 세계 정복이 불가능하다는 것을 가장 잘 아는 사람들에 의해 세계 정복의 가능성은 더욱 희망적으로 보여진다. 이처럼 상반된 것들의 결합-무지와 지식, 맹신과 냉소 같은-이 오세아니아 사회의 주요 특징 중 하나다. 공식적인 이념은 굳이 그럴 이유가 없는 부분까지 모순으로 가득 차게 만들었다. 당은 사회주의 운동가들이 원래 주장했던 모든 원칙들을 반박하고 비방하였는데, 바로 그런 행위를 '사회주의'라는 명목으로 행한 것이었다. 또한 과거 몇 세기 동안 그 유례를 찾아볼 수 없을 정도로 노동자 계급을 경멸했으면서도 당원들에게는 한때 노동자들의 것이었던 작업복을 제복으로 입혔다. 당은 조직적으로 가족 간의 결속을 약화시키는 정책을 펴면서 가족애적인 충성이 물씬 풍기는 명칭으로 당의 지도자를 부르게 했다. 당은 뻔뻔스럽게도 정부 내의 주요 행정기관 이름마저 사실과 정반대인 뜻으로 지어 부르게 만들었다. 그리하여 평화부는 전쟁을, 진리부는 거짓말을, 애정부는 고문을, 풍요부는 기아를 담당하고 있다. 이러한 모순은 우연한 것도 아니고 일반적인 의미의 위선에서 비롯된 것도 아니다. 신중한 이중사고의 행위에서 나온 결과다. 왜냐하면 권력은 이러한 모순들을 조화시킴으로써만 영원히 유지될 수 있기 때문이다. 다른 방법으로는 권력의 부침(浮沈) 등으로 역사에서 되풀이되었던 과거의 현상을 재현시킬 뿐이다. 인간의 평등을 영원히 가로막고 소위 상층 계급인 자신들의 지위를 영구히 보존하려면 정신의 주류를 광적인 상태로 몰아가야 한다.

그러나 이 순간까지 우리가 거의 무시해 온 문제가 하나 있다. 그것은 어째서 인간의 평등이 저지되어야 하는가 하는 문제다. 이 문제에 대한 설명이 제대로 되었다고 치자. 그렇다면 그처럼 치밀하게 계획하고 엄청난 노력을 기울여 역사를 어느 특정한 순간에 동결시키려는 동기는 무엇일까?

여기에 핵심적인 비밀이 있는 것이다. 이미 보아온 것처럼 당 특히 내부당의 비의(秘義)는 이중사고에 의존하고 있다. 그러나 그보다 더 깊은 곳에 근원적인 동기가 있는데 그것은 권력의 장악에서 시작하여 이중사고, 사상경찰, 끊임없는 전쟁 그리고 그 밖에 부수적으로 수반되었던 모든 것들을 있게 한, 한 번도 회의된 적이 없는 본능이라는 것이다. 이 동기는 실제로……

불현듯 윈스턴은 사방이 조용하다는 것을 깨달았다. 줄리아는 얼마 전부터 움직이지 않았던 것 같다. 그녀는 벌거벗은 상반신을 드러낸 채 팔을 베고 옆으로 누워 있었다. 검은 머리카락 한 가닥이 그녀의 감은 눈 위로 흘러내렸다. 그녀의 가슴이 천천히 규칙적으로 오르내렸다.

"줄리아."

대답이 없었다.

"줄리아, 잠이 든 거요?"

대답이 없었다. 그녀는 자고 있었다. 그는 책장을 덮어 마룻바닥에 조심스레 내려놓고 반듯하게 누워 시트를 끌어올린 뒤 줄리아와 함께 덮었다.

윈스턴은 아직 궁극적인 비밀을 읽지 못했다. '어떻게'에 대해서는 이해했지만 '왜'에 대해서는 이해하지 못했다. 그 책은 제3장처럼 제1장 역시 그가 이미 알고 있는 지식을 단순히 체계화했을 뿐이다. 그러나 그는 그 책을 읽음으로써 자신이 미치지 않았다는 것을 확실히 깨닫게 되었다. 소수파에 속해 있다고 해서 아니 단 혼자만 그런 생각을 하고 있다고 해서 미친 사람이라고 할 수는 없다. 진실과 진실이 아닌 것 사이에는 엄연한 구별이 있고 전 세계를 상대로 맞서가며 진실을 고집한다고 해서 미친 사람이 되는 것은 아니다. 석양의 노란빛이 창문으로 비껴 들어와 베갯머리에 비쳤다. 그는 지그시 눈을 감았다. 얼굴에 비치는 햇빛과 몸에 닿은 부드러운 여체를 느끼는 그의 내부에 강한 신념이 피어오르면서 천천히 졸음이 왔다. 그는 지금 안전했고 모든 게 잘되어 가는 듯했다.

"온전한 정신은 통제로 좌지우지되는 게 아니지."

그는 심오한 진리를 담아 말하듯 의미심장하게 중얼거리며 깊은 잠 속으로 빠져 들어갔다.

10

잠에서 깨었을 때 그는 아주 오랫동안 잠을 잔 것 같은 기분이 들었다. 하지만 구식 시계를 보니 겨우 20시 30분이었다. 그는 누운 채로 좀 더 잠기운에 젖어 있었다. 창문 아래 뜰 쪽에서는 종종 들어왔던 가슴속 깊은 곳에서 울려 나오는 듯한 노랫소리가 들려왔다.

그저 덧없는 꿈이었다네.
4월의 꽃잎처럼 스러져갔네.
눈짓과 말과 꿈으로 흔들어
내 마음 앗아가버렸네.

그 하찮은 노래는 아직도 인기를 끌고 있는 모양이었다. 어디를 가든 그 노래를 들을 수 있다. 증오가보다 수명이 더 긴 것 같았다. 노랫소리에 잠에서 깨어난 줄리아가 팔다리를 쭉 뻗어 시원하게 기지개를 켜더니 침대에서 일어났다.

"배가 고파요."

그녀가 말했다.

"커피라도 좀 마실까봐요. 어머! 난롯불이 꺼졌네요. 물도 다 식어버렸고."

줄리아는 그렇게 말하면서 난로를 들어 흔들어보았다.

"기름도 다 떨어졌어요."

"채링턴 영감한테 좀 얻을 수 있을 거요."

"아까는 가득 차 있었는데, 이상하네요."

"옷을 입어야겠소. 어째 좀 으슬으슬한 것 같소."

윈스턴도 침대에서 일어나 옷을 챙겨 입었다. 질리지도 않는지 아낙네의 노랫소리는 계속해서 들려왔다.

> 시간이 모든 걸 낫게 해준다지만
> 언젠가는 잊을 수 있다고들 말하지만
> 미소와 눈물이 해를 거듭해
> 여전히 내 가슴을 쥐어짠다네!

윈스턴은 허리띠를 조이면서 창가로 갔다. 해가 집 뒤로 넘어가 버린 탓인지 뜰에는 더 이상 햇볕의 흔적이 없었다. 뜰에 깔린 자갈은 금방 물로 씻은 것처럼 젖어 있었고 굴뚝 사이로 보이는 하늘도 닦아낸 듯 맑고 깨끗했다. 아낙네는 피곤한 기색도 없이 분주히 오가며 열심히 노래를 부르다 그치고 또 부르면서 기저귀를 널고 있었다. 그녀가 빨래를 해서 먹고 사는 건지 아니면 이삼십 명의 손자를 둔 할머니인 건지 감을 잡을 수가 없었다. 줄리아가 그의 곁으로 다가왔다. 두 사람은 뜰에 있는 건장한 여자에게 마음을 빼앗겨 경탄하는 표정으로 내려다보고 있었다. 빨랫줄을 향해 뻗는 굵은 팔뚝과 암말처럼 풍만한 엉덩이와 독특한 몸짓을 바라보면서 윈스턴은 처음으로 그 여자가 아름답다는 생각을 했다. 임신을 해 몹시 뚱뚱해졌다가 출산으로 다시 쪼그라든 몸집이 일을 너무 많이 하는 바람에 억세지고 마침내 너무 익은 홍당무처럼 팅팅 부어오른 쉰 살쯤 된 여자의 몸뚱이가 아름답게 보이리라고는 한 번도 생각해 본 적이 없었다. 그러나 아름다웠다. 그런 아낙이라 하여서 아름답지 말라는 법이 어디 있겠는가? 화강암처럼 단단하고 맵시라고는 눈을 씻고 찾아봐도 없는 몸매에 살결은 거칠고 불긋불긋하지만 처녀 적에는 그녀도 아름다웠을 것이다. 마치 지금은 쭈글쭈글하게 못생긴 장미 열매가 얼마 전에는 아름다운 장미꽃이었던 것처럼 말이다. 그렇다면 열매가 꽃보다 못났다고 할 게 무어란 말인가?

"아름답군."

그가 중얼거렸다.

"엉덩이 폭이 1미터도 넘겠어요."

줄리아가 말했다.

"그게 저런 여자들의 아름다움이오."

윈스턴이 대답했다. 그러면서 그는 줄리아의 탄력 있는 허리를 팔로 감싸 안았다. 그녀의 엉덩이와 무릎 그리고 허벅지가 그의 다리에 밀착되었다. 그들에게는 아기가 생기지 않을 것이다. 그것만이 그들이 할 수 없는 유일한 일이었다. 그들은 무언중에 몸을 맞대며 이심전심으로 그 비밀을 주고받았다. 저 아래에 있는 아낙네에게는 생각이 없다. 오직 탄탄한 팔과 따뜻한 가슴, 아기를 잘도 가졌던 배만 있을 뿐이다. 저 아낙네는 아기를 몇이나 낳았는지 궁금해졌다. 아마 적어도 열다섯은 될 듯했다. 그 아낙네도 한때는, 아마 1년 정도는 들장미처럼 활짝 피었던 때가 있었을 것이다. 그러다 갑자기 씨가 들어찬 열매처럼 부풀어 올라 단단하게 굳고 불긋불긋 거칠어졌을 것이다. 지난 30년 동안 그녀의 인생은 처음에는 자식들을 위해 그다음에는 손자들을 위해 빨래하고 설거지하고 바느질하고 밥

짓고 쓸고 닦고 고치느라 쉴 새 없이 돌아치는 일들의 연속이었을 것이다. 하지만 그렇게 고단한 삶의 끄트머리에서도 그녀는 여전히 노래를 부르고 있다. 그는 그녀를 향한 존경심이 솟아오름을 느끼며 굴뚝 뒤로 한없이 펼쳐진 구름 한 점 없이 맑은 하늘을 올려다보았다. 이곳처럼 유라시아나 동아시아에 사는 그 누구에게나 하늘은 똑같아 보일 것이라는 생각이 들자 기분이 야릇했다. 사실 하늘 아래 있는 사람들은 누구나 똑같은 것이다. 전 세계에 퍼져 사는 수십억의 사람들, 서로의 존재도 모르는 채 증오와 허위의 벽에 가로막혀 따로 떨어져 있지만 거의 똑같은 사람들. 그들은 비록 생각할 줄은 모르지만 언젠가는 이 잘못된 세계를 뒤집어엎을 힘을 기르고 있다. 희망이 있다면 그것은 무산계급 노동자들에게 있다! 윈스턴은 그 책을 끝까지 읽지 않았어도 골드스타인의 마지막 메시지는 다름 아닌 바로 그것이라고 생각했다. 미래는 노동자들의 것이다. 그들의 시대가 도래하여 그들이 건설할 신세계는 현재의 세계보다 윈스턴 스미스, 그의 마음에 들 수 있을까? 그렇다! 적어도 그 세계는 올바른 정신의 세계일 것이다. 평등이 있는 곳에 올바른 정신도 깃든다. 조만간 그런 세계가 올 것이다. 힘은 의식으로 전환될 것이다. 노동자는 죽지 않는다. 뜰에 있는 저 탄탄한 아낙네의 모습만 보아도 그것을 의심할 수 없으리라. 기필코 노동자들이 각성할 시기가 올 것이다. 어쩌면 천 년이 더 걸릴지도 모르지만, 그들은 그때까지 당이 가질 수도 말살시킬 수도 없는 생명력을 이 사람에게서 저 사람에게로 전하며 들판의 새들처럼 모든 불평등에 맞서 꿋꿋이 살아남을 것이다.

"기억하오? 우리가 처음 만났던 날 나뭇가지에 앉아서 우리를 보며 노래 부르던 개똥지빠귀 말이오."

윈스턴이 말했다.

"기억나요. 하지만 그 새는 우리를 보고 노래했던 게 아네요. 저 혼자 좋아서 노래한 것뿐이에요. 아니, 그것도 아니에요. 그저 아무 생각 없이 지저귀었을 거예요."

줄리아가 말했다.

새는 노래를 부른다. 노동자도 노래를 부른다. 그러나 당은 노래를 부르지 않는다. 세계 어느 곳이든지, 런던과 뉴욕에서, 아프리카와 브라질에서, 국경 저 너머의 신비로운 금역의 나라에서, 파리와 베를린의 거리에서, 끝없는 러시아의 벌판 한 귀퉁이 마을에서, 중국과 일본의 시장에서 굳세고 정복당하지 않는 저 아낙네와 같은 사람들이 노동과 출산으로 망가져 볼품없는 모습으로, 태어나서 죽을 때까지 고생을 하면서도 여전히 노래를 부르고 있다. 언젠가는 저 여자의 굳센 허리에서 의식을 가진 종족이 태어날 것이다. 그대는 언젠가 죽을 사람이다. 미래는 살아남은 자들의 것이다. 노동자들이 육체로 살아남듯 그대가 정신으로 살아남는다면 그리고 둘 더하기 둘은 넷이라는 은밀한 법칙을 전달할 수 있다면 그대도 미래의 세계에 동참할 수 있으리라.

"우리는 죽은 사람이오."

그가 말했다.

"우린 죽은 사람이에요."

줄리아도 생각 없이 따라 말했다.

"너희는 죽은 사람이다!"

갑자기 뒤쪽에서 날카로운 금속성 목소리가 들렸다.

그들은 황급히 몸을 떼었다. 얼음장처럼 차가운 기운이 윈스턴의 가슴속을 비집고 들어왔다. 눈을 하얗게 치켜뜬 줄리아의 얼굴은 순식간에 백짓장처럼 변했다. 두 뺨에 바른 연지가 살갗에서 분리된 듯 겉돌아 보였다.

"너희는 죽은 사람이다!"

금속성의 목소리가 다시 들렸다.

"저 그림 뒤에서……"

줄리아가 속삭였다.

"그 자리에서 꼼짝 마라. 명령을 내릴 때까지 움직이지 마라."

목소리가 명령했다.

올 것이 왔구나! 드디어 오고야 말았다! 그들은 꼼짝도 못하고 서로의 눈만 쳐다보고 있었다. 더 늦기 전에 이 자리에서 도망을 친다면? 하지만 그런 생각조차 할 수 없었다. 벽에서 나오는 목소리에 복종하지 않는다는 것은 상상할 수도 없는 일이었다. 못이 빠지는 소리가 나더니 곧이어 요란하게 유리 깨지는 소리가 났다. 벽에 걸려 있던 그림이 마룻바닥에 떨어지고 뒤에 감춰져 있던 텔레스크린이 나타났다.

"이제 우리가 보이겠군요."

줄리아가 말했다.

"이제 너희가 보인다."

목소리가 말했다.

"방 가운데로 나와서 서로 등을 마주하고 서라! 손을 머리 위에 올려! 서로 몸을 대지 마!"

그들은 목소리의 명령대로 몸이 닿지 않도록 약간 떨어졌다. 그렇지만 윈스턴은 그녀가 떨고 있다는 것을 알 수 있었다. 아니 어쩌면 자신이 떠는 것일지도 모른다. 이를 악물고 있었지만 무릎이 떨리는 것은 어쩔 수 없었다. 집 안팎을 울리는 요란한 구둣발 소리가 들렸다. 뜰이 사람으로 가득 채워지는 듯했다. 뜰의 자갈 바닥 위로 무언가 끌리는 소리가 나면서 아낙네의 노랫소리가 뚝 그쳤다. 발에 채인 듯 빨래 통 굴러가는 소리가 길게 났다. 이어서 잔뜩 화가 난 날카로운 목소리가 고막을 찌르더니 금세 고통스러운 신음이 뒤를 잇

다가 그쳐버렸다.

"집이 포위됐소."

윈스턴이 말했다.

"집이 포위됐다."

목소리가 되받았다.

줄리아가 이를 악문 채로 말했다.

"이제 그만 작별 인사를 해야겠어요."

"이제 작별 인사나 해!"

이번에도 그 목소리가 되받았다. 그리고 윈스턴이 예전에 들어본 것 같은 그러나 기억과는 달리 아주 다르게 가늘고 점잖은 목소리가 들렸다.

"그대의 침실을 밝혀줄 촛불이 오네. 그대의 목을 댕강 자를 도끼가 오네."

윈스턴 등 뒤의 침대 쪽에서 우지끈 하는 소리가 났다. 사다리 끝 부분이 창문을 뚫고 들어와 창살을 부쉈다. 누군가가 창문을 넘어 들어왔다. 계단을 뛰어오르는 요란한 발소리도 들렸다. 방 안은 순식간에 검은 제복을 입은 건장한 남자들로 가득 찼다. 그들 모두 징 박은 구두를 신고 손에는 곤봉을 들고 있었다.

윈스턴은 더 이상 떨지 않았다. 눈동자마저 움직이지 않았다. 한 가지 생각에만 집중했다. 움직이면 안 된다. 저들에게 곤봉 휘두를 기회를 주면 안 된다! 권투 선수처럼 턱이 둥글고 입이 가늘게 찢어 진 사내가 엄지와 검지로 곤봉을 잡고 생각에 잠긴 얼굴로 그의 앞에 섰다. 윈스턴의 눈이 그의 눈과 마주쳤다. 손을 머리 위로 올려 맞잡고 얼굴과 몸을 전부 드러내놓고 있어, 벌거벗은 몸을 보이는 것 같은 기분에 참을 수가 없었다. 사내는 허연 혀끝을 내밀어 입술을 핥더니 그대로 지나갔다. 또다시 요란한 소리가 났다. 누군가가

274

유리 문진을 난로 받침돌에 던져 산산조각을 냈다.

설탕으로 만든 장미꽃 봉오리 같던 분홍색의 작은 산호 조각이 매트 위에 굴렀다. 윈스턴의 생각보다 아주 작았다. 헐떡거리는 숨소리와 함께 쿵쿵거리는 발소리가 나더니 뒤에서 다가온 누군가가 발목을 세게 걷어찼다. 그는 하마터면 넘어질 뻔했다. 한 사내가 줄리아의 하복부를 주먹으로 가격했다. 그녀의 상체가 곱자[曲尺]처럼 앞으로 꺾이더니 그대로 마룻바닥에 쓰러져 숨도 제대로 못 쉬고 허우적댔다. 윈스턴은 조금도 고개를 돌릴 수 없었다. 고통으로 납빛이 된 그녀의 얼굴이 눈가로 보였다. 그녀만큼은 아니겠지만 그 역시 자신이 당하는 것처럼 극심한 고통을 느꼈다. 그는 숨을 쉴 수 없어 아픔조차 느끼지 못할 그녀의 고통이 어떨지 알 수 있을 것 같았다. 곧이어 두 남자가 곡식 자루를 옮기듯이 그녀의 무릎과 어깨를 잡고 들어 올려 방 밖으로 내갔다. 윈스턴은 축 늘어진 그녀의 얼굴을 힐끗 보았다. 그녀는 샛노랗게 변하여 고통으로 일그러진 얼굴로 눈을 꼭 감고 있었는데 양 뺨에는 화장 자국이 그대로 남아 있었다. 이것이 그가 그녀를 마지막으로 본 모습이었다.

그는 죽은 듯이 가만히 서 있었다. 더 이상 그를 때리지 않았다. 온갖 자질구레한 생각들이 머릿속에 제멋대로 떠올랐다 사라져버리고는 했다. 그 와중에 채링턴 씨도 체포되었는지 뜰에 있던 아낙네는 어떻게 되었는지 궁금했다. 오줌이 몹시 마려웠다. 두어 시간 전에 화장실에 갔다 왔는데 웬일일까 싶었다. 벽난로 위에 있는 구식 시계가 9시 그러니까 21시를 가리키는 게 언뜻 보였다. 하지만 시간에 비해 바깥이 너무 밝았다. 제아무리 낮이 긴 8월이어도 21시가 되었다면 어두워져야 하지 않을까? 그는 비로소 줄리아와 자기가 시간을 잘못 알고 있을지도 모른다는 생각을 하였다. 두 사람이 시계의 작은바늘이 한 바퀴 돌도록 잠을 자서 실제로는 다음 날 아침 8시 30

분에 잠을 깬 것인데 20시 30분으로 착각한 것이 아닌가 싶었다. 그러나 그는 더 이상 생각하지 않았다. 이제는 아무 소용이 없기 때문이었다.

복도 쪽에서 다시 가벼운 발소리가 났다. 채링턴 씨가 방으로 들어왔다. 검은 제복을 입은 사람들의 태도가 갑자기 점잖아졌다. 어딘지 모르게 채링턴 씨의 얼굴이 변한 것 같았다. 그의 시선이 깨진 유리 문진 조각에서 멈췄다.

"저 유리 조각들을 주워."

그는 엄한 말투로 명령했다.

한 사내가 몸을 굽혀 유리 조각들을 줍기 시작했다. 채링턴 씨의 말투에서는 이미 런던 토박이의 억양이 사라지고 없었다. 윈스턴은 방금 전 텔레스크린에서 나왔던 목소리라는 것을 깨달았다. 채링턴 씨는 여전히 그 낡은 벨벳 조끼를 입고 있었지만 하얗게 세었던 머리카락은 어느새 검게 변해 있었다. 더욱이 안경도 쓰지 않았다. 그는 확인이라도 하듯이 윈스턴을 한 번 쏘아보더니 두 번 다시 눈길을 보내지 않았다. 여전히 알아볼 수는 있었지만 더 이상 채링턴 영감이 아니었다. 몸을 곧게 펴자 키가 훨씬 더 커 보였다. 얼굴 역시 거의 변한 것이 없지만 전혀 다른 모습이었다. 검은 눈썹은 숱이 좀 적어진 것 같았고 주름도 없어져 얼굴 윤곽이 달라졌다. 무슨 조화를 부렸는지 코도 짧아진 것 같았다. 서른다섯 살 정도로 보이는 빈틈없고 냉정한 얼굴이었다. 윈스턴은 난생 처음으로 사상경찰을 보고 있다는 사실을 깨달았다.

제**3**부

1

그는 자신이 어디에 있는 것인지 알 수조차 없었다. 아마 애정부일 것이다. 하지만 확인할 길이 없었다.

그는 천장이 높고 번들거리는 흰색 타일로 둘러싸인 창 없는 감방에 있었다. 갓을 씌운 램프에서는 차가운 백색 조명이 실내를 비추었고 통풍기의 윙윙거리는 소리가 끊임없이 들려왔다. 문이 있는 벽을 제외한 나머지 벽에는 한 사람이 간신히 앉을 수 있는 좁은 의자가 죽 있었고 문 맞은편 끝에는 엉덩이 받침이 떨어져 나간 변기 하나가 놓여 있었다. 그리고 벽마다 1대씩, 모두 4대의 텔레스크린이 설치되어 있었다.

그는 복통을 느꼈다. 사방이 막힌 호송차에 실려 이송될 때부터 줄곧 그랬다. 게다가 배도 고팠다. 속을 쥐어뜯는 것처럼 아프기도 하고 시장기도 느꼈다. 식사를 못한 지 거의 24시간이나 36시간은 되었을 것이다. 자신이 체포되던 때가 아침이었는지 저녁이었는지도 몰랐다. 아마 언제까지고 알 수 없을 것이다. 그는 체포된 이후 한 끼도 식사 구경을 못했다.

그는 좁은 의자에 앉아 깍지 낀 손을 무릎 위에 올려놓고 될 수 있는 한 꼼짝도 하지 않았다. 그는 그렇게 앉아 있어야 한다는 것을 감지하고 있었다. 무심코 조금만 움직여도 텔레스크린에서 천둥 같은 소리가 터져 나왔다. 그러나 음식을 먹고 싶다는 욕구는 걷잡을 수 없이 커져만 갔다. 지금 세상에서 가장 원하는 것은 바로 한 조각의 빵이었다. 바지 주머니에 빵 부스러기가 남아 있을지도 모른다는 생각이 퍼뜩 들었다. 주머니 속의 무엇인가가 허벅지에 닿는 느낌이 꽤나 큼직한 빵 조각일 것 같았다. 꺼내고 싶은 유혹에 진 그는 마침내 슬그머니 주머니에 손을 넣었다.

"스미스!"

텔레스크린에서 찢어지는 듯한 소리가 났다.

"6079 스미스 W! 감방 내에서는 주머니에 손을 넣지 마!"

그는 다시 무릎 위에 깍지 낀 손을 올려놓고 조용히 앉았다. 이곳으로 이송되기 전 일반 감옥인지 일시적으로 들어간 유치장인지 알 수 없는 곳에 수용되어 있었다. 그곳에 얼마나 머물러 있었는지도 알 수 없었다. 몇 시간 정도였을 것이다. 시계가 없는 데다 햇빛도 들지 않아 시간을 추측하기 어려웠다. 매우 시끄럽고 악취가 심한 곳이었다. 그들은 지금 있는 곳과 비슷하게 생긴 감방에 그를 집어넣었는데 그 더러운 감방에는 열 명에서 열다섯 명 정도의 죄수들로 복작거렸다. 그들은 대부분 일반 범죄자였지만 간혹 정치범도 몇 명이 있었다. 그는 더러운 사람들을 피해 한쪽 벽에 조용히 앉아 있었다. 그는 공포에 질린 데다 배까지 아파 주변 상황에 관심을 가질 여유가 없었지만 같은 죄수라도 당원과 일반인 사이에는 뚜렷한 차이가 있다는 것을 알아챌 수 있었다. 당원은 겁에 질려 침묵을 지키는 반면 일반인은 수감된 처지에 대해 아무런 거리낌도 없는 것 같았다. 그들은 간수에게 욕지거리를 하고 소지품을 압수당할 때는 빼앗기지 않으려고 악착같이 덤벼들었다. 그뿐만이 아니었다. 마룻바닥에 음란한 낙서를 하고 옷 안에 몰래 감춰둔 음식물을 꺼내 먹고 심지어 텔레스크린이 조용히 하라고 소리를 지르면 맞고함을 질러댔다. 몇몇은 간수들을 별명으로 부르며 문에 뚫린 구멍으로 담배를 얻어내려고도 하였다. 간수들도 일반 범죄자에게는 어느 정도 관대한 태도를 보였다. 대부분의 죄수들은 앞으로 이송될 강제 노동 수용소 이야기를 주로 했다. 그때 들었던 바로는 수단껏 줄만 잘 잡으면 수용소 안에서도 '별 문제 없이' 지낼 수가 있는 듯했다. 그곳에서는 온갖 뇌물과 그에 상응하는 특혜, 협박, 동성연애, 매춘이 자행되었고, 감자로 빚은 밀주까지 있다고 했다. 일반 죄수들 특히 강도이나 살인범들은 수용소 내의 중책을 맡아 특권을 누렸으며 온갖 지저분한 일들은 정치범들의 차지라고 했다.

마약 밀매업자, 도둑, 암시장 장사꾼, 술주정뱅이, 창녀 등 별의별 죄수들이 끊이지도 않고 감방을 들락거렸다. 한 술주정뱅이가 난동을 부리는 바람에 여러 명이 달려들어 그를 제지시킨 일도 있었다. 한번은 예순 살 정도로 보이는 덩치 좋은 부인이 앞가슴을 풀어헤친 모습으로 커다란 젖가슴을 덜렁거리며 허연 머리카락을 산발한 채 간수 네 명에게 사지를 붙잡혀서 들려 왔다. 그 여자는 간수들의 손을 뿌리치려고 계속 발버둥을 치면서 고함을 질렀다. 간수들은 발길질하는 여자의 신발을 벗기고는 하나, 둘, 셋! 하는 소리와 함께 그녀를 감방 안에 내동댕이쳐 버렸다. 하필 그 육중한 몸뚱이가 윈스턴의 무릎 위로 떨어져 그의 넓적다리가 부러질 것처럼 아팠다.

"야! 이 개새끼들아!"

그녀는 상체를 일으켜 세우고 앉아 간수들의 등 뒤로 욕설을 퍼붓기 시작했다. 그러나 간수들은 뒤도 돌아보지 않고 가버렸다. 이윽고 자신이 이상한 곳에 앉아버렸다는 사실을 깨달은 여자는 윈스턴의 무릎에서 슬며시 내려와 의자에 앉았다.

"미안해요. 내가 당신의 무릎 위에 앉으려고 한 게 아니라 저 새끼들이 나를 짐짝 다루듯이 내팽개치는 바람에 그리 된 거예요. 저 새끼들은 숙녀를 어떻게 대해야 하는지를 통 모른단 말이에요, 안 그래요?"

그녀는 하던 말을 잠시 멈추고 자신의 가슴을 두드리더니 트림을 했다.

"용서해요. 내가 일부러 그런 건 절대로 아니니까."

그녀는 몸을 앞으로 숙이더니 마룻바닥에 잔뜩 토해 냈다.

"이제야 좀 살 것 같네. 어찌나 속이 답답하던지 죽는 줄 알았다니까. 토했더니 배 속이 좀 편안해지는군."

그녀는 눈을 감고 몸을 뒤로 기대면서 말했다. 잠시 후 그녀는 정신이 좀 드는지 윈스턴에게 얼굴을 돌렸다. 그러더니 별안간 억센 팔로 윈스턴의 끌어안는 바람에 그는 기겁을 했다. 거친 숨결에서 역한 술 냄새와 시큼한 위산 냄새가 범벅이 되어 풍겨왔다.

"이름이 뭐예요?"

여자가 물었다

"스미스입니다."

윈스턴이 대답했다.

"스미스? 그거 참 재미있군. 내 이름도 스미스인데."

그녀는 짐짓 다정한 표정으로 말을 이었다.

"그렇다면 내가 혹시 당신의 엄마일지도 모르겠네!"

윈스턴은 그럴 수도 있겠다고 생각했다. 나이도 몸집도 어머니와 비슷하게 느껴졌기 때문이었다. 강제 노동 수용소에서 20년을 지낸다면 사람의 외모도 얼마든지 변할 수 있다.

다른 사람들은 아무도 그에게 말을 걸지 않았다. 일반 범죄자들은 놀라우리만치 정치범들을 무시했다. 그들은 정치범들을 '정범(政

犯)'이라며 경멸하는 어조로 불렀을 뿐만 아니라 관심조차 두지 않았다. 정치범들은 남과 대화하는 것을 두려워했고 특히 자기들끼리 이야기하는 것을 꺼려했다. 윈스턴은 딱 한 번 의자에 바짝 붙어 앉은 두 명의 여자 당원 죄수가 주위의 소란을 틈타 속삭이는 두세 마디를 엿들었을 뿐이었다. 두 여자는 '101호실'에 대한 얘기를 했는데 무슨 얘기인지 도통 이해할 수가 없었다.

지금 갇혀 있는 감방으로 끌려온 것은 2~3시간쯤 전이었다. 복통이 좀처럼 가라앉지 않고 덜했다 더했다 했는데 그에 따라 생각도 많아졌다 적어졌다 하였다. 통증이 심해질 때는 오직 고통과 먹을 것만 생각하였고 좀 나아졌다 싶을 때는 공포에 사로잡혔다. 앞으로 닥쳐올 일들을 생각하면 가슴이 뛰고 숨이 막히는 것 같았다. 곤봉으로 팔꿈치를 얻어맞고 징 박힌 구두로 정강이를 걷어차이고 부러진 이 사이로 살려달라는 비명을 지르며 마룻바닥을 엉금엉금 기어 다니는 모습이 보이는 듯했다. 줄리아 생각은 할 수도 없었다. 그녀 생각에 집중하고 싶어도 뜻대로 되지 않았다. 그는 그녀를 사랑하며 배신하지도 않을 것이다. 그러나 그것은 수학 공식과 같은 사실에 불과했다. 그는 체포된 이래 그녀에 대한 사랑을 느끼지도 못하였고 그녀에게 어떤 일이 일어났는지 궁금하지도 않았다. 그는 때때로 실낱같은 희망을 가지고 오브라이언을 떠올렸다. 지금쯤 오브라이언은 그가 체포당한 사실을 알고 있을 것이다. 형제단은 결코 단원을 구하지 않는다고 말했다. 그러나 면도날이 있다. 어쩌면 그들은 면도날을 보내줄지도 모른다. 간수들이 감방으로 달려오기까지 5초의 여유쯤은 있다. 면도날이 섬뜩하게 살을 베는 듯한 느낌과 손가락이 뼈마디까지 잘려나가는 듯한 느낌이 들었다. 지난날 조금만 고통스러워도 몸을 움츠리고 떨었던 자신의 모습이 떠올랐다. 결행의 기회가 주어진다 하더라도 면도날을 사용할 수 있을지 자신이 서지 않았다. 결국 확실한 고통밖에 남은 것이 없더라도 순간에서 순간으로 이어가며 단 10분이라도 생을 지속하는 것이 더 낫지 않을까 싶었다.

그는 이따금 벽의 타일 수를 세어보려고 하였다. 그것은 일도 아니게 쉬운 것 같았지만 막상 어느 정도 세다 보면 다른 생각을 하느라 헤아린 잊어버리곤 했다. 도대체 이곳은 어디인지 시간은 얼마나 흘렀는지 궁금했다. 바깥은 지금 환한 대낮일 것이라고 생각했다가도 이내 깜깜한 밤일 것이라고 여겨졌다. 이곳은 절대로 전기가 나가지 않는 곳이라는 사실을 깨달았다. 어둠이 없는 곳. 그제야 오브라이언의 암시를 이해할 것 같았다. 애정부 건물에는 창문이 없다. 자기가 갇힌 감방이 건물 중심부에 있는지 외곽에 있는지 알 도리가 없다. 지하 10층일지도 모르고 지상 30층일지도 모른다. 그는 머릿속으로 이곳저곳을 더듬으며 몸이 느끼는 감각으로 자신이 공중에 떠 있는지 땅속 깊은 곳에 내려와 있는지 가늠해 보았다.

밖에서 발소리가 들려 왔다. 감방 철문이 요란한 소리를 내며 열렸다. 이목구비가 반듯한 젊은 장교 한 사람이 검은 제복을 말쑥하게 차려입고 민첩한 동작으로 들어왔다. 윤이 나는 가죽옷 때문에 움직일 때마다 온몸이 번쩍거렸고 얼굴은 밀랍 가면처럼 창백했다. 그는 밖에 있는 간수에게 대기 중인 죄수를 들여보내라고 명령했다. 놀랍게도 시인 앰플포스가 휘청거리며 들어왔다. 젊은 장교가 나가고 문은 다시 쾅 하고 닫혔다.

앰플포스는 밖으로 나갈 수 있는 또 다른 문이 있다고 생각한 듯, 옆걸음으로 두어 번 머뭇거리더니 감방 안을 이리저리 거닐기 시작했다. 그는 아직 윈스턴을 보지 못한 채 넋이 나간 눈으로 윈스턴의 머리 위 1미터쯤 되는 벽을 응시하고 있었다. 그는 구두도 신지 않았다. 크고 더러운 엄지발가락이 양말 구멍 밖으로 튀어 나와 있었다. 며칠 동안 면도도 못했는지 광대뼈까지 뒤덮은 수염은 덩치만 큰 약골인데다 행동까지 신경질적인 그를 흉악범처럼 보이게 했다.

윈스턴은 억지로라도 정신을 차리려고 애를 썼다. 텔레스크린이 소리 지르겠지만 앰플포스에게 말을 걸어야겠다는 생각이 들었다. 어쩌면 면도날을 가지고 왔을지 모른다는 생각이 머릿속을 스쳐 지나갔다.

"앰플포스!"

윈스턴이 불렀다.

의외로 텔레스크린에서 아무 반응이 없었다. 앰플포스는 멈칫하더니 약간 놀란 표정으로 윈스턴을 쳐다보았다.

"아니, 스미스, 자네도!"

"자네는 어쩌다가 여기에 들어오게 되었나?"

"실은……"

그는 윈스턴의 맞은편 의자에 엉거주춤하게 앉으며 말했다.

"딱 한 가지 죄를 저질렀네. 왜 그것 있잖나."

"그렇다면 죄를 저지르기는 했구만."

"물론이지."

그는 뭔가를 기억해 내려는 듯 이마에 손을 대더니 손가락으로 관자놀이를 눌렀다. 그러고는 주섬주섬 말하기 시작했다.

"이런 일이 있었지. 한 가지 일이 생각나는데…… 그래 맞아. 아마 그 일 때문일 거야. 물론 내가 경솔했어. 우리는 키플링의 시집 결정판 작업을 하고 있었네. 그런데 시의 마지막 구절에 나오는 '신(God)'이란 단어를 그대로 놔두었거든. 나로서도 어쩔 수가 없었다네."

그는 화가 치밀어 오르는 듯 윈스턴을 쳐다보며 덧붙였다.

"그 행을 고치는 것은 불가능했네. 각운이 '막대기(Rod)'인데, 그 운에 맞는 단어가 열두 개밖에 없다는 것을 자네도 알잖나? 여러 날 동안 머리를 짜냈지만 다른 운은 없었단 말일세."

이야기를 하는 그의 안색이 변해 갔다. 괴로운 표정은 사라지고 즐거운 표정으로 바뀌었다. 쓸데없는 사실을 발견한 현학자의 희열 같은 지적 만족감이 지저분한 그의 수염 속에서 빛나고 있었다.

"자네는 영어의 운이 부족하다는 사실에 의해 영국 시문학의 전반적인 역사가 한정되었다는 생각을 해본 적이 있나?"

시인이 물었다.

윈스턴은 그런 생각 따위는 해본 적이 없었다. 더구나 이런 상황에서는 윈스턴에게 중요하지도 흥미롭지도 않았다.

"지금 몇 시나 됐나?"

윈스턴이 물었다.

앰플포스는 다시 한 번 깜짝 놀라는 표정을 보였다.

"그 생각은 해보지도 않았다네. 내가 체포된 게 이틀 전인지 사흘 전인지 전혀 알 수가 없어."

그는 창문이라도 찾는 듯 사방을 두리번거렸다.

"이곳에서는 밤낮을 알 수가 없네. 시간을 가늠해 볼 도리가 없다, 이 말일세."

그들은 몇 분간 이야기를 계속했다. 그때 갑자기 텔레스크린이 조용히 하라며 소리를 질렀다. 윈스턴은 얼른 깍지를 끼고 입을 다물었다. 체구가 큰 앰플포스는 좁은 의자에서 이리저리 몸을 비틀고 야윈 손을 왼쪽 무릎과 오른쪽 무릎에 번갈아 올려놓으며 안절부절못했다. 시간이 흘렀다. 어느 정도의 시간인지 알 수가 없었다. 밖에서 다시 구둣발 소리가 들려왔다. 윈스턴은 또다시 배 속이 졸아붙고 뒤틀리는 것 같았다. 5분 안에, 아니 이제 곧 구둣발 소리가 다가와 그의 차례라고 말할 것 같았다.

문이 열렸다. 차갑게 생긴 그 젊은 장교가 다시 들어왔다. 그러고는 절도 있는 손짓으로 앰플포스를 가리키며 간수에게 명령했다.

"101호실로!"

앰플포스는 비틀거리며 간수들에게 끌려 나갔다. 그는 무슨 영문인지 모르겠다는 듯 당황한 표정을 지었다.

꽤 오랜 시간이 지난 것 같았다. 윈스턴은 다시 복통을 느꼈다. 지상에서 튕겨 올라간 공이 상하 왕복운동을 하다가 점차 운동량이 줄어드는 것처럼 윈스턴의 생각도 제자리를 맴돌다가 차츰 기력을 잃어갔다. 그가 생각할 수 있는 것은 복통, 한 조각의 빵, 피와 비명소리, 오브라이언, 줄리아, 면도날- 이렇게 여섯 가지뿐이었다. 배 속에서 또 한 번 경련이 일어났다. 또다시 묵직한 구둣발 소리가 들려왔기 때문이었다. 문이 열리며 식은땀 냄새가 밀려 들어왔다. 파슨스가 감방 안으로 들어왔다. 그는 카키색 반바지와 운동 셔츠를 입고 있었다.

이번에는 윈스턴이 깜짝 놀랐다.

"자네가 여기엘 다 오다니!"

파슨스는 윈스턴을 힐끗 쳐다보았다. 그의 눈빛에서는 관심도 놀람도 아닌 고통만이 보였다. 그는 가만히 있을 수가 없는지 감방 안을 이리저리 걷기 시작했다. 무릎을 펼 때마다 눈에 띄게 떠는 것이 보였다. 그는 눈을 크게 뜨고 방 한가운데를 쳐다보았다.

"어쩌다가 들어오게 된 건가?"

윈스턴이 물었다.

"사상죄야!"

파슨스가 울먹이는 목소리로 말했다. 그의 목소리는 자신의 죄를 시인하는 동시에 자신이 그런 죄목으로 잡혀왔다는 것을 믿을 수가 없어 공포에 질린 듯했다. 그는 윈스턴의 앞에 멈춰 서더니 하소연을 시작했다.

"여보게, 설마 내가 총살되지는 않겠지? 속으로 생각만 했을 뿐 실제로는 아무것도 하지 않았으니 총살형은 면할 수 있겠지? 생각뿐이야 누구라도 어쩔 수 없는 것 아니겠나? 사정을 얘기하면 들어주겠지? 나는 그 사람들을 믿네. 그들도 나를 잘 알고 있을 걸세. 자네도 내가 어떤 사람인가 잘 알고 있을 거야. 난 절대로 나쁜 사람이 아니야. 물론 머리는 좀 둔하지만 열심히 활동하지 않았나? 나는 당을 위해서라면 언제나 최선을 다했어. 5년쯤 썩으면 될까? 10년쯤이면 될까? 나 같은 놈은 노동 수용소에서도 아주 쓸모 있을 거야. 단 한 번 탈선했다고 총살하지는 않겠지?"

"죄를 지었다고는 생각하나?"

윈스턴이 물었다.

"물론이지!"

파슨스는 비굴한 표정으로 텔레스크린을 힐끔거리며 말했다.

"당이 죄 없는 사람을 체포하겠나?"

개구리 같은 그의 얼굴이 잠시 평온해지더니 엄숙한 표정으로 변했다. 그는 짐짓 점잔 빼며 말을 이었다.

"사상죄란 무서운 걸세. 늪과 같은 것이라고. 사람들은 자신도 모르는 새 그 늪에 빠져들고 말지. 내가 어떻게 해서 사상죄를 범했는지 아나? 바로 잠잘 때였다네. 그럼, 그건 분명한 사실일세. 나는 맡은 바 내 직분에 충실하려고 정말 열심히 일했네. 마음속에 나쁜 생각이 들어 있는 줄은 조금도 모르고 말이야. 그런데 내가 잠꼬대를 했다는 거야. 뭐라고 했는지 아나?"

치료를 받기 위해 어쩔 수 없이 치부를 드러내는 사람처럼 목소리를 낮추며 말을 이었다.

" '빅 브라더를 타도하라!' 고 했다는 걸세. 내 입에서 그런 끔찍한 말이 나왔다니! 그것도 여러 번 되풀이했던 모양일세. 우리 사이니까 하는 얘긴데, 더 큰 죄를 짓기 전에 체포된 게 차라리 다행이지 뭔가? 법정에 나가서 내가 뭐라고 말할 건지 알겠나? '고맙습니다. 너무 늦기 전에 저를 구해 주셔서 고맙습니다.'라고 할 거란 말일세."

"누가 자네를 고발했나?"

윈스턴이 물었다.

"내 어린 딸년일세."

파슨스는 침울하지만 자랑 섞인 어조로 말했다.

"그 아이가 열쇠 구멍으로 잠꼬대를 엿듣고는 바로 다음 날 경찰에 신고한 걸세. 일곱 살짜리 치고는 꽤 똑똑하지? 나를 신고했다고 해서 딸년을 원망하진 않네. 원망은커녕 그 애가 대견스럽다네. 내가 딸년 하난 제대로 키운 모양이야."

그는 다시 서성거리며 변기 쪽을 몇 번이나 쳐다봤다. 그러더니 갑자기 바지춤을 잡아 내렸다.

"미안하네. 더 이상 참을 수가 없어서…… 오래 참았어."

파슨스는 커다란 엉덩이를 변기에 대고 주저앉았다. 윈스턴은 두 손으로 얼굴을 가렸다.

"스미스!"

텔레스크린이 또다시 고함을 지르기 시작했다.

"6079 스미스 W! 얼굴에서 손을 떼라! 감방에선 얼굴을 가리면 안 돼!"

윈스턴은 손을 내렸다. 파슨스는 요란한 소리와 함께 엄청난 양을 배설하는 것 같았다. 물 내리는 손잡이가 고장 났기 때문에 감방에는 몇 시간 동안 끔찍한 악취가 진동했다.

파슨스도 다른 곳으로 옮겨졌다. 이후에도 여러 죄수들이 들어왔다가 나갔다. 여자 죄수 하나가 그곳에서 101호실로 옮겨졌는데 '101호실'이란 말을 듣자마자 몸을 덜덜 떨더니 얼굴이 하얗게 질려버렸다. 윈스턴이 아침에 그곳으로 왔다면 지금은 오후일 테고 오후에 왔다면 한밤중일 것이다. 이제 감방에는 남녀 죄수 여섯 명이 남았다. 모두 조용히 앉아 있었다. 윈스턴 맞은편에는 턱이 없고 앞니가 튀어나와 토끼처럼 생긴 사내가 있었다. 덩치는 컸지만 얼룩얼룩한 뺨이 탄력을 잃은 자루처럼 축 늘어져 입안에 음식물이 가득 담긴 것처럼 보였다. 그는 겁에 질린 잿빛 눈으로 이 사람 저 사람을 살펴보다가 눈이 마주치면 황급히 시선을 돌렸다.

다시 감방 문이 열리고 죄수 한 명이 더 들어왔다. 윈스턴은 등골이 오싹해지는 것을 느꼈다. 평범한 기술자인 듯한 그 죄수는 놀랄 만큼 수척해서 흡사 해골 같았다. 너무나도 마른 나머지 입과 귀가 비정상적으로 커 보였고, 눈은 누군가 무엇인가에 살기와 증오심을 불태우는 것처럼 보였다.

그는 윈스턴과 조금 떨어진 의자에 앉았다. 윈스턴은 그 남자의 해골 같은 형상이 눈앞에서 사라지지 않는 것 같았다. 윈스턴은 그가 왜 그런 몰골인지 깨달았다. 지금 굶어 죽어가는 것이었다. 감방의 모든 사람들이 같은 생각을 한 모양이었다. 감방 안에서 작은 동요가 일었다. 턱이 없는 남자도 해골 같은 남자에게 시선을 보냈다가 죄라도 지은 것처럼 고개를 돌리고는 외면하기 어려웠는지 다시 쳐다보았다. 제자리에서 안절부절못하던 그는 마침내 해골 같은 남자에게 뚜벅뚜벅 걸어가 얼굴을 붉히며 주머니 속의 거무스름한 빵 조각을 꺼내 주었다.

그때였다. 텔레스크린에서 귀청이 떨어져 나갈 듯한 소리가 터져 나왔다. 기겁을 한 턱 없는 사내는 그대로 주저앉을 뻔했고 해골 같은 사내는 잽싸게 양손을 등 뒤로 숨기고 받지 않았음을 알렸다.

"범스테드!"

텔레스크린이 맹수처럼 포효했다.

"2713, 범스테드 J! 당장 빵 조각을 버려!"

턱이 없는 사내는 꼼짝 못하고 빵 조각을 바닥에 떨어뜨렸다.

"그 자리에 그대로 서 있어. 문을 보고 움직이지 마!"

텔레스크린이 명령했다. 그는 순순히 복종했다. 자루처럼 늘어진 커다란 볼살이 부들부들 떨렸다. 쾅 하고 문이 열렸다. 젊은 장교가 먼저 들어왔고 어깨와 팔이 우람한 근육질의 간수 하나가 뒤따라 들어왔다. 턱 없는 사내 앞에 선 간수는 젊은 장교가 눈짓을 하자 온 힘을 다해 사내의 입을 가격했다. 바닥에 그대로 나가떨어진 사내는 변기 쪽으로 뒹굴어 갔다. 사내의 코와 입에서는 검은 피가 쏟아졌고 기절한 듯 한동안 움직이지 않았다. 이따금 그의 입에서 끙끙거리는 신음 소리가 희미하게 새어나왔다. 이윽고 사내는 몸을 뒤척여 손과 무릎으로 바닥을 짚으며 기우뚱기우뚱하는 몸을 일으켜 세웠다. 그러고는 피와 침이 엉겨 붙은 부러진 틀니 조각을 뱉어냈다.

죄수들은 깍지 낀 손을 무릎 위에 올려놓고 조용히 앉아 있었다. 턱이 없는 사내는 엉금엉금 기어 자기 자리로 돌아갔다. 그의 얼굴 한쪽은 시커멓게 멍이 들었고 입술 주위는 검붉게 부어올라 입이 시커먼 구멍처럼 보였다. 이따금 그의 가슴으로 핏방울이 뚝뚝 떨어졌다. 그 와중에도 남들이 자신의 꼬락서니를 비웃는지 살펴보는 듯 아까보다 더 주눅이 든 잿빛 눈으로 다른 사람들을 바삐 훔쳐보았다.

문이 열렸다. 장교가 손가락으로 해골 같은 사내를 가리켰다.

"101호실로!"

윈스턴의 옆에서 극도로 절망에 빠져 애원하는 소리가 났다. 그 사내는 바닥에 털썩 무릎을 꿇더니 두 손을 꼭 모아 쥐고 소리쳤다.

"동무! 장교 동무! 제발 저를 그리로 보내지 마세요! 모든 걸 다 말했잖아요? 뭘 더 알고 싶습니까? 더 이상 자백할 게 없어요. 하나도 없다고요. 무엇이든 물어봐요. 다 자백할 테니까요. 조서를 쓰세요.

서명할게요! 그러니 101호실만은 제발!"

"101호실로!"

장교가 재차 명령했다.

그 순간 이미 창백할 대로 창백했던 사내의 안색이 차마 눈 뜨고 볼 수 없을 만큼 무서운 빛으로 변했다. 이제 사내의 얼굴은 창백해지다 못해 새파란 독기마저 내뿜고 있었다.

"그래, 마음대로 해!"

사내가 어디에서 그런 힘이 솟아나는지 크게 소리를 질렀다.

"당신들은 지난 몇 주 동안 나를 굶겼지? 이제 그만하고 빨리 날 죽여! 총살하란 말이야! 목을 매 죽이든지 25년 형을 내리든지 이제 그만하란 말이야! 내가 더 불어댈 사람이 누가 있다고 그래? 그게 누군지 말해 보란 말이야! 당신들이 원하는 대로 모조리 다 불어댈 테니! 그게 누구든 그들을 어떻게 하든 나는 상관없어! 내게는 마누라도 있고 자식도 셋이나 있어. 제일 큰 놈이 여섯 살도 안 됐어. 그 애들을 데려다 내 눈앞에서 목을 따더라도 참고 보겠어! 그렇지만 101호실만은 제발!"

"101호실로!"

장교가 또다시 말했다.

그 사내는 자신을 대신할 희생자라도 찾는 듯 핏발 선 눈으로 허겁지겁 다른 죄수들을 둘러보았다. 그의 시선이 턱이 없는 사내의 엉망이 된 얼굴에 꽂혔다. 그는 앙상하고 기다란 팔을 내뻗으며 소리쳤다.

"끌고 가려면 저자를 끌고 가요! 나는 아니에요! 저자가 얼굴을 얻어맞고는 뭐라고 했는지 알아요? 한 번만 기회를 주세요. 다 말할게요. 저자야말로 당의 적이에요. 난 아니란 말이에요!"

간수들이 사내 앞으로 다가갔다.

"당신들은 저자가 하는 얘기를 못 들었어요? 텔레스크린이 고장 났나요? 잡아갈 놈은 바로 저놈이란 말이에요. 나 말고 저놈을 데리고 가요!"

건장한 간수 두 사람이 사내의 팔을 잡으려고 몸을 굽혔다. 그 순간 바닥에 꿇어앉아 있던 사내는 벌떡 일어나 쇠로 된 의자 다리를 움켜잡았다. 그러고는 짐승처럼 으르렁대기 시작했다. 간수들이 그를 떼어내려고 애썼지만 그는 마지막 한 방울까지 남은 힘을 모두 모으고 움켜잡은 손을 풀지 않았다. 간수들이 20초가량 끙끙대며 잡아당겼지만 소용없었다. 다른 죄수들은 무릎 위에 양손을 올려놓은 자세로 정면만 똑바로 쳐다보며 묵묵히 앉아 있었다. 사내의 울부짖는 소리도 어느새 그치고 간수들과의 실랑이도 끝나가고 있었다. 그는 이제 그저 매달려 있기만 할 뿐 발끝 하나 움직일 힘도 없는 것 같았다. 그때 듣는 이의 가슴과 고막을 찢는 외마디 비명이 들렸다. 간수 한 사람이 의자 다리를 움켜잡은 사내의 손가락을 구둣발로 짓이겨버린 것이었다. 간수들은 사내의 다리를 잡아당겨 결국 사내를 의자에서 떼어냈다.

"101호실로 끌고 가!"

장교가 싸늘한 음성으로 명령했다.

사내는 머리를 푹 떨어뜨리고 짓이겨진 손을 어루만지며 더 이상 저항도 못하고 비틀비틀 끌려갔다.

시간이 꽤 지나갔다. 해골 같은 사내가 끌려갔던 때가 한밤중이었다면 지금은 아침일 것이고 그때가 아침이었다면 지금은 오후일 것이다. 윈스턴은 감방에 혼자 남아 있었다. 혼자서 몇 시간을 보낸 것이었다. 비좁은 의자에 오래 앉은 탓에 몸이 저려왔다. 그는 때때로 일어나 감방 안을 걸어 다녔다. 그런데도 텔레스크린은 아무런 제지를 하지 않았다. 턱이 없는 사내가 떨어뜨렸던 빵 조각이 여전히 그

자리에 있었다. 처음에는 빵 조각에 시선을 주지 않으려고 무척 애를 썼지만 이제는 배고픔보다는 갈증 때문에 더욱 고통스러웠다. 입안이 쓰고 텁텁했다. 끊이지 않고 윙윙거리는 통풍기 소리와 차가운 백색 조명 때문에 머릿속이 텅 비어 공황 상태에 빠져든 것 같았다. 뼈마디가 어찌나 쑤시는지 일어나려고 했지만 눈앞이 어지러워 서 있을 수가 없었다. 그는 몇 번이나 일어났다가 다시 주저앉곤 했다. 몸을 좀 가눌 수 있을 때면 여지없이 공포가 엄습해 왔다. 그는 꺼질 듯이 가물거리는 희망을 부여잡고 오브라이언과 면도날을 생각했다. 음식이 들어온다면 그 속에 면도날이 감춰져 있을지도 모른다는 생각도 들었다. 희미하게나마 줄리아 생각도 났다. 그녀는 자신보다 더한 고통을 당할지도 모른다. 지금 이 순간에도 고통에 못 이겨 비명을 지르고 있을지도 모른다.

'내가 두 배의 고통을 받음으로써 줄리아의 고통을 면하게 할 수 있다면 나는 그렇게 할 수 있을까? 당연히 그래야지.'

그러나 그저 생각일 뿐이었다. 정작 선택의 순간이 다가온다면 이와 같은 결정을 내릴 자신이 없었다. 서로 각자의 고통을 감당하기도 버거울 것이다. 지금 당하는 고통만으로도 힘든데 무슨 수로 그녀의 고통까지 짊어질 수 있겠는가? 이 문제에 대해서는 아무런 확답도 할 수 없었다. 구둣발 소리가 다시 가까워졌다. 문이 열리며 오브라이언이 들어왔다.

윈스턴은 자신도 모르게 벌떡 일어섰다. 오브라이언을 본 충격에 조심해야 한다는 사실도 까마득히 잊어버렸다. 몇 년 만에 처음으로 텔레스크린의 존재를 잊어버린 것이었다.

"당신도 체포됐군요!"

윈스턴이 소리쳤다.

"나는 오래전에 체포되었다네."

오브라이언이 친근하면서도 희미한 비웃음이 섞인 말투로 대답했다. 오브라이언이 옆으로 비켜서자 어깨가 쩍 벌어진 간수가 기다란 곤봉을 들고 뒤에서 나타났다.

오브라이언이 말했다.

"윈스턴, 자네는 이런 일이 벌어질 줄 알고 있었지? 자신을 속이려 들지 말게. 자네는 언제나 이 상황을 예견하고 있었어."

그렇다. 윈스턴은 두 눈으로 똑똑히 보고 있는 지금의 상황을 늘 알고 있었다. 그러나 그런 생각을 할 여유가 없었다. 그의 눈에 들어오는 건 오직 간수의 손에 들린 곤봉뿐이었다. 어디든 가리지 않고 내려치겠지. 머리통이 됐든 귓바퀴가 됐든 팔이나 팔꿈치가 됐든…….

팔꿈치였다! 그는 얻어맞은 팔꿈치를 다른 한쪽 손으로 감싸 쥐며 힘없이 꼬꾸라졌다. 샛노란 섬광이 눈앞에서 빙글빙글 돌았다. 겨우 한 대를 맞은 걸로 이렇게 아프다니! 윈스턴은 예리한 통증을 느끼며 눈을 떴다. 자신을 내려다보는 두 사람이 눈앞에 보였다. 간수는 고통을 못 이기고 온몸을 비트는 그를 보며 비웃고 있었다. 한 가지 해답은 얻은 셈이었다. 어떤 이유로든 더 큰 고통을 원하지 않았다. 그가 바라는 것은 딱 한 가지, 이 고통에서 조금이라도 빨리 벗어나는 것뿐이었다. 육체적인 고통보다 더 지독한 것은 아무것도 없다. 고통 앞에는 영웅도 없다. 윈스턴은 쓸 수 없게 된 왼팔을 감싸 잡은 채 마룻바닥에서 벌레처럼 꿈틀거리며 그 생각만을 되풀이했다.

2

그는 간이침대 같은 것에 누워 있었다. 무엇으로 묶인 것인지 몸을 움직일 수 없었다. 일반적인 전등보다 훨씬 강렬한 조명이 그의 얼굴을 비추고 있었다. 오브라이언이 그를 유심히 내려다보며 옆에 서 있었고 그의 맞은편에는 흰 가운을 입은 남자가 피하 주사기를 들고 서 있었다.

윈스턴은 눈을 뜨고 난 후에도 한동안 주위를 알아볼 수 없었다. 심해에서 헤엄쳐 온 기분이었다. 바다 아래 세계에서 얼마나 오래 있었는지 알 수도 없었다. 체포된 이래 낮과 밤을 본 적이 없었다. 게다가 기억도 단속적이었다. 수면 상태에서 갖게 되는 그런 의식마저도 완전히 끊어지고 진공 상태와 같은 공백을 지낸 후 다시 정신이 드는 일도 여러 번 있었다. 의식의 공백이 며칠간 계속된 것인지 몇 주 동안 계속된 것인지 아니면 단 몇 초간에 불과한 것인지도 알 길이 없었다.

악몽의 시작은 맨 처음 팔꿈치를 얻어맞던 때로 거슬러 올라간다. 나중에야 알게 되었지만 그 일은 거의 모든 죄수들이 겪는 통과의례였다. 누구든 간첩 행위, 파업 등 여러 가지 죄목을 마땅히 자백해야

296

했다. 하지만 자백은 단지 형식일 뿐이었고 고문이 진짜였다. 얼마나 오랜 시간 구타당했는지 기억할 수도 없었다. 그의 옆에는 언제나 대여섯 명의 검은 제복을 입은 남자들이 있었다. 때로는 주먹질을 했고 때로는 곤봉이나 철봉을 휘둘러댔으며 구둣발로 발길질하기도 했다. 그는 창피한 줄도 모르고 짐승처럼 마룻바닥을 뒹굴며 어떻게 해서든지 매를 피해보려고 했지만 그럴수록 오히려 갈빗대, 복부, 팔꿈치, 정강이, 사타구니, 불알, 꼬리뼈에 더 심한 매질을 당할 뿐이었다. 고문이 어떻게나 한없이 계속되는지 이 세상에서 가장 잔인하고 포악하고 용서할 수 없는 것은 간수들의 매질이 아니라 끝까지 정신을 잃지 못하는 자신이라고 여겨질 정도였다. 공포에 질린 나머지 매가 시작되기도 전에 살려달라며 애원을 했고 주먹으로 때리는 시늉만 해도 지은 죄 안 지은 죄 가리지 않고 술술 털어놓았다. 때로는 아무것도 자백하지 않겠다고 굳은 결심도 하였지만 막상 고문이 시작되면 고통스런 신음과 함께 자기도 모르게 자백이 튀어나왔다. 그는 이렇게 생각하며 자기 자신과 타협한 적도 있었다.

'자백을 하지 않고서는 못 배겨낼 것이다. 그러나 지금은 안 된다. 참을 수 있는 데까지 좀 더 견뎌보자. 세 대를 더 때린다면, 아니 두 대만 더 때린다면 그때 저들이 원하는 대로 말해 주자.'

때로는 죽기 직전까지 얻어맞아 의식을 잃고 감자 포대처럼 감방 돌바닥에 내팽개쳐진 상태로 몇 시간이나 방치되었다가, 겨우 의식을 되찾으면 다시 끌려 나가 또 두들겨 맞았다. 의식이 되돌아오는 데 걸리는 시간이 갈수록 오래 걸렸다. 수면 상태와 혼수상태의 구별이 없어져 점점 기억이 희미해졌다. 그는 감방 벽에 붙은 선반 같은 침대와 양철 대야, 뜨거운 수프와 빵, 커피를 곁들인 식사를 떠올렸다. 또 험상궂게 생긴 이발사가 턱수염을 밀어주거나 머리를 깎아주던 일, 차갑게 생긴 흰 가운을 입은 남자가 사무적으로 맥박을 재고 청진기로 확인하고 눈꺼풀을 뒤집어 보고 그의 몸을 거칠게 만지면서 부러진 뼈가 없는지 확인하고 그의 팔에 수면제를 주사하던 일 등을 생각했다. 매질이 차츰 줄어들었다. 대신 대답이 시원찮으면 다시 때리겠다고 협박했다. 이제 심문 담당자도 검은 제복의 악당이 아니라 키가 작고 살집이 통통한 당의 지식층으로 바뀌었다. 그들은 대부분 동작이 날렵했고 번쩍거리는 안경을 썼으며 한 번에 열두어 시간씩 교대로 심문했다. 그들 중 몇몇은 참을 수 없는 정도는 아니었지만 지속적인 고통을 주었다. 그들은 윈스턴의 뺨을 때리거나 귀를 비틀고 귀밑 머리칼을 잡아 뽑기도 했다. 또 오랫동안 한 발로 서 있게 하거나 오줌을 못 누게 하고 눈물이 철철 흐르도록 얼굴에 강력한 빛을 쏘아대기도 했다. 이러한 행위들은 단순한 고통의 차원을 넘어서 인격에 모욕을 가해 그들의 주장과 판단력을 없애버리는 것이 목적이었다.

진짜 지독한 심문은 무자비한 질문 공세를 몇 시간 동안 끊임없이 퍼부으며 말끝마다 함정을 파놓고 꼬투리를 잡아 따지거나, 그의 말은 모두 거짓이며 모순이라고 비웃고 윽박지르는 것이었다. 그러다 보면 끝내 분노와 억울함 그리고 신경의 피로로 인해 울음을 터뜨리게 되었다. 때로는 심문 한 번에 여섯 번이나 울기도 했다. 그들은 심문 시간 내내 욕설로 일관했고 대답을 어물거릴 때마다 도로 간수들에게 넘기겠다고 협박했다. 그러다가도 돌연 말투를 바꾸어 그를 동무라고 부르고 영사와 빅 브라더의 이름으로 호소하며 지은 죄를 씻기 위해서라도 이제부터 당에 절대적인 충성을 바치지 않겠냐고 회유하기도 했다. 몇 시간 동안 이어지는 심문 때문에 극도로 피로해질 때면 속이 들여다보이는 그 따위 호소에도 눈물 흘리며 울었다. 결국 그는 간수들의 주먹질과 발길질보다도 그들의 집요한 말장난에 녹초가 되었다. 그들이 요구하는 것이라면 무엇이든지 말하고 서명하는 도구가 되었다. 그의 관심거리는 단 하나로 그들이 바라는 것을 재빨리 간파해 또 괴롭히기 전에 자백하는 것이었다. 윈스턴은 고위 당원의 암살, 불온문서 배포, 공금 횡령, 대가성 군사 기밀 유출, 각종 파업 행위 선동 등의 혐의를 자백했다. 1968년에는 동아시아에 포섭되어 돈을 받고 간첩 활동을 했다는 자백도 했다. 또한 자신은 신을 믿고 자본주의를 찬양하며 성도착자라고도 털어놓았다. 게다가 그는 버젓이 살아 있는 아내 캐서린을 살해했다는 자백까지 했다. 지난 몇 년 동안 골드스타인과 내통하여 개인적인 친분을 가졌고 그가 아는 사람들 대부분이 지하조직 일원으로 활약했다고도 거침없이 털어놓았다. 있는 것 없는 것 모두 자백하고 모든 사람들을 닥치는 대로 연루시키는 게 상책이었다. 한 치만 비켜 생각해 보면 그것은 모두 사실이라고 해도 틀린 말이 아니었다. 그가 당의 적이었던 것은 엄연한 사실이었기 때문에 당의 시각에서는 당연히 사상과 행동이 일치하는 것뿐이었다.

그는 다른 것들도 기억할 수 있었다. 그런 기억의 조각들은 마치 암흑 속에 흩어져 있는 그림처럼 두서없이 그의 머릿속에 떠오르곤 하였다.

어둡기도 하고 밝기도 한 감방이었다. 보이는 것이라고는 두 눈뿐이었다. 아주 가까운 곳에서 느릿느릿 규칙적으로 똑딱거리는 소리가 났다. 아마도 기계인 듯싶었다. 허공에 떠 있는 그 눈이 점점 커지면서 더욱 번쩍거렸다. 갑자기 그는 자리에서 붕 떠올라 그 눈 속으로 빨려 들어갔다. 마치 그 눈에 삼켜져버린 것 같았다.

그는 눈부신 불빛 아래 온통 다이얼로 둘러싸인 의자에 묶여 있었다. 흰 가운을 입은 남자가 다이얼 숫자를 읽고 있었다. 그때 밖에서 무거운 구둣발 소리가 들려왔다. 늘 그랬듯이 요란한 문소리와 함께 밀랍 가면을 쓴 듯한 젊은 장교가 간수 두 명을 데리고 들어왔다.

"101호실로!"

장교가 명령했다.

흰 가운의 사내는 장교 쪽을 돌아보지도 윈스턴을 쳐다보지도 않고 계속 다이얼만 읽고 있었다.

윈스턴은 데굴데굴 굴러갔다. 폭이 1킬로미터나 될 듯 엄청나게 넓은 복도는 빛나는 황금색 불빛으로 가득했다. 그는 낄낄거리고 고함치며 목청껏 자신의 죄를 자백하고 있었다. 그는 모든 것을, 이제까지의 고문 과정 속에서도 말하지 않았던 것까지 모조리 자백하고 있었다. 그는 이미 모든 것을 알고 있는 사람들에게 다시 한 번 자기 생애를 이야기하고 있었다. 간수들도 심문관들도 흰 가운의 사내들도 오브라이언도 줄리아도 채링턴 씨도 그와 함께 복도를 굴러가며 깔깔대고 소리 질렀다. 모든 것이 잘되었다. 미래에 닥쳐올 줄 알았던 끔찍한 일은 일어나지 않았다. 아무런 고문 없이 그의 삶이 낱낱이 밝혀져 이해받고 용서되었다.

윈스턴은 어렴풋이 오브라이언의 목소리를 들은 것 같아 널빤지 침대에서 몸을 일으키려고 했다. 심문 받는 내내 한 번도 오브라이언을 본 적이 없었다. 그러나 윈스턴은 오브라이언이 보이지만 않을 뿐 항상 자기 곁에 있다고 확신했다. 오브라이언이 모든 것을 지시하는 사람이다. 그가 윈스턴에게 간수를 보내고 또 죽이지 못하도록 막고 있다. 비명을 지를 때까지 고통을 가하는 것은 언제인지, 고통을 중지하는 것은 언제인지, 식사를 제공하는 것은 언제인지, 언제 자고 언제 주사 놓을 것인지 결정하는 사람은 바로 오브라이언이다. 그가 심문을 하고 답변을 암시해 주는 사람이다. 그는 고문자이자 보호자며 심문자이자 친구다. 언젠가 한 번-그가 수면제 때문에 잠든 때였는지, 정상적으로 잠든 때였는지 혹은 깨어 있을 때였는지 기억할 수는 없지만-누군가가 윈스턴의 귀에 대고 이렇게 속삭였던 적이 있다.

"걱정하지 말게, 윈스턴. 내가 자네를 보호하고 있네. 나는 7년 동안 자네를 관찰해 왔다네. 마침내 때가 온 걸세. 내가 자네를 구해 완전한 사람으로 만들어주겠네."

목소리의 주인공이 오브라이언인지 아닌지는 확신할 수 없었지만, 7년 전 꿈속에서 "우리는 어둠이 없는 곳에서 만나게 될 걸세."라고 말했던 음성과 똑같았다.

심문이 언제 어떻게 끝났는지 기억도 나지 않았다. 윈스턴은 한동안 어둠 속에서 의식을 차리지 못하다가 비로소 자신이 있는 곳을 서서히 알아볼 수 있게 되었다. 그는 반듯이 눕혀져 꼼짝할 수가 없었다. 몸통과 팔다리가 모두 묶여 있었고 뒤통수마저 무언가로 고정되어 있었다. 오브라이언이 안타까운 표정으로 내려다보고 있었다. 밑에서 올려다본 그의 얼굴은 꺼칠하게 지쳐 있었다. 아래 눈꺼풀이 축 늘어지고 코에서 턱으로 이어지는 주름은 여러 가닥으로 깊이 파여 있었다. 그는 윈스턴이 생각했던 것보다 더 나이가 들어 보였다. 마흔여덟이나 쉰은 되었을 것 같았다. 그는 상단에는 손잡이가 달리고 전면에는 숫자가 빙 둘려 있는 다이얼을 들고 있었다.

"자네에게 말했던 적이 있을 걸세. 우리가 다시 만나게 된다면 바로 이곳일 거라고."

오브라이언이 말했다.

"그랬지요."

윈스턴이 대답했다.

그 순간 아무런 예고도 없는 극심한 고통이 전신에 파고들었다. 생각할 겨를도 없이 급작스레 닥친 고통은 곧 자신이 죽을 것이라는 공포를 불러일으켰다. 정말로 치명상을 입은 것인지 아니면 전기로 충격만 받은 것인지 알 수 없었다. 그러나 그의 몸은 마구 뒤틀렸고 뼈마디는 조각조각 부서지는 것 같았다. 어느새 이마에서 식은땀이 흐르고 있었다. 하지만 무엇보다도 그를 고통스럽게 하는 것은 등뼈에 가해지는 무시무시한 압력이었다. 윈스턴은 자신의 등뼈가 더 이상 버티지 못하고 부러지겠다는 두려움에 휩싸였다. 그는 이를 악물고 간신히 코로 숨을 쉬며 소리를 안 지르려고 안간힘을 썼다.

오브라이언이 그를 내려다보며 말했다.

"곧 뭔가가 부러질 것 같아 걱정되지? 자네는 지금 척추가 부러지지 않을까 싶어 겁이 날 거야. 척추가 뚝 부러지고 척수액이 뚝뚝 떨어지는 모습이 눈에 선할 걸세. 어때, 내 말이 틀린가, 윈스턴?"

윈스턴은 대답하지 않았다. 오브라이언은 다이얼의 바늘을 0으로 돌렸다. 고통이 순식간에 사라졌다.

"이게 40일세."

오브라이언이 말했다.

"이 다이얼에는 눈금이 100까지 있다네. 나는 자네와 얘기하는 중에도 언제든 원하는 만큼 자네를 고통스럽게 만들 수 있다는 사실을 꼭 기억해 주게. 만약 허위 진술을 하거나 적당히 얼버무리거나 모자라는 척 어리석은 말을 하면 그 즉시 고통을 느끼게 될 걸세. 알아듣겠나?"

"네."

오브라이언의 태도가 다소 누그러졌다. 그는 생각에 잠긴 듯 안경을 고쳐 쓰고는 몇 걸음 어슬렁거렸다. 그의 음성은 점잖으면서도 여유가 있었다. 그는 마치 벌을 주는 집행자라기보다는 윈스턴을 이해시키고 설득하려는 선생이나 의사 혹은 목사 같았다.

"윈스턴, 자네 때문에 내 고생이 말이 아닐세. 물론 자네는 그럴 만한 가치가 있는 위인이지만 말이야. 자네가 왜 이렇게 됐는지는 스스로 잘 알고 있을 거야. 자네는 몰랐겠지만 나는 몇 년 전부터 알고 있었네. 자네는 지금까지 정신적인 혼란에 빠졌던 걸세. 잘못된 기억 때문에 고통 받았던 것이지. 실제로 일어난 일은 기억하지 못하면서 있지도 않은 일들을 우기고 있는 걸세. 유감스럽게도 자네는 끝내 그 상태에서 벗어나려고 하지 않았네. 그래서 우리는 자네의 병을 고쳐주지 못했어. 조금만 더 노력했으면 되었을 텐데 자네는 그리하지 않았단 말일세. 내가 알기로 자네는 지금도 그 병이 무슨 미덕이나 되는 것처럼 여기고 집착하고 있네. 예를 하나 들어볼까? 지금 이 순간 우리 오세아니아는 어느 나라와 전쟁 중이라고 생각하는가?"

"제가 체포될 당시에는 동아시아와 전쟁 중이었습니다."

"동아시아라, 좋아. 그럼 오세아니아는 언제나 동아시아와 전쟁을 해온 것이로군. 안 그런가?"

윈스턴은 숨을 들이쉬었다. 입을 열어 자신의 생각을 말하려다가 그만두었다. 그는 다이얼에서 눈을 뗄 수가 없었다.

"사실을 말해 봐, 윈스턴. 자네가 믿고 있는 그대로의 사실을. 자네가 기억하는 대로 말해 보라고."

"제가 체포되기 일주일 전까지만 해도 우리는 동아시아와 전쟁하지 않았습니다. 그때까지는 동맹 관계였으니까요. 그 관계는 4년간 계속되어 왔던 것입니다. 그전에는……"

오브라이언이 손을 내밀어 윈스턴의 말을 막았다.

"다른 예를 하나 더 들어보기로 하세. 몇 년 전 자네는 굉장한 망상을 했던 적이 있네. 한때 당원이었던 존스, 아론슨, 러더퍼드 이 세 사람이 조금도 허위라고 의심할 여지없는 자백을 하고 반역과 파업의 죄명으로 처형되었는데도 자네는 그들의 결백을 믿었지. 그들의 허위 자백을 입증할 수 있는 증거를 보았다고 확신했어. 뿐만 아니라 자네 손으로 직접 그 증거를 잡았다고 믿었네. 바로 이 사진 말일세.”

오브라이언은 직사각형의 신문지 조각을 손에 들고 있었다. 그는 그것을 5초가량 윈스턴에게 보여주었다. 의심할 여지도 없는 그때 그 사진-윈스턴이 몇 년 전 우연히 손에 넣었다가 즉시 없애버렸던, 뉴욕의 한 행사장에서 존스, 아론슨, 러더퍼드가 찍힌-이었다. 사진은 잠시 그의 눈에 비쳐졌다가 다시 사라졌다. 그러나 그는 보았다. 틀림없이 보았다! 윈스턴은 상반신을 움직이려고 무진 애를 썼다. 그러나 아무리 용을 써도 옴짝달싹할 수가 없었다. 그는 다이얼마저 잊고 있었다. 그가 바라는 것은 오직 그 사진을 다시 한 번 만져보거나 적어도 보기만이라도 하는 것이었다.

“그게 정말 있었군요!”

그가 외쳤다.

“아닐세!”

오브라이언은 단호하게 윈스턴의 말을 부정했다. 그러고는 방 한쪽으로 걸음을 옮겼다. 그 벽에는 기억통이 있었다. 오브라이언이 기억통 뚜껑을 열었다. 볼 수는 없지만 그 가벼운 종이쪽지는 뜨거운 기류에 휘말려 화염 속으로 사라질 것이다. 오브라이언이 벽에서 돌아서며 말했다.

“재, 알아볼 수도 증명할 수도 없는 재일세. 먼지인 걸세. 그런 건 세상에 존재하지 않네. 이전에도 결코 존재한 적이 없었네.”

“아닙니다. 존재합니다! 존재해요! 기억 속에 존재한단 말입니다. 저는 기억합니다. 당신도 기억하고 있을 겁니다.”

“나는 기억하지 못하네.”

오브라이언이 말했다.

윈스턴은 가슴이 철렁했다. 이것이 바로 이중사고인가! 그는 완전한 무력감에 빠지고 말았다. 오브라이언이 거짓말을 하고 있다면 문

304

제될 게 없다. 그러나 오브라이언은 정말 그 사진을 기억하지 못하는 것 같았다. 그뿐만 아니라 자신이 부인한 사실마저 기억에서 지워버렸을 것이고, 또 지워버렸다는 사실마저 잊어버렸을 것이다. 그가 자신을 속이는 것이 아니라고 무슨 수로 확신한단 말인가. 어쩌면 환각을 일으킨 존재는 자기 자신일지도 모른다. 윈스턴은 그만 맥이 풀리고 말았다.

오브라이언은 생각에 잠긴 눈빛으로 그를 내려다보았다. 그의 표정은 마치 그 어느 때보다 제멋대로 굴지만 여전히 장래성이 있는 아이 때문에 골머리를 썩는 선생 같았다.

"과거를 지배하는 문제에 대한 당의 슬로건이 있네. 그걸 한번 외워보게나."

"과거를 지배하는 자는 미래를 지배한다. 현재를 지배하는 자는 과거를 지배한다."

윈스턴은 순순히 읊조렸다.

"현재를 지배하는 자는 과거를 지배한다."

오브라이언은 동의한다는 듯 천천히 고개를 끄덕이며 슬로건 뒷부분을 중얼거렸다.

"이보게 윈스턴, 진짜 과거가 존재한다는 것이 자네 의견인가?"

윈스턴은 또다시 무력감에 휩싸였다. 그의 시선이 자동적으로 다이얼에 가서 멈췄다. 그는 고통을 당하지 않으려면 '예'와 '아니오' 중 어떤 것을 선택해야 할지 몰랐다. 그리고 어떤 것이 옳은지 판단할 수도 없었다.

오브라이언이 희미하게 웃으며 말했다.

"윈스턴, 자네는 형이상학자가 아니라네. 지금까지 자네는 '존재'라는 말의 의미를 생각해 본 적이 없을 걸세. 좀 더 자세히 얘기해 볼까? 과거는 구체적으로 공간에 존재하는 것일까? 과거의 사건이 여전히 존재하고 있는 어떤 확고한 객체의 세계가 어딘가에 있을까?"

"없습니다."

"그렇다면 과거라는 것은 대체 어디에 존재하는 건가?"

"기록 속에 존재합니다. 과거는 기록되는 것입니다."

"'기록된다'라. 어디에 기록된다는 얘기인가?"

"마음속에요. 인간의 기억 속에 기록됩니다."

"기억 속이라. 그렇다면 좋네. 우리가 즉 당이 모든 기록을 지배하고 모든 기억을 지배한다면 우리는 과거를 지배하는 것이 되겠군, 안 그런가?"

"그렇지만 사람들이 기억하고 있는 걸 어떻게 멈춘다는 말입니까? 그건 억지로 할 수 없는 일입니다. 있을 수 없는 일입니다. 누가 누구의 기억을 어떻게 지배합니까? 당신들은 결국 내 기억도 지배하지 못했잖습니까?"

윈스턴은 순간적으로 다이얼을 잊고 소리쳤다.

오브라이언의 표정이 다시 굳었다. 그는 다이얼에 손을 대고 말했다.

"자네 또한 그것을 지배하지 못했네. 그래서 여기까지 온 것이라네. 자네는 겸손하지도 않은 데다 자기 수양도 부족해서 이 모양 이꼴이 된 걸세. 자네는 정상적인 사람이라면 마땅히 해야 할 복종도 하지 않았네. 정신 이상이 되어 단 한 사람의 소수파가 되려고 한 것이라네. 오직 자기 수양을 한 사람만이 실재를 볼 수 있지. 윈스턴, 자네는 실재란 객관적이고 외적이며 그 자체로 존재하는 것이라고 생각하고 있네. 실재의 본질은 자명하다고 믿는 것이지. 자네는 자신이 뭔가를 보고 있을 때 다른 사람들도 자네와 똑같은 것을 보고 있다고 생각하겠지? 그러나 윈스턴, 분명히 말해 두지만 실재는 외

306

적인 것이 아닐세. 실재란 어디 다른 장소에 있는 게 아니라 인간의 마음속에 있다네. 그것도 간혹 오류를 범할 수도 있고 경우에 따라서는 사라져버리기도 하는 개개인의 마음속이 아니라, 집단적이고 사라질 일이 없는 당의 마음속에 있다네. 당이 진실이라고 하는 것은 무엇이든 다 진실이라네. 당의 눈을 통해서 보지 않고는 실재를 볼 수 없어. 윈스턴, 이것이 바로 자네가 다시 배워야 할 사실이라네. 이것을 위해서는 자기 파괴의 행위와 굳센 의지 또 노력이 필요하지. 자네가 제정신을 찾으려면 먼저 스스로 겸손해져야 하네."

그는 윈스턴이 이해할 시간적 여유를 주려는 듯 잠시 말을 멈추었다.

"혹시 기억하고 있나? 일기에 '자유는 둘 더하기 둘은 넷이라고 말할 수 있는 것이다.' 라고 썼던 것 말일세."

"네."

윈스턴이 대답했다.

오브라이언은 왼손을 들고 손등 쪽을 윈스턴에게 향하게 하여 엄지손가락을 뺀 나머지 네 손가락을 펴 보이며 물었다.

"지금 펴진 손가락이 몇 개인가?"

"네 개입니다."

"그럼 당이 네 개가 아니라 다섯 개라고 말하면 몇 개가 되나?"

"네 개입니다."

대답이 떨어지기 무섭게 형언하기 힘든 육체적 고통이 엄습해 왔다. 오브라이언이 55에 맞춰진 다이얼을 보여주었다. 온몸에서 일제히 땀이 솟아나왔다. 숨이 가빠지고 이를 악물어도 저절로 신음이 터져 나왔다. 그는 여전히 손가락 네 개를 펴 들고서 윈스턴을 보고 있었다. 오브라이언이 다이얼을 움직였다. 고통의 강도가 조금 느슨해졌다.

"손가락이 몇 개인가, 윈스턴?"

"네 개입니다!"

바늘이 60으로 올라갔다.

"손가락이 몇 개인가?"

"네 개! 네 개가 맞지 않습니까? 네, 네 개입니다!"

다시 바늘이 올라갔지만 몇까지 올라갔는지 볼 수가 없었다. 심각하게 굳은 표정으로 커다랗게 확대되어 보이는 오브라이언의 얼굴과 손가락 네 개가 그의 시야를 가로막고 있었다. 손가락들이 무슨 기둥처럼 크고 흐릿하게 눈앞에서 어른거렸지만, 그것은 분명히 네 개였다.

"다시 말해 보게, 윈스턴. 손가락이 몇 개인가?"

"네, 네 개! 제발 그만, 그만 멈춰주세요! 절더러 어쩌라는 겁니까? 네 개! 네 개입니다!"

"손가락이 몇 개인가?"

"다섯! 다섯! 다섯 개입니다! 으윽!"

"아냐, 윈스턴. 얄은 수작 부려봤자 소용없네. 자네가 지금 거짓말한 걸 나는 알지. 자네는 여전히 네 개라고 생각하고 있네. 자, 손가락이 몇 개인가?"

"네 개! 다섯 개! 아니, 네 개입니다! 맘대로 하세요. 그만, 제발 그만해요!"

윈스턴은 오브라이언에게 안겨 일어나 앉았다. 몇 초 정도 의식을 잃은 모양이었다. 그를 묶고 있던 끈이 느슨해져 있었다. 참을 수 없이 추웠다. 몸이 덜덜 떨리고 위아래 이가 요란하게 맞부딪치고 뺨에는 걷잡을 수 없는 눈물이 줄줄 흘러내렸다. 윈스턴은 어린애처럼 오브라이언에게 매달려 울었다. 자신의 어깨를 감싸 안은 그의 힘센 팔에서 왠지 모를 포근함을 느꼈다. 그는 오브라이언이 자신의 보호자인 것 같다는 생각을 했다. 고통은 다른 곳에서 오는 것이며 그 고통에서 자신을 구할 사람은 다름 아닌 오브라이언이라고 생각되었던 것이다.

"자네는 배우는 것이 영 더디구먼그래."

오브라이언이 상냥하게 말했다.

"어쩔 수 없잖습니까?"

그는 계속 울면서 말했다.

"제 눈앞에 보이는데 어떻게 합니까? 둘 더하기 둘은 분명히 넷입니다."

"이보게 윈스턴, 때로는 그게 다섯일 수도 있다네. 셋일 때도 있고. 때로는 한꺼번에 세 개도 네 개도 다섯 개도 될 수 있는 것이라네. 자네는 더 노력하지 않으면 안 되네. 온전한 정신을 찾는다는 게 그리 쉽지만은 않을 걸세."

그는 윈스턴을 다시 침대에 눕혔다. 느슨해졌던 끈이 꼭 조여지며 윈스턴을 결박했다. 고통은 사라지고 떨리는 것도 멈추었지만, 손가락 하나 까딱할 기운조차 없었고 추운 느낌도 여전했다. 오브라이언은 그때까지 꼼짝 않고 서 있던 흰 가운을 걸친 사내에게 눈짓했다. 그러자 사내는 몸을 굽혀 윈스턴의 눈까풀을 벌려 눈동자를 들여다보고 맥박을 재고 가슴에 귀를 대고 여기저기 두드렸다. 그리고 오브라이언을 보며 고개를 끄덕였다.

"그럼, 다시!"

오브라이언이 말했다.

익숙해질 수 없는 고통이 윈스턴을 휩쓸기 시작했다. 다이얼이 70이나 75쯤에 맞춰진 것 같았다. 그는 눈을 꼭 감았다. 그는 오브라이언의 손가락이 눈앞에 있고 여전히 네 개라는 것도 의식하고 있었다. 윈스턴은 문득 이 고통이 끝날 때까지는 어떻게든 살아남아야 한다고 생각했다. 어찌나 고통스럽던지 자신이 소리 지르는 것조차 몰랐다. 고통이 수그러들었다. 그는 눈을 떴다. 오브라이언이 다이얼을 0으로 돌려놓은 것이었다.

"윈스턴, 손가락이 몇 개인가?"

"네 개, 네 개인 것 같습니다. 그러나 할 수만 있다면 다섯 개로 보고 싶습니다. 다섯 개로 보려고 애쓰고 있습니다."

"어떤 게 맞는 건가? 말로만 다섯 개로 보인다고 하고 싶은 건가 아니면 정말로 그렇게 보고 싶다는 건가?"

"진정 다섯 개로 보고 싶습니다."

"다시!"

오브라이언이 말했다.

아마도 다이얼 바늘이 80~90 정도에 머물러 있을 것이다. 윈스턴은 자신이 왜 이런 고통을 당하고 있는지 정신이 오락가락했다. 꼭 감은 눈꺼풀 뒤에서 수많은 손가락이 춤을 추듯 이리저리 어울려 나타났다가 다시 사라지곤 했다. 그는 이유도 모르는 채 그 손가락들을 세려고 했다. 하지만 그것을 헤아릴 수 없다는 것과 네 개와 다섯 개가 이상하게 엇갈린다는 사실만을 깨달았다. 고통이 다시 멈췄다. 그는 눈을 떴지만 눈을 감고 있을 때와 마찬가지로 수많은 손가락들이 흔들리는 나뭇가지처럼 제멋대로 움직이며 서로 엇갈렸다. 그는 다시 눈을 감았다.

"내가 지금 손가락 몇 개를 들고 있나, 윈스턴?"

"모르겠습니다. 모르겠습니다. 차라리 저를 죽여주세요. 네 개인지, 다섯 개인지, 여섯 개인지 정말 모르겠으니까 차라리……"

"이제 좀 나아졌군."

오브라이언이 말했다.

윈스턴의 팔에 바늘이 꽂혔다. 편안한 온기가 온몸에 퍼졌다. 어느새 고통도 거의 사라졌다. 그는 눈을 뜨고 고마움을 담은 얼굴로 오브라이언을 올려다보았다. 윈스턴은 험상궂고 주름지고 못생겼지만 지적인 풍모를 지닌 그의 얼굴을 보며 마음이 풀어지는 것을 느꼈다. 움직일 수만 있다면 손을 내밀어 오브라이언의 팔이라도 잡았을 것이다. 윈스턴은 그때처럼 그를 깊이 사랑한 적이 없었다. 그것은 그가 고통을 멈춰주었기 때문만은 아니었다. 언제인가 오브라이언이 친구든 적이든 본질적으로는 아무런 관계도 없다고 생각했던 기억이 되살아났다. 오브라이언은 대화를 나눌 만한 사람이었다. 사랑받기보다 이해되기를 바라는 것이 인간의 본성인 것 같았다. 오브라이언은 자신에게 미칠 만큼 고통을 주었고 앞으로도 얼마간은 그럴 것이다. 또 틀림없이 자신을 사형장으로 보낼 것이다. 그래도 상관없었다. 두 사람은 어떤 의미에서 친구보다 더 깊은 사이였다. 실제로 입 밖에 내어 말한 적는 없지만 두 사람은 어디에서 만나더라도 대화를 나눌 수 있을 것이다. 오브라이언도 같은 생각이라는 듯 윈스턴을 보고 있었다. 그는 편안한 담소를 나누는 것처럼 윈스턴에게 물었다.

"윈스턴, 자네가 지금 어디에 있는지 알겠나?"

"잘 모르겠습니다. 애정부가 아닐지 추측될 뿐……."

"그럼, 여기에 온 지는 얼마나 되었는지 알겠나?"

"그것도 모르겠습니다. 며칠인지, 몇 주인지…… 아마 몇 달은 된 것 같습니다."

"우리가 왜 이리로 데려오는지 알 수 있겠나?"

"자백을 받아내기 위해서가 아닙니까?"

"아닐세. 그런 이유 때문이 아닐세. 다시 잘 생각해 보게."

"벌을 주기 위해서입니까?"

"아니야!"

오브라이언이 버럭 소리를 질렀다. 그의 목소리와 함께 표정도 돌연 굳어버렸다.

"그게 아니야! 왜 자네를 이리로 데려왔는지 말해 줄까? 그건 자네를 치료하기 위해서야. 자네를 온전한 정신을 지닌 사람으로 만들기 위해서라고! 윈스턴, 우리가 여기에 데려왔던 사람 가운데 치료되지 않은 사람이 하나도 없다는 것을 납득할 수 있겠나? 우리는 자네가 저지른 어리석은 범죄 따위에는 관심도 없네. 당은 겉으로 드러난 행위에 대해서는 관심을 갖지 않네. 우리가 다루는 것은 오직 정신뿐일세. 우리는 단순히 적을 분쇄하는 것이 아니라 그들을 개조한다네. 내 말의 의미를 이해하겠나?"

그는 윈스턴 쪽으로 몸을 굽혔다. 가까이에서 보니 그의 얼굴이 굉장히 커 보였다. 그리고 밑에서 올려다보아서 그런지 정말로 못생겨 보였다. 게다가 그의 얼굴에는 윈스턴이 이해할 수 없는 흥분과 광기가 짙게 드리워져 있었다. 윈스턴은 또다시 가슴이 내려앉았다. 할 수 있다면 침대 속으로 숨어버리고 싶은 심정이었다. 오브라이언이 흥분에 못 이겨 제멋대로 다이얼을 돌려댈 것만 같았다. 그러나 오브라이언은 몸을 돌려 두어 걸음 옮기더니 아까보다 더욱 침착한 어투로 말을 계속했다.

"우선적 자네가 알아둘 게 있네. 이곳에는 '순교'라는 게 없어. 자네는 과거의 종교 박해를 알고 있겠지. 중세에는 종교 재판이 있었네. 하지만 그건 실패작이었어. 이단자를 뿌리 뽑기 위해 시작된 종교 재판이 오히려 이단을 영구화하는 결과를 초래했기 때문이지. 여러 사람들에게 본보기를 보이기 위해 이단자 한 사람을 화형에 처할 때마다 다른 수천 명이 들고 일어났다네. 왜 그랬는지 아는가? 그것은 종교 재판이 그들의 적을 공개적으로, 그것도 회개를 받아내지 못한 채 죽였기 때문일세. 사실 그들이 끝까지 회개하지 않았기 때문에 죽인 것이지. 그들은 저마다 자신의 신념을 끝까지 포기하지 않았기 때문에 죽어갔다는 말일세. 따라서 '순교자'라는 명칭도 있다시피 모든 영광은 희생자들에게 돌아갔고 그들에게 화형을 선고한 재판관들에게는 비난만 퍼부어졌다네. 20세기에 이르러 소위 전체주의자라는 사람들이 나타났네. 독일의 나치와 소련의 공산주의자들이지. 소련의 통치자들은 종교 재판과 비교할 수 없는 참혹한 방법으로 이단자들을 처형했네. 그들은 과거의 실패로부터 많은 것을 배웠다고 생각했고 실제로 순교자를 만들어서는 안 된다는 걸 알고 있었네. 그들은 희생자들을 인민재판에 회부하기 전에 그들의 위엄을 완전히 제거하는 주도면밀한 작업을 했네. 희생자들은 그들의 신념과 관계없이 고문과 감금으로 만신창이가 되어 비열하게 권력에 굽실거리는 비참한 존재로 전락해 갔네. 그들은 자기만 살겠다고 무엇이든 다 털어놓고 동지를 비난하고 고자질하며 살려달라고 애걸복걸하였네. 그러나 이 경우 또한 몇 년이 지난 후에는 종교 재판과 똑같은 결과가 나타났어. 죽은 자들은 순교자로 추앙되고, 그들에 대한 경멸도 잊게 되었단 말일세. 자네는 왜 그렇게 되었다고 생각하는가? 무엇보다 그들의 자백이 강제적인 것이었고 자백의 내용도 허위였기 때문일세. 우리는 그런 실수를 저지르지 않는다네. 이곳서 얻는 자백은 모두 진실뿐이지. 우리가 진실을 만드는 걸세. 무엇보다 우리는 죽은 자들이 다시는 반항하지 못하도록 하고 있다네. 억울하게 죽어간 선조를 후손이 옹호해 주리라고 기대해서는 안 되네. 윈스턴, 자네 후손들은 자네에 대한 이야기를 전혀 들을 수 없을 걸세. 자네는 역사의 흐름 속에서 깨끗이 삭제되어 버리는 것이라네. 공기처럼 먼 하늘로 사라져버리는 거지. 자네에 대해 남는 것은 아무것도 없네. 자네의 이름이 기록되지 않는 것은 물론이고 살아 있는 사람들의 기억 속에서도 자네는 사라지게 되네. 자네는 미래에서처럼 과거에서도 완전히 지워질 걸세. 결국 자네는 언제고 어디서고 전혀 존재한 적 없는 무인이 되는 것이라네."

그렇다면 왜 그렇게 시간과 노력을 들여가며 나를 고문하고 괴롭히는 것인가. 윈스턴은 그런 생각이 들었다. 윈스턴이 입 밖으로 말하기라도 한 것처럼 오브라이언은 걸음을 멈췄다. 그러고는 윈스턴에게로 다가와 의미심장하게 뜬 가느다란 눈과 못생긴 얼굴을 그에게 들이댔다.

"자네는 생각하겠지. 우리가 자네를 완전히 지워버릴 것이라면 자네의 말이나 행동에 아무 의미도 없어지는데 무엇 때문에 굳이 자네를 괴롭히는지 말이야. 그 생각을 하고 있었지, 안 그래?"

"그렇습니다."

윈스턴은 하릴없이 수긍했다. 오브라이언이 슬쩍 미소 지었다.

"윈스턴, 자네는 견본품에 생긴 흠집과 같네. 한마디로 씻어버려야 할 오점 말일세. 우리는 과거의 처형자들과는 다르다고 방금 말하지 않았나? 우리는 소극적인 복종이나 비굴한 항복 따위로는 절대로 만족하지 못하네. 자네가 우리에게 항복을 해도 그건 어디까지나 자네의 자유 의지에 따른 것이 되어야 하네. 우리는 우리에게 반항하기 때문에 이단자들을 처형하는 게 아니야. 오히려 반항하는 한 처형하지 않는다는 게 우리의 원칙이라네. 우리는 그들을 전향시키고 정신을 장악함으로써 새 사람으로 만든다네. 그렇게 해서 그들의 모든 죄와 환상을 불태워버리지. 겉모양만 아니라 그들의 마음과 영혼까지 진짜 우리 편으로 만든다, 이 말일세. 그들을 죽이기 전에 우리와 똑같은 사람으로 만드는 걸세. 비록 알려지지도 않고 그 영향력 또한 미미하다 할지라도 잘못된 생각이 이 세상 어딘가에 존재한다는 건 참을 수 없는 일이니까. 그 누구도 죽음에 이르는 순간까지 한 치의 탈선도 용납하지 않는 것이 우리의 노선일세. 예전에는 이단자들이 여전히 이단자인 채 화형장으로 끌려가는 일이 가능했네. 그들은 스스로 이단자임을 선언하며 희열에 찬 상태에서 처형당했지. 소련에서 숙청당한 희생자들도 처형장에 끌려가는 순간까지 반항 의식을 가지고 있었네. 그러나 우리는 처형하기 전에 두뇌를 완전히 개조시킨다는 점에서 다르다네. 옛날 전제 군주의 명령은 '너희는 이렇게 해서는 안 된다.' 는 것이었고, 전체주의자의 명령은 '너희는 이렇게 해야 한다.' 는 것이었지. 그러나 우리의 명령은 '너희는 이렇게 만들어져 있다.' 는 것이라네. 이곳에 끌려온 사람치고 우리에게 끝까지 맞선 사람은 단 한 명도 없었네. 모두가 완전무결하게 세뇌되었거든. 자네가 한때 무죄라고 믿었던 존스, 아론슨, 러더퍼드도 결국은 굴복했다네. 나도 그 심문에 직접 관여했지. 그들 역시 시간이 갈수록 약해지더니 울고불고 벌벌 기었다네. 하지만 그건 고통이나 공포 때문이 아니었네. 진정으로 회개했기 때문에 그랬던 걸세. 심문이 끝날 무렵 그들은 한낱 인간의 껍데기에 불과했다네. 그들에게 남은 것이라고는 자신들이 범한 과오에 대한 슬픔과 빅 브라더에 대한 말할 수 없는 사랑뿐이었네. 그들이 얼마나 빅 브라더를 사랑하게 되었는지 자네도 그 모습을 보았다면 감동했을 걸세. 그들은 자기들의 마음이 순결해진 그 시점에 죽을 수 있도록 어서 죽여달라고 애원했고, 그래서 그렇게 죽을 수 있었던 거라네."

오브라이언의 음성은 꿈을 꾸는 상태에서 말하는 것 같았다. 그의 얼굴에는 여전히 흥분과 광기가 짙게 드리워져 있었다. 윈스턴은 그의 말이 거짓이라고 생각하지 않았다. 그는 위선자가 아니다. 그는 자신의 말을 고스란히 믿고 있었다. 무엇보다 윈스턴을 짓누르는 것은 지적 열등감이었다. 윈스턴은 앞뒤로 왔다 갔다 하느라고 시야에 나타났다 사라지는 그의 듬직하고 품위 있는 모습을 유심히 지켜보았다. 윈스턴이 보기에 오브라이언은 어느 모로 보나 자기보다 훨씬 위대한 사람이었다. 지금까지 그가 알고 있던 어떤 사상도 이미 오래전에 오브라이언이 자기 것으로 흡수하지 못한 건 하나도 없었다. 그의 사상은 윈스턴을 완벽하게 뛰어넘은 상태였다. 어떻게 오브라이언은 미치지 않을 수 있을까? 속절없이 미친 사람은 윈스턴 자신이다. 오브라이언은 걸음을 멈추고 그를 내려다보았다. 그의 음성이 다시 무거워졌다.

"자네가 우리에게 완전히 항복한다고 해서 살아남으리라고는 기대하지 말게, 윈스턴. 우리가 과오를 범했던 사람을 살려준 예는 지금껏 단 한차례도 없었네. 그리고 만일 우리가 자네를 명대로 살도록 내버려둔다 해도 자네는 결코 우리에게서 벗어날 수 없네. 이곳에서 자네에게 일어난 일은 앞으로도 영원히 계속될 걸세. 미리 알아두게나. 우리는 자네가 다시는 회복될 수 없을 정도로 파괴시켜 버릴 거라네. 천 년을 산다고 해도 결코 회복될 수 없는 일들이 생길 거야. 자네는 보통 사람들이 갖는 감정들을 다시는 느끼지 못할 걸세. 사랑도 우정도 삶의 기쁨도 웃음이나 호기심도 용기나 충성심도 다시는 느끼지 못할 걸세. 텅 비게 된다고나 할까. 우리는 일단 자네를 텅 비게 만들고 그다음에 우리와 같은 것으로 채울 걸세."

오브라이언은 말을 멈추고 흰 가운의 사내에게 손짓을 보냈다. 윈스턴은 머리 뒤쪽으로 묵직한 기계가 들어오는 것을 느꼈다. 오브라이언이 침대 옆에 앉았다. 이제 그들의 눈높이는 거의 비슷했다.

"3천."

오브라이언은 윈스턴의 머리맡에 있는 흰 가운의 사내에게 지시했다. 분첩처럼 약간 축축하고 부드러운 헝겊 패드 두 개가 윈스턴의 양쪽 광대뼈에 와 닿았다. 새로운 고통이 느껴졌다. 그는 두려워졌다. 오브라이언은 안심을 시키듯 윈스턴의 손을 잡고 상냥하게 말했다.

"이번에는 아프지 않을 걸세. 내 눈만 똑바로 쳐다보고 있게."

그의 말이 떨어지자마자 굉장한 폭발이, 아니 소리가 났는지 안 났는지는 모르겠지만 순간적으로 번쩍하는 불빛이 일었다. 이번에는 특별히 아픈 곳은 없었지만 왠지 맥이 탁 풀렸다. 아까부터 누워 있었지만 방금 전에 세게 얻어맞아 뻗어버린 기분이었다. 고통 없는 어마어마한 충격이 그를 완전히 뻗게 만든 것이었다. 그리고 그의 머릿속에서도 무엇인가가 일어났다. 초점이 잡히자 그는 자신이 누구인지, 여기는 어디인지, 자기를 쳐다보는 사람이 누구인지 기억할 수 있었다. 하지만 머릿속에서 무엇인가가 빠져나가고 휑한 공간이 생긴 것 같아 허전한 기분이 들었다.

"오래 걸리지 않을 걸세. 계속 내 눈을 보게. 지금 오세아니아는 어느 나라와 전쟁을 하고 있나?"

오브라이언이 물었다.

윈스턴은 잠시 생각했다. 그는 오세아니아가 무엇을 뜻하고 있으며 자신이 오세아니아 국민이라는 것을 알고 있다. 유라시아와 동아시아에 대해서도 알고 있다. 하지만 어느 나라가 어느 나라와 전쟁을 하고 있는지는 알 수 없었다. 사실 전쟁이 벌어지고 있다는 것조차도 모르고 있었다.

"모르겠습니다."

"오세아니아는 현재 동아시아와 전쟁을 하고 있네. 이제 기억하나?"

"네."

"오세아니아는 항상 동아시아와 전쟁을 해왔네. 자네가 태어난 이후부터, 당이 출범한 뒤부터, 역사가 시작되면서부터 전쟁은 한 번도 중단되지 않고 똑같은 형태로 계속되어 왔네. 기억하겠나?"

"네."

"자네는 11년 전에 반역죄로 처형된 세 사람에 대해서 그럴듯한 전설을 꾸며냈네. 그들의 무죄를 증명할 수 있는 신문지 조각을 본 것으로 착각했지. 그러나 그런 신문지 조각은 애당초 없었네. 자네는 스스로 그런 상황을 꾸며냈고 나중에는 그 일이 실제로 있었다고 믿었단 말일세. 이제 자네는 그 얘기를 처음 꾸며냈던 때가 기억나고 있어, 그렇지?"

"네."

"나는 아까 손가락을 자네에게 펴 보였네. 그때 자네는 손가락을 다섯 개로 보았어. 기억하는가?"

"네."

오브라이언은 아까처럼 엄지손가락을 감춘 채 네 개의 손가락을 들어 보였다.

"자, 손가락이 몇 개인가? 다섯 개? 손가락 다섯 개가 보이나?"

"네."

윈스턴은 틀림없이 그렇게 보았다. 그의 정신 상태가 바뀌기 전, 한순간이나마 손가락이 다섯 개로 보였던 것이다. 기형적이라는 생각도 들지 않았다. 그러더니 다시 정상적인 상태로 돌아왔다. 그전에 느꼈던 공포와 증오와 당혹감이 그를 에워싸기 시작했다. 그러나 30초쯤이나 될까 얼마나 지속되었는지 명확하지는 않지만 눈부신 확신의 순간이 있었다. 오브라이언의 새로운 가르침이 윈스턴의 머릿속 텅 빈 곳을 채워 절대적인 진리가 되고 둘 더하기 둘이 필요에 따라서는 셋도 다섯도 될 수 있다는 것을 확신하게 되는 순간이 있었다. 그러나 오브라이언이 손가락을 내리기도 전에 그 순간이 사라져버렸다. 비록 그런 순간이 다시 오지는 않겠지만 분명히 그도 그 순간을 기억할 터였다.

"이제 그런 것이 가능하다는 것을 충분히 알았겠지?"

오브라이언이 물었다.

"네."

윈스턴이 대답했다.

오브라이언은 만족스러운 표정으로 일어났다. 윈스턴은 흰 가운을 입은 사내가 왼쪽에서 주사약 앰플 주둥이를 깨고 주사기로 약을 빨아들이고 있는 모습을 보았다. 오브라이언이 미소를 띠며 윈스턴 쪽으로 돌아섰다. 그리고는 습관대로 콧잔등 위에 흘러내린 안경을 고쳐 썼다.

"자네가 일기장에 자네를 이해할 수 있고 자네와 대화를 나눌 수 있는 사람이라면 내가 적이든 친구이든 상관없다고 썼던 것을 기억하나? 자네가 옳았네. 나는 자네와 얘기하는 것이 즐거워. 우리는 서로 통하는 구석이 있네. 자네가 제정신이 아니라는 것만 빼면 자네의 사고는 나와 비슷하다고 할 수 있지. 자, 이야기를 마치기 전에 질문이 있으면 해보게."

"아무것이나 괜찮습니까?"

"무엇이라도."

오브라이언은 윈스턴이 다이얼을 흘낏거리는 것을 보았다.

"괜찮네. 이제 저건 꺼버렸으니까. 자, 첫 질문이 뭔가?"

"줄리아는 어떻게 됐습니까?"

윈스턴이 물었다.

오브라이언은 다시 미소를 지었다.

"그 여자는 자네를 배신했네, 윈스턴. 그것도 쉽게 조금도 망설이지 않고. 나도 그렇게 빨리 돌아서는 사람은 처음 보았네. 이제는 자네가 그 여자를 본다고 해도 알아볼 수 없을 걸세. 그녀의 반항적 태도나 기만, 우매, 불결한 정신…… 모든 것이 깨끗이 소멸되었거든. 완벽히 전향한 것이라네. 아주 모범적인 예라고 할 수 있지."

"고문을 했겠군요."

그 질문에는 대답이 없었다.

"다음 질문은……?"

"빅 브라더는 존재합니까?"

"물론 존재하지. 당도 존재하고 말일세. 빅 브라더는 당의 구현체
(具現體)라고 할 수 있네."

"제가 이렇게 존재하듯 그도 존재합니까?"

"자네는 존재하지 않네."

오브라이언이 말했다.

다시 한 번 무력감이 윈스턴을 엄습했다. 그는 자신이 존재하지
않는다고 증명하는 논점을 알고 있었다. 적어도 그것을 추측할 수는
있었다. 하지만 그건 당찮은 말장난에 불과하다. "자네는 존재하지
않네."라는 말 자체가 논리적으로 허황되지 않던가? 그러나 윈스턴
이 그런 생각을 말해 봤자 무슨 소용이 있겠는가? 그는 오브라이언
이 대응조차 필요 없는 기상천외한 논리를 펼치며 자신을 꼼짝 못하
게 할 것이란 생각이 들자, 그만 주눅 들고 말았다.

"저는 제가 존재한다고 생각합니다."

윈스턴은 힘없이 말했다.

"저는 제 자신을 의식하고 있습니다. 저는 태어났고 언젠가는 죽
을 겁니다. 팔다리도 있습니다. 저는 공간의 한 부분을 차지하고 있
습니다. 따라서 다른 물체가 제가 차지하고 있는 부분을 동시에 차
지할 수는 없습니다. 그런 의미로 볼 때 빅 브라더는 존재합니까?"

"그런 건 중요하지 않네. 빅 브라더는 존재해."

"빅 브라더도 죽게 될까요?"

"천만에, 죽지 않네. 어떻게 죽을 수 있겠나? 다음 질문은?"

"형제단은 존재합니까?"

320

"윈스턴, 자네는 영원히 알 수 없을 걸세. 자네가 풀려나고 아흔 살까지 산다 해도 그 질문에 대한 해답만은 영원히 얻을 수 없을 거라네. 자네가 살아 있는 한 그것은 자네의 마음속에서 풀리지 않는 수수께끼가 될 테지."

윈스턴은 입을 다물었다. 고동이 조금 빨라졌다. 그는 사실 맨 먼저 묻고 싶었던 것을 아직 묻지 않았다. 이제 그걸 물어봐야 한다. 그러나 혀가 굳어버린 것 같았다. 오브라이언의 얼굴에 유쾌한 표정이 떠올랐다. 그의 안경마저도 윈스턴을 조롱하는 것처럼 번뜩였다. 윈스턴은 자기가 무엇을 물어보려는지 오브라이언은 이미 알고 있다는 생각을 했다. 그러자 저절로 말이 튀어나왔다.

"101호실에는 무엇이 있습니까?"

오브라이언의 표정에는 조금의 변동도 없었다. 그는 냉담하게 대답했다.

"자네는 101호실에 무엇이 있는지 이미 알고 있네. 그건 모든 사람들이 다 알고 있는 것일세."

오브라이언은 흰 가운을 입은 사내에게 손을 들어 보였다. 이제 심문이 마지막 단계에 도달한 것이다. 주삿바늘이 윈스턴의 팔에 꽂혔다. 윈스턴은 곧 깊은 잠 속으로 빠져 들어갔다.

3

　"자네가 정상인으로 회복되기 위해서는 세 단계를 거쳐야 하네. 학습, 이해, 수용의 순서로 말일세. 지금부터 자네는 학습의 단계를 밟게 되네."

　오브라이언이 말했다.

　윈스턴은 평소처럼 등을 딱 붙이고 반듯하게 누워 있었다. 그러나 요즘 들어 그를 묶은 끈이 꽤 느슨해진 편이었다. 무릎을 약간 움직일 수 있었고 고개도 옆으로 돌릴 수 있었으며 팔도 팔꿈치 정도까지 올릴 수 있었다. 다이얼에 의해 겪는 고통도 점차 줄어들었다. 눈치껏 요령을 피우면 어느 정도는 충격적인 고통도 피할 수 있었다. 그러나 오브라이언은 그가 어리석게 군다 싶으면 가차 없이 다이얼의 숫자 바늘을 올려버렸다. 하지만 이따금씩 다이얼을 사용하지 않고 심문을 마칠 때도 있었다. 윈스턴은 그동안 몇 차례의 심문을 받았는지 헤아릴 수가 없었다. 심문 기간도 알 수 없기로는 매한가지였다. 심문의 전 과정은 꽤 오랫동안, 아마도 몇 주 동안에 걸쳐서 진행되는 것 같았다. 심문과 심문 사이의 간격은 일정치 않았다. 어떤 때는 하루걸러 한 번씩 심문 받을 때도 있었지만 한두 시간 만에 또다시 받을 때도 있었다.

"누워 있다 보면 무엇 때문에 애정부가 이토록 많은 시간을 들여서 자네를 괴롭히는지 궁금해질 걸세. 아마 자네는 이곳에서 풀려난다 하더라도 똑같은 문제로 고민하게 될 걸세. 자네는 자네가 살고 있는 사회 구조는 알 수 있지만, 그 밑바닥에 깔린 동기는 알 수 없다네. 자네는 일기장에 자신이 '어떻게'에 대해서는 알고 있지만 '왜'에 대해서는 알 수 없다고 쓴 적이 있지. 기억하나? 그리고 자네는 '왜'에 대해 생각하는 순간 자신의 정신 상태가 온전한 것인지 의심했다네. 자네는 그 책, 그러니까 골드스타인이 썼다는 책을 읽었네. 일부분이라도 말일세. 하지만 그 책이 자네가 생각지도 못한 부분을 가르쳐주던가?"

"당신도 그 책을 읽었습니까?"

윈스턴이 반문했다.

"내가 그걸 썼네. 아니 정확히 말하자면 그걸 쓰는 데 한 몫 거들었다고 해야겠군. 자네도 알고 있겠지만 어떤 책도 개인적 저술로는 발간될 수 없지 않나."

"그 내용들이 사실입니까?"

"해설 자체는 옳다고 볼 수 있네. 그러나 거기에 제시된 계획은 허무맹랑한 소리에 불과해. 비밀리에 지식을 쌓고 점차적으로 일깨워진 노동자들의 주도하에 반란이 일어나서 당이 전복된다는 계획 말일세. 자네도 그것이 어떤 의미인지 예측했겠지만 정말 허무맹랑한 소리라네. 노동자들은 몇 천 년이 지나도 반란을 일으키지 못해. 일으킬 수가 없네. 자네도 잘 알고 있을 테니 그 이유를 군이 설명하지는 않겠네. 만일 자네가 노동자들 즉 무산계급의 폭동이 일어날 것을 기대했다면 이쯤에서 그만 단념하길 바라네. 당의 지배는 영원할 뿐, 당을 전복시킬 방법은 없어. 자네의 모든 생각이 거기서부터 시작되어야 한다네."

그는 윈스턴이 있는 침대로 다가오면서 당은 영원하다는 것을 다시 한 번 강조했다.

"자, 그럼 이제 '어떻게' 즉 '방법'과 '왜' 즉 '이유'의 문제로 돌아가 보세. 자네는 당이 어떻게 권력을 유지하는 것인지 잘 알고 있다고 했네. 그럼 우리가 왜 권력에 집착하는지 말해 보게. 우리의 근본적인 동기는 무엇이라고 생각하나? 우리는 왜 권력을 원하는 걸까? 자, 어서 말해 보게."

윈스턴은 잠시 말문을 열지 않았다. 전신의 피로가 그를 무겁게 짓누르고 있었다. 차오르는 열정에 점점 짙어지는 광기가 오브라이언의 얼굴에 번져가고 있었다. 윈스턴은 오브라이언이 무슨 말을 하는지 이미 알고 있었다. 그는 이렇게 말할 것이다. 당이 권력을 추구하는 건 권력 자체를 위해서가 아니며 다수의 행복을 위한 것이다. 일반적으로 인간이란 나약하고 비겁한 동물이기 때문에 자유를 감당할 수도 없을 뿐더러 진리와 대결할 용기도 없다. 당이 권력을 추구하는 것은 인간 자체가 자기보다 더 강한 존재에 의해 지배당하고 체계적으로 기만당하면서 살도록 되어 있기 때문이다. 대부분의 인간은 자유와 행복 중 하나를 선택해야 할 때 행복을 택한다. 당은 그런 약자들의 영원한 수호자고 약자들의 행복을 위해 자신의 행복을 기꺼이 희생하며 선을 구현하기 위해 악을 행하는 헌신적인 집단이다. 윈스턴은 왈칵 두려움을 느꼈다. 오브라이언이 정말로 그렇게 말한다면 자신은 그대로 받아들이고 믿는 수밖에 없기 때문이었다. 오브라이언의 표정을 보니 그 두려움이 더욱 뚜렷하게 현실로 다가오는 것 같았다. 오브라이언은 모든 것을 알고 있다. 세상이 어떻게 돌아가는지, 대다수의 인간들이 얼마나 퇴화된 삶을 사는지, 당이 어떤 거짓과 야만적인 행위로 그들을 그런 상태에 머물도록 구속하는지를 윈스턴보다 수천 배는 더 잘 알고 있었다. 윈스턴은 모든 것을 알고 이해했지만 달라질 것은 아무것도 없었다. 모든 것은 궁극적인 목적에 따라 정당화될 것이다. 자신보다 훨씬 더 지성적이고 자신의 이야기를 잘 들어주면서도 계속 자기의 미친 사상을 고집하는 이 미치광이를 어떻게 상대하겠는가. 윈스턴은 결국 힘없는 목소리로 입을 열었다.

"당신들은 우리 자신의 이익을 위해서 우리를 지배하고 있습니다. 당신들은 인간이 스스로를 다스릴 수 없다고 믿고 있습니다. 그래서……"

윈스턴은 소스라쳐 비명을 지를 뻔했다. 격심한 고통이 그의 몸을 뚫고 들어왔다. 오브라이언이 다이얼 바늘을 35로 옮겨놓았던 것이다.

"멍청한 친구 같으니라고! 윈스턴, 자네가 아는 것은 그 정도가 아니야!"

그는 다이얼 작동을 멈추고 다시 말을 이었다.

"자, 내가 그 답을 말해 주지. 바로 이걸세. 당은 오직 권력 그 자체의 이익을 위해 권력을 추구하는 거란 말일세. 우리는 타인의 행복 따위에는 관심도 없네. 오로지 권력에만 관심을 둘 뿐이네. 재산도 사치도 장수도 행복도 아닐세. 오직 권력, 순수한 권력만 원할 뿐이네. 순수한 권력이란 어떤 것이냐고 묻고 싶겠지? 자네도 곧 알게 될 걸세. 우리는 우리 자신이 무엇을 하는지 알고 있다는 점에서 과거의 과두 정치 주인공들과는 다르다네. 우리와 비슷하건 말건 과거 사람들은 비겁자에 위선자들이었네. 독일의 나치와 소련의 공산당이 방법적인 면에서는 우리와 흡사하지만 그들에게는 자신들의 권력에 대한 동기를 인정할 만한 용기가 없었네. 그들은 인간이 자유롭고 평등하게 살 수 있는 낙원이 올 것이라고 선전하며 자신들은 불가피하게 한시적인 권력을 장악하는 것이라고 떠들어댔네. 어떤 면에서는 그들도 그렇게 믿었다네. 하지만 우리는 그들과는 달라. 누구든 권력을 장악하면 그것을 놓치려 하지 않는 법이지. 권력은 수단이 아닐세. 목적 그 자체란 말이네. 혁명을 이끌기 위해 독재하는 것이 아니라 독재하기 위해 혁명을 일으키는 걸세. 박해의 목적은 어디까지나 박해일 뿐, 그 이상도 그 이하도 아니라네. 고문의 목적도 고문이라는 데는 이론(異論)이 있을 수 없네. 마찬가지로 권력의 목적은 권력 그 자체가 되는 걸세. 이제 내 말을 이해하겠나?"

윈스턴은 오브라이언의 얼굴에 피곤이 감도는 것을 보고 놀랐다. 조금 전까지만 해도 그의 얼굴은 탄탄하고 짐승처럼 억세 보이면서도 지성과 절제된 열정으로 가득 차 있었다. 그러나 지금은 어딘가 지쳐 보였다. 눈 밑에는 거무스름한 그림자가 드리워졌고 광대뼈 아래로는 탄력 잃은 살가죽이 축 늘어져 있었다. 오브라이언은 윈스턴에게 몸을 굽혀 피곤해 보이는 얼굴을 가까이 댔다.

"자네는 지금 내 얼굴이 늙고 피곤해 보인다는 생각을 하고 있군. 그래, 내가 권력에 대해 이러쿵저러쿵 지껄여대고 있지만 자신의 육체가 스러져가는 것은 막을 수 없을 것이라고 생각할 테지. 윈스턴, 자네는 개인이란 단지 하나의 세포에 지나지 않는다는 사실을 알고 있는가? 세포의 쇠멸을 통해서 유기체는 활력을 유지한다네. 손톱을 깎았다고 죽지는 않잖나?"

오브라이언은 윈스턴의 침대에서 몸을 돌리고 한 손을 주머니에 찌른 채 왔다 갔다 하기 시작했다.

"우리는 권력을 섬기는 성직자일세. 우리의 신(神)은 권력이라네. 자네가 보기에 권력이란 그저 말에 불과할 테니 이제는 자네가 권력의 의미에 대해 생각해 보게나. 우선적으로 알아야 할 것은 권력이란 집단적 속성을 지녔다는 사실일세. 개인은 오직 개인이기를 포기할 때만 권력을 소유하게 되는 것이네. '자유는 예속'이라는 당의 슬로건을 잊지 않았겠지? 혹시 그것을 뒤집어서 생각해 본 적이 있나? '예속은 자유'라고 말일세. 인간은 혼자일 때 즉 자유로울 때는 언제나 패배하기 마련이네. 왜냐하면 인간은 누구나 죽을 운명에 처해 있고 죽음은 가장 큰 패배기 때문에 그렇게 말할 수 있는 걸세. 그러나 만약 인간이 완전하고도 명백하게 복종함으로써 자신의 존재를 버리고 당에 몰입하여 스스로 당이 된다면, 그때야말로 전지전능하고 불멸의 존재가 되는 것이라네. 두 번째로 자네가 알아야 할 것은 권력이란 곧 인간에 대한 권력이란 점일세. 권력은 인간의 육체뿐 아니라 특히 정신을 지배해야 한다는 말이네. 사물에 대한 권력, 자네 식으로 말하자면 외적 실재에 대한 권력, 그건 중요하지 않아. 사물에 대한 우리의 권력은 이미 절대적이니 말일세."

윈스턴은 잠시 다이얼을 망각했다. 그는 몸을 일으켜 앉으려고 애를 써보았으나 움직이려 하면 할수록 굳어버린 관절에 통증이 더할 뿐이었다.

"대체 어떻게 사물을 지배할 수 있단 말입니까? 날씨나 중력의 법칙도 지배할 수 없고 게다가 질병과 고통, 죽음……"

오브라이언이 손짓으로 윈스턴의 말을 막았다.

"우리는 인간의 정신을 지배함으로써 사물을 지배한다네. 실재란 인간의 뇌 속에 있거든. 자네도 차츰 알게 될 걸세. 우리가 할 수 없는 일은 없다네. 우리 자신이 남의 눈에 보이지 않게 할 수도 있고 공중을 날 수도 있네. 그 밖에도 무엇이든 할 수 있네. 원하기만 하면 나는 비눗방울처럼 이 방에서 둥둥 떠다닐 수도 있네. 당이 원하지 않아서 하지 않을 뿐이야. 자네는 자연의 법칙에 대한 19세기적 사고방식부터 버려야 하네. 자연의 법칙은 우리가 창조하는 걸세."

"말도 안 됩니다! 당신들은 이 지구조차 지배하지 못하고 있잖습니까? 유라시아와 동아시아는 뭡니까? 당신들은 아직 다른 나라마저 정복하지 못했잖습니까?"

"쓸데없는 소리! 다 때가 되면 우리는 그들을 정복할 걸세. 우리가 설령 그들을 정복하지 못한다 하더라도 그게 뭐 어떻다는 겐가? 우리는 마음만 먹으면 그들을 당장이라도 멸망시킬 수 있네. 오세아니아가 곧 세계란 말일세."

"그렇지만 엄밀히 얘기하면 지구 자체도 하나의 흙덩어리에 불과합니다. 그리고 인간은 작고 무력합니다. 도대체 지구상에 인간이 존재하기 시작한 게 얼마나 되었습니까? 수백만 년 동안 이 지구에는 인간이 살고 있지 않았습니다."

"헛소리 집어치우게. 지구의 나이는 우리와 같네. 어떻게 지구가 우리보다 더 오래될 수가 있겠나? 인간의 의식을 통하지 않고서는 그 무엇도 존재할 수 없다네."

"하지만 인간이 출현하기 훨씬 이전에도 지구상에는 매머드나 마스토돈 그리고 거대한 파충류들이 살고 있었습니다. 멸종된 동물들의 존재는 지구 곳곳에서 발견되는 화석으로도 확인할 수 있습니다."

"이보게, 윈스턴. 자네는 그 뼈들을 직접 본 적이 있는가? 물론 없을 테지. 그건 모두 19세기의 생물학자들이 조작해 낸 걸세. 인류가 출현하기 이전에는 아무것도 없었네. 인류에게 종말이 온다면 그때는 지구상에 아무것도 존재할 수 없게 되는 걸세. 내 말은 인간을 떠나서는 아무것도 존재할 수가 없다는 얘기일세."

"그렇지만 지구 바깥에는 우주가 있습니다. 별들을 보십시오! 어떤 별은 지구로부터 백만 광년이나 떨어져 있습니다. 그것들은 영원히 인간 능력의 한계 밖에서 존재할 겁니다."

"별이란 게 무엇인가?"

오브라이언은 싸늘한 어조로 말했다.

"그것들은 강 건너의 불에 불과해. 물론 원할 경우 우리는 거기에 갈 수도 있네. 또한 없애버릴 수도 있고. 지구가 우주의 중심이라는 것을 모르겠나? 해와 별들이 지구 주위를 돌고 있는 것을 보면 모르겠나?"

윈스턴은 정말로 미쳐버릴 것만 같았다. 또다시 몸을 움직이려 했다. 그러나 이번에는 아무 말도 하지 않았다. 오브라이언은 마치 반박에 대한 대답이라도 하듯 말을 계속했다.

"물론 어떤 면에서 내 말은 진실이 아닐 수도 있네. 바다를 항해하거나 일식을 예보할 때는 지구가 태양 주위를 돌고 별들이 수백억 킬로미터나 떨어졌다고 생각하는 게 편리하지. 하지만 그게 다 무슨 상관이란 말인가? 자네는 천문학의 이원적 체계가 불가능하다고 생각하는가? 별들은 우리 필요에 따라 얼마든지 가까이 있을 수도 있고 멀리 있을 수도 있는 걸세. 우리 수학자들이 그 정도의 일도 못할 줄 아나? 이중사고라는 말을 잊은 건가?"

윈스턴은 몸이 오그라드는 것 같았다. 그가 뭐라고 말하든 오브라이언은 단칼로 내려치듯 재빠르게 대응하여 꼼짝 못하게 만들었다. 하지만 윈스턴은 자신이 옳다는 것을 알고 있었다. 그는 오브라이언의 신념이 허위라는 것을 증명할 방도가 있어야 한다고 생각했다. 그런 생각이 오류라는 것은 이미 오래전에 밝혀졌다. 지금은 기억할 수 없지만 그 잘못된 신념은 명칭도 있었다. 그를 내려다보는 오브라이언의 입가에 의미를 알 수 없는 미소가 어려 있었다.

"윈스턴, 형이상학은 자네에게 주안점이 못 될 거라고 말하지 않았던가? 자네가 지금 생각해 내려고 애쓰는 말은 유아론(唯我論)일세. 그러나 자네는 잘못 알고 있을 뿐이야. 내가 말하고자 하는 것은 유아론이 아닐세. 자네의 표현 방식대로 하자면 '집단적 유아론'이라고나 할까? 하지만 그렇게 표현한다 하더라도 내 얘기하고는 다르지. 사실은 정반대일세. 얘기가 좀 빗나갔군."

오브라이언은 어조를 바꾸고 말을 이었다.

"진정한 권력, 우리가 밤낮으로 추구해야 하는 권력은 사물에 대한 것이 아니라 인간에 대한 권력이라네."

그는 말을 멈추고 재능 있는 학생에게 질문을 하는 선생 같은 표정을 지었다.

"윈스턴, 어떻게 하면 타인에게 자신의 권력을 행사할 수 있겠나?"

윈스턴은 잠시 생각에 잠겼다가 대답했다.

"타인에게 고통을 가함으로써 가능하겠지요."

"바로 그걸세. 타인에게 고통을 가함으로써 권력을 행사할 수 있는 것이지. 복종하게 만드는 것으로는 충분하지 않네. 고통을 주지 않는다면 권력자의 뜻에 복종하는지 안 하는지 어떻게 알 수 있겠나? 권력은 고통과 모욕을 주는 데에서 존재하는 걸세. 그리고 권력은 인간의 마음을 산산조각으로 깨부수고 권력자가 원하는 형태대로 다시 뜯어 맞추는 것이라네. 어떤가, 이제 우리가 창조하려는 세계를 좀 알겠나? 이것은 과거의 어리석은 개혁자들이 꿈꾸던 쾌락주의적 유토피아와는 정반대의 것이지. 이것은 공포와 반역과 고뇌의 세계라네. 짓밟고 짓밟히는 세계며 세련되어질수록 더욱더 무자비해지는 세계라네. 그 세계에서의 진보란 더 큰 고통을 향한 진보밖에는 없네. 과거의 문명은 사랑과 정의 위에 구축한 것이라고 주장되었지. 그에 반해 우리 문명은 증오 위에 선 것이네. 우리 세계에는 공포, 분노, 승리감, 자기 비하의 감정 외에는 어떤 것도 존재하지 않네. 나머지 것들은 모두 깨부숴버릴 걸세. 우리는 이미 혁명 이전부터의 사고 습관들을 부수고 있다네. 우리는 부모와 자식, 사람과 사람, 남자와 여자 사이의 유대를 끊어버렸네. 이제는 아무도 아내

330

나 자식이나 친구를 믿지 않게 되었다네. 더욱이 미래에는 아내도 친구도 존재하지 않게 될 걸세. 닭의 품에서 달걀을 꺼내오듯 태어나는 아이들을 어미의 품에서 빼앗을 걸세. 성 본능도 없어지고 성교는 배급 카드를 재발급 받듯 1년에 한 번 허가 받고 치르는 연례행사가 될 것이라네. 우리는 성적인 오르가슴도 없앨 예정일세. 우리 신경학자들이 지금 연구 중이지. 충성심도 당에 대한 것 외에는 모두 사라질 걸세. 사랑도 빅 브라더에 대한 것 외에는 존재하지 않을 거라네. 적을 패배시키고 승리감에 도취되어 웃는 웃음 외에 다른 웃음은 존재할 수 없고 미술도 문학도 과학도 사라질 걸세. 아름다움과 추함에 대한 구별도 호기심도 삶에서 느끼는 모든 즐거움도 사라질 것이고. 한마디로 기쁨과 쾌락에 관련된 것들은 무엇 하나 남김없이 모두 파괴될 거란 말일세, 윈스턴. 쾌감 중에 이것 한 가지, 언제나 끊임없이 커져가고 미묘해지는 권력에 대한 도취감만 존재하게 되리라는 걸 결코 잊지 말게나. 그것은 언제나 어느 순간에나 승리감이 주는 전율과 무력한 적을 짓밟는 쾌감과도 통한다네. 만일 미래의 모습을 그려보고 싶거들랑 구둣발로 인간의 얼굴을 짓밟는 걸 상상해 보게.”

오브라이언은 윈스턴의 대답을 기다리는 듯 잠시 말을 멈췄다. 윈스턴은 또다시 침대 속으로 깊이 파고들고 싶었다. 그는 아무 말도 할 수가 없었다. 심장이 얼어붙는 것 같았다. 오브라이언의 말이 다시 이어졌다.

“그리고 그 구둣발은 영원하다는 것을 기억하게. 이단자의 얼굴은 언제나 그 밑에 짓밟힌 모습으로 있을 걸세. 이단자와 사회의 적은 예외 없이 패배하여 억압받을 걸세. 자네가 체포되고 겪었던 모든 일들은 앞으로도 영원히 계속될 것이고 더욱 강도가 높아질 걸세. 간첩 행위, 배신, 체포, 고문, 행방불명, 처형의 순환 고리는 끊어질 날이 없을 걸세. 그것은 승리의 세계이자 공포의 세계라네. 당의 권력이 강하면 강할수록 관용은 점점 사라지고, 반대파가 약하면 약할수록 전체주의는 더더욱 잔인해진다네. 반면 골드스타인과 그를 추종하는 이단자들도 계속 생겨날 거야. 그들은 매일, 시시때때로 패배의 쓰라림을 맛보고 불신과 조소와 멸시를 당하면서도 독버섯처럼 언제나 돋아나기 마련이지. 지난 7년간 내가 자네를 대상으로 연출해 온 것과 같은 연극도 후세에 대대로 반복되면서 더욱더 정교한 틀을 갖추어 나갈 걸세. 우리는 이단자들을 마음 내키는 대로 처단할 걸세. 그들은 육신의 고통으로 비명을 지르다가 구겨진 휴지처럼 만신창이가 되어 마침내 우리의 바짓가랑이를 붙들고 제발 살려달라며 참회하고 애원할 걸세. 윈스턴, 이것이 바로 우리가 준비하는 세계라네. 승리에 승리를, 개선에 개선을 거듭하는 가운데 권력의 기반이 더욱 공고히 다져지고 다져지는 세계가 그 세계라네. 내가 보기에 자네는 이제야 겨우 그 세계를 이해하기 시작하는 것 같군. 하지만 이해하는 정도에서 그칠 일이 아니라네. 결국엔 자네도 그 세계를 열렬히 환영하며 받아들여 혼연일체가 될 걸세."

윈스턴은 가까스로 기운을 차리고 작은 목소리로 입을 열었다.

"그렇게 되지는 않을 겁니다!"

"그게 무슨 뜻인가, 윈스턴?"

"당신이 말하는 그런 세계를 만들 수 없다는 말입니다. 그건 환상에 지나지 않습니다. 있을 수 없는 일입니다."

"왜 그렇다고 생각하는가?"

"공포와 증오와 잔인성 위에 문명을 건설하다는 것은 불가능합니다. 그렇게 된다 하더라도 유지될 수 없을 겁니다."

"왜 불가능하단 말인가?"

"생명력이 없기 때문입니다. 그런 문명은 반드시 붕괴하고 말 것입니다. 저절로 멸망합니다."

"천만에! 자네는 사랑보다 증오가 인간을 더 지치게 만든다고 생각하나본데 왜 그렇다는 건가? 설령 그렇다손 치더라도 대체 거기에 무슨 차이가 있다는 건가? 우리가 더 빨리 늙는다고 가정해 보세. 생명의 속도가 빨라져서 서른 살에 이미 늙어버린다고 생각해 보란 말일세. 그렇게 되었다고 무엇이 달라지겠는가? 개인의 죽음이 진정한 의미의 죽음이 아니라는 걸 이해할 수 없나? 당만은 영원히 죽지 않는 불사의 존재일세!"

여느 때처럼 그의 목소리는 말에 담긴 의미와 함께 윈스턴을 무력하게 만들었다. 윈스턴은 오브라이언의 말에 반박하기가 두려웠다. 그가 다시 다이얼을 작동시킬지도 몰랐기 때문이었다. 그러나 계속 침묵을 지킬 수만은 없었다. 윈스턴은 오브라이언의 말에서 느껴지는 표현할 수 없는 공포에 쫓기듯 아무런 논리력도 갖지 못한 반박을 풀어놓기 시작했다.

"뭐가 뭔지 잘 모르겠습니다. 생각하고 싶지도 않습니다. 아무튼 당신들은 실패할 게 분명합니다. 뭔가가 당신들을 좌절시키고 말 겁니다. 사람과 사람의 삶이 당신들을 패배시킬 겁니다."

"윈스턴, 모든 면에서 삶을 완벽하게 지배하는 것은 우리라네. 자네는 우리가 하는 일에 분노해서 우리에게 반항할 인간이 나타날 것이라고 예상하나 본데, 그 인간 자체를 창조해 내는 것도 우리라네. 인간이란 무한한 신축성을 지니는 존재이지. 아마 자네는 노동자들이나 노예들이 들고일어나 우리를 전복시킬 것이라는 케케묵은 생각을 할지도 모르겠지만 그런 생각은 아예 머릿속에서 몰아내게. 그들은 짐승같이 무력할 뿐이네. 인간다운 존재는 오직 당뿐이야. 그 외의 것들은 아무것도 아니란 말일세."

"이해할 수 없습니다. 하지만 결국엔 그들이 당신들을 멸망시킬

333

겁니다. 머지않아 그들은 당신들의 정체를 알게 될 것이고 당신들을 완전히 깨부술 겁니다."

"그런 일이 일어날 것이라는 증거라도 있단 말인가? 아니면 그렇게 될 것이라는 이유라도 있단 말인가?"

"없습니다. 하지만 반드시 그렇게 되리라고 확신합니다. 저는 당신들이 실패하리라는 걸 알고 있습니다. 이 세상에는 당신들이 결코 정복할 수 없는 영혼이랄까 원칙 같은 게 분명히 있습니다."

"윈스턴, 자네는 신을 믿나?"

"믿지 않습니다."

"그럼 우리를 패배시킬 거라는 원칙은 무엇인가?"

"모르겠습니다. 인간의 정신이라고나 할까요."

"자네는 자네 자신을 인간이라고 생각하나?"

"네."

"자네가 인간이라면 윈스턴, 자네는 마지막 인간일세. 자네와 같은 인간은 이미 멸종되었네. 우리는 그 후계자이지. 자네는 '혼자'라는 사실을 아직도 인식하지 못하고 있는 모양인데, 자네는 역사 밖에 있으며 이 세상에는 존재하지 않는 인간일세."

오브라이언은 태도를 바꾸고 거칠게 말을 이었다.

"자네는 우리가 거짓말을 하고 잔인하다고 해서 자신이 우리보다 도덕적으로 우월하다고 생각하는 건가?"

"그렇습니다. 저는 제 자신이 더 나은 인간이라고 생각합니다."

오브라이언은 입을 굳게 다물었다. 그때 갑자기 두 사람의 목소리가 들려왔다. 잠시 후 윈스턴은 그중 하나가 자신의 목소리임을 깨달았다. 그것은 그가 형제단에 가입하던 날 밤 오브라이언과 나눈 대화를 녹음한 것이었다. 그는 거짓말하고 훔치고 날조하고 살인하고 마약 사용과 매춘을 조장하고 성병을 퍼뜨리고 어린아이의 얼굴에 황산을 뿌리겠다고 스스로 약속하는 자신의 음성을 들었다. 오브라이언은 이따위 시위를 할 필요까지도 없다는 듯 떨떠름한 표정을 지었다. 그가 스위치를 끄자 녹음된 목소리가 멎었다.

"침대에서 일어나."

오브라이언이 명령했다.

그를 묶었던 끈이 저절로 헐거워졌다. 윈스턴은 침대에서 내려와 잠시 비틀거리다가 섰다.

"자네는 최후의 인간이다. 인간 정신의 수호자이지. 지금부터 자네는 자신이 어떤 존재인지 진면모를 보게 될 걸세. 옷을 벗어!"

윈스턴은 명령에 따라 허리띠를 풀었다. 지퍼는 오래전에 망가져 있었다. 그리고 보니 체포되고 난 후 옷을 벗은 적은 한 번도 없었다. 겉옷을 벗은 그의 몸에는 내의라고 할 수도 없는 누런 빛깔의 더러운 누더기가 걸쳐져 있었다. 그는 자신도 모르게 몸을 웅크렸다. 그는 누더기를 마저 벗어 바닥에 내려놓다가 방 끝에 삼면경이 있는 것을 보았다. 거울로 다가가던 그는 흠칫 놀라며 멈춰 섰다. 자신도 모르게 고통에 찬 비명이 흘러 나왔다.

"계속 앞으로 가! 가운데 거울 앞에 서! 옆모습도 볼 수 있게."

오브라이언이 재촉하듯 명령했다.

윈스턴은 너무 놀라서 또다시 멈춰 섰다. 때에 절어버린 잿빛 해골이 거울 속에 있었다. 극도로 참혹한 모습이었다. 자기 자신의 몰골이라고 도저히 믿어지지 않았다. 거울 앞으로 한 걸음 더 바짝 다가섰다. 구부정한 자세 때문에 얼굴이 앞으로 툭 튀어나온 것처럼 보였다. 이마에서 머리 꼭대기까지 보기 흉하게 벗겨져버린 대머리, 구부러진 코, 찌그러진 광대뼈, 경계심을 담고 날카롭게 쏘아보는 눈. 영락없이 절망의 밑바닥에서 간신히 목숨을 부지하는 죄수의 몰골이었다. 두 눈은 움푹 들어갔고 입 주위도 합죽하게 들어가 있었다. 그는 비로소 그것이 자기의 얼굴임을 확인하였다. 짐작했던 것보다 훨씬 더 심하게 변해 있었다. 자기 내부의 감정과 거울에 비친 얼굴의 감정이 전혀 달랐다. 그는 어느새 대머리가 되어 있었다. 처음에 얼핏 보고는 머리카락이 세어서 그렇게 보이는 줄 알았는데 자세히 보니 머리카락이 거의 다 빠져 있었다. 양손과 얼굴을 제외하고는 온몸이 묵은 때로 인해 잿빛으로 보였다. 몸의 여기저기에 뻘건 상처가 있었고 발목 근처의 정맥류성 궤양은 곪아터져서 허옇게 변한 속살을 드러내놓고 있었다. 그러나 정말 끔찍한 것은 수척해진 그의 몸뚱이었다. 해골처럼 갈빗대가 앙상하게 불거져 있었고 다리 살은 졸아붙어 허벅다리가 무릎보다 가늘었다. 그제야 오브라이언이 옆모습도 볼 수 있게 가운데 거울로 바짝 다가가라고 했던 의도를 알아차렸다. 척추가 심하게 굽어 있었다. 게다가 바짝 마른 어깨가 앞쪽으로 구부러져 가슴이 움푹 팼고 뼈만 앙상하게 남은 목은 머리의 무게를 이기지 못해 당장이라도 허물어져 내릴 것 같았다. 아주 고약한 병에 오래도록 시달린 예순 노인의 몸뚱이 같았다.

"자네는 이따금 내부당원인 내 얼굴이 늙고 피로해 보인다고 생각했지? 이제 자신의 얼굴을 보니 어떤가?"

오브라이언이 물었다.

그는 윈스턴의 어깨를 잡고 빙 돌려 자기 앞에 마주 세웠다.

"거울에 비친 몰골을 보았나? 자네를 뒤덮은 더러운 때를 보았냐 말일세. 다리에 생긴 징그러운 부스럼도 보았겠지. 자네 몸에서 염소 같은 악취가 진동하는 걸 알기나 하는가? 본인은 그런 줄도 몰랐을 거야. 바짝 마른 꼴을 좀 보게. 보이나? 위 팔뚝이라고 해봐야 한 줌밖에 안 되고 자네 목은 홍당무처럼 내 손으로도 뚝 부러뜨릴 수 있네. 자네는 체포된 후 체중이 25킬로그램이나 줄었다는 걸 아나? 머리카락도 한 움큼씩 빠지고 있네. 자, 보게!"

그는 윈스턴의 머리카락 한 움큼을 뽑고 내밀어 보였다.

"입을 벌려봐. 아홉, 열, 열하나, 이제 이가 열한 개 남았군. 체포될 당시에는 몇 개였나? 하지만 남은 것마저 모두 흔들리고 있어. 어디 한번 볼까?"

그는 억센 엄지와 집게손가락으로 윈스턴의 남은 앞니 하나를 단단히 집었다. 윈스턴은 턱이 빠져나갈 것 같은 아픔을 느꼈다. 오브라이언은 흔들거리는 앞니를 뿌리째 뽑아 바닥에 던져버렸다.

"자네는 지금 썩어 문드러져가고 있네. 그야말로 만신창이가 된걸세. 자네는 스스로를 인간이라고 그랬지? 그래, 자네라는 인간은 대체 뭔가? 더럽고 구역질나는 때 덩어리지 뭐겠나? 돌아서서 거울을 다시 보게. 자네와 마주선 저 형상이 보이나? 똑똑히 봐두게. 그게 마지막 인간의 모습이니까. 그래도 자신이 인간이라고 생각된다면 저게 인간의 모습인 걸세. 자, 옷을 도로 입어!"

윈스턴은 서툰 동작으로 천천히 옷을 입기 시작했다. 지금까지 자신이 얼마나 여위고 허약해졌는지 생각해 보지 못했다. 오직 그곳에 들어온 지 꽤 오래 되었을 거라는 생각만 했다. 그는 넝마처럼 너덜너덜해진 옷을 입으면서 갑자기 망가진 자기 몸뚱이에 대한 연민의 정을 왈칵 느꼈다. 참을 수 없는 설움이 복받쳐 올랐다. 그는 저도 모르게 침대 옆에 있는 작은 의자에 털썩 주저앉아 울음을 터뜨렸다. 자신이 더러운 내의로 해골 같은 몸뚱이를 겨우 가린 채 강렬한 불빛 아래에 앉아 추악하고 비참한 몰골로 울고 있다는 것을 알고 있었다. 그러나 울음을 그칠 수가 없었다. 오브라이언이 그의 어깨에 한 손을 얹으며 상냥하게 말했다.

"자네가 하려고만 하면 오래 끌지 않을 걸세. 모든 게 자네에게 달렸네."

"이건 모두 당신 짓이에요! 당신이 나를 이 꼴로 만들었어요!"

윈스턴은 흐느끼면서 말했다.

"아닐세, 윈스턴. 자네 스스로가 이렇게 만든 걸세. 자네는 당에 반대할 때부터 이미 예상하지 않았나. 사건의 서막에 포함되었던 일들이 순서에 따라 일어난 것뿐일세. 자네가 예상하지 않았던 일은 아무것도 일어나지 않았네."

그는 말을 잠시 멈추었다가 다시 이었다.

"우리는 자네를 무지막지하게 구타했네. 아주 녹초로 만들었지. 자네는 자신의 몰골을 방금 전에 보았네. 실은 자네의 마음도 그와 똑같은 상태일세. 자네에게는 자존심이라는 것도 별로 남아 있지 않을 걸세. 우리가 자네를 걷어차고 매질하고 모욕했을 때, 자네는 고통에 겨워 비명을 지르며 피와 침으로 뒤범벅되어 바닥을 뒹굴었네. 그리고 살려달라고 애걸복걸하며 모든 사람을 배반하고 모든 일을 낱낱이 털어놓았지. 자네가 자존심과 품위를 지켰다고 말할 수 있는 건더기가 하나라도 있는 줄 아나?"

윈스턴은 여전히 눈물을 흘리고 있었지만 울음소리는 더 이상 내지 않았다. 그는 오브라이언을 올려다보았다.

"저는 줄리아를 배신하지 않았습니다."

오브라이언은 생각에 잠긴 듯 그를 내려다보며 말했다.

"그래, 그건 사실이지. 자네는 줄리아를 배신하지 않았네."

그 말을 듣는 순간 윈스턴의 마음속에서 자신은 어떤 상황에서도 오브라이언을 능가할 수 없다는 존경심이 솟구쳤다. 그는 생각했다. 이 얼마나 지적인 사람인가. 오브라이언은 윈스턴의 말을 이해하지 못했던 적이 한 번도 없었다. 오브라이언이 아니라면 그 누가 윈스턴이 줄리아를 배신하지 않았다고 그처럼 당장 대답할 수 있겠는가. 사실상 고문으로 짜내지 못할 것은 아무것도 없다. 윈스턴은 그녀에 대해 알고 있는 것을 다 털어놓았다. 그녀의 습성, 성격, 과거 생활

338

까지 다 말했다. 두 사람이 데이트를 하는 동안에 일어났던 모든 일과 서로 주고받은 모든 이야기를 털어놓았고 암시장에서 산 식료품이며 둘이 저지른 간음 행위며 당에 대하여 은근히 품었던 증오감 등 모든 죄를 세세하게 털어놓았다. 그러나 윈스턴은 줄리아를 배신하지 않았다. 그는 그녀를 여전히 사랑하며 그녀에 대한 감정도 달라지지 않았다. 오브라이언은 윈스턴의 설명을 듣지 않고도 그가 무엇을 말하려는지 알고 있었다.

"언제 나를 총살할 것인지 말해 주십시오."

윈스턴이 말했다.

"오랜 시간이 지나야 할 걸세. 자네는 처리하기가 아주 곤란한 경우에 해당되거든. 그러나 희망을 버리지는 말게나. 조만간 완치될 걸세. 우리는 그 마지막 시기에 자네를 총살할 거라네."

오브라이언이 대답했다.

4

윈스턴의 몸 상태가 상당히 호전되었다. 하루하루가 다를 만큼 부쩍부쩍 살이 오르고 건강해졌다.

하얀 조명과 윙윙거리는 소리는 여전했지만 지금 그가 수감된 감방은 전에 있었던 어떤 감방보다도 편했다. 평평한 침대에는 베개와 침대 요가 갖춰져 있었고 엉덩이를 붙이고 앉을 수 있는 의자도 있었다. 때때로 목욕을 할 수 있을 뿐만 아니라 세수 정도는 감방에 비치된 양은 대야로 자주할 수 있었다. 그들은 씻을 물로 온수를 제공해 주기도 했다. 새 내복과 깨끗한 겉옷도 지급해 주었다. 정맥류성 궤양 환부에는 약을 발라 치료해 주었고 있으나마나 하던 남은 이들을 마저 뽑고 틀니를 맞춰주었다.

몇 주 아니 몇 달은 족히 지났을 것 같았다. 규칙적인 식사가 제공되므로 윈스턴이 주의 깊게 확인해 두었다면 얼마만큼의 시간이 흘렀는지 가늠해 볼 수도 있을 터였다. 그의 생각으로는 24시간을 기준으로 세 끼가 제공되는 것 같았다. 그렇지만 가끔은 낮에 식사하는 것인지 밤에 하는 것인지 궁금한 적도 있었다. 음식은 꽤 괜찮은 편이었다. 세 끼에 한 번꼴로 고기를 먹을 수 있었다. 한번은 기대하지도 않았던 담배 한 갑을 지급받은 적도 있었다. 물론 성냥이 없었지만 이제껏 식사를 날라다 주면서도 말 한마디 하지 않던 간수가 불을 붙여주어 담배 맛을 볼 수 있었다. 처음 한 모금을 빨았을 때는 머리가 핑 돌았지만 오랜만에 맛보는 담배를 포기하기 싫어 끝까지 계속 빨아댔다. 그 이후로 식후마다 반 개비씩 아껴가며 피웠다. 덕분에 그 한 갑으로 꽤 여러 날 동안 피울 수 있었다.

그는 귀퉁이에 연필 토막이 달린 하얀 석판도 지급받았다. 처음에는 사용할 생각이 전혀 없었다. 깨어 있을 때라도 완전히 무감각한 상태였기 때문이었다. 식사를 하고 나면 다음 식사가 올 때까지 계속 잠을 자거나, 깨어 있더라도 눈을 뜨지 못한 채 몽상에 잠겨 꼼짝도 안 할 때가 많았다. 그는 이제 강렬한 불빛이 얼굴에 쏟아져도 잘 수 있을 만큼 감방 생활에 익숙해졌다. 밝은 불빛 아래에서 자면 꿈의 장면이 더욱 뚜렷해진다는 것 외에는 아무런 차이를 느끼지 못했다. 그는 회복기 내내 굉장히 많은 꿈을 꾸었다. 그나마 다행이었던 점은 꿈의 내용이 언제나 행복했다는 것이다. 어머니나 줄리아 아니면 오브라이언과 함께 황금의 나라나 따스한 햇빛을 받아 찬란하게 빛나는 거대한 유적지에 앉아 평화로운 대화를 나누었다. 대개 깨어 있을 때 생각했던 것들이 꿈으로 나타났다. 지속적으로 받아오던 극심한 고통이 사라짐에 따라 머리를 쓰거나 의식하는 능력도 사라지는 것 같았다. 지루함도 느껴지지 않았다. 누군가와 대화를 나누거나 오락을 즐기고픈 욕구도 일지 않았다. 그저 혼자 있는 가운데 구타나 심문 없이 충분히 먹고 청결한 상태로 지낼 수 있는 것만으로 더 이상 바랄 게 없었다.

몸이 회복되기 시작하면서 잠자는 시간은 점차 줄었지만 그는 깨어 있는 동안에도 좀처럼 침대에서 일어나고 싶지 않았다. 그저 누운 채로 조용히 자기 몸에 새로운 근력이 생기는 것에만 관심을 두었다. 몸 여기저기를 눌러보며 없어졌던 근육이 다시 붙고 피부에 탄력이 생기는 것이 꿈이 아닌지 확인해 보고는 했다. 살이 오르는 게 눈에 보일 정도였다. 이제는 넓적다리가 무릎보다 굵어졌다. 마침내 그는 다소 무리가 있더라도 규칙적인 운동을 시작하기로 했다. 얼마 후에는 감방 안에서 걸음 수로 계산해 3킬로미터 정도까지 걸을 수 있게 되었고 구부정해졌던 어깨도 반듯한 모습을 되찾게 되었다. 용기가 생긴 그는 좀 더 힘든 운동을 시도해 보았다. 그때 그는 비로소 자기가 할 수 없는 일이 있음을 깨닫고는 놀랄 수밖에 없었다. 그는 뛸 수 없을 뿐만 아니라 별로 무겁지도 않은 의자를 팔을 쭉 편 상태에서는 들어 올릴 수도 없었다. 한쪽 발로만 몸을 지탱하려고 하면 이내 쓰러지고 말았다. 발꿈치를 바닥에 붙이고 쪼그려 앉았다가 일어서려면 넓적다리와 장딴지가 몹시 땅기고 아팠다. 바닥에 손을 짚고 팔 굽혀 펴기도 시도해 보았다. 하지만 단 1센티미터도 몸을 올릴 수 없었다. 그러나 몇 식사를 더 한 탓인지 며칠 후에는 괄목할 만한 진전이 있었다. 팔 굽혀 펴기를 무려 여섯 번이나 한 것이었다. 그는 점차 자신감이 생겼다. 얼굴도 정상으로 되돌아가고 있는 것 같았다. 그러나 가끔 대머리가 되어버린 머리를 쓰다듬을 때면 거울에 비쳤던 해골 같은 모습이 떠오르고는 했다.

그의 마음도 점차 활기차졌다. 그는 무릎에 석판을 올려놓고 침대에 앉아 등을 벽에 기대고 서서히 자신을 재교육하기 시작했다.

그는 항복했다. 마침내 그렇게 하기로 작정한 것이다. 사실 오래전부터 항복하려는 마음의 준비를 하고 있었다. 애정부에 붙들려 들어올 때부터, 아니 줄리아와 함께 텔레스크린의 금속성 목소리가 내리는 지시에 따라 꼼짝도 못했던 순간부터, 당의 권력에 맞서겠다고 나선 것이 경솔하고 무모한 짓이라는 사실을 깨닫고 있었다. 그리고 이제는 사상경찰이 벌써 7년 전부터 확대경으로 딱정벌레를 관찰하듯이 자기를 감시해 왔다는 사실도 알게 되었다. 그들은 그의 모든 행동과 말을 남김없이 알고 있었고 어떤 생각을 하고 있는지도 훤히 꿰차고 있었다. 그들은 심지어 그가 일기장 표지 위 한 귀퉁이에 살짝 올려놓은 희부연 먼지 덩어리까지 제자리에 고스란히 놓아둘 정도였다. 그들은 또 그에게 여러 가지 녹음된 내용을 틀어주고 사진을 보여주기도 했다. 그중에는 줄리아와 함께한 사진도 있었다. 그랬다. 그런 것까지도 모조리……. 그는 더 이상 당에 맞설 수가 없었다. 어디까지나 당이 옳았다. 당은 옳을 수밖에 없었다. 영원히 살아있을 집단적 두뇌가 어떻게 오류를 범할 수 있겠는가? 그가 무슨 외적 기준을 가지고 그들의 결정에 시비를 걸 수 있겠는가? 온전한 정신의 여부는 통계에 의해 판단되는 결과일 뿐이다. 그들이 생각하는 대로 생각하는 방법을 배우는 것만이 온전한 정신을 갖추는 지름길이다. 길은 오직 그것뿐이다!

손가락 사이에 끼어 있는 연필이 투박하고 거북하게 느껴졌다. 그는 그 느낌을 무시하고 머릿속에 떠오르는 생각들을 적기 시작했다. 커다란 대문자로 서툴게 쓰는 글씨였다.

자유는 예속

그리고 아래에 연이어 썼다.

둘 더하기 둘은 다섯

그는 잠시 망설였다. 뭔가 선뜻 내키지 않는 생각에 부딪쳐 집중할 수 없기 때문이었다. 그는 자신이 그다음에 무엇을 쓰려 했는지 알고 있다고 생각했다. 그러나 뚜렷하게 떠오르지 않았다. 그는 무엇을 더 써야 할지 한참 고민하고 난 뒤에야 비로소 떠올랐다. 자연스럽게 연상된 생각은 아니었다.

신은 권력

그는 모든 것을 받아들였다. 과거는 개조될 수 있다. 오세아니아는 동아시아와 전쟁을 하고 있다. 오세아니아는 언제나 동아시아와 전쟁을 해왔다. 존스와 아론슨과 러더퍼드의 죄는 이미 입증되었다. 윈스턴은 그들의 무죄를 증명할 사진 같은 건 본 적이 없다. 존재하지도 않았던 것을 자신이 꾸며낸 것이었다. 그는 상반되는 사실을 기억하는 줄 알았으나 모두 잘못된 기억이었고 자기기만의 산물이었다. 모든 것은 마음먹기에 달렸다. 얼마나 쉬운가! 항복하기만 하면 되는 것이다. 그러면 그 밖의 모든 것은 저절로 해결된다. 물결을 거슬러 올라가려고 발버둥 쳐봤자 뒤로만 밀려가다가 마음을 바꿔 물결을 따라 헤엄치는 것과도 같다. 단지 자신의 마음만 고쳐먹으면 그만일 뿐 달리 할 것은 아무것도 없다. 경우가 어떻든 결과는 그렇기 마련이다. 그는 왜 자신이 지금까지 반항해 왔는지 알 수 없었다. 모든 것은 쉽다. 다만…….

무엇이든 진실일 수 있다. 소위 자연의 법칙이라는 것도 믿을 만한 게 못 된다. 중력의 법칙도 마찬가지다. 오브라이언은 자신이 원하기만 하면 비눗방울처럼 방 안에서 둥둥 떠다닐 수도 있다고 말했다. 윈스턴은 이제 그 의미를 이해하게 되었다. 오브라이언이 허공에 둥둥 떠다닐 수 있다고 생각하고 윈스턴 자신도 그럴 수 있다고 생각하면 가능해지는 일이었다. 불현듯 침몰하는 난파선 선미가 수면 위로 불쑥 솟아오르는 것처럼 떠오르는 생각이 있었다.

'그것은 실제로 일어나는 일이 아니다. 될 수 있다고 상상하는 것

일 뿐이다. 그것은 환상에 불과하다.'

순간 윈스턴은 고개를 흔들며 얼른 그 생각을 지워버렸다. 잘못된 생각이 분명했다. 그것은 환상이 아니다. 그가 모르는 어딘가에 '진짜'로 그런 일이 일어나는 '진짜' 세계가 있기 때문에 나온 생각이었다. 그렇다면 어떻게 그런 세계가 있다는 것을 알 수 있을까? 인간은 의식을 통해서 사물에 대한 지식을 습득한다. 모든 일은 마음에서 비롯된다. 마음속에서 일어나는 일은 무엇이든 진짜로 일어나는 것이다.

그는 잠시 생겼던 회의를 쉽사리 지워버릴 수 있었다. 이런 생각에 다시 사로잡힐 위험성이 사라졌음을 감지했다. 하지만 그는 그런 생각조차 해서는 안 된다고 생각했다. 위험한 생각이 떠오를 때마다 반사적으로 그런 마음을 가져야 한다. 그런 과정은 자동적이고 본능적으로 발휘되어야 한다. 이것은 신어로 죄중지라고 하는 것이다.

그는 죄중지 훈련을 시작했다. 그는 스스로에게 '당은 지구가 평평하다고 말한다.', '당은 얼음이 물보다 무겁다고 말한다.' 등 몇 가지 명제를 제시하고, 그와 상반되는 견해는 생각하지도 알려 하지도 않았다. 그러나 생각처럼 쉬운 일이 아니었기에 합리화와 임기응변이 절대적으로 필요했다. 예를 들어 '둘 더하기 둘은 다섯'이라는 명제에서 발생하는 수학적 충돌은 그의 지적 능력으로 해결할 수 없는 문제였다. 어느 순간 아주 교묘한 논리를 동원하여 주어진 명제를 '참'으로 인식하고 다음 순간에는 그것의 뚜렷한 논리적 모순을 의식하지 않는 능력까지 배양해야 하는 정신 훈련이었다. 그러기 위해서는 지성만큼 우매성이 요구되었는데 의식적으로 우매해지기가 정말 어려웠다.

그동안에도 그는 항상 자신이 언제 총살당할 것인지 궁금했다.

"모든 게 자네에게 달려 있네."

오브라이언은 그렇게 말했다. 그러나 그는 그 시기를 앞당기기 위해 자신이 의식적으로 할 수 있는 행동이 없다는 것을 알고 있었다. 10분 후에 총살될지 10년 후로 미뤄질지 알 수 없는 일이었다. 그들은 그를 몇 년이고 독방에 감금해 둘지도 모르고 강제 노동 수용소로 보낼지도 모른다. 다른 정치범들처럼 한동안 석방시켰다가 총살 전에 다시 체포하는 과정을 되풀이할지도 모른다. 한 가지 확실한 점은 윈스턴의 죽음은 결코 그가 예측한 순간에 닥쳐오지 않으리라는 것이었다. 공식적으로 알려지거나 직접 들은 바는 없지만 그들은 총살 대상자가 감방 사이에 있는 복도를 걸어갈 때 아무런 예고도 없이 뒤에서 머리를 쏴 죽인다는 것이었다.

　　윈스턴은 어느 날 낮에-그러나 '어느 날 낮' 이란 말은 정확한 표현이 아닐 수도 있다. 그때가 한밤중이었을지도 모르니까- 이상야릇하고도 행복한 몽상에 빠져들었던 적이 있었다. 그는 총알이 날아올 것을 기대하며 복도를 걸어가고 있었다. 이제 곧 총알이 날아와 뒤통수에 박힐 것이라는 예감이 들었다. 동시에 모든 것이 그의 의식 속에서 일시에 해결되고 정리되고 수용되었다. 의심도 논쟁도 괴로움도 공포도 더 이상은 없었다. 그는 건강해졌고 어느 정도 힘도 있었다. 윈스턴은 튼튼해진 몸을 움직이는 즐거움을 느끼며 햇빛 속을 걷는 기분으로 편안하게 걸었다. 어느덧 그는 애정부의 좁고 긴 복도를 걷는 것이 아니라 폭이 1킬로미터는 될 햇빛이 밝게 내리비치는 넓은 길을 아편에 취한 사람같이 걷고 있었다. 그곳은 황금의 나라였다. 그는 토끼들이 풀을 뜯는 초원을 가로질러 오솔길을 따라 걸었다. 발바닥에 느껴지는 짧게 깎은 잔디의 푹신함과 얼굴에 닿는 부드러운 햇살이 여간 기분 좋은 게 아니었다. 들판 끝에서는 느릅나무가 바람에 가볍게 흔들리고 있었다. 그 너머 어디엔가는 시냇물이 흐르고, 버드나무 가지가 늘어진 푸른 물속에서는 황어 떼가 한

가로이 놓고 있었다.

별안간 그는 극도로 놀라 침대에서 벌떡 일어났다. 등줄기에 식은 땀이 흥건하게 흘렀다. 자신이 크게 외치는 소리를 들었던 것이다.

"줄리아! 줄리아! 내 사랑 줄리아! 줄리아!"

그는 한동안 그녀가 곁에 있다는 착각에 빠져 있었다. 그녀는 그와 함께 있을 뿐 아니라 그의 내면에 있는 것 같기도 했다. 마치 그녀가 그의 살갗을 뚫고 그의 안으로 들어온 것 같았다. 그 순간 그는 그녀와 함께 자유로이 지내던 그 어느 때보다 훨씬 더 강한 사랑을 느꼈다. 또한 그녀가 어딘가에서 자신의 도움을 기다릴 것 같은 생각이 들었다.

윈스턴은 다시 침대에 누워 진정하려고 애를 썼다. 내가 지금 무슨 짓을 저지른 것인가? 찰나의 나약함으로 이 굴욕스런 생활을 몇 년이나 더 연장하려고?

당장이라도 문 밖에서 구둣발 소리가 들려올 것만 같았다. 그들은 윈스턴이 그들과 맺은 약속을 어기고 있다는 사실을 지금까지는 몰랐다 하더라도 이제는 눈치챘을 것이다. 그는 당에 굴복했지만 여전히 당을 증오하고 있었다. 예전에는 겉으로만 복종하고 속으로는 이단적인 생각을 했다. 그러나 이곳에 끌려온 이후 그는 한 걸음 물러나 마음속으로부터 항복했다. 그렇지만 자기 내면의 밑바닥까지 더럽혀지지 않길 바랐다. 그는 자신이 또다시 잘못하고 있다는 것을 알고 있었다. 그러나 그런 자신이 잘못되었다고는 생각하지 않았다. 그들은 이제 윈스턴의 속내를 알아챘을 것이다. 특히나 오브라이언은. 윈스턴은 방금 전의 바보 같은 외마디 소리로 모든 것을 자백한 셈이었다.

어쩌면 그는 끔찍한 심문 과정을 처음부터 다시 시작할지도 모른다. 또 몇 년이 걸릴지 알 수 없는 노릇이다. 그는 한 손으로 자신의 얼굴 구석구석을 더듬어보며 새롭게 변한 모습을 가늠해 보았다. 양 볼에서 깊게 파인 주름이 만져졌다. 광대뼈가 솟은 반면 코는 낮아 진 것 같았다. 거울에 비춰봤던 지난번 이후로 틀니까지 새로 했기 때문에 촉각만으로 얼굴을 추측하기란 쉽지 않았다. 그러나 자기 생 김새도 모르면서 태연한 척 가장하는 것은 더욱 어려울 터였다. 감 정을 드러내지 않으려는 통제력으로 될 일이 아니었다. 비로소 그는 비밀을 간직하기 위해서는 자신에게도 그 비밀을 감추어야 한다는 사실을 깨달았다. 자신에게 비밀이 있다는 것은 항상 염두에 두어야 하지만 필요할 때까지는 의식하지 않는 것이다. 지금부터는 올바른 생각만 해야 할 뿐 아니라 올바르게 느끼고 올바르게 꿈꾸어야 한 다. 그리고 자신의 일부분이지만 체내의 다른 기관처럼 자신의 증오 심을 마음속 깊이 감춰야만 한다.

그들은 언젠가 총살을 결정할 것이다. 언제가 될지 정확히 예측할 수는 없지만 적어도 총살되기 몇 초 전에는 직감적으로 알 수 있을 것이다. 그때가 되면 그가 복도를 걸어갈 때 뒤에서 총을 쏠 것이다. 더도 덜도 필요 없다. 단 10초면 충분하다. 그 10초 사이에 그의 내 면세계는 완전히 뒤집혀버릴 것이다. 한마디 말도 움직임도 없이 얼 굴의 주름 하나 움직이지 않고 있다가 일순간에 가면을 벗고 증오심 을 폭발할 것이다. 그의 증오심은 성난 불길처럼 그의 가슴속에서 타오를 것이다. 거의 동시에 탕 하는 소리와 함께 총알이 날아올 것 이다. 그들은 그의 머리통을 산산조각 내겠지만 증오로 불타는 그의 마음을 되돌릴 수는 없을 것이다. 그리하여 윈스턴의 이단적인 사상 은 영원히 그들의 손이 미치지 않는 곳에 있게 되어 처벌받지도 회 개를 강요당하지도 않을 것이다. 이것은 그들의 완전성에 하나의 구 멍을 의미한다. 마지막 순간에 그들을 증오하는 것이야말로 진정한 자유인 것이다.

윈스턴은 눈을 감았다. 그러나 자신에게도 비밀을 감추는 것은 어떤 지적 훈련보다도 어려웠다. 스스로를 퇴화시키고 불구로 만드는 행위나 다름이 없었다. 그는 어느 곳보다 더럽고 추악한 곳에 빠져 있다. 세상에서 가장 무섭고 견디기 어려운 것은 무엇인가? 그는 빅 브라더를 생각했다. 검정 콧수염을 달고 이리저리 눈알을 굴리며 사람들을 감시하는 거대한 얼굴(포스터를 통해서만 보았기 때문에 그는 항상 빅 브라더의 얼굴 너비가 1미터 정도일 것이라고 생각했다)이 머릿속에 떠올랐다. 빅 브라더에 대한 그의 진정한 감정은 어떤 것일까?

복도에서 묵직한 구둣발 소리가 들려왔다. 마침내 철문이 쾅 하고 열렸다. 오브라이언이 감방 안으로 들어왔다. 그의 뒤에는 밀랍 가면을 쓴 것 같은 장교와 검은 제복을 입은 간수들이 서 있었다.

"일어나서 이리 와!"

오브라이언이 명령했다.

윈스턴은 침대에서 내려가 그의 앞에 섰다. 오브라이언은 억센 두 손으로 윈스턴의 양 어깨를 잡고 그의 표정을 찬찬히 뜯어보았다.

"자네는 나를 속이려 하고 있네. 어리석은 짓이지. 자, 똑바로 서서 내 얼굴을 쳐다보게."

그는 잠시 말을 멈췄다가 상냥한 어조로 다시 입을 열었다.

"윈스턴, 자네는 많이 좋아졌네. 이제 지적인 면에서 자네에게 잘못된 부분은 거의 없네. 그러나 감정 면에서는 별다른 진전이 없는 게 유감스럽다네. 윈스턴, 말해 보게. 거짓말하지 말고. 자네의 거짓말쯤은 내가 항상 알아챈다는 것은 이제 잘 알 테지? 자, 말해 보게. 빅 브라더에 대한 자네의 진정한 감정은 어떤 것인가?"

"저는 그를 증오하고 있습니다."

"그를 증오한다고? 좋아. 이제 자네가 마지막으로 거쳐야 할 단계가 왔다네. 이것 보게, 윈스턴! 자네는 빅 브라더를 사랑해야만 하네. 그에게 복종하는 것만으로는 부족하단 말일세. 그를 적극적으로, 진심으로 사랑해야 한단 말일세."

오브라이언은 그렇게 말하고 윈스턴을 간수들에게 넘기면서 말했다.

"101호실로!"

5

윈스턴은 감방이 바뀔 때마다 자신이 건물의 어디쯤에 있는지 희미하게 감지할 수 있었다. 감방의 위치에 따른 미미한 기압 차를 느낄 수 있기에 때문이었다. 간수들에게 매질 당하던 감방은 지하에, 오브라이언이 심문하던 감방은 지붕과 가까운 높은 곳에 있었다. 지금 그가 있는 곳은 지하 수십 미터 아래의 아주 깊은 곳 같았다.

그 방은 그동안 갇혀 있던 감방들보다 훨씬 더 넓었다. 그러나 그는 주변을 돌아볼 수가 없었다. 볼 수 있는 것은 녹색 천을 덮은 작은 책상 두 개뿐이었다. 하나는 그의 앞에서 앞 1~2미터 정도 떨어진 곳에 있었고 다른 하나는 그보다는 조금 멀리 떨어진 문가에 있었다. 그는 상체를 꼿꼿이 세운 자세로 의자에 단단히 묶여 있었기 때문에 몸뚱이는 고사하고 고개마저 움직일 수 없었다. 헝겊으로 머리를 묶고 뒤에 고정해 뒀기 때문에 앞만 똑바로 바라봐야 했다.

잠시 후 문이 열리고 오브라이언이 들어왔다.

"101호실에는 무엇이 있느냐고 물어본 적이 있었지. 그때 나는 그곳에 무엇이 있는지는 자네도 이미 알고 있으며 다른 모든 사람들도 알고 있다고 대답했네. 101호실에는 이 세상에서 가장 끔찍한 것이 있다네."

　문이 다시 열리더니 간수 하나가 철사로 만들어진 상자를 들고 와 문가 쪽 책상에 올려놓았다. 오브라이언이 사이를 가로막았기 때문에 그것이 무엇인지 윈스턴은 볼 수가 없었다.

　"세상에서 무엇이 가장 끔찍한가는 사람에 따라 다르다네. 산 채로 묻어버리거나 불에 태워 죽이거나 물에 빠뜨려 죽이거나 말뚝에 박아 죽이거나. 그래서 사람에 따라 별의별 처형 방법이 생겨난 걸세. 경우에 따라서는 목숨을 끊어버리지 않고 아주 시시한 방법만을 사용해도 죽이는 것 이상의 효과를 발휘하지."

　오브라이언이 의미심장하게 말했다.

　그가 옆으로 조금 비켜서자 비로소 윈스턴은 그 물건을 볼 수 있었다. 그것은 꼭대기에 손잡이가 달린, 철사를 얽어 만든 네모꼴의 상자였다. 앞면에는 펜싱용 마스크 같은 것이 부착되었고 옆면은 볼록하게 튀어나왔다. 윈스턴과 3~4미터 거리에 있는 그 상자는 두 부분으로 나뉘었는데 동물이 들어 있는 것 같았다.

　"자네의 경우, 이 세상에서 가장 끔찍한 것은 바로 쥐일 테지."

　오브라이언이 말했다.

　상자를 처음 본 순간부터 윈스턴은 왠지 모를 공포를 느꼈다. '쥐' 라는 말을 듣고 상자에 붙은 펜싱 마스크 같은 것의 쓰임새를 알게 되자 가슴이 철렁 내려앉았다.

　"안 돼요! 안 돼요! 그럴 수는 없습니다!"

　그는 찢어지듯이 높은 목소리로 울부짖었다.

　"자네는 꿈에서 자주 보았던 공포의 순간을 기억하나? 자네 앞에 시커먼 벽이 있고 짐승 우는 소리가 들려왔지. 그리고 벽 뒤편에는 무시무시한 게 있었네. 그게 뭔지 자네는 알고 있었지만 감히 인정할 수는 없었지. 벽 뒤편에 있던 게 뭐였지? 바로 쥐 아닌가?"

"오브라이언!"

윈스턴은 목소리를 가다듬으려고 애쓰며 그를 불렀다.

"이럴 필요까지는 없잖아요. 도대체 원하는 게 뭡니까?"

오브라이언은 즉시 대답하지 않았다. 그가 다시 입을 열었을 때에는 전에도 몇 번 그랬던 것처럼 학교 선생 같은 태도로 바뀌었다. 그는 윈스턴의 등 뒤에 있는 청중에게 연설이라도 하는 듯 생각에 잠긴 표정으로 시선을 멀리 두었다.

"고통만으로 뭔가를 느끼기에는 부족한 경우가 흔히 있네. 인간이란 고통으로 죽을 고비에 이르더라도 그 고통을 참고 견뎌낼 때가 있지. 하지만 누구에게나 도저히 참을 수 없는, 생각만 해도 끔찍한 것이 있는 법일세. 그건 용기라든가 비겁함과 아무 상관도 없는 문제라네. 절벽에서 떨어지다가 밧줄을 잡는 것은 비겁한 행동이 아니야. 깊은 물속에서 빠져나와 숨을 크게 들이쉰다고 해서 비겁하다고 할 수 없는 것과 같아. 어쩔 수 없이 움직이는 본능에 불과할 뿐일세. 쥐라고 해서 다를 것은 없네. 자네가 쥐를 참을 수 없이 싫어한다는 것을 알고 있다네. 그것은 자네가 아무리 발버둥 쳐도 벗어날 수 없는 일종의 강박감일 게야. 이제 자네는 자네에게 필요한 행동이 무엇인지 알게 될 것이고, 곧 할 수 있게 될 걸세."

"그게 뭡니까? 대체 그게 뭡니까? 뭔지도 모르는데 어떻게 할 수 있단 말입니까?"

오브라이언은 상자를 들고는 가까운 책상 위에 조심스럽게 올려놓았다. 윈스턴은 귀에서 몸 안의 피가 거꾸로 솟는 소리가 들리는 것 같았다. 그는 완전히 혼자라는 기분이 들었다. 광활한 들판 한가운데나 햇빛이 쏟아지는 막막한 사막에 홀로 떨어진 것 같았다. 외계의 모든 소리가 아득히 먼 곳에서 들려오는 것 같았다. 그러나 쥐가 있는 상자는 그에게서 불과 2미터도 못 되는 거리에 있었다. 굉장히 큰 쥐가 눈에 들어왔다. 돗바늘같이 억세고 날카로운 수염이 솟은 주둥이가 무척 사나워 보였고 털빛도 회색이 아닌 갈색이었다.

"자, 쥐일세."

오브라이언은 여전히 보이지 않는 청중에게 연설하듯 말했다.

"쥐는 설치류지만 육식도 한다네. 자네도 도시 빈민가에서 종종 일어나는 사건에 대해 들어본 적이 있을 걸세. 어떤 지역에서는 집 안에 아기를 5분도 혼자 놔두질 못한다네. 이 쥐란 놈들이 덤벼들기 때문이지. 놈들이 어찌나 지독한지 순식간에 아기를 뜯어먹고 뼈만 남겨놓는다네. 쥐란 놈은 병든 사람이나 죽어가는 사람한테도 덤벼든다지 뭔가. 이놈들은 지능이 아주 뛰어나서 저항할 기력도 없는 사람을 기가 막히게 잘 알아낸단 말일세."

상자 속에서 찍찍거리는 소리가 났다. 윈스턴은 그 소리가 먼 곳에서 들려오는 듯했다. 쥐들은 칸막이를 사이에 두고 서로 잡아먹으려는 듯 싸우고 있었다. 윈스턴은 신음소리와 함께 절망의 한숨을 토했다. 그 소리 역시 자기가 아닌 다른 사람의 소리 같았다.

오브라이언이 무언가를 상자 안으로 밀어 넣었다. 찰칵 하는 날카로운 소리가 났다. 윈스턴은 미칠 것 같은 심정으로 의자에서 일어나려고 몸부림쳤다. 그러나 소용없는 일이었다. 몸은 고사하고 머리조차도 움직일 수 없도록 묶였기 때문이었다. 오브라이언은 상자를 윈스턴 쪽으로 좀 더 가까이 옮겨놓았다. 이제 상자는 윈스턴의 얼굴에서 1미터도 안 되는 거리에 있었다.

"첫 번째 빗장을 풀었네."

오브라이언이 말했다.

"상자의 구조를 알아두는 게 좋을 걸세. 이 마스크를 쓰면 자네 얼굴은 마스크 속에 그대로 노출될 걸세. 물론 쥐들이 달리 빠져나갈 빈틈은 없네. 또 하나의 빗장을 마저 풀면 상자 문이 완전히 열리게 되네. 그리고 이 굶주린 짐승들이 총알처럼 뛰쳐나오는 거지. 자네는 쥐가 공중으로 뛰어오르는 걸 본 적 있나? 이놈들은 자네 얼굴부터 파먹을 걸세. 어떤 놈은 눈부터 파먹을 것이고 어떤 놈은 뺨에다 구멍을 내며 파먹다가 마침내 자네의 혓바닥을 잘라 먹겠지."

상자가 더 가까워졌다. 문은 아직 닫혀 있었다. 윈스턴은 머리 바로 위에서 찍찍거리는 쥐 소리를 계속 들었다. 그는 밀려오는 두려움을 떨쳐버리고자 자기 자신과 맹렬히 싸웠다. 생각하자! 단 1초라도 생각하는 것만이 유일한 희망이었다. 갑자기 짐승이 썩는 구릿한 냄새가 코를 찔렀다. 구역질 때문에 의식을 잃을 것 같았다. 눈앞이 캄캄했다. 그는 짐승처럼 비명을 질러댔다. 그는 줄곧 한 가지 생각에만 매달려 있었다. 자기 자신을 구하는 방법은 한 가지, 오직 한 가지밖에 없었다. 다른 사람을, 자신과 쥐 사이에 다른 사람의 몸뚱이를 갖다놓아야만 했다.'

커다란 마스크가 아무것도 볼 수 없게끔 시야를 가로막았다. 철사로 얽어맨 상자 문이 두 뼘 정도 앞으로 다가왔다. 쥐들은 이제 곧 무슨 잔치가 벌어질지 알고 있는 것 같았다. 한 놈은 위아래로 펄쩍펄쩍 날뛰었고 해묵은 놈은 분홍색 앞발로 철망을 꼭 쥐고 일어서서 코를 쳐들고 쿵쿵거렸다. 시궁창에 사는 쥐들의 할아버지뻘쯤은 될 것 같은 그놈은 고기비늘 같은 물때가 몸뚱이에 잔뜩 끼어 있었다. 윈스턴은 그놈의 수염과 누런 이를 똑똑히 보았다. 다시 한 번 암담한 공포가 그를 엄습했다. 그는 더 이상 볼 수도 생각할 수도 없는 무력감에 빠져버렸다.

"이건 중국 왕조 시대에 흔히 행해졌던 형벌일세."

오브라이언은 여전히 설교조로 말했다.

마스크가 윈스턴의 얼굴에 바짝 다가왔다. 삐죽 튀어나와 있던 철사 한 가닥이 그의 뺨을 긁었다. 그때 구원이, 아니 구원이 아니라 단지 희망이, 희미한 희망 한 조각이 머릿속에서 반짝거렸다. 그러나 이미 너무 늦은 게 아닐지 걱정됐다. 그는 이 세상에서 자기 대신 그 형벌을 받을 수 있는 오직 한 사람, 자기와 쥐 사이에 자리할 수 있는 유일한 몸뚱이가 있다는 걸 불현듯 깨달았다. 그는 미친 듯이 마구 소리를 질렀다.

"줄리아한테 그러세요! 줄리아한테! 제가 아니에요! 줄리아예요! 그 여자한테 무슨 짓을 해도 상관없어요. 그 여자의 얼굴을 갈기갈기 찢고 뼈까지 발라내도 괜찮아요. 저는 아니에요! 줄리아한테 그러세요, 저는 안 됩니다!"

그는 한없이 깊고 깊은 심연으로 떨어지고 있었다. 쥐들로부터 멀어지고 있었다. 여전히 의자에 묶여 있기는 했지만, 마룻바닥을 뚫고 벽을 뚫고 땅바닥을 뚫고 바다를 뚫고 대기권 밖으로 별과 별 사이로 우주 속으로 한없이 한없이 쥐들에게서 멀어져가고 있었다. 그가 그렇게 몇 광년이나 떨어져가는 동안에도 오브라이언은 여전히 그의 곁에 서 있었다. 윈스턴의 뺨에는 여전히 철사에 긁혔던 날카로운 느낌이 남아 있었다. 마침내 그를 에워싼 어둠 속에서 찰칵 하고 금속성 소리가 들려왔다. 윈스턴은 그 소리가 상자의 다른 문을 여는 것이 아니라 처음에 열렸던 문을 닫는 것임을 깨달았다.

6

카페 밤나무에는 손님이 거의 없었다. 창문을 통해 들어온 햇살이 먼지가 뽀얗게 쌓인 탁자 위에서 노란색으로 되비치는 한적한 오후였다. 시계 바늘이 15시를 가리키고 있었다. 텔레스크린에서는 질그릇 깨지는 것 같은 음악이 흘러나왔다.

윈스턴은 으레 앉는 구석 자리에 앉아 빈 잔을 바라보고 있었다. 가끔씩 그는 맞은편에서 자신을 노려보는 커다란 얼굴을 올려다보았다. 얼굴 아래에는 어김없이 '빅 브라더가 당신을 지켜보고 있다.' 라는 글이 있었다. 주문하지도 않았는데 종업원이 그의 잔에 승리주를 채워주고 코르크 마개에 가느다란 관을 꽂은 다른 병을 기울여 액체 몇 방울을 떨어뜨렸다. 카페 밤나무의 특제품인 정향나무 향 사카린이었다.

윈스턴은 텔레스크린에 귀를 기울였다. 지금은 음악이 나오지만 곧 평화부의 특별 뉴스가 발표될지도 모르기 때문이었다. 아프리카 전선에서 들려오는 소식이 극히 불길했다. 그는 온종일 그 걱정만 했다. 유라시아 군대(오세아니아는 현재 유라시아와 전쟁 중이며 지금까지 언제나 유라시아와 전쟁을 해왔다)는 놀라운 속도로 남쪽을 향해 진군하고 있었다. 정오의 특별 보도에서는 어떤 지역이라고 특별히 밝히지는 않았지만 짐작컨대 콩고 인근에서 전투 중인 것 같았다. 만약 사실이라면 브라자빌과 레오폴드빌이 위험하다. 굳이 지도를 펴 볼 필요도 없다. 이것은 비단 중앙아프리카를 빼앗긴다는 문제를 넘어서 전쟁 발발 이후 최초로 오세아니아의 영토 자체가 위협을 받는다는 것을 의미했다.

공포라기보다는 전에 없던 흥분이 그를 사로잡았다가 이내 사그라들었다. 그러고는 그만이었다. 그는 더 이상 전쟁 생각을 하지 않았다. 요즘 들어 그는 한 가지 문제에 대해 몇 분 이상 지속적으로 생각할 수 없었다. 그는 잔을 들어 단숨에 마셔버렸다. 술을 마시자 언제나처럼 속이 메스꺼워졌다. 술은 독했다. 정향나무 향이 나는 진은 역한 기름 냄새가 났다. 그러나 가장 역겨운 것은 밤낮으로 그를 따라다니는 술 냄새가 그의 마음속의 표현할 수 없는 어떤 것들과 뒤엉켜 있다는 점이었다.

그는 그 정체를 캐보려고 하지 않았다. 아예 생각해 볼 마음도 없었고 마음속에 그려볼 수도 없는 것이었다. 어쩌면 그의 주위에서 늘 떠돌아 항상 맡는 냄새이기 때문에 어렴풋이 알고 있는 것인지도 몰랐다. 배 속에 들어간 진이 부글부글 끓어오르고 자줏빛 입술에서는 트림이 나왔다. 석방된 이후로 그는 점점 살도 쪘고 혈색도 옛날로 되돌아갔다. 얼굴 전체가 통통해졌고 코와 뺨의 거칠었던 피부에 홍조도 돌았다. 벗겨진 대머리에도 분홍빛 핏기가 감돌았다. 이번에도 역시 시키지도 않았는데 종업원이 체스 판과 그날 발행된 〈타임스〉를 가져왔다. 신문은 체스 문제가 있는 쪽이 펼쳐진 상태로 그의 눈앞에 놓였다. 종업원은 윈스턴의 잔이 빈 것을 보고 술병을 가져와 다시 잔을 채웠다. 달리 주문할 필요가 없었다. 그곳 종업원들은 윈스턴을 잘 알기 때문에 늘 알아서 챙겨주는 것이었다. 그들은 윈

358

스턴이 나타나면 언제나 체스 판을 갖다 주었을 뿐 아니라 구석에 있는 탁자에 그의 자리를 마련해 주었다. 손님들이 많을 때도 그는 혼자 그 자리를 차지할 수 있었다. 아무도 그와 가까운 자리에 앉으려 하지 않기 때문이었다. 그는 술을 몇 잔이나 마셨는지 셀 필요도 없었다. 그들은 때때로 지저분한 종이쪽지를 계산서랍시고 내밀기도 했지만 그에게는 술값을 싸게 쳐주는 것 같았다. 하기는 비싸게 받는다 해도 상관은 없었다. 그의 수중에는 꽤 많은 돈이 있었다. 비록 한직이기는 하지만 버젓한 직장이 있고 보수도 옛날보다 훨씬 더 많이 받고 있었다.

이윽고 텔레스크린에서는 음악이 멈춘 대신 목소리가 흘러나왔다. 윈스턴은 고개를 들고 귀를 기울였다. 그러나 예상과는 달리 전선 소식이 아니었다. 풍요부에서 내보내는 짤막한 공고였다. 지난 4분기 동안에 제10차 3개년 계획 중 구두끈 생산이 할당량보다 98퍼센트나 초과 달성되었다는 내용이었다.

그는 신문에 실린 체스 문제를 들여다보며 체스 판 위에 말을 놓았다. 두 개의 말을 사용하여 결과를 만들어내는 상당히 까다로운 문제였다. '백을 먼저 사용해 두 수만에 장군을 부를 것.' 윈스턴은 빅 브라더의 초상을 올려다보았다. 체스에서는 언제나 백이 장군을 불러왔고, 그는 언제나 그것이 신비롭게 여겨졌다. 그것은 예외 없이 언제나 적용되었다. 흑이 이긴 적은 단 한 번도 없었다. 이것은 선이 악에 대해 영원히 그리고 예외 없이 승리한다는 것을 상징하는 것일까? 빅 브라더의 커다란 얼굴이 위엄에 가득 찬 시선으로 그를 지켜보고 있었다. 장군은 언제나 백이 불러야 한다.

풍요부의 공고를 전해 주던 텔레스크린의 목소리가 멈추고 잠시 간격을 두었다가 훨씬 더 침중한 목소리가 흘러나왔다.

"15시 30분에 중대 발표가 있을 것입니다. 15시 30분! 그 시간에 매우 중요한 뉴스를 전해드릴 것입니다. 절대로 놓치지 마십시오. 15시 30분입니다!"

다시 음악이 흘러나왔다.

윈스턴의 가슴은 또다시 두근거리기 시작했다. 이번에는 틀림없이 전선에서 날아온 특보가 발표될 것이라고 생각했다. 그는 직감적으로 좋지 않은 소식이라고 짐작했다. 그날 하루 종일 오세아니아가 아프리카 전선에서 치명적인 패배를 당했을까봐 머릿속이 어지러웠던 것이었다. 유라시아 군대가 철통같은 전선을 뚫고 개미 떼처럼 아프리카 대륙으로 진격해 들어가는 광경이 눈앞에 펼쳐지는 것 같았다. 그들을 궁지로 몰아붙여 섬멸해 버릴 방법은 없을까? 서아프리카 연안의 지형이 생생히 떠올랐다. 그는 하얀 나이트를 집어 체스 판 위로 옮겨놓았다. 이곳이 급소였다. 그는 아프리카 서북부에서 남쪽으로 새까맣게 몰려 내려가는 적을 그려보았다. 그리고 은밀히 집결한 오세아니아 군대가 적의 후방을 급습하여 육지와 바다로 이어지는 적의 연결 고리를 끊는 모습이 잇따라 떠올랐다. 정말로 그렇게 되기를 바라는 마음 때문인지 상상 속의 우군이 실재하는 것 같았다. 신속하게 움직여야 한다. 만약 적군이 아프리카 전역을 장악하고 케이프타운 비행장과 해군 기지를 수중에 넣는다면 오세아니아는 둘로 쪼개질 것이다. 그리고 그 여파로 패배와 붕괴가 뒤따르고 세계의 재분할과 당의 몰락으로 귀결될지도 모른다. 그는 숨을 깊이 들이마셨다. 기분이 착잡했다. 아니, 정확히 말해서 착잡하다기보다는 여러 가지 감정이 겹겹이 쌓여 어떤 것이 가장 밑바닥에 억눌려 있던 것인지 분간할 수 없었다. 모든 감정들이 한꺼번에 부글부글 끓어오르는 기분이었다.

눈가에 잠시 경련이 일었다. 그는 하얀 나이트를 제자리에 옮겼지만 더 이상 체스에 몰두할 수 없었다. 그의 머리는 뒤죽박죽으로 헝

클어졌다. 그는 무의식적으로 탁자 위에 쌓인 먼지 위에 손가락으로 글을 쓰기 시작했다.

2 + 2 = 5

"그들이 당신의 속마음까지 마음대로 할 수는 없어요."

그녀가 말했었다. 그러나 그들은 그의 마음속까지 파헤치고 모든 것을 알아버렸다.

"이곳에서 자네에게 일어난 일은 앞으로도 '영원히' 계속될 걸세."

오브라이언은 이렇게 말했었다. 사실이었다. 윈스턴이 다시는 되돌릴 수 없는 사건과 행위들이 그곳에 있었다. 그의 가슴속에서 무언가가 죽었고 소멸되었으며 마비되어 버렸다.

그는 그녀를 만나고 대화도 나누었다. 그러나 아무런 위험이 없었다. 이제 사상경찰은 그의 행동에 거의 관심이 없다는 것을 알고 있었다. 두 사람이 서로 원하기만 했다면 다시 한 번 만날 약속도 할 수가 있었다. 사실 두 사람은 우연히 만난 것이었다. 3월의 어느 우중충하고 쌀쌀했던 날 공원이었다. 땅은 아직도 돌덩이처럼 단단하게 얼어 있었고 잔디는 모두 말라 누렇게 떠 있었으며, 바람에 흔들리는 크로커스 꽃 몇 송이 외에는 나무에 싹도 돋아나지 않았던 때였다. 윈스턴은 손이 매우 시렸고 추위로 눈물까지 찔끔거리면서 빠른 걸음으로 걷다가 10미터도 채 안 되는 곳에서 다가오는 그녀를 보았다. 그는 추하게 변한 그녀의 모습에 충격을 받았다. 그들은 서로 아는 척도 하지 않고 그냥 지나쳐 갔다. 그러나 그는 무의식적으로 발길을 돌려 별다른 감흥도 없이 무작정 그녀의 뒤를 따라갔다. 자신의 행동이 아무런 위험도 불러오지 않을 뿐더러, 그 누구도 자기들에게 관심이 없다는 것을 알고 있었다. 그녀는 아무 말도 하지 않았다. 처음에는 그를 피하려는 듯 풀밭을 비스듬히 가로질러 걸어가더니, 이내 생각이 달라진 듯 걸음을 늦추고 그와 나란히 걸었다. 그들은 잎사귀 하나 없는 앙상한 나무숲에 이르렀다. 몸을 감출 수도 바람을 막을 수도 없는 숲이었다. 그들은 걸음을 멈추었다. 몹시 추운 날이었다. 나뭇가지 사이로 지나가는 바람이 듬성듬성 피어 있는 흉물스러운 크로커스를 흔들었다. 그는 팔을 내밀어 그녀의 허리를 끌어안았다.

텔레스크린은 없었지만 주변 어딘가에 마이크로폰이 있을 것은 분명했다. 더군다나 그곳은 사방이 훤히 트여 눈에 띄기 쉬운 곳이었다. 그래도 상관없었다. 아무것도 거리낄 게 없었다. 원하기만 한다면 바닥에서 '그 행위'를 할 수도 있었다. 그 생각을 하는 순간 그는 공포로 몸이 얼어붙는 것 같았다. 그녀를 감싸 안고 몸을 밀착시켜도 그녀는 아무런 반응이 없었다. 그의 포옹에서 풀려나려 하지도 않았다. 그는 그제야 그녀의 변심을 깨달았다. 그녀의 얼굴은 누렇게 떠 있었고 머리카락으로 살짝 가리기는 했지만 이마에서 관자놀이까지 기다란 흉터가 나 있었다. 그뿐만이 아니었다. 허리도 굵어진 데다 놀랄 만큼 뻣뻣했다. 그는 오래전에 로켓 폭탄이 떨어진 폐허에서 시체 하나를 끌어낸 적이 있었는데, 그 느낌이 어찌나 무섭던지 두 번 다시 기억하고 싶지 않을 정도였다. 시체는 엄청나게 무거웠을 뿐만 아니라 돌덩이처럼 뻣뻣하고 차가웠다. 지금 그는 그때의 끔찍했던 느낌이 떠올랐다. 부드럽던 그녀의 피부도 예전과 딴판이었다.

그는 그녀에게 키스할 생각도 없었고 대화할 생각도 없었다. 그곳에서 되돌아 걸음을 옮길 때 비로소 그녀가 그를 쳐다보았다. 경멸과 혐오로 가득 찬 시선이었다. 그는 그 감정이 과거의 일 때문인지, 아니면 누렇게 뜬 얼굴과 차가운 바람에 비어져 나온 눈물 때문인지 분간할 수가 없었다. 그들은 약간 간격을 두고 공원 철제 의자에 나란히 앉았다. 그는 그녀가 무엇인가 말하고 싶어 하는 것을 느꼈다. 그녀는 코가 뭉툭한 구두를 몇 센티미터 옆으로 움직이더니 나뭇가지 하나를 밟아 으스러뜨렸다. 그녀의 발도 볼이 더 넓어진 것 같았다.

"저는 당신을 배신했어요."

그녀가 분명한 어조로 말했다

"나도 당신을 배신했소."

그가 말했다.

그녀는 다시 혐오가 가득한 눈빛으로 그를 힐끗 쳐다보았다.

"그들은 견딜 수도 상상할 수 없을 만큼 당신을 괴롭히며 위협했을 거예요. 그리고 당신은 '나한테 이러지 마요. 다른 사람한테 하세요. 다른 누군가에게 하란 말이에요.' 라고 말했겠죠. 그러고 나서 그건 하나의 속임수일 뿐 고문을 멈추려면 어쩔 수 없었다고 스스로 변명했을 거예요. 하지만 그렇지 않잖아요? 누구나 그 상황에 처하면 그렇게밖에 할 수 없으니까요. 고통을 피하고 목숨을 지키려면 다른 방법이 없으니까요. 정말 어쩔 수가 없어서 그러는 거예요. 나도 모르게 이 고통이 다른 사람에게 옮겨지길 바라게 되는 거죠. 맞아요. 그 상황에서는 다른 사람이 당할 고통 따위는 개의치 않고 오직 나만 생각하게 되거든요."

"맞소. 오직 자신만 생각하게 되기 마련이오."

그가 그녀의 말을 그대로 따라 말했다.

"그런데 그렇게 말을 하면, 그 사람에 대한 감정이 이전과 변하게 돼요."

"그렇소. 감정이 변하게 되오."

더 이상 할 말이 없는 것 같았다. 바람이 얇은 제복을 뚫고 스며들어 추위가 더욱 심해졌다. 그는 묵묵히 앉아 있는 게 불편한 데다 너무 추웠기 때문에 가만히 있을 수가 없었다. 그녀는 지하철을 타야겠다며 자리에서 일어섰다.

"다시 만날 날이 있을 거요."

그가 말했다.

그는 반걸음쯤 뒤에서 그녀를 따라갔다. 그들은 더 이상 이야기를 하지 않았다. 그녀가 노골적으로 그를 떨쳐내려 한 건 아니지만 그와 나란히 걷지 않기 위해 속도를 유지하고 있었다. 그는 그녀를 지하철역까지 바래다줄 생각이었다. 그러나 돌연 이 추위 속에서 그녀를 졸졸 따라가는 것이 실없고 부질없는 일로 여겨졌다. 줄리아와 떨어지려고 그렇게 생각한 것은 아니었다. 그저 카페 밤나무로 돌아가고 싶었기 때문이었다. 지금만큼 그곳이 매력적으로 느껴진 적은 한 번도 없던 것 같았다. 신문과 체스 판 그리고 비우면 다시 채워지는 술잔이 있는 구석 자리의 탁자가 그리웠다. 무엇보다 이 순간에도 그곳에는 따뜻한 온기가 감돌 듯했다. 그러나 결코 우연만은 아닌 듯 사람들 몇 명이 그와 그녀 사이에 끼어들었다. 그는 그녀와 더욱 떨어져서 걷게 되었다. 그는 그녀를 따라잡으려고 발걸음을 빨리 해보다가 결국 걸음을 늦추고는 반대 방향으로 걷기 시작했다. 50미터쯤 걸었을 때 그는 뒤를 한 번 돌아보았다. 사람들이 그리 많지도 않았는데 그녀를 찾아낼 수가 없었다. 그녀는 바삐 걸어가는 열 명 남짓한 사람들 중 하나인 듯싶었다. 그러나 이제 더 이상 뚱뚱하고 뻣뻣해진 그녀의 뒷모습을 알아볼 수가 없었다. 그녀는 말했었다.

"누구나 그 상황에 처하면 그렇게밖에 할 수 없으니까요."

그 역시 마찬가지였다. 말로만 그런 것이 아니라 실제로도 그렇게 되기를 원했었다. 자신에게 닥친 고통이 그녀에게 옮겨가길 원했던 것이었다.

텔레스크린에서 흘러나오던 음악이 바뀌었다. 찢어질 것 같기도 비웃는 것 같기도 한 선정적인 음악이 흘러나왔다. 그리고 — 실제로 그런 것이 아니라 음악이 비슷해서 착각한 것이리라 — 노랫소리가 들려왔다.

> 우거진 밤나무 아래
> 나는 그대를 팔고 그대는 나를 팔았네.
> ……

눈물이 왈칵 솟았다. 지나가던 종업원이 그의 잔이 빈 것을 보고 술병을 가져왔다.

그는 잔을 들고 냄새를 맡았다. 그 술은 마시면 마실수록 기분이 더 나빠졌다. 그러나 이제는 습관이 되어 마시지 않고서는 견딜 수가 없었다. 그에게 있어서 술은 생명이요, 죽음이요, 부활이었다. 밤마다 그가 곯아떨어질 수 있는 것도, 다음 날 아침에 다시 일어날 수 있는 것도 다 술 덕분이었다. 대개 11시가 지나 일어나면 눈꺼풀이 들러붙어 있고 입안은 바짝바짝 탔으며 등이 부러져 나갈 것처럼 아팠다. 그럼에도 침대 옆에 놓아둔 술병과 술잔 덕분에 자리에서 일어날 수 있었다. 대낮에도 불콰하게 달아오른 얼굴로 술병을 옆구리에 끼고 앉아 텔레스크린 소리에 귀를 기울였다. 15시부터 문을 닫을 때까지는 카페 밤나무에 틀어박혀 있었다. 그가 무엇을 하든 아무도 신경 쓰지 않았고 호루라기 소리도 잠에서 깨우지 못했으며 더이상 텔레스크린도 그에게 호통치지 않았다. 그는 일주일에 두 번 정도 거의 잊어버리다시피 한 진리부의 먼지투성이 사무실에 가서 일이라고 하기도 뭣한 일을 하는 둥 마는 둥 했다. 그는 신어사전 제 11판의 편찬 과정에서 파생되는 사소한 문제들을 취급하는 수많은

위원회 중 하나인 분과위원회의 위원이었다. 그곳의 위원들은 '중
간보고서'라는 것을 작성했는데 그는 자기가 무엇을 보고해야 하는
지도 제대로 몰랐다. 쉼표를 괄호 안에 찍을 것인가, 밖에 찍을 것인
가 하는 문제 같았다. 분과위원회에는 그와 비슷한 처지의 사람이
몇 명 더 있었다. 그들은 모였다가 아무 일도 없다는 사실을 인정하
고 바로 헤어질 때가 많았다. 그러나 어떤 날은 세부적인 문제까지
파고들며 끝이 보이지 않는 기나긴 비망록 초안을 작성하는 등 열성
적일 때도 있었다. 이럴 때는 안건을 토의에 상정할 것인가 말 것인
가에서 시작하여 토의 자체가 점점 복잡하게 얽혀 서로 다투고 엇갈
린 주장을 내세우다가 상부에 보고하겠다는 으름장까지 놓았다. 그
러다가 돌연 맥이 풀려 닭 우는 소리를 듣고 사라지는 유령처럼 퀭
한 눈으로 탁자에 둘러앉아 서로를 멀뚱멀뚱 쳐다보는 것이었다.

　텔레스크린 소리가 잠시 멈추었다. 윈스턴은 다시 고개를 들었다.
전황을 알리는 특보인 줄 알았지만 아니었다. 단지 음악이 바뀐 것
뿐이었다. 그는 아프리카 지도를 떠올렸다. 군대의 이동 경로가 도
표처럼 펼쳐졌다. 검은 화살표가 수직으로 남진하는 가운데 흰 화살
표가 서쪽에서 동쪽으로 움직이며 검은 화살표의 꼬리를 끊는다. 그
는 재확인이라도 하듯 포스터 속의 천연덕스러운 얼굴을 올려다보
았다. 과연 하얀 화살표가 없는 경우를 상상할 수 있을까?

　그는 다시 흥미를 잃었다. 술을 한 모금 마신 그는 하얀 나이트를
집어 시험 삼아 움직여보았다. 장군! 그러나 올바른 수가 아니었다.
왜냐하면…….

　문득 옛 기억이 하나 떠올랐다. 촛불이 켜진 방에는 하얀 시트가
깔린 커다란 침대가 있었다. 그가 아홉 살이나 열 살쯤이었을 때로,
그는 바닥에 앉아 주사위 통을 흔들며 깔깔 웃어대고 있었다. 어머
니도 그의 에 앉아 함께 웃고 있었다.

어머니가 종적을 감추기 한 달 전쯤의 일이었던 것 같다. 배를 쥐어뜯는 허기도 잊은 채 어머니의 사랑을 흠뻑 느꼈던 행복한 순간이었다. 억수같이 퍼붓는 비가 창살 사이로 흘러내렸고 이 어두워 책을 읽을 수도 없던 그날을 기억하고 있었다. 어둡고 좁은 침실에서 종일 뒹구는 일이 아이들에게는 참을 수 없이 따분했을 터였다. 윈스턴은 계속 징징거리며 먹을 것을 달라고 졸라대다가 방 안을 마구 뛰어다니며 무엇이든 손에 잡히는 대로 끌어내고 벽을 걷어찼다. 결국 이웃집 어른이 조용히 하라며 혼을 냈다. 어린 누이동생은 가냘프게 울었다. 마침내 어머니가 윈스턴을 달래기 시작했다.

　"이제 그만 얌전히 있자. 조용히 있으면 장난감을 사줄게. 아주 멋진 걸로. 네 마음에 쏙 들 거야."

　그리고 어머니는 비가 쏟아지는 밖으로 나갔다. 어머니는 그때까지 문을 열어놓은 잡화점에 가서 '뱀과 사다리' 놀이가 들어 있는 마분지 상자를 사들고 왔다. 윈스턴은 지금까지도 눅눅했던 그 마분지 상자 냄새가 기억났다. 대단할 것도 없는 장난감이었다. 놀이판은 습기를 먹어 들떠 있었고 나무 주사위는 엉성하기 짝이 없어 제대로 서지도 못했다. 윈스턴은 못마땅한 표정으로 흘겨보았다. 그러나 어머니가 촛불을 켜자 그는 마지못한 듯 놀이를 하기 위해 어머니와 마주 앉았다. 각자의 말이 기세 좋게 사다리를 타고 올라가다가 뱀에게 걸려 출발점으로 미끄러질 때면 그들은 깔깔거리며 손뼉을 쳤다. 그는 어머니와 모두 여덟 번 게임을 했고 각각 네 번씩 이겼다. 누이동생은 아직 어려서 게임을 이해하지 못했지만 베개 위에 앉아서 덩달아 웃었다. 오후 내내 그들은 윈스턴이 더 어렸던 지난날처럼 정말 즐거워했다.

　그는 머릿속에 떠오른 과거 장면들을 모두 지워버렸다. 전부 잘못된 추억일 뿐이었다. 그는 때때로 이런 기억 때문에 곤란해지기도 했다. 그러나 잘못된 것임을 알고 있기 때문에 별 문제는 없었다. 존재했던 일도 존재하지 않았던 일도 잘 알고 있다. 그는 다시 체스 판으로 눈을 돌려 하얀 나이트를 집었다. 그와 동시에 하얀 나이트를 떨어뜨렸다. 그는 바늘에 찔린 듯 깜짝 놀랐다.

날카로운 트럼펫 소리가 울려 퍼졌다. 승리였다! 뉴스 전에 트럼펫이 울리는 것은 항상 승리를 의미했다. 모두가 전율에 떨었다. 종업원들도 깜짝 놀란 표정으로 귀를 기울였다.

그 어느 때보다 트럼펫 소리가 요란했다. 텔레스크린에서 뉴스가 흘러나왔지만 사방에서 터져 나오는 환호성 소리에 파묻혀 알아들을 수가 없었다. 소식은 이 거리에서 저 거리로 마술처럼 번져 나갔다. 윈스턴은 텔레스크린에서 나오는 뉴스를 가까스로 들어가며 자신의 예상대로 된 것을 알았다. 아군의 거대한 함대가 비밀리에 모여 적의 뒤통수를 급습한 것이었다. 하얀 화살표가 검은 화살표의 꼬리를 끊었다. 승리했다는 말들이 소음을 뚫고 단편적으로 들려왔다.

"대규모 기동 작전 – 완전한 합동 작전 – 패주 – 포로 50만 명 – 사기 완전 저하 – 아프리카 전역 장악 – 목전에 다가온 전쟁의 종결 – 승리 – 인류 역사상 최대의 승리 – 승리, 승리, 승리!"

윈스턴의 다리가 탁자 아래에서 후들거렸다. 그는 자리에서 꼼짝도 못했지만, 마음만은 이미 다른 사람들과 함께 펄펄 뛰며 환호성을 질러대고 있었다. 그는 다시 빅 브라더의 초상을 바라보았다. 세계를 손아귀에 거머쥔 거인! 아시아 유목민의 공격을 완벽하게 막아낸 거석! 10분 전 – 그렇다, 겨우 10분 전이었다 – 만 해도 승전보가 울릴 것인가 패전보가 울릴 것인가 예상하느라 마음을 졸였었다. 패배한 것은 유라시아의 군대만이 아니다. 그는 애정부에서 첫날을 보낸 이후 많은 변화가 있었지만 이 순간만큼 결정적이고 불가피한 구원의 변화는 없었다.

368

텔레스크린은 여전히 포로, 노획품, 살상을 떠들어대고 있었다. 바깥의 환호성은 약간 누그러졌다. 한 종업원이 술병을 들고 그의 탁자로 다가왔다. 윈스턴은 잔에 술이 채워지는 것도 모르고 행복한 몽상에 잠겨 있었다. 그는 더 이상 환호성을 지르며 내달리지 않았다. 애정부로 돌아와 모든 것을 용서받고 그의 영혼은 눈처럼 순결해졌다. 피고석에 앉아 모든 것을 자백하고 자기가 아는 모든 사람들을 연루시켰다. 그는 햇빛 속을 걷는 기분으로 하얀 타일이 깔린 복도를 걷고 있었다. 그 순간 무장한 간수가 그의 뒤에 나타났다. 그리고 그가 오랜 시간 기다려왔던 총알이 그의 머리에 박혔다. 그는 빅 브라더의 거대한 얼굴을 올려다보았다. 검은 수염 속에 숨겨진 미소를 찾아내기까지 그는 40년이라는 세월을 살아야 했다. 오, 잔인하고 불필요한 오해여! 오, 저 사랑이 가득한 품 안을 떠나 고집을 부리며 스스로 택했던 유형이여! 진 냄새를 풍기는 두 줄기 눈물이 그의 코 옆으로 흘러내렸다. 모든 것은 다 잘 되었다. 싸움은 끝났다. 그는 자신과의 싸움에서 승리를 얻었다. 그는 빅 브라더를 사랑했다.

부록
신어의 원리

　신어는 오세아니아의 공용어로 '영사' 즉 영국 사회주의의 이념적 필요에 의해 창안되었다. 1984년까지는 말을 하거나 글을 쓰는 데 신어만을 사용하는 사람이 없었다. 〈타임스〉 기사는 신어로 쓰였지만 그것은 전문가들만이 할 수 있는 어려운 작업이었다. 그러나 2050년쯤에는 결국 신어가 구어를 대체할 것으로 예상된다. 그때까지 신어의 사용 범위는 점점 확대되어 모든 당원은 일상생활에서도 신어의 단어와 문법 체계를 사용할 것이다. 1984년도에 사용된 신어는 신어사전 제9판과 제10판에 수록된 과도기적인 상태로써, 불필요한 단어와 고어체가 다수 포함되어 있다. 이것들은 앞으로 꾸준히 제거될 것이다. 여기에서 언급하는 것은 신어사전 제11판에 수록된 최종적이고 완벽한 언어다.

　신어의 목적은 영사 신봉자들에게 적절한 사고 습성과 세계관의 표현 수단을 제공하는 것뿐만 아니라, 영사가 아닌 다른 사상을 받아들이지 못하게 하는 것에 있다. 신어가 전면적으로 사용되고 구어를 완전히 잊게 되면 – 사상은 언어에 의해 정리되고 구축되므로 – 이단적 사상 즉 영사의 원칙과 어긋나는 사상은 생각조차 할 수 없게 되는 것이다. 신어의 단어는 당원이 당원으로서 표현하고자 하는 모든 뜻을 정확히 표현할 수 있도록 정교하게 만들어진 반면, 다른 모든 의미와 간접적인 전달 방법은 모두 배제되었다. 이것은 부분적으로 새로운 단어를 창조하고 비정통적 의미가 내포된 단어들을 없애고 한 단어에 들어 있는 2차적인 의미를 삭제함으로써 이루어졌다. 한 가지 예를 들어보자. '자유로운(free)' 이란 단어는 신어에도 존재하지만, 이것은 단지 '이 개는 이빨이 없다(This dog is free from lice)' 라든가 '이 밭에는 잡초가 없다(This field is free from weeds)' 라는 말에서만 사용된다. '정치적으로 자유로운(politically free)' 이라든가 '지적으로 자유로운(intellectually free)' 이란 말처럼 옛날식 의미로는 사용될 수가 없다. 왜냐하면 이미 정치적, 지적 자유라는 개념 자체가 존재하지 않으므로 단어 역시 필요성이 없기 때문이다. 이단적인 단어들을 삭제하는 것에서 그치지 않고 삭제할 수 있는 모든 단어들을 삭제하였다. 신어는 인간의 사고 영역을 확장하기 위해서가 아니라 축소하기 위해 만들어진 만큼 어휘를 최소한으로 줄이는 것은 간접적으로 신어의 목적에 도움 되었다.

신어의 뿌리는 오늘날 우리가 사용하는 영어지만 오늘날 영어를 사용하는 사람이 신어로 구성된 문장을 이해하는 것은 거의 불가능하다. 또한 새로이 만들어진 단어가 전혀 포함되지 않은 문장이라 하더라도 마찬가지다. 신어의 단어들은 저마다 A어군, B어군(합성어라고도 일컬어진다), C어군으로 뚜렷이 구분된다. 쉽게 이해하기 위해 세 어군을 각각 구분하여 설명하겠지만, 신어의 문법적 특수성은 A어군의 설명에 포함시킬 것이다. 왜냐하면 세 개의 어군에 똑같은 규칙이 공통적으로 적용되기 때문이다.

A어군

　　A어군은 먹고 마시고 일하고 옷 입고 층계를 오르내리고 차를 타고 꽃밭을 가꾸고 요리하는 등 일상생활에 필요한 어휘들로 구성되어 있다. 이 어군에는 우리가 이미 사용해 온 '때리다', '달리다', '개', '나무', '설탕', '집', '들판' 같은 말들로 이루어져 있지만, 오늘날의 영어 단어와 비교해 볼 때 단어 수가 훨씬 적고 뜻도 엄격히 제한되어 있다. 특히 각 단어에 포함된 모호한 뜻이나 숨겨진 뜻은 완전히 제거되었다. 따라서 이 어군의 단어들은 단 하나의 명백한 개념만을 나타내는 단음(斷音)이다. A어군에 속한 단어를 문학적으로 표현하거나 정치적, 철학적 토론에 사용하는 것은 아예 불가능하다. A어군의 단어들은 구체적인 물건이나 물리적 행위의 뜻을 가진 단순하고 의도적인 사고를 표현하는 데에만 사용된다.

　　신어의 문법에는 두드러진 특성 두 가지가 있다. 첫 번째 특성은 서로 다른 품사로 전용(轉用)할 수 있다는 것이다. 신어는 어떤 단어든 ― 원칙적으로는 '만약(if)'이라든가 '언제(when)' 같은 추상적 단어까지 포함해서 ― 동사, 명사, 형용사, 부사로 사용할 수가 있다. 또한 동사형과 명사형의 어근이 같다면 이때에는 같은 단어를 사용한다. 이로써 많은 고어체 어휘들이 파괴되었다. 예를 들어 신어에는 '사고(thought)'라는 단어가 없다. 그 대신 '생각하다(think)'라는 단어가 동사와 명사의 두 가지 기능을 함께한다. 여기에는 어떠한 어원학적 원칙도 적용되지 않는다. 원래 명사였던 단어가 명사 때로는 동사로 사용되는 경우도 있다. 비슷한 의미의 동사와 명사가 있다면 어원학적으로는 아무 상관이 없을지라도 둘 중 하나는 폐기된다. 이를테면 '베다(cut)'라는 동사가 없더라도 명동사(noun-verb)인 '칼(knife)'이 그 뜻을 충분히 나타낼 수 있다. 한편 형용사는 명동사에 접미사 '-로운(-ful)'을 붙여서 만들고, 부사는 '-롭게(-wise)'를 붙여서 만든다. 예를 들어 '속도로운(speedful)'은 '빠른(rapid)'을, '속도롭게(speedwise)'는 '빨리(quickly)'를 뜻하게 된다. 오늘날 사용하는 '좋은(good)', '강한(strong)', '큰(big)', '검은(black)', '부드러운(soft)' 같은 형용사들은 신어에 그대로 남아 있지만 그 수효는 매우 적다. 명동사에 '-로운(-ful)'이란 어미를 붙이기만 하면 거의 모든 형용사적 의미를 표현할 수 있기 때문에 필요 없어진 것이다. 현존하는 부사는 '-롭게(-wise)'로 끝나는 기존 단어 몇 개를 제외하면 남아 있는 것이 하나도 없다. 모든 부사는 '-롭게'로 끝나도록 되어 있다. 예를 들어 '잘(well)'이란 단어는 '좋아롭게(goodwise)'로 대체되었다.

게다가 어떤 단어이든 — 이것은 모든 단어에 적용된다 — 접두어 '안(un-)'을 붙여 부정의 의미를 만들 수 있고, 접두어 '더욱(plus-)'을 붙여 본래의 의미를 강조할 수 있으며, '더욱더(doubleplus-)'를 붙여 '더욱'을 '더' 강조할 수도 있다. 예를 들어 신어 중 '안 추운(uncold)'은 '따뜻한(warm)'을 의미하고, '더욱 추운(pluscold)'과 '더욱더 추운(doublepluscold)'은 각각 '무척 추운(very cold)'과 '극심하게 추운(superlatively cold)'을 의미한다. 또한 오늘날의 영어처럼 '앞

(ante-)', '뒤(post-)', '위(up-)', '아래(down-)'와 같은 전치사적 접두어를 붙여 단어의 의미를 바꿀 수도 있다. 이 방법은 단어 수를 대폭 감소시키는 역할을 한다. 예를 들어 '좋은(good)'이란 단어가 있으므로 '나쁜(bad)'이란 단어는 필요성이 없어진다. '안 좋은(ungood)'이란 단어로 표현하면 되기 때문이다. 따라서 서로 반대의 뜻을 지닌 단어 한 쌍이 있을 경우에는 둘 중 어떤 것을 없앨 것인지 결정만 하면 된다. 그러므로 결정에 따라 '어두운(dark)'은 '안 밝은(unlight)'으로, '밝은(light)'은 '안 어두운(undark)'으로 대체할 수가 있다.

신어 문법의 두 번째 특성은 규칙성이다. 나중에 기술할 몇 가지 예외를 제외하면 신어의 모든 어미변화는 동일한 규칙을 따른다. 그에 따라 모든 동사의 과거형과 과거 분사는 똑같이 '-ed'로 끝난다. '훔치다(steal)'의 과거형은 'stealed', '생각하다(think)'의 과거형은 'thinked'가 되며, 'swam(수영했다)', 'gave(주었다)', 'brought(가져왔다)', 'spoke(말했다)', 'taken(취했다)' 등과 같은 형태는 모두 폐기되었다. 명사의 복수형 또한 이 규칙을 따라 '-s'나 '-es'를 붙인다. 'man(사람)', 'ox(소)', 'life(인생)'의 복수형은 각각 'mans', 'oxes', 'lifes'로 되었다. 형용사의 비교급이나 최상급도 모두 '-er', '-est'를 붙여서(good, gooder, goodest) 만들었으며, 그 밖의 불규칙형과 'more', 'most'는 없애버렸다.

대명사, 관계사, 지시형용사, 조동사의 불규칙 어미변화는 여전히 허용된다. 이것들은 고어체를 그대로 사용할 수 있으나 'whom'은 불필요하다는 결정으로 삭제되었고, 'shall'과 'should' 역시 삭제되었고, 'will'과 'would'만이 사용되고 있다. 말을 더 빠르고 쉽게 하기 위해 만들어진 불규칙적인 요소도 존재한다. 발음하기 어렵거나 잘못 알아듣기 쉬운 단어들은 이와 같은 이유 때문에 나쁜 말로 여겨졌다. 이러한 단점을 보완하기 위해 편의상 다른 글자를 삽입하

거나 고어체를 그대로 사용하는 경우도 있다. 이 사항들은 주로 B어
군과 관련된다. 또한 발음을 쉽게 하는 것이 '왜' 그렇게 중요한 문
제인지는 글 후반부에서 설명할 것이다.

B어군

B어군은 정치적 목적에 따라 주도면밀하게 만든 단어들로 구성되어 있다. 어떤 경우라도 항상 정치적인 의미를 내포되었을 뿐 아니라, 사용하는 사람들이 바람직한 정신 상태를 지니게 하려는 의도로 만들어진 것이다. 영사의 원칙을 충분히 이해하지 않고서는 정확하게 사용하기가 어렵다. 이 단어들이 구어나 A어군의 말로 번역될 경우도 있겠지만 이 경우에는 긴 문장으로 의역되거나 원문의 정확한 의미를 잃어버리게 된다. B어군의 단어들은 일종의 속기 문자로 모든 사고의 영역을 몇 음절로 축약시키며 원래의 언어보다도 정확하고 뚜렷하게 표현된다.

B어군에 속한 단어는 전부 합성어*다. 이 단어들은 둘 이상의 단어 또는 단어의 조각이 합쳐진 것으로, 쉽게 발음할 수 있는 형태로 결합되어 있다. 결과적으로 B어군의 합성어는 명동사가 되어 일반 규칙에 따라 어미가 변화한다. 한 예로 '선사(goodthink)'란 단어는 '정통(orthodoxy)'이란 뜻을 내포하며, 동사로 사용할 때는 '정통적

---

*구술기록(speakwrite)과 같은 합성어는 A어군에 속하지만, 편의상의 약어일 뿐 이념적 색채는 없다 – 원주

인 방식으로 생각하다(to think in an orthodox manner)'라는 뜻이 된다. 이 단어를 살펴보면 명동사는 'goodthink', 과거형과 과거분사는 'goodthinked', 현재분사는 'goodthinking', 형용사는 'goodthinkful', 부사는 'goodthinkwise', 동명사는 'goodthinker'로 어미변화 되는 것이다.

B어군은 어원학적 설계에 따라 창안된 것이 아니다. 이 합성어들은 어떤 품사로 쓰이든 문장의 어느 위치에 놓이든 상관없다. 원뜻을 훼손시키지 않는 한 발음의 편의를 위해 일부를 떼어낼 수도 있다. 이를테면 '사상죄(crimethink, thoughtcrime)'에서는 'think'가 뒤에 오지만, '사상경찰(thinkpol, Thought Police)'에서는 앞에 온다. 그리고 '경찰(police)'의 뒷부분이 잘려 나갔다. B어군 단어들은 발음의 편의를 꾀하기가 어렵기 때문에 A어군보다 더 많은 불규칙형을 사용한다. 예를 들어 '진부(Miniture)', '평부(Minipax)', '애부(Miniluv)'의 형용사형은 각각 '-trueful', '-paxful', '-luvful'인데, 발음하기가 힘들기 때문에 'Minitruthful', 'Minipeaceful', 'Minilovely'로 결정되었다. 그러나 원칙적으로 B어군의 모든 단어는 일반 규칙과 동일한 어미변화를 한다.

B어군 중에 몇몇 단어들은 뜻이 매우 미묘하기 때문에 신어를 전체적으로 통달한 사람이 아니면 이해하기 힘들 때도 있다.

〈타임스〉사설을 예로 들자면 '구사고인(舊思考人)들은 영사를 불감한다(Oldthinkers unbellyfeel Ingsoc).'라는 문장이 있다. 이것을 구어로 가장 짧게 번역하자면 '혁명 전에 사상이 형성된 사람은 영국 사회주의의 원리를 마음으로부터 이해할 수 없다.'라는 말이 된다. 그러나 이것은 올바른 번역이 아니다. 앞서 인용한 신어 문장의 의미를 완전히 파악하려면 우선 '영사'에 대해 뚜렷한 이해가 필요하다. 게다가 영사에 깊이 경도된 사람만이 오늘날에는 상상도 못할 만큼 맹목적이면서도 열성적으로 수용하는 태도를 의미하는 '감하다(bellyfeel)' 라는 단어의 위력이나 악덕과 퇴폐의 개념이 혼재된 '구사고(oldthink)' 란 단어를 완전하게 이해할 수가 있을 것이다. '구사고' 의 경우처럼 신어의 단어 일부는 그 의미를 표현하지 않고 오히려 파괴한다. 이 단어의 수효는 많지 않지만 저마다 그와 비슷한 의미의 단어들을 없애면서 유사어들의 뜻까지 포함하도록 의미가 확대되었다. 신어사전의 편찬자들이 직면한 가장 큰 문제는 새로운 단어를 만들어내는 것이 아니라 만들어놓은 단어들의 의미를 확정하는 것이다. 즉 새로운 단어에 맞춰 삭제할 단어를 선정하는 일이다.

이미 '자유로운(free)'의 예에서 본 것처럼 이단적인 뜻이 내포된 단어들을 편의상 겨두기도 하지만, 이것은 바람직하지 못한 개념을 모두 제거한 상태에서만 잔존한 경우일 뿐이다. 그동안 '명예(honour)', '정의(justice)', '덕성(morality)', '국제주의(internationalism)', '민주주의(democracy)', '과학(science)', '종교(religion)' 와 같은 단어들이 숱하게 제거되었다. 그리고 몇 개의 포괄적인 단어들이 대신하게 되었다. 하지만 대신한다는 말은 곧 그 말이 없어졌음을 뜻한다. 예를 들어 자유와 평등의 개념에 속하는 모든 단어들은 '사상죄(crimethink)' 라는 단어 하나에, 객관성과 합리주의라는 개념에 속하는 모든 단어는 '구사고(oldthink)' 라는 단어 하나에 포함되었다. 단어의 의미를 상세히 남겨두는 것은 위험하기 때문이다.

당원들에게 요구되는 것은 모든 이민족들은 '거짓 신' 을 숭배한다고 생각했던 고대 히브리인들과 유사한 사고방식이다. 히브리인들은 바알, 오시리스, 몰록, 이슈타르와 같은 이름을 알려 하지도 않았고, 모르면 모를수록 자신들의 정통성을 지키는 데 유리하다고 생각했다. 그들은 여호와와 여호와의 계명만을 알았고 다른 이름과 다른 속성을 지닌 신들은 모두 거짓 신이라고 믿었다. 이와 마찬가지로 당원들은 어떤 것이 올바른 행동인지 알고 있으며 일반화된 용어를 통해 올바른 행동에서 벗어나는 일탈의 정도를 알고 있다. 예를 들어 당원들의 성생활은 '성죄(性罪, sexcrime)'와 '선성(善性, goodsex)'이라는 두 개의 신어로 철저히 통제되고 있다. '성죄'는 모든 성적 비행을 의미한다. 간음, 간통, 동성애를 비롯한 성도착뿐만 아니라 성교 자체가 목적인 정상적인 성교도 해당된다. 이런 음행들은 하나같이 처벌을 피할 수 없는 범죄인 데다 원칙적으로 사형감이기 때문에 일일이 구분하여 거론할 필요가 없다. 과학 및 기술 용어로 구성된 C어군이라면 각각 전문 용어를 붙여야 할 수도 있겠지만 일반 국민은 그렇게까지 필요가 없다. 그들은 '선성'이 어떤 의미인지 알고 있다. 아내 쪽에서 육체적 쾌감을 느껴서 안 되는 것은 물론이며 아기를 낳기 위한 부부 간의 정상적인 성교를 제외한 모든 성교는 '성죄'에 해당된다. 신어를 통해서 어떤 것이 이단인지는 알 수 있으나 이단적 사고를 하는 것은 불가능하다. 알아야 하는 것 이상을 필요로 하는 말은 존재할 수 없다.

B어군에는 이념적으로 중립적인 단어가 존재하지 않는다. 다수의 단어들이 완곡히 표현되었기 때문이다. 그 예로는 '쾌락 수용소(joycamp, 강제 노동 수용소)'나 '평부(Minipax, 평화부)'와 같은 단어들이 있는데, 이 명칭들은 실제와 정반대의 뜻을 가지고 있다. 그런가 하면 어떤 단어들은 오세아니아 사회의 본성을 노골적으로 경멸하기도 한다. 예를 들어 당이 대중에게 제공하는 시시껄렁한 오락과 허위 보도의 뜻이 담긴 '노동자 사육(prolefeed)'이란 단어가 있다. 또한 당에 적용하면 '선(good)'이고 적에게 적용하면 '악(bad)'을 의미하는 양면적인 단어도 있다. 얼핏 보기에는 단순한 약어로 보이지만 실제로는 단어의 의미보다 구조 자체에서 이념적인 색채를 띠는 단어가 상당히 많다.

정치적 색채를 지녔거나 지닐 여지가 있다고 판단되는 단어들은 모두 B어군에 포함돼 있다. 그리고 각종 조직, 단체, 강령, 지방, 제도, 공공건물의 명칭은 모두 본래의 의미를 잃지 않는 범위 내에서 쉽게 발음될 수 있도록 음절수를 줄여 간결하게 축약되었다. 윈스턴 스미스가 소속된 진리부의 '기록국'은 '기국(Recdep)'으로, '창작국'은 '창국(Ficdep)'으로, '텔레스크린 프로그램국'은 '텔국(Teledep)'으로 줄여 부르는 것이 그 예라 할 수 있다. 이것은 단순히 시간을 절약하려는 이유만은 아니다. 20세기 초부터 수십 년 동안 약어를 만들어낸 것이 정치 용어의 특징이었다. 또한 약어의 사용 경향은 전체주의 국가나 전체주의적 단체에서 더욱 뚜렷하게 나타났다. '나치', '게슈타포', '코민테른[6]', '인프레코르[7]', '아지트프로프[8]'가 그 예다. 초기에는 무의식적으로 사용되었지만 신어는 처음부터 의식적으로 목적성을 지닌 약어들을 사용하였다. 약어화된 명칭들은 의미가 한정됨과 함께 원뜻에 연상되는 의미들을 제거하리라 생각했던 것이다. 한 예로써 '국제 공산당'이라는 명칭은 보편적인 인류애, 붉은 깃발, 바리케이드, 칼 마르크스, 파리 코뮌 등으로 어우러진 그림을 연상케 한다. 반면 '코민테른'이란 명칭은 탄탄하게 조직된 기관과 명확하게 천명된 강령만을 연상시킬 뿐이다. 그것은 의자나 책상이라는 단어와 같이 의미를 아주 쉽게 알 수 있을 뿐만 아니라 목적을 한정 짓는다. '국제 공산당'이란 단어는 순간적으로나마 여러 가지 연상을 불러일으켜 머뭇거리게 하지만 '코민테른'은 별다른 생각 없이 입에 올릴 수 있는 단어다. 그와 마찬가지로 '진부'는 '진리부'에 비해 연상 범위가 훨씬 좁고 그만큼 통제하기

---

6) Comintern, 국제 공산당을 말한다 – 옮긴이
7) Inprecor, 코민테른의 기관지다 – 옮긴이
8) Agitprop, 선동 및 선전 활동을 의미한다 – 옮긴이

가 용이하다. 이러한 연유로 되도록 음절수를 생략하는 습성이 나타나고, 모든 단어를 수월하게 발음하는 문제에 지나칠 정도로 신경 쓰게 된 것이다.

　신어는 의미의 정확성 다음으로 발음의 편의성을 중요시한다. 발음의 편의성을 도모하기 위해서는 문법도 예외 없이 희생된다. 정치적 목적을 위해 빨리 발음할 수 있으면서도 화자의 머릿속에 다른 연상을 불러일으키지 않는 명확한 의미의 짧은 단어들이 요구되기 때문이다. B어군의 단어들은 어휘끼리 닮았다는 사실만으로도 충분히 효과적이라고 할 수 있다.

　goodthink, Minipax, prolefeed, sexcrime, joycamp, Ingsoc, bellyfeel, thinkpol 등 헤아릴 수 없이 많은 단어들이 첫 음절과 마지막 음절 사이에 악센트가 붙는 두세 개의 음절로 되어 있다. 이 단어들을 사용하다 보면 딱딱 끊어지는 단음과 단조로운 억양으로 속사포처럼 빠르게 말할 수 있게 된다. 이것이 바로 신어의 창안 목적이다. 신어의 의도는 말, 특히 이념적으로 어느 한 쪽에 치우친 내용을 무의식적으로 술술 하게끔 만드는 것이다. 일상적인 대화에서는 말하기 전에 생각해야 할 때가 있지만 정치적, 윤리적 판단이 필요할 때는 기관총을 발사하듯 정확한 의견을 자동적으로 개진할 수 있어야 한다. 이 훈련에 완전히 숙달되면 언어는 완전무결한 도구가 되며, 영사 정신에 충실한 거친 소리와 고의적 악랄함을 내포한 단어의 짜임새는 그 과정을 더욱더 부채질하는 것이다.

　선택할 단어의 수가 매우 적다는 사실 또한 빨리 말하기에 도움이된다. 우리의 언어와 비교해 신어의 어휘 수가 훨씬 적음에도 더욱더 줄이기 위해 끊임없이 모색하고 있다. 따라서 신어는 해가 갈수록 어휘가 늘어나지 않고 오히려 점점 줄어든다는 점에서 타 언어와 구별된다. 선택할 수 있는 어휘가 줄어들수록 생각의 폭도 좁아지므로 당의 입장에서는 바람직한 현상인 것이다. 당은 사람들이 뇌를 전혀 사용하지 않고 입으로만 의미 없이 지껄이길 바란다. 이러한 목표는 '오리처럼 꽥꽥거리다(quack like a duck)'라는 뜻의 신어 '오리말(duckspeak)'에 잘 나타나 있다. B어군의 다른 단어들처럼 '오리말'이란 단어 역시 의미가 모호하고 양면적이다. 만약 꽥꽥거리는 의견이 정통적인 것이면 그 말은 바로 칭찬을 의미한다. 그러므로 〈타임스〉가 당의 한 연사에 대해 '더욱더 좋은 오리말을 쓰는 사람(doubleplusgood duckspeaker)'이라고 평했다면 그는 대단히 따스한 호평을 받은 셈이 된다.

1)

C어군

C어군은 A어군과 B어군의 보조적인 역할로써 과학적안 용어와 기술적인 용어들로 구성되었다. 이 용어들은 오늘날의 과학적 용어와 비슷한데 이는 같은 어근에서 파생되었기 때문이다. 하지만 C어군의 용어들은 종전에 비해 더욱 엄격히 정의되었고 바람직하지 못한 의미들은 지속적으로 제거되었다. C어군 또한 다른 두 어군의 단어들과 동일한 문법적 규칙을 따른다. C어군의 단어들은 일상생활이나 정치 연설에서는 거의 사용되지 않는다. 과학자나 기술자는 자기 분야의 단어들은 전문 분야용 목록에서 찾을 수 있으나 다른 분야의 단어들은 거의 모른다. 모든 목록에 공통적으로 들어간 단어들이 몇몇 있지만 과학의 기능을 정신의 습성이나 사고의 방법이라고 묘사할 단어는 어느 목록에도 없다. 사실상 '과학'이라는 단어도 없으며, 그 의미는 이미 영사라는 단어가 충분히 대체하고 있다.

이상의 설명대로 극히 낮은 수준을 제외하고는 신어를 사용해 비정통적인 의견을 표현하는 것은 거의 불가능하다. 물론 모욕적인 말이나 거친 말투의 이단적 언어를 사용할 수는 있다. 예를 들어 '빅 브라더는 안 좋다(Big Brother is ungood).' 라는 말을 할 수도 있다. 그러나 이 말을 정통주의자가 들을 때는 그저 엉뚱할 뿐이며 논쟁을 하려 해도 쓸 수 있는 언어가 없다. 영사에 대해 적대적인 생각은 언어로 표현할 수 없는 막연한 형태밖에 없다. 설령 모든 이단적 단어를 긁어모아 표출하더라도 정의할 수조차 없는 막연한 말에 불과한 것이다. 사실 불법임을 감수한다면 몇 마디의 신어를 구어로 번역해서 비정통적인 사상을 표현하는 수도 있다. 예를 들어 '모든 인간은 동등하다(All mans are equal).' 라는 문장은 신어로도 표현 가능하지만, 구어의 '모든 인간은 머리카락이 붉다(All men are redhaired).' 라는 의미 이상은 될 수 없다. 문법적인 오류가 있는 것은 아니지만 모든 인간의 신장과 체중, 체력이 똑같다는 의미가 된다. 더 이상 정치적 평등이라는 개념은 더 이상 존재하지 않는다. '동등한(equal)' 이란 단어의 '평등' 이라는 부차적인 개념은 이미 삭제되었다. 구어를 일반적으로 사용하였던 1984년에는 신어를 사용할 때도 원뜻이 연상될 위험이 있었다. 이중사고에 충실한 사람만이 그 위험을 피해 갈 수 있었다. 그러나 앞으로 두 세대 안에 이런 실수를 범할 가능성은 사라질 것이다. 신어를 유일한 언어로 익히며 자란 사람은 '동등한' 에 '정치적으로 평등한' 이란 2차적인 의미인 의미가, '자유로운' 에 '지적으로 자유로운' 이란 의미가 포함되었다는 사실을 모를 것이다. 이를테면 체스에 대해 전혀 들은 바가 없는 사람이 '여왕(queen)' 과 '성장(rook)' 의 2차적인 의미를 모르는 것과 마찬가지다. 무엇이든지 그에 대한 이름이 없으면 상상할 수도 없기 때문에 인간이 범할 수 있는 죄와 실수 들이 줄어들게 된다. 시간이 흐를수록 신어의 특징은 더욱 명확해져 잘못 사용할 기회는 점점 줄어들 것이다.

구어가 완전히 제거되면 과거와의 연결고리도 끊어질 것이다. 역사는 이미 재기록 되었지만 과거의 문학 작품은 검열이 불완전했던 탓에 여기저기 단편적으로 남아 있다. 따라서 구어에 대한 지식이 있다면 누구나 읽을 수 있다. 그러나 미래에는 문학 작품이 남아 있게 되더라도 이해할 수도 번역할 수도 없을 것이다. 구어를 신어로 번역할 수 있다면 그것은 어떤 기술적 과정이나 극히 단순한 일상적 행위 또는 정통적인 – 신어의 표현으로는 '선사로운(goodthinkful)' – 경향에 국한될 것이다. 이 말은 곧 1960년 이전에 쓰인 책은 어떤 것이든 완전히 번역될 수 없음을 의미한다. 혁명 이전의 문학은 언어뿐 아니라 의미까지 바뀐 이념적 번역으로만 존속할 수 있다. 미국의 독립선언문 가운데 유명한 구절을 예로 들어보자.

우리는 다음과 같은 사실을 명백한 진리로 주장한다. 모든 인간은 평등하게 태어났으며, 창조주로부터 남에게 양도할 수 없는 생명과 자유와 행복을 추구할 권리를 부여받았다. 우리는 이러한 권리를 보장하기 위해 정부를 수립하며, 정부의 권력은 국민의 동의에서 나온다. 어떤 형태의 정부이든 이러한 목적에서 벗어나면 국민은 그것을 즉시 변경 또는 폐지하고 새로운 정부를 수립할 권리가 있다 ……

위의 글을 본래의 뜻 그대로 유지하며 신어로 번역하는 것은 절대로 불가능하다. 원뜻에 가장 가깝게 번역해 봤자, 전체 문장은 '사상죄'라는 한 마디 단어로 귀착될 것이다. 완전한 번역은 오로지 이념적 번역일 뿐이기 때문에 그에 충실한 번역을 할 경우 제퍼슨의 글은 절대 정부에 대한 찬사로 바뀔 것이다.

이미 과거의 많은 문학 작품들이 이런 식으로 번역되었다. 일부의 역사적 인물은 사실 그대로 기억되는 게 이롭다는 판단에 따라 그대로 보존되었으나, 동시에 그들의 업적을 영사의 철학적 노선과 일치시키는 작업이 병행되었다. 셰익스피어, 밀턴, 스위프트, 바이런, 디

킨스 등 여러 작가의 작품은 현재 번역 중이다. 작업이 완결되면 각 작가들의 원작들은 과거의 모든 작품들과 함께 소멸될 것이다. 이 작업은 많은 시간이 소요되고 어려운 일이기 때문에 21세기의 10년 대나 20년대 이전에는 끝내기 어려울 것이다. 더욱이 그 작품들처럼 처리해야 할, 이용 가치가 높은 수많은 저작물들-필수적인 기술 계통의 입문 서적 등-도 남아 있다. 신어의 최종 채택 시기를 서기 2050년으로 늦춘 까닭은 번역 예비 작업에 필요한 시간을 벌기 위함 이다.

옮긴이의
말

　조지 오웰의 대표작인 〈1984〉(1949)는 헉슬리의 〈멋진 신세계〉(1932), 자먀틴의 〈우리들〉(1924)과 더불어 세계 3대 디스토피아(Dystopia, 반(反) 유토피아) 소설로 평가 받는다.

　토머스 모어의 공상 사회 소설 〈유토피아〉(1516)에서 처음 등장한 '유토피아'는 '없다'라는 뜻의 그리스어 'u'와 '장소'라는 뜻의 'topos'가 결합된 복합어로 '어디에도 없는 땅'이라는 뜻이다. '유토피아'가 인간의 선과 행복이 존재하는 이상향을 의미한다면 '반 유토피아'는 그와 반대인 최악의 미래 상황을 의미한다. 즉 '유토피아 문학'의 메시지는 희망과 자신감을, '반 유토피아 문학'은 절망감과 무력감을 드러내는데 특히 조지 오웰은 당대 전체주의 체제의 폭력성을 세상에 알리기 위한 문학 장치로 반 유토피아를 사용하였다.

　〈1984〉는 가상의 미래 국가 오세아니아에서 인간 정신을 지키기 위해 절대 지배 체제인 '당'과 당의 상징적 인물 '빅 브라더'에 대항하는 '지구 최후의 인간'을 그린 소설이다. 이 작품에서 조지 오웰은 일생 동안 소설과 평론, 에세이 등의 집필 활동을 통해 끊임없이 말해 왔던 '인간이 인간을 지배하는 상황'에 대한 비판과 경고를 더없이 예리하게 그려냈다.

1984년의 지구는 세 개의 전체주의 국가로 나뉘었다. 이곳은 자본주의와 과학 기술이 고도로 발달한 미래라면 어떤 국가라도 가능성이 있는 최악의 시나리오를 상정한 반 유토피아적 세계다. 언어와 역사가 철저히 통제되고, 성 본능은 오직 당에 충성할 자녀를 생산하는 수단으로 억압되며, 인간의 존엄성과 자유를 박탈해 획일화되고 집단 히스테리가 난무하는 전체주의 사회다. '당'은 지배 체제를 유지하는 장치로 '텔레스크린'을 이용한다. 사상경찰은 텔레스크린으로 개개인을 감시하고, 오랜 시간 이에 길들여진 사람들은 그 삶에 익숙해져 버렸다. 또한 독재의 화신 '빅 브라더'는 스탈린에, 저항 세력의 실체 없는 지도자 '골드스타인'은 트로츠키에 비교되어, 출간 당시에는 소련의 공산주의와 전체주의에 대한 비판으로 주목 받기도 하였다. 그렇다면 소련이 붕괴된 오늘날에는 작품의 의미가 더 이상 유효하지 않은 것일까? 물론 그렇지 않다. 작품이 던지는 경고는 현재에도 여전히 효력을 발휘한다. 에리히 프롬은 "1949년의 오웰이 상상한 악몽 같은 미래는 그 어느 때보다 정확하게 실현되고 있다"라는 표현까지 하였다.

이러한 설정은 오웰의 집필 당시에는 단지 미래에 대한 공상에 불과했지만 오늘날에는 충분히 가능한 현실이 되어버렸다. 우리의 일거수일투족은 관공서, 은행, 백화점 그리고 거리 곳곳에 설치된 CCTV에 감시당하고, 나의 위치는 휴대전화를 이용해 타인에게 추적당하고, 통화 내용은 도청장치를 통해 새어나가며, 인터넷 사이트에서는 개개인의 신상 정보가 유출되고 있다. 이처럼 개인 정보가 다른 사람들에게 쉽게 노출될 수 있는 현대 사회야말로 조지 오웰의 경고에 절묘하게 맞아떨어지는 세계인 것이다.

그러나 오웰은 단순히 암울한 미래상만을 예언한 것은 아니다. 그는 거대한 지배 체제를 거스르지만 결국 그 벽을 넘지 못하고 파멸해가는 인간의 모습을 적나라하게 투영하였다. 이것이야말로 독자들로 하여금 현 시대와 미래 세계에 대한 경각심을 끊임없이 일깨우고자 했던 그의 목소리인 것이다.

조지 오웰의 〈1984〉는 출간 당시 영국과 미국에서만 40만 부가 팔렸으며 이후로도 영화, 음악, 미술 등 온갖 문화 영역에서 끊임없이 인용되었다. 뿐만 아니라 세상에 처음 선보였던 1949년과 작품의 배경인 1984년을 지난 오늘날에도 여전히 정치와 사회 일반에 많은 영향을 미치고 있다.

이 책이 영원한 고전으로 인정받는 이유는 간단하다. 1984년과 오세아니아라는 한정적 배경이 아닌, 시공을 초월하여 언제나 현실을 직시하고 동행하는 작품이기 때문이다.

국립중앙도서관 출판시도서목록(CIP)

1984 / 조지 오웰 지음 ; 이은경 옮김. -- 고양 : 현대문화센타, 2010
  p. ;   cm. -- (세계명작시리즈)

원표제: Nineteen eighty-four
원저자명: George Orwell
영어 원작을 한국어로 번역
ISBN 978-89-7428-375-9 03840 : ₩10000

영국 소설[英國小說]

843.5-KDC5
823.912-DDC21   CIP2010002625

1984

초판 1쇄 인쇄일 | 2010년 07월 30일
초판 1쇄 발행일 | 2010년 08월 05일

지은이 | 조지 오웰
옮긴이 | 이은경
발행처 | 현대문화센타
발행인 | 양장목
출판등록 | 1992년 11월 19일
등록번호 | 제3-448호
주소 | 경기도 고양시 일산동구 백석동 1309
대표전화 | 031-907-9690~1   팩시밀리 | 031-813-0695
이메일 | hdpub@hanmail.net
ISBN 978-89-7428-375-9 (03840)

제인 오스틴 컬렉션

영국 BBC의 '지난 천 년간 최고의 문학가' 조사에서 셰익스피어에 이어 2위를 차지했던 제인 오스틴.
현대문화센타는 오스틴의 모든 작품을 만날 수 있습니다.

오만과 편견

사랑이 시작될 때 남자들은 '오만'에 빠지기 쉽고 여자들은 '편견'에 곧잘 빠진다는데……
아름답고 총명한 엘리자베스와 무뚝뚝해 보이지만 내면은 섬세하고 자상한 성격의 다아시,
그들의 오만과 편견 그리고 사랑의 행보는 어떻게 될 것인가.

엠마

엠마는 자신이 주변 사람들을 엮어주는데 천부적인 소질이 있다고 믿는다. 천진난만한 그녀는 친구와 이웃들의 삶에 감 놔라 배 놔라 사사건건 참견하면서
정작 자신이 사랑에 빠졌다는 사실은 깨닫지 못한다. 〈엠마〉는 사랑과 결혼에 관한 한 편의 놀라운 희극으로 평가받는 작품이다.

이성과 감성

거센 폭풍우에도 흔들리지 않는 지성의 표상 엘리너, 사랑하는 사람을 통째로 삼켜버려야만 직성이 풀리는 정열의 화신 메리앤,
서로 다른 삶의 방식을 통해 진실한 사랑을 찾아가는, 이성과 감성에 관한 두 자매의 고도의 역전 드라마가 펼쳐진다.

설득

한 번 헤어졌던 연인들이 8년 후 다시 만나면서 겪게 되는 복잡다단한 감정의 곡선을, 얽히고 설킨 남녀의 미묘한 감정선의 파장을
꼼꼼하면서도 무척 클래식하게 잘 그려내고 있다. 제인 오스틴의 여섯 작품 중에서 마지막 작품이다.

노생거 사원

그녀 특유의 아이러니와 유머, 그 시대 문학가들에 대한 풍자가 곁들여진 〈노생거 사원〉은 사랑과 결혼, 재산을 추구하는 젊은이들에 대한
흥미로운 주제를 담고 있다. 원제는 〈수잔〉인데, 완성된 지 13년 동안 방치되어 있다가, 후에 〈노생거 사원〉으로 개작되어 출간되었다.

맨스필드 파크 (전 2권)

가난하지만 예리한 지성이 넘치는 여주인공 패니는 맨스필드의 부유한 친척 집에서 지내고 있다.
어느 날 매력적인 크로퍼드 남매가 등장해 곧 삼각관계를 형성하고, 한편 맨스필드 파크는 간통과 배반의 소용돌이에 휘말리게 된다.